村上春树新论

杨书评 著

内蒙古人民出版社

图书在版编目(CIP)数据

村上春树新论 / 杨书评著. —呼和浩特：内蒙古人民出版社，2020.12
ISBN 978-7-204-16682-4

Ⅰ.①村… Ⅱ.①杨… Ⅲ.①村上春树—文学研究 Ⅳ.①I313.065

中国版本图书馆 CIP 数据核字(2020)第 269611 号

村上春树新论

作　　者	杨书评
责任编辑	孙红梅
封面设计	立方传媒
出版发行	内蒙古人民出版社
地　　址	呼和浩特市新城区中山东路 8 号波士名人国际 B 座五层
网　　址	http://www.impph.cn
印　　刷	内蒙古恩科赛美好印刷有限公司
开　　本	710mm×1000mm　1/16
印　　张	20.75
字　　数	260 千
版　　次	2020 年 12 月第一版
印　　次	2021 年 3 月第一次印刷
书　　号	ISBN 978-7-204-16682-4
定　　价	58.00 元

如发现印装质量问题，请与我社联系。联系电话:(0471)3946120

前　言
村上春树研究的意义

人们说在当今众声喧哗的多元文化时代，很难出现像莎士比亚、巴尔扎克一样雄霸一个时代举世公认的作家。日本战后作家村上春树称不上"举世公认"，恰恰相反，自从他以"青春三部曲"小说初露头角，批评与质疑之声不断。尽管如此，1987年，村上春树以《挪威的森林》引爆文坛，引发世界范围普遍的"文学热"，其作品的发行量、读者的拥有量和各类作品被跟踪译介的程度，在世界范围首屈一指。村上春树小说"汉译专业户"林少华先生指出："在日本当代作家中，村上春树的确是个不同凡响的存在，一颗文学奇星。短短十几年时间里，他的作品便风行东瀛列岛。出版社为他出了专集，杂志出了专号，书店设了专柜，每出一本书，销量少则十万，多则上百万册……在以青年为主体的广大读者中引起前所未有的反响，甚至出现了'村上春树现象''《挪威的森林》现象'。不少文学评论家、大学教授都撰写或发表了关于村上研究的专论……并且村上春树的影响已不限于日本国内。"[1]

---

[1] 林少华：《村上春树的小说世界及其艺术魅力》，载《相约挪威的森林》，华夏出版社，2005年，第1页。

林先生还提及，"据普林斯顿大学东亚学教授Hosea Hirata介绍'还没有像村上春树这样作品被如此彻底翻译成英文的日本现代作家'，诺贝尔文学奖获得者川端康成和大江健三郎也只能远远地望其项背。"正因如此，大江健三郎本人也曾调侃道："对于村上春树的小说在中国各地的畅销和热烈研讨，我倒是有些嫉妒。"[1]

村上春树文学在以中国两岸三地为中心的汉语文化圈的译介传播始于20世纪80年代中期。1985年8月，台北出版社在《新书月刊》登载赖明珠译本《失落的弹珠玩具》（后改为《1973年的弹珠玩具》，林少华译为《1973年的弹子球》）这是村上春树文学汉语翻译的开端，也是国际村上文学译介的起点。1989年，中国内地、台湾以及韩国、美国同年翻译出版《挪威的森林》，继日本之后的国际"村上文学热"开始形成。中国内地村上春树文学传播始于1989年广西漓江出版社出版的"林译本"《挪威的森林》，但并未引起广泛的社会关注。村上春树文学在内地"爆红"，是在大约十年后的1998年，由上海译文出版社出版正式版权的"林译本"《挪威的森林》引起，由此形成了日本学者藤井省三[2]所说的经由上海到首都北京再到全国的村上文学中国热传播路线。从此，内地村上春树文学的译介传播进入快车道，村上春树的作品被一一翻译，20世纪90年代后期推出的各类文学

---

[1] 参见2006年9月大江健三郎访问中国期间，在中国社会科学院所作的题为《始自于绝望的希望》的演讲。

[2] 藤井省三（1952— ）日本东京大学文学部、大学院人文社会学教授。专攻中国近现代文学，是第一个系统研究鲁迅文学文本的日本传播史和第一个把莫言的小说介绍到日本的学者。主要研究成果：《中国文学这一百年》《20世纪的中国文学》《华语圈文学史》《鲁迅〈故乡〉阅读史——近代中国的文学空间》《村上春树心底的中国》。

作品及国际上有代表性的村上春树研究著述几乎被同步翻译。截至目前，由林少华、施小炜、秦刚、魏大海等担任翻译，由上海译文、南海、新星、商务等各大出版社出版发行的村上春树文学及学者批评著作不下百种。

村上春树文学在我国广泛传播已是不争的事实，尤其是随着2006年以来村上春树获得诺贝尔文学奖持续提名，他以人们所言的"诺贝尔文学奖最强劲的陪跑者"姿态，赢得了我国文学爱好者更高层次更广泛的认购阅读热情。而问题在于，作为不同社会及思想意识形态的产物，村上春树文学借助畅销推广的"品牌+优雅"的小资生活方式、"不求连带"只求"不说不问"固守孤独的人生观、对任何组织和团体都"怀有戒心"的社会观，以及20世纪90年代"回归"日本、"介入"文学转型以来愈加清晰表达的新民族、新国家、新历史主义立场观念，与我国注重社会责任义务担当的传统思想文化、社会主义核心价值观，以及谋求民族独立自主与国际和平发展并行不悖的人类共同体思想相左。其文学越是热销，对于不同意识形态的我国负面影响越大，越会引起"以青年为主体"的广大读者思想价值观的混乱对中日关系的历史及现状产生认知障碍。因此，通过具体翔实、令人信服的村上春树文学解读，指出其"中间地点""去国籍性""世界的原声"的标签下西方生活方式及思想价值观输出的文化国家主义本质极为必要。

简言之，通过村上春树文学具体深入的文本解读，剖析其新兴国家主义内核及大众消费文化本质，正确引导阅读接受，是本书的立足点和着眼点，也是本书的目的和任务。

目 录

第一章　作家与创作 / 1

第一节　出身与家世 / 3
一、佛教僧人世家 / 3
二、严谨而开明的家庭教育 / 7
三、政治季节与荒废学业 / 10

第二节　文学创作人生 / 14
一、酒吧孕育的小说家 / 14
二、80年代的文学旗手 / 16
三、"出走"与"转型" / 17
四、"回归"与"介入" / 22
五、起于沉实归于虚幻 / 24

第二章　"青春三部曲"：自由民主主义的面目 / 27

第一节　《且听风吟》：一个时代的感伤 / 28
一、"全共斗"一代的精神损伤 / 28
二、众生"丧失"与"死亡" / 33
三、首发的中国形象 / 37

第二节　《1973年的弹子球》：庄严告别的仪式 / 39
一、1973年的精神转折 / 40
二、庄严"告别"的仪式 / 46

三、历史回眸与反思 / 48

四、中国杰——落寞的漂泊者 / 54

第三节 《寻羊冒险记》：重获价值 / 56

一、寻羊冒险——1978年的抗争 / 57

二、浸染着血污的现代史 / 60

三、当代法西斯暴力体制遗存 / 71

四、中国杰——家国悲剧 / 76

第四节 《去中国的小船》："绿接天际"的中国想象 / 80

一、三个阶段，三次交往 / 80

二、暧昧形象，复杂心态 / 84

三、美好的中国想象 / 91

第三章 "80年代三大小说"：找不到出口的"现实性" / 95

第一节 《世界尽头与冷酷仙境》：主观精神世界的沦落 / 96

一、殒于高科技"现实世界" / 96

二、迷失在终极"意识世界" / 98

三、共同的精神指向 / 102

四、虚假的爱与拯救 / 114

第二节 《挪威的森林》：青春的困惑 / 117

一、"乱花迷离"的情爱悲剧 / 117

二、跨时代的价值观表达 / 127

第三节 《舞！舞！舞！》：发达资本主义的挽歌 / 137

一、艺术毁灭的趋势 / 138

二、无处不在的商业黑洞 / 155

三、应召女郎群像——金元时代的慰安妇 / 160

四、垄断资本社会的本体批判 / 170

第四章 《奇鸟行状录》："新民族主义"转向 / 175

第一节 "满洲"编年史 / 177

一、死而后生！诺门坎 / 178

二、溃败中的"满洲" / 181

三、西伯利亚囚徒 / 185

第二节 矛盾摇摆的战争观 / 187

一、反战争暴力的民主和平立场 / 188

二、隐在的民族视角和历史修正话语 / 192

第三节 "他者"形象与"颜色"意识 / 204

一、色彩逆转的中国形象 / 204

二、苏联极权暴政形象 / 209

第五章 《海边的卡夫卡》："新兴国家主义"策略 / 215

第一节 "原型"关照下的"世代"故事 / 217

一、少年出走——"弑父娶母" / 217

二、失智老人——"受难、复活与拯救" / 223

三、为爱而呼吸的女性——"男女同体"与"原罪" / 227

第二节 "新民族主义"的战争观 / 229

一、中田童年故事：显在的修正主义话语 / 229

二、少年二进森林：隐在的修正主义逻辑 / 236

第三节 "新兴国家主义"策略 / 242

一、"弑父娶母"故事总体 / 244
二、三位一体,勾销历史与记忆的共谋 / 245

第六章 《1Q84》:终而虚化的善恶观 / 249

第一节 宏大叙事,双重结构 / 250
一、通俗流行故事 / 250
二、凝重的个人生活史 / 253

第二节 重大的社会人生主题 / 258
一、纵向社会发展史 / 258
二、横向世态人生画卷 / 265

第三节 形而上体制思考 / 273
一、由显而虚的超验故事 / 273
二、现行民主体制批判 / 278

第四节 相对化的善恶观 / 283

第七章 大众消费文化策略 / 289

第一节 文学之内的商品化制作 / 290
一、迎合各方心态、满足不同阅读需求的题材 / 291
二、靠技巧制造的商品 / 305

第二节 文学之外的市场化经营 / 310
一、创作者的市场化行为 / 311
二、经营方的市场营销策略 / 316

参考文献 / 320

第一章
作家与创作

村上春树（Murakami Haruki，1949年1月12日— ）是获得广泛国际声誉的日本当代作家，也是当今世界文坛一个奇特的存在。自20世纪80年代《挪威的森林》畅销，引发"村上文学热"和"挪威的森林现象"，村上春树走到世界文学的前沿，成为东西方普遍关注的国际作家。随着普遍关注而来的还有质疑与批判声。在日本国内，20世纪80年代村上春树已成为文坛的热点和焦点，其文学热销带动的出版印刷、文化娱乐、餐饮等"村上产业"，实际上已成为泡沫破灭的低迷时期日本经济唯一的增长点。但它被主流文学界排斥，被称为"俨然是一种骗婚"，有人呼吁"别读村上春树"[1]。国际上，村上春树文学在东南亚拥有稳定庞大的读者群，被西方誉为"世界的原声"。21世纪初，村上春树又以《海边的卡夫卡》获得国际关注，获得2006年捷克弗兰茨·卡夫卡文学奖和诺贝尔文学奖持续提名。2009年又以新长篇小说《1Q84》刷新文学销售纪录，并获得以色列耶路撒冷文学奖。但村上春树文学汉译"专业户"林少华断言，村上春树离诺贝尔文学奖近了，也远了。2010年，

---

[1][日]内田树著，杨伟、蒋葳译：《当心村上春树·序》，重庆出版社，2009年，第1页。

村上春树新论

《1Q84》汉译本首发后，林少华接受媒体采访时称：

> 诺贝尔文学奖的审美标准是："具有理想主义倾向的杰出文学作品"。一百年来，诺贝尔文学奖大体授予了维护人的尊严与自由张扬人的价值和美好的作品。"对人类价值的终极关怀，对人类缺陷的深深忧虑，对人类生活的苦苦探究"是多数获奖作家的共同追求。以此观之，《1Q84》既可以说距诺贝尔文学奖近了，又可以说离之远了。[1]

自从1979年以《且听风吟》打开文学大门，村上春树至今笔耕不辍。他坚持多种文体交替进行创作，截至目前已出版长篇小说14部、短篇小说近百篇，还有大量随笔、纪实、杂文和译作。其作品已被译为40多种文字，在东西方不同文化区域广泛传播。其作品发行量动辄百万或千万册，有人称书店里出现了带"村上春树"字样的书一律被抢购的现象。但理性地说，关注不等于经典，热销不等于价值。村上春树文学批评早已出现毁誉参半、褒贬对斥局面，日本及国际社会均是如此。这是因为其早期创作从语言到方法刻意"去国籍性"和"脱意识形态"，被日本主流文坛排斥，被质疑缺乏"植根于本土的羁绊"和"不具备日本近代文学那种记忆的厚重感"。[2] 因为他以"青春三部曲"小说在国际文坛站稳脚跟后，开启了悬疑、侦探、推理、玄幻等通俗流行的文学路线，其中包含着日甚一日的商业消费文化策略。因为20世纪90年代

---

[1] 林少华著：《为了灵魂的自由：树上春树的文学世界》，中国友谊出版公司，2010年，第299页。

[2] [日] 内田树著，杨伟、蒋葳译：《当心村上春树》，重庆出版社，2009年，第156—157页。

他由"超然"到"介入"转型后，不断发出的新历史新民族新国家主义声音，受到日本进步民主主义及国际社会的质疑和否定。

第一节 出身与家世

村上春树生于1949年1月12日，是日本战后第一个婴儿潮出生的"团块世代"[1]的一员。他生于关西地区日本第二大城市京都，出生于一个有世袭寺院住持职位的佛教净土宗西山派僧人世家。2018年5月，年满70岁的村上春树在《文艺春秋》发表署名文章《弃猫——提起父亲时我要讲的往事》，记述了自祖父以来的家世。

一、佛教僧人世家

据村上春树回忆，祖父村上弁识原是爱知县农民的儿子。按照僧家长男以外的男子必有一人出家的惯例，祖父很小就到寺院当了见习僧人。经过严格的教育和修行，他成为京都安养寺的住持。安养寺有檀家[2]四五百间，在京都是很大规模的寺院，在当地备受瞩目。

---

[1] "团块世代"是对日本战后1947年至1949年第一个生育高峰期出生的一代人的总称。他们是日本二十世纪六七十年代经济腾飞的主要推动者，是各行各业中的中高级管理者、熟练技术工人，或科技文化精英。

[2] 檀家也称檀越。幕府时代日本为了禁抑基督教，实行"寺请制度"，即把国民以家族为单位纳入佛教组织，家族全体属于某一宗派一个寺院的"一家一宗制"。加入寺院的俗家信众即檀家，负责维持寺院和住持生活的费用。寺院负有证实信众宗派所属和并非基督教信众身份的责任。如因婚姻、迁居产生变动，需所属寺院出具证明。

祖父共有六个儿子，他们成年后各有自己的职业和家庭，但都接受了佛教专门教育，具有做僧人的资格。次子村上千秋，即村上春树的父亲，得到了"少僧都"的位子，是佛教僧侣中等级偏下的职位，相当于军队中的少尉。每到夏季盂兰盆节期间，兄弟们从各处来到京都。先按惯例分头拜访施主，晚上聚在一起喝酒。时隔多年，村上春村还清晰地记得和父亲一起去京都时，看到他们身穿袈裟挨户拜访施主的情景。

　　祖父村上弁识逝于1958年8月，享年70岁，是因京津线电气列车轨道断裂被出轨电车碾压而死。当时近畿地方正刮台风，也下着大雨，祖父深夜从寺院回家，撑伞过弯路时没看到飞驰而来的电车。祖父死后，谁来继承寺院住持一职是一个迫切的问题。村上春树父辈兄弟六人，虽然都有做僧人的资格，但各有职业，也大多有了家庭。长兄在大阪税务局工作，还晋升为系长。次男，即村上春树的父亲，在阪神间一所私立高中教国语。其他兄弟也有的当教师，或者在佛教系大学读书。其中有两个兄弟已成为别人家的养子，改了姓氏。虽然没有人说什么，但都认为次男村上千秋最为适合，对他有所期待。村上千秋是一个认真负责的人，虽然有时显得阴郁，但平时幽默健谈，外表温厚，言谈举止稳妥，给人以安全感。但他也有要守护的家庭，儿子村上春树只有9岁。来奔丧时太太叮嘱过，"唯有继承京都寺院这件事，请一定不要答应。"面对全家人的期待，村上千秋只是沉默，一脸苦涩。因没有人自告奋勇地站出来，最终伯父村上四明继承了住持一职。他本想做一名兽医，但经历诸多事后，战后进了税务机关，至少在早些时候未曾想过成为一名僧侣。他是出于长男的责任，最终辞去税务署系长职务，带着家人搬进了安养寺。伯父故去后，他的儿子村上纯一君继承了安养寺住持一职。

父亲村上千秋生于大正年间的1917年。1936年毕业于京都市旧制东山中学，18岁进入佛教教育机构西山专科学校学习。僧侣想取得讲经的资格和做寺院住持，都需要到专门机构接受教育，并经过严格训练。他本想做一名学者，退一步也想过做僧人，但战争使他几次中断学业，也打碎了他的学者梦。

从1938年到战争结束的1945年，村上千秋先后三次被征兵入伍，一次到中国大陆参加侵华战争。第一次是在西山专科学校学习期间。毕业之前，他本来有延期服兵役的权利，但因忘记办理相关手续，1938年8月被征招入伍。在国内接受了短期训练，10月坐运兵船到达中国大陆。当时正值七七事变后全面侵华时期，他被分配到第十六师团辎重兵第十六连队。他所在的连队作为后勤保障部队，与南京攻城战中臭名昭著的福知山步兵第二十连队一起行动，参加了河口镇攻掠战和襄东会战等重大战役。在此期间，他经历了所在部队砍杀中国俘虏的事。据他回忆，被砍杀的中国士兵没有恐惧和反抗，只是闭着眼静静地坐在地上，抬着头，拥有不屈的态度。这引起村上千秋的敬意，也在他心中留下了阴影。多年后，他向还在上小学的儿子讲起此事。但当时仅仅是站在一旁观看，还是被要求参加了行刑，他没有明言。按村上春树的说法，因为他一直以为父亲属于最先攻入南京城展开杀戮的福知山连队的一员，心里藏着父亲是否参加了攻城的疑问，因此没有心情去问，父亲也没有说。父亲过世五年后，村上春树对他从军的履历和所在部队行军作战的轨迹进行了详细调查，得知他并不属于攻陷南京城而臭名远扬的"功勋部队"，而仅仅是作为后勤补给连队随之一起行动，且他1938年8月参军和10月到达上海，都发生在1937和1938年之交的南京事件之后。知此真相后，村上春树感觉如释重负，紧张的心情放松下来。

参战一年后，1939年8月，村上千秋随第二十连队一起休整回国，结束第一次兵役，回西山专科学校继续学习。1941年3月他以优等生身份毕业，9月再次接到征兵令，10月3日入伍。第二次入伍，村上千秋曾留下俳句，大意是"作为男儿，面对民族存亡之秋，我再次成了盾"。意外的是，一个月后的11月30日村上千秋被解除兵役，这一天离珍珠港事件只有八天。用村上千秋的话说，总算"捡回了一条命"。太平洋战争中，日军遭到毁灭性打击。村上千秋先后所在的第十六师团和第五十三师团先后被派往南洋，在菲律宾和缅甸遭受重创，都经历了几次被围歼、重组和再被歼灭的命运，90%以上的官兵牺牲。

解除兵役后，1944年10月村上千秋考入京都大学文学部。1945年6月他再次被征兵，被分配到中部地区负责国内勤务的一四三部队。两个月后战争结束，10月正式解除兵役，继续回到大学学习，此时他已27岁。1947年9月，村上千秋通过学士毕业考试，并考入本校文学部研究生院攻读硕士。1949年1月村上春树出生，为了生计他中断学业，到西宫市甲阳学院当了国语教师。

母亲村上美幸是船厂商家之女，毕业于大阪市樟荫女子大学国文系。婚前在母校任国语教师，婚后退居家中做全职太太。战前她已有恋人，是一位音乐教师，战时牺牲在前线。她父亲在大阪市船场拥有一家门店，美军空袭时被烧毁。她的记忆中一直保留着在大阪街道四处躲避美军战斗机机枪扫射的情景。战争使她的人生发生了巨大变化。

二、严谨而开明的家庭教育

村上春树是家中的独子，父母均为国语教师，在这样的家庭里，他受到了严谨而开明的教育。父亲村上千秋喜欢做学问，学习是他坚持一生的事业。他酷爱读书，藏书很多。受父亲影响，村上春树从小就养成了读书的习惯。从很小的时候起，他可以在附近书店购买自己喜欢的书。先赊账，再由父亲定期偿还。12岁时，家里开始订阅《世界文学全集》和《世界文学》杂志。书店按月把书送到家，村上春树便一册接一册地读，由此"得以成为一个像么回事的读书少年"[1]。父亲村上千秋是个"俳句"爱好者，一直坚持俳句创作。他从小培养儿子对日本古典文学的兴趣，还带着上小学的儿子参加俳人创作会。但村上春树对日本传统文学一直兴味索然，他喜欢阅读欧美文学，尤其是具有都市流行和消费文化色彩的美国当代文学。村上春树自称，在整个成长过程中，他从来不曾被日本小说深深打动过。"总之，或许可以说三岁看老吧，最初的机遇和环境大体决定了一个人的爱好。"[2]

村上春树生于京都市伏见区，出生后不久即迁至兵库县西宫市，12岁又迁居临近的芦屋市。从6岁起，开始接受美国强制推行的《教育基本法》框架下的国民民主教育。6岁时就读于西宫市香栌园小学，12岁时就读于芦屋市精道初级中学，15岁时就读于兵库县神户高级中学。他自始至终对刻板保守的学校教育没有好感，对学校开设的课程没有兴趣。因为学习不用功，上初中

---

[1] [日]村上春树著，林少华译：《村上朝日堂》，上海译文出版社，2005年，第125页。
[2] [日]村上春树著，林少华译：《村上朝日堂》，上海译文出版社，2005年，第126页。

时常挨老师的打。各门功课成绩平平，只对文学和历史感兴趣。他把课上课下的时间都用于文学和历史书籍的阅读，也表现出对美国流行文学和音乐的偏爱。高中时常在校报上发表文章，喜欢阅读二手便宜的欧美小说。他一段段翻译所喜爱的美国惊险小说，沉浸在阅读译文的独特体验中。也开始对当时的美国流行音乐着迷，把父母给的午餐钱节省下来，用来购买爵士唱片。从13岁起，他就有收藏唱片的习惯。他自认为内心有一颗固执叛逆的种子，对别人给的东西无法乖乖接受，"不想学的、没兴趣的东西，再怎么样都不学（学不来）"。进了神户高中更是变本加厉，吸烟、逃课、打麻将、和女孩厮混，成绩只保持在"一定"水平。日后谈起他热心从事的英文翻译时，他提到中学读书时的情况：

  反正我就是喜欢看书，一有时间就看文学方面的书，以致不怎么用功国语的成绩也过得去。英语方面，由于一上高中就以自己的方式涉猎英语简装书，对英文阅读本身是有信心的。但英语成绩不怎么样，因为没有理会那些技巧性的小东西。记忆中成绩也就是中间偏上一点。若是当时的英语老师知道我如今搞这么多英语翻译，想必会觉得莫名其妙。社科方面世界史很拿手。为什么呢？因为中央公论社的《世界历史》那套全集上初中时我就已反复看了一二十遍。记得全集广告词有这样一句话："历史比小说更有趣。"（《转而悲哀的外国语》）

按村上春树的说法，由此与父亲出现了隔阂，父亲对他产生"慢性的不满"，自己也感到"慢性的痛"。村上的学习成绩让父亲感到有些沮丧，和自己年轻时好学上进相比，父亲的心中产生了疑问："生活在这么和平的时代，不受任何打扰，尽自己所好学习，为什么不能更努力、勤奋一些呢？"村上春树推想，父亲是希望他取得顶级的成绩，代替自己走完因"时代困扰"没能走完的路，为此要不惜一切代价。面对父亲的不满，村上春树也想全身心投入，但很难做到。学校整齐划一的制度和大都无趣的课程使他感到压抑。他认为，"对于少年时代的我来说，总觉得那并不是一个让人感觉惬意的环境。"他心里一直存着总让父亲失望、不能完全回应他的期待所产生的遗憾和歉疚，甚至成名以后还经常梦到在学校考试，时间一分一秒地过去，考题一个也答不出来。因担心考试不及格被置于难堪的境地，醒来时总是大汗淋漓。多年后，村上春树表达了对父亲"有所期望"的理解。他在《弃猫——提起父亲时我要讲的往事》中提到：父亲和我的生存年代、环境、思维方式不同，世界观有所差异，也是理所当然的事。大概我们都是背负着每个时代所特有的重力在努力前行吧，而且也只能在时代设定的方向下生存，不能用好坏来评价，那就是一种自然状态。但是在父亲心中，应该也有想托付给作为独生子的我的事情，虽然我并未在他的人生中起过多大作用。而且，我和父亲都是性格比较固执的人，不会轻易妥协。也都不会特别直爽地表达自己的想法，好的也罢，坏的也罢。

高中毕业后，村上春树报考大学法律专业落榜，复读了一年。1967年至1968年，他遵从父命，在芦屋市图书馆"一面昏昏沉沉地打瞌睡一面无谓地浪费了一年"。他终于在阅读英文参考书短篇小说《无头鹰》时顿悟，确定自己喜欢的是文学而不是法律。第二年重考，他报考了东京早稻田大学。1968年4月成为早稻田大学文学部戏剧专业的学生。

三、政治季节与荒废学业

村上春树到东京求学，正值20世纪70年代"第二次安保斗争"及校园"全共斗"时期。20世纪50年代中期，东京审判免于起诉的战犯岸信介重返政坛，积极推进日美关系改善和《日美安全保障条约》[1]修订，引发了20世纪60年代反美反岸反修宪的"第一次安保斗争"。20世纪60年代末，继任首相的左藤荣作继续推动强化日美关系和"和平宪法"修订，引发了"第二次安保斗争"。

"第一次安保斗争"由筹备《日美安全保障条约》十年期限到期续签引发。1960年1月，岸信介率团访美，谋划续签新条约。5月19日，新条约草案在国会审议。最初的条约只规定美国在日本享有驻军和建设军事基地的权力，10年间经过几次修改，新条约已发生了根本性变化。国会审议新条约草案时，有人对"美国对日本负有防卫义务，驻日美军有义务维护远东地区和平与安全"条款中"远东"一词提出质疑。内阁外相解释为，是"以日本为中心，菲律宾以北，中国内地一部分，前苏联太平洋沿海部分"。这让人想起二战以"满洲"为中心的"大东亚共荣圈"的历史。新条约具有军事同盟性质，可能把日本因美苏远东地区纠纷卷入

---

[1]《日美安全保障条约》是1951年9月8日旧金山会议上日本与美国签订的军事同盟条约。由前言和五条正文组成，其要点是规定了美国有权在日本国内及周边地区驻扎军队，根据日本政府请求美军可以镇压日本发生的暴动和骚乱，美军驻扎条件由两国的行政协定另行规定。此条约不仅构成了日本从属于美国的法律依据，而且使美国在日本几乎无限制地设立、扩大和使用军事基地。

新的战争，因此遭到社会党议员强烈抵制。但掌权的自民党利用议会中多数席位和把社会党议员强行排除场外的方法，单独表决通过了新条约，由此引发了全国性"反岸反美反修宪"的第一次民众民主运动。

"第二次安保斗争"是由《美日安全保障条约》下美军核动力潜艇进驻横须贺、佐世保等港口和强征农民土地建设成田机场支持美国越战引起的。但与"第一次安保斗争"相比较，已失去明确的政治斗争目标和深厚的民众基础。新修订的《日美安全保障条约》不需要再续签，而是到期后自然延续。经济腾飞后人们的政治兴趣淡漠，享受繁荣成果时已不认为越战会危及自身。因此以反越战和美国黑人民权运动为背景的"第二次安保斗争"最后演变成一场以大学校园为阵地，以学生争取自身权益和反抗大学管理制度而进行的实用主义斗争。

发生于1968年到1969年的校园"全共斗"运动是由东京大学医学部"研修医"制度引起的。医学生研修制度是美国占领时期由美国引入，规定医学毕业生经过三年"研修"才能正式从业。研修期间没有薪酬，实际成为医院和开业医师使用无偿或廉价劳动力的手段，一直以来都受到医学生和年轻医师的反对。1968年1月，东京大学医学部学生为此举行罢课。医学部对为首的17名学生进行处分，其中4名被开除。被处分的学生中有一名罢课时不在学校，医学部对这一情况视若无睹。6月15日，医学部学生占据东大的象征安田讲堂。校方招来警察机动队驱赶学生，由此把一个学部的问题扩展到全校、全东京，以致全国各地的大学生前来声援。6月20日，6000多名学生在安田讲堂前集会，宣布无限期罢课。7月5日，全体学生共同斗争组织"全学共斗会议"

成立，简称"全共斗"，取代"第一次安保斗争"后已失去影响力的原学生团体"全学联"，组织领导全国学生斗争。

事实上早在东京大学学生罢课之前，庆应大学、早稻田大学为反抗学费上涨和争取学生公寓自治权进行全校总罢课。日本大学则受中国"文化大革命"影响，财阀转移经费事件引发了"教育为谁服务"和自身在教育中的地位的思考。教育是为人民服务，还是为资本家提供劳动力。并由否定现行资本主义教育体制，进而否定"被上大学考试浪潮所吞没，毫无反思，就当了资本主义社会齿轮"的"自我"。政府对学生采取高压政策，派出警察机动队进驻学校，与学生展开对峙。1969年1月18日，警察使用政府专项拨款7亿日元购置的推土机、喷水车、催泪弹摧毁路障，冲击据守安田讲堂的学生。双方对抗35个小时。19日下午安田讲堂被攻克，600多名学生被捕。由此校园斗争落下帷幕。最后完成"全共斗"及第二次民主革命使命的是"赤军派"。基于校园斗争失败的教训，他们认定了武装斗争的道路，安田讲堂事件后把运动中心由东京引到关西。他们以暴力方式抢银行，筹资金，购枪支，甚至抢夺派出所警察的配枪和弹药。在全国多地设立分支机构，在山区设立了用于袭击首相官邸的训练基地。但由于缺乏组织斗争和相应的保密经验，全部分支机构和秘密基地被破获，武装人员几乎被一网打尽。最终，1972年的"浅间山庄事件"[1]

---

[1]1972年，"联合赤军"因袭击军火店抢夺枪支弹药被警察追捕。2月19日，五名成员逃入长野县山区疗养院浅间山庄，胁持人质据守山庄。与1200名防暴警察进行了长达10天的枪战，2月28日，山庄被攻克，人质被解救。随后人们在"联合赤军"的榛名山据点发现了被内部整肃的14人的尸体。其中一名女队员已怀有身孕，其惨烈场面引起全国震惊。真相是"联合赤军"少数成员要以不足20人的小集团举行武装起义，出现了意见分歧。于是，少数派以革命精神不足为由杀害了其他同伴。

为战后长达十几年的民主运动画上了悲惨的句号。

村上春树在"第二次安保斗争"中走进大学校门，在"全共斗"运动中开始大学学业。对于学生运动，他起初也像大多数学生一样满怀热情、积极参与，罢课、游行。用村上自己的话说，为了自己也说不清的主义向警察抢木棒、扔石头，因此受到过警察机动队的冲击，受过传唤和盘查。但他逐渐退出了学生运动队伍，选择了游离，把罢课后的空闲时间用于打零工和谈情说爱。罢课停止，教学勉强恢复后他依然逃课。流连于地下爵士酒吧，喝到烂醉。自助徒步旅行，累了就在车站、码头甚至墓地露宿。

1968年新学期，村上春树认识了不同专业选修相同课程的女生高桥阳子。学生运动停课期间，他们经常出双入对，关系突飞猛进地发展。1971年，22岁的村上春树决定和阳子厮守终生。他不顾家人反对，休学一年，以学生身份与阳子结婚，婚后同阳子父母一起生活。为了生存，休学后他白天到唱片行、晚上到酒吧打工。三年后，用打工挣来的250万日元和阳子父母担保贷款250万日元，在西郊国分寺车站附近的地下一层开了爵士酒吧。店名以他刚上大学在三鹰公寓寄宿时养的猫命名，"Peter Cat"（彼得猫）。由于他耽误了学业，七年后才修满学分，通过论文答辩。

对于学生运动时期的状况，村上春树说："尽管我进的是大学文学院的电影戏剧专业，然而也有时代的原因，我几乎没有学到东西，不过是留起长发，蓄起胡须，打扮得邋里邋遢，四处彷徨游荡罢了。"[1]"我在高中基本上不学习，在大学可是压根儿不学习。"[2]

---

[1][日]村上春树著，施小炜译：《我的职业是小说家》，南海出版公司，2017年，第7页。

[2][美]杰·鲁宾著，冯涛译：《倾听村上春树——村上春树的艺术世界》，上海译文出版社，2006年，第25页。

第二节 文学创作人生

一、酒吧孕育的小说家

村上春树开始文学创作是在经营爵士乐酒吧期间。1974年，他在西郊国分寺开了第一个酒吧，1977年酒吧迁至市中心涩谷区千驮谷。店内装潢将猫主题发挥到极致，还引来爱猫人士杂志上门采访。1978年4月，在千驮谷附近的神宫球场观看棒球比赛时，他突然产生了要写小说的想法。成名后，村上春树多次谈起那次"天启"一样的改变他命运的事：

> 一九七八年四月一个晴朗的午后，我到神宫球场去看棒球赛。是那一年中央棒球联盟的揭幕战，由养乐多燕子队对阵广岛鲤鱼队……虽说是揭幕战，外场席却观众寥寥。我一个人斜躺在外场席上，边喝着啤酒边看球……养乐多打头阵的击球手是来自美国的戴夫·希尔顿，一位清瘦的无名球员……第一局下半局……希尔顿漂亮地将球击到左外场，形成二垒打。球棒击中小球时爽快清脆的声音响彻神宫球场。啪啦啪啦，四周响起了稀稀拉拉的掌声。这时，一个念头毫无征兆，也毫无根据地陡然冒出来："对了，没准我也能写小说。"[1]

---

[1] [日]村上春树著，施小炜译：《我的职业是小说家》，南海出版公司，2017年，第29页。

第一章 作家与创作

球赛结束后,村上春树去买了纸和笔,每天利用酒吧打烊后的一两个小时,在酒吧餐台上挑灯奋战。从1978年4月开始坚持写作6个月,到年底写成了约7万字的小说《且听风吟》,投到《群像》"新作家文学竞赛"评委会。1979年7月,以全票通过获得第二十三届群像新人文学奖。首战告捷,坚定了村上春树走文学创作之路的信心。在随后一年的时间里,他一鼓作气完成了大量的短篇小说、散文、随笔和译作。1980年4月,发表第一部短篇小说《去中国的小船》。6月,出版第二部长篇小说《1973年的弹子球》,因小说中的情节、人物与《且听风吟》具有连续性,被看成续作。村上春树自称,他"私下"把这两部作品称为"餐桌小说"。

此时村上春树已年过三十,一边在涩谷区千驮谷经营酒吧,一边坚持创作。他越来越意识到写作对他的意义,意识到他是为写作而生。为了能够专心写作,1981年他卖掉经营7年的酒吧,搬离东京闹市区,移居到千叶县船桥市的安静地段,开始专职从事写作。成为专业作家后,他的生活发生了很大变化。以前夜晚挑灯写作,凌晨两三点还不能入睡,现在过上了晚上10点就寝、早晨6点起床的规律生活。为了保持长期创作所需的体力,他开始长跑。从每天3公里开始,逐渐增加,第二年已经能够跑完马拉松全程。在紧张有序的生活中,他用近一年的时间完成了第三部长篇小说《寻羊冒险记》。1982年8月发表,10月获得野间宏文艺新人奖。这部小说与《且听风吟》《1973年的弹子球》被合称为"青春三部曲",也被称为"寻羊系列"小说的开篇之作。以《寻羊冒险记》为起点,村上春树的创作很快进入鼎盛阶段。

二、80年代的文学旗手

20世纪80年代中后期，村上春树连续创作了决定他重要文学地位的"三大小说"。

1985年，他用时8个月创作完成了不同于此前"青春三部曲"的社会题材小说《世界尽头与冷酷仙境》。它以"此侧""彼侧"的平行二元世界结构，以亦真亦幻的"非现实的现实性"手法，反映现代高科技信息时代人的主体精神世界和客体生存空间的丧失。小说获得了更具权威性的谷崎润一郎文学奖，村上春树是战后首次获此殊荣的青年作家，此时他36岁。

1986年10月，为了获得更大的创作自由——"是离开一种角色的自由，也是脱离年代上所形成的我自己的自由"[1]，村上春树携妻子阳子离开日本，到欧洲旅行。此行历时三年，他们游历了英国、德国、奥地利、苏联等欧洲国家，也游历了土耳其、蒙古、伊朗、伊拉克等亚洲国家，其中较长时间居住在文明古国希腊和意大利。为了能够在无人世纷扰的宁静环境中写作，他们曾在希腊米科诺斯岛和意大利西西里岛长时间居住。感受不同的制度文化、风土民情，促使村上春树迅速地由地缘作家向国际舞台迈进。

1987年9月，村上春树旅欧期间完成的小说《挪威的森林》出版，这部小说为他带来了前所未有的声誉。小说在日本首版发行，创下了当年销售430万册的业绩。很快被翻译为多种语言，在东西方不同文化区域广泛传播，形成了波及全球的"村上文学

---

[1] 稻草人编著：《遇见100%的村上春树》，当代世界出版社，2001年，第10页。

热"和"挪威的森林现象",奠定了村上春树日本"80年代文学旗手"的地位。

1988年10月,第六部长篇小说《舞!舞!舞!》出版。它是村上春树创作中少有的直面当下现实的作品,对20世纪80年代"高度发达的资本主义"进行全面批判,内容思想上达到了新的高度。也因其紧随《挪威的森林》之后出版,创下了当年发行17万册的业绩。它与《世界尽头与冷酷仙境》《挪威的森林》被合称为"80年代三大小说",纳入"寻羊系列",被看作"鼠系列"的收官之作。

也由此,日本文学进入以"第三代新人"都市文学为主流的"两村上时代",与村上龙[1]一起擎起了20世纪80年代日本文学的大旗。

三、"出走"与"转型"

从创作初期的"青春三部曲"到"80年代三大小说",村上春树已经历了一次创作转型。受同时代"透明族"代表村上龙的影响,从《寻羊冒险记》开始,村上春树已有意识地创作结构连续完整的作品。"80年代三大小说"均放弃了创作初期片断拼接小说的写法,而是发挥小说的"物语"文学特征。内容不再局限于"自叙状"私小说"内在自我"的审视,而是"向外转"关注他人和社会。用评论家黑古一夫[2]的说法,是在与他者的关系

---

[1] 村上龙(1952—),本名村上龙之助,日本著名小说家、电影导演。1976年发表处女作《无限近似于透明的蓝》,一举成名,成为"透明族"的开创者和代表人物。先后获得第十九届群像新人文学奖和第七十五届芥川龙之介文学奖。

[2] 黑古一天(1945—),日本著名文艺评论家,现任筑波大学教授。主要著述:《村上春树与同时代文学》《大江健三郎和这个时代的文学》《立松和平——疾驰的文学精神》《野间宏——其人与其文》《小田实——一个人的思想与文学》等。

村上春树新论

中建构自我。由此吸引了更多读者,引起了东西方普遍的关注和热情,引起了非比寻常的文学热和商业效应。

但走俏和热销并未使村上春树再度获得主流文学界的肯定。提起村上春树,日本文学界有一个所谓"谁都知道的事实",即他不被主流文坛接受。获群像新人奖后,《且听风吟》曾得到更为权威的芥川龙之介文学奖提名,但村上春树获新人奖的主要推手吉行淳之介[1]未能再次说服他的同行。大多数评委认为,"村上春树小说的创作方法故意偏离了日本文学传统,文体难以确立,杂质多。"[2]投了反对票。随后,村上春树的第二部小说《1973年的弹子球》再次获得芥川奖提名,又因有续作之嫌被否决。由此,村上春树永远失去了获此奖项的机会。芥川文学奖是新人奖,1985年《世界尽头与冷酷仙境》获得谷崎润一郎文学奖后,就不可能再参与芥川奖的角逐。有人说:"村上春树两次惨遭芥川奖遗弃也是他与日本文坛交恶的开始。"[3]之后又发生了手稿被出卖[4]和《昭和文学全集》事件[5],村上春树与由若干小圈子组成的文坛的关系,走到了一方"冷落排斥"而另一方"避而远之"的"交恶"状态。此外还有声名之累。

---

[1] 吉行淳之介(1924—1994),日本战后"第三代新人"的代表,有"文坛人事部长"之称。他的创作走颓废文学路线,通过对非比寻常的两性关系的描写,探索人生的存在、怠倦和丧失。代表作有《骤雨》《突发事件》《原色的街》《暗室》等。

[2]《村上春树的铁人相》https://m.kuaidu.cn/article/140491_2.html

[3]《村上春树的铁人相》https://m.kuaidu.cn/article/140491_2.html

[4] 中央公论社的编辑曾把村上春树的手稿变卖给旧书店谋利。这位编辑逝世多年后,村上春树在《文艺春秋》上刊文,首次披露此事。

[5] 吉行淳之介因力推村上春树获得群像新人奖,觉得双方关系较为友好。于是他策划《昭和文学全集》时,擅自把《1973年的弹子球》选入其中,但临近印刷时遭到村上春树的拒绝。这使出版方很难堪,因全集的副标题"从谷崎润一郎到村上春树"已在其他分册中印出。尽管吉行淳之介托共同的友人说情,但终未得到村上春树的准许。

第一章 作家与创作

村上春树成为首屈一指的畅销作家后，编辑、媒体、制片人等纷纷上门，这使村上春树处于"《挪威的森林》骚乱的余波"，失去了一贯的镇定平和。1988年最后7个月，他无法提笔写作，出现了开始创作以来的首次创作停顿。直到年末才再次提笔，创作了新长篇小说《舞！舞！舞！》，之后又是新一轮纷乱。要处理小说出版前的各种事务，要应对轮番造访的各路人马。他拒绝采访和约稿，把接待任务委托给夫人阳子，结果招来对他本人的攻讦和对夫人阳子的恶语相加。书卖到10万和50万册时他感觉良好，觉得受到了读者喜爱。但卖到100万册时，却感到"每个人"对他的"孤立和憎恶"，感到"彻底孤立无援"。

为了排除纷扰，获得安静的创作环境，村上春树打消了旅欧回国后久居日本的念头。1990年回国后，他只做了短期停留。1991年初应美国友人邀请，到新泽西州普林斯顿大学做了访问学者，兼驻校作家。说到"出走"原因，当时村上春树的说法是：想看到新的地方，探索更广阔的世界，想在远离日本的场域更好地思考日本。多年之后他坦言："我三十五年前开始写小说，那时候常常受到前辈们严厉的批判：'这种玩意儿不是小说。''这种东西不能叫文学。'这样的状况不免令人觉得沉重（或者说郁闷），于是我有很长一段时间离开了日本，到外国生活，在没有杂音的安静之地随心所欲地写小说。"[1]"在日本，如果有人做了不太寻常或与众不同的事情，就会引发诸多消极的反应——这么说大概不会有错。说好也罢说坏也罢，日本这个国度既有以和为贵（不喜风波）的文化特质，也有强烈的文化上的集权倾向。

---

[1][日]村上春树著，施小炜译：《我的职业是小说家》，南海出版公司，2017年，第98页。

换句话说，框架容易变得僵化，权威容易以力压人。"[1]显而易见，"出走"是因为日本既有文坛铁桶一样的禁锢，圈子文化、门阀霸权和僵化的文学批评体系。

离开难以取悦的日本文坛，生活在普林斯顿大学田园般宁静的校园，村上春树感到前所未有的自由和放松。于是他申请延长居留期限，最终以给该校东方语文学系研讨生授课的客座讲师身份，把期限延至两年。主讲课程为日本战后"第三代新人"作品解读。1993年7月，村上春树转赴波士顿塔夫茨大学，应邀驻校一年，同样讲授日本"第三代新人"文学。

兼任教师的过程中，村上春树得以首次系统阅读日本文学，尤其是战后二十世纪五六十年代活跃于文坛的现代作家的作品。这使他改变了对日本文学及日语"先天排斥"的态度，也引起了对"担负纯文学最后的使命"的大江健三郎、中上健次等老一代作家的敬仰。置身在与日本完全不同的异质文化中，生活在美国"自由的天空下"，促使村上春树反观日本，更多地思考日本问题。他开始更加清晰地看到日本历史、现实及文化精神问题，开始严肃思考"作为一个日本作家应当承担的责任"[2]。1994年10月，村上春树接受了一位正以他为题写博士论文的学生的采访，整个采访历时三个小时。他谈到年届四十对迫近的死亡的感觉，期望在还能集中精力的时候全力写作，也谈到对日本日渐增长的责任感。他说："小说家对于他生活于其间的社会的文化拥有一种严肃的责任。他们必须代表某种东西，当他们进入创作后期后，他

---

[1] [日] 村上春树著，施小炜译：《我的职业是小说家》，南海出版公司，2017年，第72页。
[2] [美] 杰·鲁宾著，冯涛译：《倾听村上春树——村上春树的艺术世界》，上海译文出版社，2006年，第237页。

们需要厘清他们的作品在整体上代表何种倾向。"[1]

　　思考日本、拥抱责任的结果是开始了从"超然"到"介入"、从"内向私小说"到"社会综合小说"、从"跟谁都不交往"到"追求人与人关联性"的转换。驻普林斯顿大学期间，村上春树开始创作首部真正关注日本历史、追问现代日本"暧昧"根源的"宏大叙事"小说《奇鸟行状录》。1992年10月至1993年8月，第一部《贼喜鹊篇》在《新潮》杂志连载。1994年2月，第二部《预言鸟篇》完成后与第一部同时出版单行本。时隔一年后，1995年8月第三部《捕鸟人篇》出版。

　　《奇鸟行状录》这部聚焦日本国家"根源性问题"的小说改变了主流文坛对他"仅靠技巧制造商品"的成见。1996年2月，《奇鸟行状录》被授予第四十七届读卖文学奖。此奖1949年创立以来，曾颁发给三岛由纪夫、安部公房、大江健三郎等蜚声国际的文学大家，足见文坛对他创作转型的欢迎。担任本次评委会主席的是刚刚获得诺贝尔文学奖、被称为"纯文学最后的莫希干人"的大江健三郎。获得此奖，标志着村上春树重新回到了日本主流文学界的视线，也标志经过10年发展，大江健三郎领军的20世纪90年代日本文坛的变化。作为"纯文学"的"信徒"和领军人物，大江健三郎的创作已非严格意义上的日本文学。他同村上春树一样，摒弃了和服、樱花、富士山、幽冥、玄幻、物哀等日本及日本文学符号，已向怪异与暴力、寓意与表现、存在与虚无的后现代文学靠拢。正是他的创作推动了日本文学从单一走向多元，成为村上春树一代"新人"与既定文坛的调节剂，使他们能

---

[1] [美]杰·鲁宾著，冯涛译：《倾听村上春树——村上春树的艺术世界》，上海译文出版社，2006年，第238页。

够留在文坛继续耕耘。

也正是大江健三郎领军的新文坛,对有意挑战既定文坛的"造反派"村上春树的接纳,促使他强化了已有的社会责任意识,最终由"逃离"走上"归途"。

四、"回归"与"介入"

1995年6月,在塔夫茨大学驻校满两年后,村上春树携夫人回到日本。"回归"的深层原因是意识到与日本终难割断的血脉关系,越来越强烈地感受到对日本社会的责任。村上春树说:

> 我在美国差不多已经待了两年,我觉得过得非常自在。甚至可以说比在日本还舒服。不过,我仍然时刻意识到我是出生、成长于日本的,我也一直是用日语写小说的。而且,我的小说发生的场景也一直在日本,并不在国外。这是因为我想使用我自创的风格为日本社会绘像。我在国外住得越久,这种欲望便越发强烈。[1]

> 写完《发条鸟编年史》以后,不知道为什么,就觉着"差不多该回去了吧"。到最后真的就想回去了。也不是特别想念什么东西,也不是那种文化性的回归日本,就是觉得作为一个小说家,我应该待的地方还是日本。

> 这是怎么一回事儿呢?说白了,用日语写作,最终这个思维系统仍然还是日本式的。日语本身是在日本国

---

[1] [美]杰·鲁宾著,冯涛译:《倾听村上春树——村上春树的艺术世界》,上海译文出版社,2006年,第211页。

土孕育出来的，所以不可能跟日本从根本上分开。再怎么折腾，我都不可能拿英文写小说，写故事。我自身深刻体会到了这个事实。[1]

而"回归"的直接原因是1995年初接连发生的"引起日本战后社会最大混乱"的两个灾难性事件，阪神大地震和奥姆真理教地铁投毒事件。

1995年1月17日，关西阪神间发生了7.3级大地震，震灾中心正是村上春树的家乡兵库县。电话中得知父母的房屋受损，村上春树把他们安置在公寓临时居住。3月，他在美国大学春假期间回国，为父母修缮房屋。在神奈川大矶町家里，村上春树知悉20日发生在东京地铁的沙林毒气事件。和平富足年代的两个突发事件，一个天灾一个人祸，给日本社会的触动是剧烈的，也引发了村上春树对当时日本社会体制和社会管理的思考。6月，一个学期的课程结束，他退掉剑桥城的寓所，驱车横穿美国大陆至西海岸加利福尼亚，在夏威夷考爱岛做短期逗留后回国。

回国后，村上春树即投身到赈灾和对地铁毒气事件的采访中。9月，一向不愿抛头露面的村上春树在地震灾区举行了两场自选作品朗读会，为遭遇严重毁坏的几家图书馆募集资金。其中之一就是他少年时在那里消耗了大量时光的芦屋市立图书馆。1996年1月，鉴于媒体对"奥姆教事件"的报道"忽略了'个人见证者'于事件经历的主体性"，他开始对施害和受害双方进行采访。他以大约每五天采访一人的速度，花费了一年时间，共采访毒气事件受害者及见证人62人，施害方奥姆教信众及前信众8人。

---

[1] [日]河合隼雄、村上春树著，吕千舒译：《村上春树去见河合隼雄》，第23—24页。

1997年3月，沙林毒气事件纪念日期间，他采访62位受害方的纪实文集《地下》出版。1998年，采访8名施害方的《地下》续篇《在约定的场所》出版。两部纪实文学成为真实记录奥姆地铁沙林事件和研究思索日本当下体制的宝贵资料。

20世纪90年代，在创作《奇鸟行状录》和《地下》的间歇，村上春树还创作出版了两部长篇小说《国境以南，太阳以西》和《普斯特尼克的恋人》。它们以不伦之情——同性恋和婚外情为题材，在哲理层面探讨情感问题，可以看作是"百分百恋爱小说"《挪威的森林》主题的延续。

五、起于沉实归于虚幻

进入21世纪，已逾花甲的村上春树仍以几年一部长篇小说和间以创作短篇小说、随笔、纪实的节奏进行着文学创作。

2002年，新世纪村上春树的第一部长篇小说《海边的卡夫卡》问世。它延续了《世界尽头与冷酷仙境》奇偶数章分叙的复调对位结构，采用与《寻羊冒险记》《奇鸟行状录》一脉相承的把历史与现实融为一体的跨越性主题。并以意念、象征、原型、互文等西方现代主义与玄幻、幽灵等本土物语文学相渗透的手法，再度引起国际社会关注，使"村上春树热"再度升温。2006年，《海边的卡夫卡》入选美国"十大最佳图书"，同年获得捷克弗兰茨·卡夫卡文学奖，并开始获得诺贝尔文学奖提名。

2004年，村上春树的艺术视野再度聚焦日本当下，创作了深挖掩盖在现代管理化社会文明进步表象下深藏不露的"恶"的小说《天黑以后》。与此前表现现实社会恶的同主题作品相比，它具有独特性,更切近高科技数字化时代的现实。它所表现的"恶"的形式,不同于《寻羊冒险记》中"先生"代表的垄断资本暴力,不同于《舞!舞!舞!》政官商文媒色情一体化的商品暴力,也不同于《奇鸟行状录》中绵谷升代表的封闭世袭政治暴力,而是表现高科技时代非集团非特权、霓虹灯阴影下不动声色的个体犯罪、精英犯罪和技术犯罪。表现数字技术对人生存空间的侵袭、对意识世界的控制,即"电脑操控人脑"的现象。

继《天黑以后》小场景小画面制作后,村上春树重回"综合小说"路线。2009年,长篇小说《1Q84》问世,因层出不穷的事件人物和包罗万象的题材内容,尤其以战后"新左翼运动"以来日本30年社会发展为主题,成就了一部最接近村上春树"卡拉马佐夫兄弟式"创作目标的小说。因其与60年前政治幻想小说《1984》近似的篇名,被看作向前辈奥威尔致敬和向思想禁锢、极权体制开战的作品。在创作和营销上,使用了"一条龙"市场运作方法,创下了日本国内首发一周突破65万、20天突破100和一个月突破200万册的销售神话。2009年,获得以色列第二十四届耶路撒冷文学奖,由此使村上被看作诺贝尔文学奖最强劲的候选人。但方法技巧上,面对所写的重大题材总是举重而轻放、巧言而迂回,通过"精于计算"的艺术设计和暧昧语言,回避价值评判和终极意义的表达。客观上制造了消解深度和倾向,徒然"消耗"重大题材的消费艺术。同时大肆引进"露骨的娱乐性",在"伟大的物语"的旗号下,尽情发挥此前创作中已有的行侠、冒险、侦探、推理、玄幻、神魔等流行文学色彩。甚至采用民间故事、童话等低幼文学技法,走大众通俗文学和但求流量不求意义的消费文化路线。

及至2017年出版的小说《刺杀骑士团长》,已陷入以"隐喻"的名义,恣意炮制玄奥无解谜团的地步。小说诡异的人物故事设置,逶迤拖曳的文字篇章,玄奥无解的内容意趣,让人难言其中况味,不由地想起莲实重彦[1]的"骗婚之说"。在产销链条上的营销话语,也仅剩下"首次披露南京大屠杀"一个噱头和卖点。事实上,关于南京大屠杀,村上春树在1995年创作的小说《奇鸟形状录》中已借驻"满洲"日军浜野之口进行过直白披露。但尽管如此,出于读者对"国际村上"的期待——想看"他下一部作品会怎样"的解谜心理,还是创下了上市三天发售四十七万和十天发售一百万册的"辉煌"业绩。

这一状况正应了《1Q84》中编辑小松对天吾改写小说博取文学奖前景的预测:"得了芥川奖自然名声大振。世上的人大多不懂得小说的真正价值,却又不愿被世间的潮流遗弃,只要有本书得了奖成了话题,就会买来看……书卖得好,就能大赚一笔。"[2]是名人效应,是借畅销谋利的商品。

---

[1] 莲实重彦(1936—),日本著名法语文学家、文艺评论家、电影评论家和小说家,被尊为日本学术界的领袖。1997-2001年任东京大学校长,现任东京大学名誉教授。主要著作:《反日语论》《夏目漱石论》《大江健三郎论》《物语批判序说》等。

[2][日]村上春树著,施小炜译:《1Q84 BOOK1 4～6月》,南海出版公司,2017年,第29页。

第二章

"青春三部曲"：自由民主主义的面目

　　村上春树是战后"团块世代"的一员，成长于占领时期美国强制下的民主改革时期，接受的是《教育基本法》框架下的国民民主教育。在经受战争磨难、战后人人反对战争拥护和平的特定背景下，他形成了战后初期已成社会主流的民主主义世界观。20世纪70年代，初登文坛，虽经日本社会从岸时代到佐藤时代自上而下的右倾化转向，但和平、民主、平等、人权仍然是其思想价值观的主要内容。村上春树战后初期自由民主主义的世界观在其最初的"青春三部曲"小说和短篇小说中得到了集中体现，在他持续四十余年的创作过程中具有开篇序言的作用。

　　"青春三部曲"小说《且听风吟》《1973年的弹子球》《寻羊冒险记》和第一部短篇小说《去中国的小船》是村上春树最早的创作成果。它们以日本战后史上"第二次安保斗争"及政治季节过后的20世纪70年代为背景，表现从1969年"安田讲堂失守"到经济腾飞的1978年，"全共斗"一代人的生存和精神状况。三部小说均以"新左翼运动"的主体校园风潮为出发点，表现运动挫败后一代青年的精神损伤，以及理想主义激情退去后他们对人生价值的持续思考，是对日本20世纪60年代末70年代初政治季节青年们理想主义激情的反思和清算。同时围绕学运反思，确立了决定村上春树日后创作方向的三大主题：新左翼运动、中日战争和中国形象。它们成为村上春树创作的起点和原点，成为日后不断加强加深的核心意象的重要组成部分。

第一节 《且听风吟》：一个时代的感伤

《且听风吟》是村上春树文学创作的起点，也是"青春三部曲"小说的开篇之作。作为"全共斗"青春理想主义反思系列小说，它的场景设定在远离二十世纪六七十年代政治运动中心的北海道"故乡小城"，时间设定在"安田讲堂事件"后"全共斗"由盛转衰的1970年。以主人公"我"和同在东京上大学的朋友"鼠"回乡休假的暑假沉沦故事，表现学运败北后一代人无法修复的精神创伤。小说由40个互不连贯的片断组成，主要写"我和鼠"的故事，也以拼贴画方式随机写与"我"有关或无关的众多"病痛"和"死亡"。

一、"全共斗"一代的精神损伤

小说在对等地位中展开了政治季节过后"我"和鼠的故事。1970年8月，"我"21岁，鼠22岁，1967年"我"与鼠刚到东京上大学时成为朋友，是二十世纪六七十年代校园"全共斗"

第二章 "青春三部曲"：自由民主主义的面目

的主角。他们一代人或激进或平和，都以自己的方式参与了那场赋予一个时代理想主义激情的运动。其结果众所周知，在强大体制和国家机器碾压下全面败北。青年学生有的死了，有的转而寻求其他理想表达的方式。但更多的如同"我"和鼠，被无情运行的历史车轮裹胁着重回往日的生活轨道。但创伤还在，梦想还在。作为已逝去的历史天空中的一粒微尘，他们只能落寞地躲在某个角落，自我疗伤，自舐伤痕血迹，伤悼已逝的青春，祭扫破碎的理想，"我"和鼠正是如此。"暑假故事"之前，"我"和鼠曾相伴在东京街头酒吧通宵达旦地酗酒，酒后驾车兜风，还出了事故。1970年8月，正值学生运动垮台后"大学就要重新走上正轨的那个秋季学期的前奏"[1]，回到边远的故乡小城度假。从8月8日到26日共18天的暑假期间，"我"和鼠终日泡在中国人开的地下爵士酒吧，酗酒、呆坐和闲聊。一个夏天喝下的啤酒"足以灌满25米长的游泳池"，丢下的花生壳"足以按5厘米的厚度铺满杰氏酒吧的所有地板"。酗酒、沉默的间歇，听鼠大骂有钱人。"我"和"四指女孩"的交往、鼠的失落和隐约的恋情是他们各自的故事。

鼠说有钱人的坏话，不是一时心血来潮，而是对有钱人怀有本能的愤恨。他骂有钱人是"壁虱"，因为"那些家伙一无所能""关键的事情什么也不想，不过装出想的样子罢了……"。他表示，"看见财大气粗满脸神气的家伙，我简直想吐"[2]。而事实上鼠正是

---

[1] [美]杰·鲁宾著，冯涛译：《倾听村上春树——村上春树的艺术世界》，上海译文出版社，2006年，第38页。

[2] [日]村上春树著，林少华译：《且听风吟》，上海译文出版社，2007年，第8页。以下出自《且听风吟》的引文均以此版本为准，只在引文后标注其在原著中的页码，不再另加注释。

有钱人的儿子。他家有海边依山而建的三层楼别墅，院落宽敞，建筑气派，天台带有温室。宽大的车库里并排停放着奔驰、凯旋跑车和豪华摩托。鼠的父亲是做生意的，发战争财。战前鼠的父亲穷得一塌糊涂，战争爆发后他搞到一个化学药品厂，卖起了驱蚊膏。"战线向南推进"时，驱虫软膏卖得飞快。战争结束后他把药膏收进仓库，改卖营养液。朝鲜战场停火又开始卖家用洗涤剂，据说成分始终如一。小说中写道："二十五年前，在新几内亚岛的森林里，浑身涂满驱虫膏的日本兵尸体堆积如山；如今每家每户的卫生间又堆有贴着同样商标的厕所用管道清洗剂。""如此这般，鼠的父亲成为阔佬。"（98页）鼠痛恨有钱人，显然受到反对资本主义剥削的左翼思想的影响，受到否定"那个成为资本主义螺丝钉的自我"的"全共斗"思想的影响。身为靠战争和投机生意起家的暴发户的儿子，鼠具有强烈否定所属阶级和清算自我罪恶血缘的左翼民主思想。

"我"和"四指女孩"的交往开始于杰氏酒吧里的偶遇。暑假的某一天清晨，"我"从睡梦中醒来，发现赤身躺在陌生人家的床上。身旁有一位赤身熟睡的女孩，大约不到20岁，左手只有四个手指。努力回想，想起她是前一天晚上在杰氏酒吧遇到的醉酒受伤的女孩。"我"在酒吧等鼠，鼠没来，起身离开时看到她躺在卫生间地板上，人事不省，头部受了伤。"我"和店主杰一起给她处理了伤口，杰托"我"送她回家。因担心她酒醉独自在家发生意外，就留下来照顾，却意外睡着了。女孩醒来后，看到"我"这个陌生人和自己赤裸的身体，产生了误会，斥责"同人事不省的女孩睡觉的家伙……分文不值"。第二天"我"到附近唱片行买唱片，柜台里的营业员正是与"我"产生误会的"四

第二章 "青春三部曲":自由民主主义的面目

指女孩"。女孩业务娴熟,很快帮"我"选好了唱片。"我"邀请她下班后一起吃饭,她冷言拒绝,再度斥责"我""分文不值"。几天后"四指女孩"打来电话,向"我"道歉,约"我"到杰氏酒吧见面。见面时女孩讲到她孤独不幸的身世。几年前她父亲得了脑瘤,花光了家里所有的积蓄后死去。现在,母亲"在某处活着,有贺年卡来"。她有个双胞胎妹妹,住在离自己有"三万光年之遥"的地方。她8岁时,小拇指夹进电动清扫机轧掉了。剩下九根手指后,父母再也不会分不清她和双胞胎妹妹了。此后,"我"和女孩开始交往。她问起"我"在东京上大学的事,"我"提起游行、示威和罢课,向她展示了被警察打掉的门牙。她问牙齿被敲掉的意义,"我"说"没有",即毫无意义。女孩说要外出旅行几天,再见面时却说没有外出,当时只是撒谎。她问"我"是否想听真实情况,"我"打岔说"去年啊,解剖了一头牛"。"我"陪女孩在街头漫步,她忽然哭了起来。"我"送她回公寓,她说不想一个人冷冷清清。"我"留下过夜,但被警告刚刚做了人流手术,不要有非分之想。关于男友,她说已"忘得一干二净,连长的模样都记不起来了"(130页)。当夜两人相拥而眠,但相安无事。之后"我"回东京上学,冬末返乡时女孩已辞去唱片行的工作,"在人的洪流与时间的长流中消失得无影无踪"(141页)。"我"在她那里购买的那张《加利福尼亚少女》唱片,"依然待在我唱片架的尽头。每当夏日来临,我都抽出倾听几次,而后一面想加利福尼亚一面喝啤酒"(142页)。

1970年8月,随着秋日来临和假期即将结束,鼠的情绪一天比一天焦躁。他常常坐在酒吧餐桌旁呆愣愣地看书,或无精打采地应对"我"的搭话。他停止喝啤酒,开始气急败坏地大喝威士忌。或者在点唱机旁无休止地投币点唱,在弹子球游戏机前手拍脚刨。一天,喝过五杯威士忌后,他让"我"代他去见一个女孩。"我"按他的要求打扮齐整,要出发时他取消了计划,但一个星期情绪"非常不妙"。"我"问他女孩怎么样了,他说本想和我商量一下,但想了一个晚上,还是免了。因"世上有的事情是奈何不得的""比如虫牙:一天突然作痛,谁来安慰都照旧痛个不止。"(109页)他诉说:"有时候我无论如何都受不了,受不了自己有钱。恨不能一逃了事……或许那样最好。跑到一处陌生的城市,一切从头开始,也并不坏。"(106页)"我"问他,不回大学了?他回答:"算了,也无法回去嘛!""怎么说呢,大概因为厌烦了吧。可我也在尽我的努力——就连自己都难以置信。我也在考虑别人,像考虑自己的事一样,也因此挨过警察的揍。但到时候人们终究要各归其位,唯独我无处可归,如同玩'抢椅子'游戏没了椅子一般。"(106页)"我"问他,往后做什么?鼠说,想写小说,写"好小说"。"如果写,起码得写足以使自己本身受到启发的东西才行。否则没有意思。""或者为自己本身写……或者为蝉写"。(107页)暑假结束,"我"返回东京上学,鼠退学留在故乡小城。1978年写"这部小说"时,"我"29岁,鼠30岁。我结了婚,在东京生活。鼠仍在家乡写小说,每年圣诞节都有几份复印本小说寄来,随同生日贺卡。

显然,"我"和鼠是"全共斗"败北青年。小说虽然只写了运动过后1970年18天的暑假故乡故事,但他们内心苦闷焦虑、彷徨颓丧的情绪流溢笔端。何以至此,从他们关于抢椅子游戏、终归要各归其位的对话中可以看到,是来自运动失败理想无处安放、在瞬间转轨的现实中找不到自身位置的迷茫感伤。对于刚刚过去的运动,他们共同的认识是激情过后发现运动本身毫无意义。但面对灰冷现实,他们采取的应对方式和继续生活的态度不同。"我"与鼠相比,运动进行时投入的理想内容不同,运动失败时精神损害的程度具有差异。"我"认识到,游行示威罢课只具有"打掉门牙的意义",即毫无意义,为此落寞感伤。但有回到现实生活轨道继续生活的愿望,鼠却深陷消极颓废不能自拔。

小说没有明确揭示运动后"我"和鼠两种应对态度的成因,但从鼠对有钱人的仇恨和他的家世,可以料想"全共斗"中他背负着比其他青年更沉重的自我否定包袱。作为有钱人,尤其是战争暴发户的儿子,他除了要否定那个"在高考浪潮中被席卷而成为资本家挣钱工具"的"自我",更要否定自身罪恶的血缘和家庭。运动发起时,他应该革命愿望更强烈,立场更坚定,态度更彻底,目标更具现实意义和个人理想色彩。因此运动挫败,他无法像其他青年一样,就当什么事也没发生过,重回往日的生活轨道。而是偏安于小城一角,自舐伤痕血迹。退守自己的内心世界,坚守理想信仰,不与现实俗流苟合。换言之,两个主人公一个因时就势,把激情和理想收起,与现实妥协和解;另一个固守理想,拒绝从俗,继续思考和探索人生的意义。小说以取向不同的"我"和鼠为代表,叩问思索在大是大非和社会转折时期,有为青年"应该怎么办"的问题,是辩证思维的产物。

二、众生"丧失"与"死亡"

在"我"和鼠痛苦消沉的暑假故事中,拼贴了大量与"我"有关和无关的碎片故事。除"四指女孩"外,与"我""有关的"

主要有过去交往过的"加利福尼亚少女"和上大学前后三个"和我困过觉"的女孩。"无关的",是夹杂在"我"暑假故事中的众多"死亡"和"病痛"。

　　和"我"有过交往的"加利福尼亚少女"是五年前高中修学旅行时结识的同乡女孩。"我"帮她找到了隐形眼镜,作为回报她借给"我"一张《加利福尼亚少女》唱片,唱片弄丢了,因此至今没有归还。暑假的一个周末,"我"收听电台《通俗歌曲电话点播》节目。主播通知,有位女孩为"我"点播了《加利福尼亚少女》歌曲,"我"想起了她。第二天"我"购买了《加利福尼亚少女》唱片,接连几天查找她的电话号码。她登记在高中毕业名册上的号码已经停用,问她所上的大学,她已退学,退了公寓房间。没有留下联系方式,没有再联络的可能。

　　"和我困过觉"的三个女孩,第一个是和"我"同为17岁的高中同学。深信彼此深爱着对方,义无反顾地幽会,忘乎所以地交欢,她却总是问我,"是否觉得没意思"。高中毕业几个月,就一下子分道扬镳,理由已经忘记。第二个是在"新宿爆发最为声势浩大的示威游行的夜晚",在东京地铁车站遇到的16岁嬉皮士女孩。交通彻底瘫痪,她蜷缩在地铁检票口,肚子饥饿,身无分文。"我"领她回家吃东西,然后"索然无味地性交"。同居一个星期后,她留下"讨厌的家伙"字条,独自离去。第三个是大学图书馆里认识的法文专业女生,她称"我"的阳物是我"存在的理由"。这使"我"在交往的8个月时间持续就人存在的理由进行思考,结果染上了一种怪癖,凡事非换算成数值不可。整整8个月,数电车里乘客的人数、上楼梯的级数、脉搏跳动的次数、听课的节数、吸烟的支数和性交的次数。最后发现,并不能借此向别人传达什么,任何人对"我"的这些数字都没有半点兴致,以至于"感到自己失去了存在的理由,只落得顾影自怜"(86页)。"我"存有一张她14岁时的照片,背面标着"1963年8月",那是她人生最美的瞬间。1969年,在我们相识的第二年春假,她吊死在校园球场旁的杂木林。尸体直到开学才被发现,在风中摇摆了整整两个星期。她为什么自缢,"任何人都不清楚。我甚至怀疑她本人恐怕也不明了"(92页)。

与"我"无关联的死亡共有6人。第一个是虚构的,给"我"以创作启迪的美国作家哈特菲尔德。他是少数几个能以文章为武器进行战斗的非凡作家之一,却在锲而不舍将战斗进行到八年零两个月,即1938年6月,他母亲去世之际,他赶到纽约帝国大厦。右臂抱着希特勒画像,左手拿伞,从摩天大楼的天台上跳下。他的死如同生前,没引起任何反响。死后按照他的遗嘱,碑文是尼采的"白昼之光,岂知夜色之深"。几年后,"我"去探访他"小得像高跟鞋后跟"一样的墓地。在5月温存的阳光下,觉得"生和死都同样闲适而平和",(145页)想起了他的警妙之语:"同宇宙的复杂性相比……我们这个世界不过如蚯蚓的脑髓而已。"(146页)第二和第三位是"我"的两个叔叔。"我"共有三个叔叔,初中时送给我哈特菲尔德书的叔叔三年后身患肠癌。死时被切得体无完肤,身体的入口和出口插着管子,全身青黑透红,萎缩成一团,像狡黠的猴。另一个死于上海郊区,战败的第三天踩响了自己埋的地雷。活下来的成了魔术师,在全国有温泉的地方巡回表演。第四位是"我"的祖母,她常说"心情抑郁的人只能做抑郁的梦,要是更加抑郁,连梦都不做的"(5页)。她辞世的夜晚,"我"用手指把她的眼睑合上,她79年人生所怀有的梦,便如落在人行道上的夏日阵雨，悄然逝去，了无遗痕。第五位是"四指女孩"的父亲，五年前长了脑瘤，整整折腾了两年，花光了家里全部积蓄，然后死去。第六位是哈特菲尔德小说中开枪自杀的火星青年。他在宇宙中往来彷徨，已厌倦宇宙的浩渺无垠，期待悄然死去。他钻进火星地表无数个深井中的一个，随着身体下降感到越来越舒服。下到约一公里时发现一个横洞，他钻入其中不停地行进。过了不知多长时间，他觉察到日光，原来是横洞与别的深井连在了一起。他沿井壁攀登返回地面，风告诉他，他穿行井中时时间已流逝了15万年。他问风："你学到了什么？"大气微微摇颤，风绽出笑容，没有回答。一瞬间青年感到，"亘古不灭的沉寂重新笼罩了火星的表面"。（115页）他掏出手枪，顶住太阳穴扣动了扳机。

　　令人绝望的病痛来自电台《通俗歌曲电话点播》节目播出的一封听众来信。女听众自称，她17岁，到秋天已住院三年，得了十分棘手的脊椎神经疾病。三年来像石头一样躺在床上，不能起床翻身，不能看书看电视，不能行走散步，也得不到任何人的爱。有时想到要长此以往，直到几十年后悄悄死去，就悲哀得难以自已。半夜醒来，时常觉得听到了自己脊梁骨一点点融化的声音，推想说不定实际也是如此。从医院窗口可以望见对面的港口，她不禁想象：假如能每天清晨从床上起身，步行到港口，满满吸一口海水的清香。哪怕只有一次，也会理解世界何以这般模样。如果真能理解这点，纵使在床上终老此生也能忍耐。主播告诉听众，她收到来信的傍晚，走到了港口。回望山上万家灯火，不知哪点亮光属于患病女孩的病房。她平生第一次想到，"世上的的确确有多种多样的人以各种各样的方式活着"（135页）。想到这一点，泪水不由夺眶而出。现在她只想说：我爱你们！希望你和你们都听得真切才好。希望10年后还能记得这个节目，记得我说的这句话。

用如此多的病痛和死亡进行渲染，其意义不在故事本身，而是营造苦难阴郁的时代气氛。与败北青年"我"和鼠的故事相映衬，凸显政治季节过后死寂颓丧、有欲无爱和爱而不能的时代悲剧。

三、首发的中国形象

在以地下杰氏酒吧为主场景的"我"和鼠的暑假故事中，对应塑造了店主中国人杰的形象。他是村上春树创作中第一个中国人形象，之后持续出现在"青春三部曲"的后续小说中。在"青春三部曲"中，他既是"我"和鼠从1970年到1978年这段生活的见证者，也"有限度"参与到我们的故事中。因此"青春三部曲"既被称作"我和鼠的故事"，也被称作"我、鼠、杰三人的故事"。在以酒吧为场所的"有限"叙事中，层次分明、张弛有度地塑造了杰饱经忧患，但不失理性温情的理想中国人形象。

《且听风吟》中杰共出场六次，均着墨不多，主要以"我"和鼠18天沉沦故事的见证者而存在。杰作为店主，在与两位顾客身份的青年的情境化应答中，表现出他温情理性、精明周到的特征。

第一次，杰随着返乡休假、泡在酒吧的"我"和"鼠"同时出场。鼠醉酒很深，长久沉默后对"我"大吼大叫，咒骂有钱人。骂有钱人是"王八蛋"，是"壁虱"。鼠咒骂的间歇，"我"对柜台里的杰说，柜台上方版画中对称的图案，活像两只对坐的绿毛猴传递两个漏完气的网球。杰回应："那么说倒也是的。""左边的猴子是你，右边的是我。我扔啤酒瓶，你扔钱过来。"（9页）貌似主客即兴调侃，其实已表露出小经营者杰的精明机敏。他已关注到鼠的状况，领会了"我"转移话题的意图，才顺势风趣作答，既淡化了鼠的情绪，也化解了店堂紧张的气氛。第二次，"我"向"四指女孩"解释留宿她家的原因时提到，"与杰一起"给她处理了伤口，"与杰商量"由"我"送她回家。此处杰没有正面出场，但通过"我"表现了他善待客人、温情敦厚的特点。第三次，"我"在酒吧边饮酒边等鼠，因不堪中年女性几次三番打电话、兑零钱、攀谈的侵扰，起身欲走。杰打趣说："你是要逃？"一语点破"我"的窘态，表现了他善察人情世故的能力。第四次，秋日临近，休假的学生纷纷返校，鼠焦虑烦躁，精神几近崩溃。他在酒吧里气急败坏地饮酒，无休止地投币点唱，对着弹子球机又踢又拍。杰惶惶不安，却宽慰"我"："怕是有一种被抛弃之感吧，心情可以理解。""大家都一走了之，有的返校，有的回单位。你也是吧？""要理解才行。"（101页）杰问起鼠和"那个女孩儿"的事，"我"应允鼠那里"由我说说看"，杰才释然去做自己的事。第五次，和鼠谈完女孩去酒吧，杰追问谈了没有。得到"我"的肯定回答后，他说："那就好。""说罢，把炸薯片放在我面前。"似对做好事的孩子的奖赏。第六次，"我"回东京前到酒吧道别。杰说："你这一走，还真够寂寞的。猴子的搭档也散伙了，鼠也肯定觉得孤单的。"（137页）轻描淡写中道出对鼠的担忧，也道出了自己的失落。至此，杰已由两个迷途青年的关注者走进了他们的心灵，开启了后续小说"我、鼠、杰三个人的故事"。

此外，在这最后的出场——"我"离开家乡、"我"和鼠的故乡故事谢幕，"我"向杰道别时，杰走到了前台，引出了他自己的话题。杰说："东京奥林匹克以来，还没离开过这座城市""不过过几年想回一次中国，还一次都没回过……每次去港口看见船我都这样想"。（138页）语言不多，但撮其旨要，可以从中看到杰过往的人生。他是在经济腾飞的20世纪60年代来到北海道这座宁静偏远的小城，从此再未离开。他在更久远的年代来到日本，至今未回过中国。每每看到港口的船，都有近期回一次中国的冲动，但从未成行。至此，初步勾勒了一位丧失根基、漂泊无依的在日侨民形象。

因杰的中国话题，"我"提到，"我叔叔是在中国死的"。杰回答，"噢……很多人都死了。都是兄弟"。（138页）看似语意模糊，其实暗指中日战争中双方民众的死难和"兄弟相残"的残酷现实。这无疑包含着对帝国主义战争的否定，表达了村上春树创作初期反战和平、平等民主的基本立场。

第二节 《1973年的弹子球》：庄严告别的仪式

《1973年的弹子球》发表于1980年6月，是村上春树的第二部长篇小说和早期"青春三部曲"的第二部作品。它在《且听风吟》之后继续写"我"和鼠的故事。时间推移到1970年"暑假故事"后的1973年，地点分设在"我"毕业后工作的东京和鼠退学困守的北海道故乡小城。内容主题比《且听风吟》有了很大的深化，通过写1969到1973年间的"两地故事"，表现"我"和鼠经过三年自舐伤痕、痛苦反思走出沉沦迷茫的过程，同时对"全共斗"及那个时代的历史进行回顾，透露出将"全共斗"遗产理论化和相对化的意图。

一、1973年的精神转折

小说以"一九六九——一九七三"和"弹子球机的诞生"为题，分为两部分。分别以片断式概要题记和具体事件叙述，相互映照，写分处两地、处在不同精神困苦中的"我"和鼠，意欲从消极沉沦和自我麻醉中解脱出来的精神转折。

（一）"我"乖戾的东京故事

1973年"我"已大学毕业两年，正处在政治季节过后加入强劲发展的资本经济大潮如鱼得水，但内心无比惶惑矛盾的自我分裂期。

毕业后不久，朋友的父亲出资在东京涩谷区开了一家小小的翻译事务所。数月后发现"一锹挖在了富矿上"，数量惊人的委托件不断涌来。译件的种类和委托人多种多样，"我"由此赚取了足以购置各种家用电器、家庭酒吧和扩大事务所规模的钱款。朋友还得以购置汽车，从容地养家，"我们"俨然成了成功人士。"我"在1972到1973年二十五六岁的季节，也就"像午后阳光一般温煦和平"。可终有一天，"我"被不可抑制的"乖戾感"控制。"时不时有这种乖戾感，感觉上就像硬要把两块种类不同且夹带碎片的嵌板拼在一起似的。每当这时，我总是喝威士忌躺

第二章 "青春三部曲"：自由民主主义的面目

下。早上起来情形越发不可收拾。周而复始。"[1]这一年，在"我"身上发生了几件匪夷所思的事。

某周日早晨醒来，有一对双胞胎女孩睡在"我"的两侧。鼻尖触在我的两肩，惬意地睡个不休。三个小时之后，她们同时醒来。毛手毛脚地穿上衣服，到厨房准备早餐，动作训练有素。至于她们是何人，生于何地，为何住进"我"的房间，打算住到何时，我一概没问，她们也没有提起。说到姓名，她们说不配有名有姓，原本不是什么了不起的姓名。为了区别，就以她们衣服上208和209的号码来称呼。白天"我"出去工作，她们在家里料理家务。休息日一起在家里做游戏，或者到附近的高尔夫球场散步，看云，看风景，或捡拾遗失的球。

5月的一天，"我"净面刮须，穿戴整齐，到已故女友的家乡小镇，寻找她常提起的车站站台上的流浪狗。女友直子是"我"1969年春在大学校园里结识的同龄女孩，她向"我"不无厌烦地讲述她家乡的故事。家乡小镇的街衢、车站、居民，还讲到车站站台上跑来跑去的流浪狗。说到此，她每每摇摇头，脸上漾出笑意。"那是成绩单上清一色A的女大学生常有的笑法。笑得活像《艾丽丝漫游奇幻记》里边的波斯猫。她消失后那笑也没消失，在我的心里留了很久，不可思议。"（5页）四年后的今天，"我"乘车来到小镇，找到那个车站。在站台上等了一小时，狗没有出现。隔着栅栏，"我"看到车站外面有一个很大的湖，有人垂钓。一条大白狗乐此不疲地跑来跑去，嗅着三叶草。"我"

[1] [日] 村上春树著，林少华译：《1973年的弹子球》，上海译文出版社，2008年，第7页。以下出自《1973年的弹子球》的引文均以此版本为准，只在引文后标注其在原著中的页码，不再另加注释。

村上春树新论

隔着栅栏招呼它,它跑了过来,从栅栏缝挤过鼻子,伸出长舌舔"我"的手。"我"说:"过里边来嘛!等得我好苦。"它犹豫再三,回头张望。我掏出香口胶给它看,它终于钻过栅栏。我摸了几下它的头,团起香口胶向月台尽头抛去。它径直追了过去,我心满意足地扭头回家。路上,"我"几次自言自语:"全部结束了,忘掉好了!不是为这个才到这里来的么?然而我根本忘不掉,包括对直子的爱,包括她的死。因为,归根结底,什么都未结束。"(16页)

9月的某个周日早晨,电信局工作人员上门更换配电盘。换下的配电盘忘在了"我"的家里,双胞胎姐妹拿着它玩耍了一天。她们分别扮演狗妈妈和狗女儿,说了很多没头没脑的话。她们求"我"借辆车,到水库给配电盘送葬。周日"我"冒雨开着合伙人的车子,双胞胎一人抱暖瓶一人抱着配电盘,两人"神色严肃,正是葬礼表情"。我也效仿她们,连中途休息吃烤玉米时都绷着脸。送葬时她们求"我"说句祷词,"我"搬出了康德,念诵"哲学的义务……在于消除因误解产生的幻想……配电盘哟,在水库底安息吧!"祷告后,以动人的弧线把配电盘投入水中,泛起的微波一直荡漾到我们脚下。三人已淋成落水狗,靠在一起久久注视着水库。从远处看,我们的身影像一座造型不俗的纪念碑。

这年秋天,"我"被一台曾经拥有的弹子球机俘获了心。9月的一个黄昏,"我"和双胞胎姐妹去高尔夫球场看火烧云。家住在附近的学生正在练习吹长笛,在那高八度撕心裂肺的笛声中夕阳在丘陵间沉下半边。"就在那一瞬间,不知为什么,弹子球俘虏了我的心。"(96页)与弹子球机产生关联是1970年和鼠在故乡小城大喝啤酒那天。杰氏酒吧有一台名为"宇宙飞船"的

第二章 "青春三部曲"：自由民主主义的面目

罕见的三蹼弹子球标准机。鼠疯狂地迷恋上了它，当打到92500分战绩时，"我"为鼠和弹子球机拍下了合照。"鼠面带微笑靠在弹子球机旁边，机也面带笑容"（96页），记分屏上显示着92500的数字。鼠俨然二战中的空战英雄，弹子球机像一架老式战机。92500的分数把鼠和弹子球机结合在一起，"酿出妙不可言的融洽气氛"。而鼠梦寐以求的是战绩超过六位数。"我"真正陷入弹子球机发生在返回东京的那个冬天。那半年"我"好像在黑洞中度过，像在草原正中挖了一个等身大小的洞穴，整个人钻进去，塞起耳朵不听任何声响，什么也引不起兴致。总是睡到傍晚醒来，到娱乐厅的一个角落，在好不容易找到的一台与杰氏酒吧一样的三蹼"宇宙飞船"标准机前消磨时光。"我"投进硬币，按动机钮，在无数硬币吞进机器的一个月后得分超过了六位数，打出了105220的战绩。"我同弹子球机短暂的蜜月就这样开始了。在大学校园里我几乎不露面，打工钱大半投进了弹子球机……得分超过十五万时，真正的冬天来临了。"（102页）第二年春天，娱乐厅一夜间拆毁，变成了24小时营业的炸面圈店，弹子球机不见了。"我"询问年轻的侍应生，她们不知道曾有过娱乐厅，更无人知道弹子球机的下落。但弹子球机在呼唤"我"，"她在某处连连呼唤我，日复一日"（108页）。

　　随着时间的推移，弹子球机的形象在"我"心中膨胀。"我"开始每天上午以惊人的速度处理堆积如山的译件，午后跑出去寻找弹子球机。"我"转遍了东京所有娱乐厅，没有看到它的踪影。一个娱乐厅老板给"我"提供了线索，一位熟知弹子球机历史的西班牙语教师。经过很长时间查找，他找到了三蹼弹子球机的下落。11月的一天，我们乘车走了很远很长时间，走进了一片黑暗。

在旷野中废弃养鸡场的地下仓库，看到了收藏的数目惊人的弹子球机。78台弹子球机排着整齐的队列，三蹼"宇宙飞船"在队列的大后方等"我"。"我"缓步走过弹子球机队列，站到她面前，细看她的每一个部分，一切都安然无恙。我"和她展开感伤怀旧的对话，她始终面带笑容，感谢"我"来看她。我们郑重话别，之后"我"再次穿过弹子球机队列，走上楼梯，按下电源开关，走出库房，回手关上门。在这个过程中，"我"一次也没有回头。回到宿舍，"我"脸色铁青，为了恢复体温，在热水浴缸里泡了30分钟，但沁入骨髓的寒气还是没有消掉。沉入梦乡，"我"梦见了托洛茨基和载着他逃离流放地的四头驯鹿。

冬末，双胞胎姐妹离去。送行路上，"我"想起剧作家田纳西·威廉斯的台词："过去与现在已一目了然，而未来则是'或许'。"（156页）然而，当回头看自己走过的"暗路"时，所看到的仍然只是"依稀莫辨的'或许'"。"我"感慨道："我们所能明确认知的仅仅是现在这一瞬间，而这也只是与我们擦肩而过。"（156页）分手时，"我"对双胞胎说："你们走了，我非常寂寞。"（157页）

（二）鼠迷失在小城的恋情

鼠的故事衔接在《且听风吟》中所写的18天暑假故事之后。秋日来临，暑假过去，学生们纷纷返校。鼠没有回去，而是退学留在了故乡小城。他常常在暮色中来到海边防波堤，看海潮、云絮、灯塔和港口。每每感到少年流连于此时"朦胧的情思"和"黄昏的气息"，内心涌起无尽感伤。更多时候，是在日渐萧条的杰氏酒吧，"同孤独的中国调酒师，俨然一对老年夫妇，肩靠肩度过自秋至冬这个冷飕飕的季节，年年如此"（33页）。鼠1973年

第二章 "青春三部曲"：自由民主主义的面目

故乡小城的故事是与一位从事设计的女子相爱又终而割舍的恋情。

与女子初识是在1973年9月。鼠在报纸"剩余物品交易栏"看到一则出卖电动打字机的广告。他打电话联系，买卖谈成，上门付款取货。货主是一位小巧玲珑、穿着得体的年轻女性。三天后女子打来电话，说有半打剩余的打字机色带赠送。鼠再次上门取货，并在杰氏酒吧招待了女子，作为回报。四天后他们相约到游泳馆游泳，之后鼠开车送女子回家，当晚留宿她家。原因说不清，"鼠也不明白何以那样，谁先有意的也记不得了。大概类似空气的流移吧"（60页）。之后，他们每星期六晚上幽会一次，星期日至星期二回忆，星期四至星期五计划下一次会面。这样，只剩下每个星期三无所事事，心神不宁。鼠也常常带着女子到山顶台地的灵园，在循环播放的《老黑奴》音乐声中相依相偎，度过整个黄昏。但在某个星期三的晚上，鼠的内心再次失去平静。同女子幽会以来，生活变成同一星期永无休止地周而复始，时间意识已荡然无存。他感到"前进不得，又后退不成""一厘米也前进不得"（77页），心生出一阵自我厌恶。深夜难以成眠，他到已打烊的杰氏酒吧，在杰的陪伴下喝了大量啤酒。之后，驱车到海滨公路，停下车遥望对面女子的公寓。房间黑着，她大概已经入睡，"光景甚是凄凉"。一个星期过半，鼠做出了决定，暂且冻结一切。他坐在酒吧里，边酌酒边想他25岁的人生："我活了二十五年，觉得好像什么也没学到"（81页）"二十五岁之于人急流勇退，是个不坏的年龄"（99页）。星期五鼠再度来到女子公寓对面，遥望百叶窗透出的灯光，回想房间的内景。设施、用具能一一想起，但想不起来"关键性"的灯的样式、地毯的颜色。之后一切都在脑海中消失，遁入黑暗。那个星期五，鼠没有联系女子，星期六没有见面。经过几个星期痛苦的煎熬，鼠终于能够不再去看女子的房间，也终于能对杰说"要离开这座城市"。至于离去后去哪里，鼠不知道，好像无处可去。他对杰说："没目标。去陌生的城市，不太大的为好。"（147页）

二、庄严"告别"的仪式

总体看，1973年"我"和鼠的故事是走向新生前的"告别"。向已远去的时代告别，向曾拥有的青春理想告别，也包括三年的消沉和曾拥有的爱。有论者称，小说的旨趣是"寻找"，以寻找为线索，先寻找女友家乡小镇站台上的狗，再寻找弹子球机。而如果对小说所写事件做通盘考虑，我们会发现，它的主题不是寻找而是告别。小说依时序而写的"我"的"寻找"和"告别"，也包括鼠暗中向女子告别，向杰告别，均为庄严告别的仪式。重回过去的年代，重温旧梦，不是为了再度拥有，而是为了郑重道别，是精神转折的前奏。"寻找"和"告别"的每一个对象和事件都各有其象征意义。

女友直子的家乡小镇是古朴宁静的田园理想的象征，是完好保存原始风貌和自然人性的地方。这里没有车水马龙和物欲纷争，有的是空旷的街区、静寂的小站、自然繁衍生息的流浪狗。生活在此的人是世袭原始职业家族和远离城市喧嚣的"文人部落"。即使随着城市扩张，有现代集团公司和急匆匆赶路的职员加入，但自然自在的慢生活还是小镇生活的主调。它的意义和指向，既代表反都市反物欲的古朴田园理想，也泛指曾有的旧日理想和温情。正因如此，意欲从茫然"乖戾"中走出的"我"，才在阳光和煦的五月，穿戴齐整赶赴于此。远道而来，只是为了行庄严告别的仪式。找到曾充斥女友记忆的小镇，唤起她的记忆的流浪狗，说说话，摸几下头，然后义无反顾地离去。这是送别往昔的决心，也是仪式。

"我"苦心寻找的三蹼"宇宙飞船"弹子球标准机，具有更为明确的指向性。它是1970年那个萧索季节"我"和鼠先后迷恋之物，先后打出辉煌战绩。它承托了"我"的辉煌、鼠的"欢乐"，也承托了萧索季节的失落沉迷，是一个时代一代人理想信仰、悲伤欢乐的集合体。其特定的时代指向性，在与三蹼弹子球机关于"来自'无'的东西又各归原位"的对话，已有所暗示。正因如此，"我"才在凄厉小号伴随夕阳落山的那一刻被它攫获了心。重新获得后，推上拉杆式大开关，看吸足电流的78台弹子球机一起启动，重现生机，"描绘出各自淋漓畅快的梦境"。之后像阅兵一样从78台排列整齐的机器中缓缓移步，走到魂牵梦绕的三蹼标准机前，细看她的每一部分——板面、灯光、球区、显分屏。诉说分手后的思念、一落千丈的心情、浸入骨髓的寒冷、现今城市的"粗糙"、制造"泡沫"和"脏水"的职业、眼下"跟双胞胎过日子"的生活，最后正式话别。这些是向弹子球机所代表的既有辉煌梦想又有青春懵懂的时代告别，也是向激情过后的迷茫消沉、自我麻醉告别，是庄严告别的仪式。包括回家后把衣服塞进洗衣机，把寒彻骨髓的身体浸入热水浴缸，入睡后梦到托洛斯基和四头驯鹿，都是仪式的组成部分。

双胞胎姐妹和配电盘是小说中反智性童稚谐趣的部分，让人在阅读时忍俊不禁，但在娱乐调侃的外形下大有深意。双胞胎姐妹是1970年以来主人公内心无以言表的矛盾困惑的象征，是

1973年感受到的不可抑制的"乖戾感"——"我"和"我"自己分离的撕裂感的外化。配电盘是收纳"过往"的容器,也是连通的线路。换下的旧配电盘是收纳的容器,是包容过往理想与梦幻、成功与失败、欢乐与痛苦的集合体。因此双胞胎姐妹要为它送葬,提出的送葬理由罗列了"不好办""吸了太多东西""撑坏了"等关键词,没有形成完整句子。表面上看,没头没脑,前言不搭后语。其实句句指向承托了太多历史和现实问题,最终以悲剧结局的校园"全共斗"风潮。冒着细雨,以葬礼的表情、哲学意味的祷词、优美的弧线、水面的涟漪、丰碑一样的人体造型,把配电盘探入水库深处,是庄严的送别。取代旧配电盘的新盘是"连通"的线路和工具,连通历史和未来。接上新配电盘,即连通了徘徊踟蹰在现实物质经济泥泞和个人迷离爱欲的"全共斗"败北青年,从历史走向新生的道路。换言之,经过三年痛定思痛的历史、现实和自我反思,"我"和鼠不约而同完成了走出过去的精神转折。"我"向弹子球机正式话别、鼠割断情缘说出离开这个城市后,小说最后一幕是送别双胞胎女孩。送走互为影子、难分彼此的双胞胎,是结束"乖戾"——内心矛盾,走向新生的寓言。送行时"我"所想的田纳西·威廉斯的台词,则把过去、现在和不可知的未来用"或许"一言以蔽,使送行具有涵盖生存的凝重的哲理意味。

三、历史回眸与反思

同为表现政治季节过后一代青年精神苦闷的作品,与《且听风吟》相比,《1973年的弹子球》增加了"全共斗"历史场景的再现和反思。它客观历史地表现了20世纪60年代末校园风潮

"青春三部曲":
自由民主主义的面目 | 第二章

的诸多现象和问题，也表现了一代青年的牺牲，以及笼罩时代的阴郁死亡气氛。

在"我"和鼠1973年的故事展开之前，小说设置了具有总提序言性质的部分，"一九六九——一九七三"。其中以火星人讲土星故事，以土星代指地球，集中描绘"全共斗"校园风潮侧影。

"那里嘛……冷得不得了。"他呻吟似的说，"一切都发、发晕。"

他属于某个政治性团体，该团体占据了大学校园的九号楼。他的座右铭是"行动决定思想，反之则不可"。至于什么决定行动，却无人指教。可九号楼有饮用水冷却器、电话和洗澡的热水，二楼甚至有蛮别致的音乐室，里边有二千张唱片和A5阿尔特克唱机，堪称天堂（较之有一股自行车赛场厕所那种味道的八号楼）。他们每天早上用热水齐刷刷地刮去胡须，下午兴之所至地一个接一个打长途电话，到了晚上聚在一起听唱片，以至秋天结束的时候他们个个成了古典音乐的爱好者。

十一月间一个天晴气朗的午后，第三机动队冲进九号楼时，据说里边正用最大音量播放维瓦尔迪《谐和的幻想》。真假弄不清楚，却是一九六九年的温馨传说之一。

我从堆得摇摇欲坠的用来做路障的长椅下面钻过时，正隐隐约约传来海顿的G小调奏鸣曲。那撩人情怀的气氛，同爬上开满山茶花的山坡小路去女朋友家时一模一样。他劝我坐在最漂亮的一把椅子上，把温吞吞的啤酒倒进从理学院弄来的宽口瓶子里。

村上春树新论

"而且引力大得很。"他继续讲土星,"一个家伙踢在从口里吐出的香口胶残渣上,竟踢裂了趾甲。地、地狱啊!"

"太、太阳小得很,小得就像从外场看放在本垒上的一个橘子,所以总是黑麻麻的。"他叹息一声。

"大家干嘛不离开呢?"我问,"容易生活的星球另外也是有的嘛,何苦……"

"不明白。怕是因为生在那上面吧——是、是这么回事。我大学毕业也回土星。建、建设一个美好的国家。搞、搞、搞革命。"(2—4页)

这里以土星代指地球,虽然没有年代标记,但一望而知是关于校园"全共斗"。仅一个场景,但揭示了导致运动不可避免失败的几个根本性问题。目标、口号空洞,思想意识纲领阙如,使校园斗争成为失去既定方向的盲动。未真正唤醒"大多数",组织起广大学生共同参与的集中有效行动。而是占相当多数量的学生精神思想上实际游离其外,在"全共斗"形式下沉湎于罢课后的休闲、放纵和享乐,以致在国家机器冲击下溃不成军。同时,也揭示出"全共斗"路障、街垒战等无政府主义抗争特征,以及最终被强大国家机器制压的结局。而"全共斗"暴力抗争、流血牺牲的特点则隐含在1970年暑假后鼠滞于故乡和"我"返回东京的"公寓故事"中。

关于鼠困守故乡小城的故事,小说首先写到他大学退学的理由:"鼠离开大学自然有若干理由。其若干理由复杂地交织在一起,当达到一定温度时,砰一声保险丝断了。有的剩下,有的弹飞,

第二章 "青春三部曲"：自由民主主义的面目

有的死了。"（34页）鼠没有向任何人解释，逢到需要一两句解释，就说"不中意正院草坪的修剪方式"（35页）。还真有女孩跑去看学校正院的草坪，说也不那么糟啊，倒是多少扔着点儿纸屑。鼠回答说，那是属于口味问题，"互相喜欢不来，我也好学校也好"（35页）。但也仅此一句，往下再不开口。这些说法是对"全共斗"流血牺牲现实的暗示，又是有意回避，是内心痛惜无以诉说，而以不说为说。其中真意是三个叠加的"有的"暗示的"全共斗"一代的三种结局："有的死了"，付出了生命；"有的弹飞"，受挫后亡命天涯；"有的剩下"，如"我"和鼠留了下来，但早已耗尽了青春的热情，剩下的也仅仅是迷茫彷徨、空耗生命。了解那段历史的人应记得"五流十八派"时期派系之间的"内耗"，"赤军运动"时期国内被围剿、国外流亡，而最终都走向暴恐袭击和自残自毁的惨烈结局。

"全共斗"后期和败北后冷滞阴郁的死亡气息，集中反映在"我"回东京继续学业的1970年的"公寓故事"中。那是一个奇冷的冬季，"我"寄宿在阴暗的学生公寓。公寓里仅有一部电话，放在管理员室外的矮桌上。管理员室从来没有过管理员，每次电话铃响，都由某人接听然后跑去叫人。深更半夜的电话总是内容灰暗。看来任何人都有一大堆烦恼，"烦恼的事如雨从空中降下"。有时也有电报来，凌晨4点，摩托车开到宿舍楼门停下，肆无忌惮的脚步声响彻走廊。谁的房间被拳头砸开，那声音总使"我"联想到死神的到来。"咚、咚。好几个人奄奄一息，神经错乱，把自己的心理埋进时间的淤泥，为不着边际的念头痛苦不堪，相互嫁祸于人。一九七〇年，如此这般的一年。倘若人果真生来即是辩证地自我升华的生物，则那一年同样是充满教训的一

村上春树新论

年。"（50页）"我"住在管理员室隔壁，接听传达电话是常态。传达最多的，是二楼楼梯旁房间的长发女孩。给她打电话的人形形色色，所说事情五花八门，她总是对着听筒低声疲惫地述说着什么。说什么听不清，但总的说来给人以压抑感。最后一次为她传达电话是三月初的一个早上，她接听电话的时间异常短，大约十五六秒钟。之后她敲"我"的房门，走进房间说"冷得要死"，问可有可喝的热乎东西。"我"的房间里一无所有，只在窗前有一张床。床不是自己买的，而是朋友送的。送给"我"床的朋友，是地方上一个有钱人的儿子。在校园里被另一伙人打了，脸被施工靴踢得很严重，眼睛被踢坏了。我带他去校医室，他哭个不停，退学时把床送给了"我"。"我"和他不怎么亲密，几乎没说过话，想不出他为何送给"我"一张床。女孩回自己房间，拿来满纸壳箱的物品，水壶、餐具、砂糖、茶点一应俱全。说全部送给"我"，感谢"我"为她传了很多电话，她明天退学回家，不再需要这些东西。第二天，"我"冒雨送她去车站，她的旅行箱和挎包都淋得黑乎乎的。她说，"第一眼就没喜欢上东京的景致""土太黑，河又脏，又没山……""往下一个人回去"，回"大北边"。（55页）回公寓后，"我"用她送的玻璃杯喝啤酒，感到冻彻骨髓。杯上画着卡通图画，提示人物说话的泡泡圈里印着："幸福就是有温暖的同伴。"（56页）

公寓、电话和女孩的故事是压抑、寒冷的故事，由此衍生的"电报送达"和"被打的朋友"两个片断是1970年"公寓故事"的揭题。联系这一年所发生的"赤军派"暴力抗争，其分支机构和秘密基地先后被破获，劫机逃亡北朝鲜、投奔解放巴勒斯坦人民阵线等事件，其意识形态指向性不言自明，揭示了"全共斗"

52

的挫败及"新左翼运动"后期血腥暴力及黑云压城的时代气氛。

"我"与弹子球机的对话揭示了"全共斗"遗产转瞬间被忘记而化为乌有的悲剧。见到三蹼弹子球机,"我们"谈起三年前曾"共同拥有"的"最佳战绩"。

> 她妩媚地一笑,眼睛朝上看了一会儿。有点不可思议啊,好像什么都没实际发生过。
> 不,实际发生了。只是又消失了。
> 不好受?
> 哪里,我摇摇头,来自"无"的东西又各归原位,如此而已。
> 我们再度陷入沉默。我们共同拥有的仅仅是很早很早以前死去的时间的残片。但至今仍有些许温馨的回忆如远古的光照在我心中往来彷徨。往下,死将俘获我并将我重新投入"无"的熔炉中,而我将同古老的光照一起穿过被其投入之前的短暂时刻。(143页)

这里通过再现和反思把激荡一个时代一代人灵魂的"全共斗"遗产相对化,放置在可瞻仰、可追忆的历史空间。这是庄严的告别仪式,也是通过回顾反思和加注评语,使自身认识上升到理性高度,完成从迷茫困惑到谋求新生的精神转折。因此说,小说的归旨不是寻找而是道别和诀别,是谋求新生和转折的起点和姿态。尽管对转折后走向哪里,"二位一体"的主人公并不明确。关于未来,"我"想的是"或许",鼠内心涌起的是实际无处可去的虚脱和恐惧。但他们不约而同地迈出了向历史告别、从迷茫中走出的脚步。

四、中国杰——落寞的漂泊者

继《且听风吟》之后，中国酒吧店主杰再次出场。与《且听风吟》相比较，《1973年的弹子球》中，杰出场的次数相对减少，但地位有所提高。他不再仅仅是"我和鼠故事"的旁观者，而是成为两条主线之一的"鼠故事"的参与者，小说中还展开了他自己的故事，真正构成了"我、鼠、杰三个人的故事"。小说中杰出场不多，总是在鼠内心烦躁、心绪不宁时，作为倾心交谈的朋友出现，他是鼠的精神支柱。小说中也描写了他独在异乡落寞孤独的处境。

鼠的故事开始的第二章，小说首先先入为主地交代了三年以来鼠和杰相互依靠的关系。"从大学退学的这个富有青年同孤独的中国调酒师，俨然一对老年夫妇肩靠肩度过秋冬这个冷飕飕的季节，年年如此。"（33页）之后，表现鼠苦闷彷徨的心境时，同时表现了秋季到来酒吧生意惨淡和杰的消沉。随着学生纷纷返校，店里的顾客明显减少。每到关门时，总会有半桶剥了皮用作炸薯条的马铃薯剩下。杰颓唐地坐在吧台里的小凳子上，一边用破冰锥弄掉烤箱上沾的黄油，一边疑惑地和鼠对话。往后的生意如何，谁都无从知晓。

杰第二次出场是在午夜后的酒吧。鼠心绪不宁，来到已经打烊的酒吧。他邀请杰一起喝酒，杰表示历来滴酒不沾。这引起鼠对杰性格、习惯的回想："他再次吃了一惊：关于这位中国店主，自己几乎一无所知。当然，任何人对杰都一无所知。杰这个人沉

"青春三部曲": 自由民主主义的面目 | 第二章

静得出奇,绝口不谈自己的事,有人问起也像开抽屉一样小心翼翼道出绝不犯忌的答话。"(81页)"沉静得出奇""绝口不谈自己的事",似有深意和隐情。对此小说并没有明示,但接下来杰讲述陪伴他的老猫被虐的往事,似有所暗示。杰说:"少了只手""猫爪。跛子!四年前的冬天,猫浑身是血地回来了。一只爪子像橘皮果脯似的完全没了形状,惨不忍睹。""就好像给老虎钳子夹过似的,不折不扣的肉饼。"(80页)说到此,杰失去了往日的平和,愤怒斥责:"是啊,根本没必要糟蹋猫爪。猫老实得很,丁点儿坏事都没干过。再说糟蹋猫爪谁也占不到便宜。毫无意义,又残忍之极。不过嘛,世上还真有很多很多这种无端的恶意。我理解不了,你也理解不了,可就是存在,说四下里全是恐怕都不为过。""我可是想不明白。"(81页)这里关于老猫的话题似以猫况人,暗示杰也有猫一样被无辜施虐的经历。"老实""丁点儿坏事都没干过"却遭残害的猫应是动荡年代远离故国家园的飘零者杰的命运的写照。鼠感慨道:"我活了二十五年,觉得好像什么也没学到。"(81页)杰说:"我花了四十五年时间只明白了一点,那就是:人只要努力——无论在哪方面——肯定能有所得。哪怕再普通平凡的项目,只要努力必有所得。'即使剃头也有哲学'——在哪里读到过。事实上,若不那样谁都不可能活下去,不可能的。"(81—82页)这是杰对人生的感悟,含有智性哲理,也是对迷途青年的教诲开导。

鼠决定离开故乡小城,但意识到杰的存在搅扰了自己的心。他疑惑,本来萍水相逢,打个招呼说声"保重"就可以完事,却感到"心在作痛"。他再次午夜后来到打烊的酒吧,在店堂半照明的灯光下看到了枯坐的杰颓唐衰老的模样。"暗幽幽的灯光下,杰看上去格外苍老，黑胡须如阴翳布满脸颊和下颔，双眼下陷，窄小的嘴唇干出了裂纹，脖颈的血管历历可见，指尖沁有黄尼古丁。"（121页）他感到"时间似乎在阒无声息的地下昏暗中彻底断了气。落下卷帘门的酒吧中不再有他多年来一直寻求的光耀，一丝都没有。看上去一切都黯然失色，一切都疲惫不堪"（122页）。在接下去他们喝啤酒、可乐的时间，杰几乎纹丝不动。"鼠静静地看着杰的烟在玻璃烟灰缸中一直烧到过滤嘴，化为灰烬。"（122页）鼠关切地问，为什么那么累？杰"突然记起似的"回答，"为什么呢……""原因么，肯定没任何原因"。（122页）之后，他们展开了关于"腐烂""变化""进步""崩毁""笨拙"等抽象的人生话题。杰沉默的时候多开口说话的时候少，但他感觉出鼠"犹豫不决""很难下决心"。他关切地询问，鼠并不作答。鼠起身道别，杰说："对了，有谁这么说过：慢走路，多喝水。"（124页）鼠现出笑容，开门离去。

至此，杰的智性、温厚，对世事艰难、人生苦乐了然于心，宽厚助人的长者形象跃然纸上。同时展现了杰落寞孤独、沧桑悲凉的飘零者形象，其形象发生了由机敏诙谐到韧性坚忍、由明朗到沉郁的转变。

第三节 《寻羊冒险记》：重获价值

《寻羊冒险记》是早期"青春三部曲"的收官之作，小说中的故事较第二部《1973年的弹子球》向后推延了五年，内容主题进一步拓展加深。它是村上春树创作中最早引进西方当代都市流行文学手法，也是超越青春历史题材最早引进20世纪80年代当下现实的小说，是实施"现实性"转向的起点。它创造性地使用通俗流行文学的外形，其中包藏着深层次社会思想脉络的雅谐结合、明暗掩映的双重结构。它紧扣标题，以"我"北上"寻羊"和鼠与"羊"同归于尽的悬疑、推理、冒险故事，一方面发挥流行文学娱乐大众的功能，另一方面以迁延而出的社会历史内容完成思想意识形态主题的表达。小说以1978年"我"和鼠齐心合力与"羊"代表的邪恶斗争并取胜的故事，回答了《1973年的弹子球》中"全共斗"一代人"告别"后去了哪里的问题。同时叩问日本血腥现代史的起源，揭示贯穿于战前战后的法西斯极权暴力体制。

一、寻羊冒险——1978年的抗争

1978年，分隔两地的"我"和鼠遥相配合，与以"星斑羊"为代表的右翼垄断集团斗争是小说情节的主干。在叙述方法上，《寻羊冒险记》改变了此前两部小说片断拼接和双线分叙的写法，而是把"我"和鼠统一到与邪恶"羊势力"斗争一条线索上来，连贯完整地讲述了"寻羊冒险"的全过程。

1978年，"我"和朋友合伙经营的翻译事务所早已扩大了规模，已大量涉足广告出版业务。1977年12月，多年没有联系的鼠给"我"寄来一封信，告诉"我"他生活在极其寒冷的地方，并随信寄来他写的小说。第二年5月，他寄来第二封信，随信寄来一张有山有树有草原和群羊的照片，让"我"拿到"人们能够看到的地方"。7月,"我"把它印在为某公司制作的广告画册上,便招惹上了右翼集团。集团大人物"先生"的秘书来访,告知群羊照片中有一只"非常特殊的羊",关系"先生"的生死,因此广告画册已被停止发行。秘书指点"我"认出群羊中不同于其他背部背负星状斑痕的现实中并不存在的"纯粹观念的羊",说那只羊1936年侵入"先生"体内,使他"在所有方面一跃成为右翼首领",具有了"左右人心的超凡性,周密严谨的逻辑性,唤起狂热反响的讲演才能,以及政治远见,决断力,尤其有了以民众弱点为杠杆驱动社会的能力"[1]。1937年他去了中国大陆,创建了遍及全国的谍报网、鸦片网和秘密情报机构。战后他利用从中国带回来的金银财宝,建立了"稳坐政党、媒体、股票三位一体之上""统率时间空间和一切可能性"的强大"地下王国"。现在羊已离"先生"而去,失去羊的"先生"脑中血瘤暴发,已陷入昏迷,奄奄一息。为此,秘书逼迫"我"说出"羊照片"的拍摄者,接受巨额赔款,结束事务所业务,限期一个月找到那只"特殊羊"。因事关朋友鼠的安危,"我"被迫接受条件,带着耳模特女友,按信封邮戳显示的地点到北海道寻羊。

  到达札幌,住进破败的"海豚宾馆","我"见到了曾任北海道绵羊协会会长的"羊博士"。经他介绍,"我"得知照片的拍摄地是他曾创办绵羊牧场养羊的偏远的十二瀑镇,也得知早在2月鼠也曾来到这里,就"海豚宾馆"悬挂的同款"羊照片"拍摄地询问博士。"我"想起鼠的父亲在北海道拥有牧场和别墅,意识到鼠已卷入"羊事件"。"我"即刻赶往十二瀑镇,住进高

---

[1] [日]村上春树著,林少华译:《寻羊冒险记》,上海译文出版社,2001年,第118页。以下出自《寻羊冒险记》的引文均以此版本为准,只在引文后标注其在原著中的页码,不再另加注释。

第二章 "青春三部曲"：自由民主主义的面目

山牧场中鼠家的别墅。里面备有充足的越冬物品，却不见鼠的踪影。几次在别墅露面的是披羊皮戴羊角仅有人一半身高的"羊男"。他吸的烟与鼠吸的烟是同一个牌子，同样有鼠翻看手心手背和搓手的习惯。"我"悟出"羊男"的身上反映了鼠的意志，就愤怒地摔了琴，以逼迫鼠现身。夜里10点，鼠的灵魂出现，依靠在"我"的后背。原来鼠已在一周前悬梁自尽，他的灵魂寄托在了日俄战争以来藏身于山林瀑布间躲避战争的"羊男"身上。他是在离开故乡小城漫游时，看到海豚宾馆有羊有山的风光照，受到触动，回到童年时一家人其乐融融地生活的十二瀑镇别墅隐居起来。5月，逃离"先生"往来全国寻找新宿主的羊来此处，请求进入鼠体内，以便把他培养成"堂堂正正的男子汉"，在"先生"死后借助他驾驭那个"无所不能的权力机构"。而鼠吞进了羊，趁它熟睡时上吊自杀了，没给它逃跑的机会。鼠叮嘱"我"，第二天九点准时下山，离开前接好挂钟的电线，指针对准12点，他要准时开一个"茶话会"。第二天"我"依计行事，来到山下"不吉祥的拐弯处"，遇到了上山赴约的"秘书"。其实，他早已知道星斑羊的下落和鼠的存在。他逼"我"北上寻羊，是利用"我"引出鼠，以获得他体内的羊，取代"先生"掌管那个"无政府观念王国"。"我"坐上12点发车的列车，在车厢里听到远处传来的爆炸声，回望别墅方向腾起的黑烟，内心无尽感伤。显然，是鼠与羊同归于尽后，再借"我"的手炸死前来"赴会"的"秘书"，铲除集野心、霸权、垄断于一身的恶的根源，完成了一代人反资本剥削、反体制的使命。

二、浸染着血污的现代史

《寻羊冒险记》由"我"寻羊冒险的故事,串联起了北海道十二瀑镇的历史和右翼大人物"先生"、技术精英"羊博士"的"羊附体"人生。它们互为映衬补充,表现明治时期尤其是日俄战争以来,日本军国主义对内殖民、对外战争的血腥现代化过程。

(一)国内殖民史

由札幌赶赴十二瀑镇的列车上,"我"阅读地域史书《十二瀑镇的历史》,了解了北海道农民艰难的垦荒史和"日俄战争"以来课税捐征、丧子失亲之痛。小说以阿伊努小伙子"月之圆缺"的特定民族身份,紧紧抓住明治以来与种族压制、民族同化有关的年份和事情,揭示种族和地域合为一体的"北海道殖民地"问题。

明治十三年(1880年),本岛北部的十几位逃债农民来到札幌,雇佣阿伊努小伙子"月之圆缺"为向导一路北上。经过十几天翻山越岭的徒步行走,最后停留在离札幌260公里、方圆60公里无人烟的两山夹空地带,开始了艰苦的垦荒。阿伊努小伙子没有走,同逃债农民一起留了下来。他教给他们冷土地种庄稼的方法,在寒冷的冬季采集食物、防雪和驱逐猛兽的方法。经过六年与虫害、淫雨、霜冻的斗争,土地渐渐有了收成。新生人口不断增加,开拓村渐渐有了生气。阿伊努小伙子得到农民们的认可,同拓荒农民的女儿结了婚,改姓日本姓。明治二十一年(1888年),道政府来给拓荒农民办户籍。因农民坚决反对给拓荒村取名,官员就根据居民点旁的河上有十二道瀑布,以"十二瀑居民点"上报给道政府。农民们不断开垦土地,劳力不足,他们写信叫来故乡的伙伴。人口不断增加，他们改建了住房，扩建了集会场所，修建了神社，"十二瀑居民点"改为"十二瀑村"。有人学会了烧炭，把剩余的粮食、鱼干、虾夷鹿角等运到镇上，换来油、盐和衣服。邮局投递员不定期前来，他们和河流下游的村落也有了交往。他们终于摆脱了饥饿，但课税兵役之苦也随之到来。

"日俄战争"在即，道政府开始征兵征税。农民们"无论如何也理解不了纳税和征兵的必要性"（206页），阿伊努小伙子尤其感到不快。明治三十五年（1902年），人们得知村旁的高山台地适合放牧，就在那里建了村营绵羊牧场。道政府派人指导引水、围栅栏、修羊圈，调来犯人修整道路。不久，政府以"等于白给"的价格，把羊群沿大路源源不断地赶来。农民们不明白政府为何如此关心他们，以为毕竟以前吃了那么多苦，偶尔的好事也还是有的。事实上，"政府当然不是出于关心而把羊送给农民的。军部为确保防寒用羊毛自给自足以进攻中国大陆而向政府施加压力，政府命令农商省扩大绵羊养殖，农商省将任务派给北海道政府——如此而已。日俄战争正日益迫近。"（206页）村里对养羊最感兴趣的是阿伊努小伙子，他从道政府学来饲养绵羊的方法，成为牧场负责人，很快成为养羊能手。牧场里羊和狗的数目逐年增加，他打心眼里喜欢，政府人员也很满意。"日俄战争"开始，村里有青年被征招入伍，派往中国前线。在争夺一座山丘的战斗中两人丧命，一人失去左臂。他们是拓荒农民的儿子，其中死去的一人是已成为牧羊人的阿伊努人的长子。最具讽刺的是，他们的父辈辛勤养羊，他们却被炸得四分五裂，"是穿着羊毛军大衣死的"（207页）。阿伊努人不理解，到处去问，"为什么要跑到外国打仗呢？"（207页）没有人回答。失去儿子后，他变成了难以接近的老人。他离开村子,躲进牧场和羊一起生活,62岁时冻死在寒冷的羊舍的地板上。

阿伊努人死了,十二瀑村的历史在继续,大正时期升格为镇。镇子富裕后建了小学、镇公所和邮局代办所,拓荒时代基本结束。耕地无法再扩大,小户农民子弟有的离开镇子,去满洲和桦太发展,镇上的人口开始减少。战后日本经济起飞,产业结构调整,加上北海道寒冷地带的特殊性,造成惊人的弃农率。地域史记载,截至1970年,十二瀑镇人口减少了三分之二。原有的农田变回了林地,祖辈铲草砍树、流血流汗开拓的土地,又由孙辈栽上了树木。1978年"我"寻羊至此时,镇上主要的产业是林业和木材加工。有几家小加工厂制作电视机壳、镜台、木熊和阿伊努偶人。人们的生活百无聊赖,大多数人下班回家平均看四个小时电视后睡觉。镇上的口号是:"丰美的自然,丰美的人性。"至于曾兴盛一时的养羊业,随着战后羊毛羊肉大量进口,全北海道只有5000只羊。十二瀑镇拓荒农民"唯一的武器是与生俱来的贫穷"。"归根结底,大家都穷,以为弄得好可以从贫穷中挣扎出来。""所以大家才拼死拼活地耕田。可是差不多所有拓荒者都是在贫穷中死去的。""土地的关系。北海道是冷土地,几年必遭一次霜害。庄稼收不上来,自己吃的都没有。没有收入,煤油买不起,来年种苗也买不起。这样,只有以土地为担保从高利贷那里借钱。但这里农业生产率不高,不足以偿还高利贷利息。结果地被没收。很多农民就这样沦落成了佃农。""就是说,辛辛苦苦开出土地,终归还是没能完全摆脱借债命运……"(212页)对此,"我"感慨良多。在等候继续北上的列车的空闲,"我"向女友介绍了十二瀑镇的历史。

"青春三部曲"：自由民主主义的面目 | 第二章

由于年号复杂，"我"列出了十二瀑镇和日本历史的对照年表。"例如，1905年（明治三十八年）旅顺开城，阿伊努人之子战死。据我的记忆，这也是羊博士出生那年。"女友说："这么看来，日本人好像是在战争夹缝中活过来的。"（211页）

这里虚构的北海道十二瀑镇历史是殖民战争时期战时经济体制和义务兵役制下日本农民的血泪史，也是侵略扩张思维下对"原住民"阿伊努人的种族压迫史。小说以阿伊努小伙子的民族身份和北海道"虾夷地"的地域特征，把北海道贫苦拓荒农民的命运同阿伊努人的历史命运紧密结合，展现了"虾夷地"北海道的沧桑历史，也展现了"原住民"阿伊努人被奴役压制、殖民同化的历史过程。包含了自幕府时代推行民族"同化"政策，到明治时代强制性政府管理、移民开发，再到战后产业结构调整中被冷置漠视三个历史时期。

历史上，阿伊努人是先于和族迁居本州列岛的原住民。随着率先进入农耕文明的和族北侵，阿伊努人逐渐退居本州北部海峡和北海道。7世纪被称为"虾夷人"，意为"毛人""蛮狄"，是和族对他们的蔑称。14世纪改称阿伊努人。13世纪和族开始对他们实施征服和压制政策，双方进行过四次大规模战争，但都以阿伊努人失败告终。17—18世纪，阿伊努人大部分被消灭，人口骤减，他们向北迁到北海道中部以北和堪察加、库页岛南部、千岛群岛等地。18世纪末，德川幕府开始推行民族"同化"政策，派官吏管辖千岛，开辟渔场，强制阿伊奴人改变游牧渔猎的生活方式和风俗习惯，包括穿和服和改换日本姓。19世纪，幕府全面开发北海道，强制推行"大和文明"。1868年，幕府还政于天皇。1869年，明治政府在没有任何协商的情况下，把阿伊努人居住的"虾夷地"纳入政府管辖范围,更名"北海道"。1871年,实行现代户籍制度,把阿伊努人入籍上册,强制其成为法定日本人。1899年,颁布《北海道旧土人保护法》,把他们定义为"旧土人",称为大和民族的"支脉",并强制他们迁入"给予地",实行集中管理。这表面上是为了救济他们,向他们传授农业知识,使他们在禁渔禁猎的情况下免于冻饿而死。但事实上是通过分籍造册,把他们同和人做了区分,为国内殖民和进行制度化压迫做好了准备。经济上,通过"强制移住"和"土地收编",剥夺了他们自有的土地。文化上,通过改变他们的生活方式和风俗习惯,割断其固有的民族文化传统。被强制"移住"而"收编"的土地,再分配给新迁入的本州移民,以鼓励他们对北海道的开发。在这一政策下,北海道很快超过100万人。来自本州的和人成为主体,"原住民"阿伊努人在自己的土地上反而成了被禁锢在"给予地"的少数民族。1904年,北海道各地设立"旧土人学校",规定用日语授课,迫使他们放弃母语,达到了彻底去民族化的目的。19世纪末20世纪初,随着"神国皇民"大和优越感的形成,越来越多的日本人把阿伊努人视为劣等民族。战后的日本也几乎没有对阿伊努人实施过实质性的扶助政策,导致对他们的教育、就业等歧视一直存在。1992年12月,阿伊努人的组织"北海道同胞协会"理事长野村在联合国集会上发表演说,陈述了由于日本政府的同化政策,阿伊努人被否定了传统文化、剥夺了领土和生活手段的事实,要求日本政府根据《国际人权规约》为阿伊努人的生存权利制定新法。但日本政府以"在联合国《人权规约》中规定意义的少数民族在我国不存在"为由拒绝了他的要求。到2008年,日本一直宣称是"单一民族国家"。2008年,日本政府首次承认阿伊努人是日本的"原住民",重新确定了他们在北海道的历史地位。2019年4月,国会通过《阿伊努民族支援法》,正式在法律上把阿伊努人认定为"原住民族",并建议在北海道白老町建立居住点。从表面上看,是为了"复兴阿伊努文化,促进民族共生",而其真实目的,有人称"是一个务实的策略",意在说,日本政府在这个时间节点通过新法,是有意乘即将举办的2020年东京奥运会之机兜售阿伊努文化,是权宜之计,是文化经济策略。事实上,经过一个多世纪,阿伊努文化几近消失。据统计,阿伊努人现有人口不足2万,其语言和文字已很少有人使用。

小说对十二瀑镇历史的讲述,一方面抓住"明治维新"以来日本资本主义的发展进程,从垦荒开拓、商品经济萌芽、"羊吃人"的原始资本积累,再到战后产业结构调整,农业丧失国民经济主导地位,再现了日本现代化的整个过程。另一方面,以人类文明史上具有特定寓意的"羊"为线索,通过十二瀑镇养羊业的兴衰,再现了"虾夷地"北海道阿伊努人苦难的战争史及民族史。

有人说:"明治维新之时,日本现代政府的殖民政策将北海道划入国家版图起,世代于北海道居住的阿伊努族被收归为'日本国民',实质为殖民侵略。"东北师大刘研教授评论:

> 小说中提及的历史书《十二瀑镇的历史》所展现的是"国内殖民地"问题。对于近代日本而言,北海道、冲绳作为日本的"国内殖民地"被视为殖民、开拓的对象,即使是当下,他们在"日本""日本人"既存价值概念中仍然处于被压抑状态。作为内在的被压迫者,他

们的凄惨遭遇在日本现代化进程中更具震撼力。[1]

（二）国外战争史

串联在"我""寻羊冒险"故事之上的十二瀑镇历史，以及右翼大人物"先生"、农林省精英"羊博士"两代"羊附体"的人生中，都有对日本法西斯军国主义崛起和亚太殖民战争的指涉。

虚构的十二瀑镇历史涉及的殖民侵略战争以日本现代史的开端1904年"日俄战争"为中心。"日俄战争"是明治完成资产阶级改革、跻身帝国主义大家庭后，与西方列强争夺亚太霸权和殖民地的战争。它由日军袭击停靠在旅顺港的沙俄军舰挑起，其结局是沙俄战败。日本通过《朴次茅斯条约》取得了沙俄在远东地区占领的领土和既得利益，开始了对中国东北及朝鲜长达四十年的殖民统治，进行了疯狂的资源和经济掠夺，是实施先占领满蒙，再占领全中国，进而称霸亚洲的"大陆政策"的前奏。小说并未直接描写这场列强重新瓜分殖民地和划分势力范围的帝国主义战争，而是通过十二瀑镇农民的苦难生活史来侧面表现。写拓荒农民子弟穿着用父辈养的羊织成的羊毛军大衣死去时，提到"旅顺开港""奉天会战"，这是发生在中国东北真实惨烈的战争事件。写十二瀑镇耕地无法再扩大，拓荒农民子弟有的到桦太和满洲发展，暗示"日俄战争"后日本对朝鲜和中国东北的殖民占领。右翼大人物"先生"及"羊博士"两代"羊附体"的人生，在时间上衔接，代表了从"日俄战争"结束到全面侵华，日本殖民侵略的三个时段。

---

[1] 刘研著：《日本"后战后"时代的精神史寓言——村上春树论》，商务印书馆，2016年，第114页。

第二章　"青春三部曲"：自由民主主义的面目

右翼大人物"先生"是日本"亚细亚主义"和法西斯军国主义的实践者。1913年他生于北海道十二瀑镇，是第一代拓荒农民的儿子。小学毕业后像其他农民子弟一样，背井离乡，到殖民地桦太发展。因发展不顺利返回东京，"职业换来换去，结果换成了右翼"（61页）。"先生"的这些早年经历暗示"日俄战争"后日本远东殖民统治时期，也暗示法西斯主义由民间走向军界和政界的国家化时期。在政界，早在1927年7月田中首相就提出臭名昭著的"田中奏折"，叫嚣"如欲征服中国，必先征服满蒙。如欲征服世界，必先征服中国"[1]。并提出先占领中国，再利用中国的资源征服印度和南洋各国，进而征服小亚细亚和欧洲的战略构想。这是日本法西斯国家意志的最早流露。在军界，1929年军内最大的法西斯组织"樱会"成立，军部[2]的大多数高级将领都是其中的成员，由此完成了军界法西斯化的过程。1932年5月，法西斯少壮派军官发动第一次政变。皇道派军人袭击了首相官邸和警视厅，击毙首相犬养毅。要求成立军人内阁，未果，但军人独裁政治的基础已经形成。1936年2月，发动第二次政变。占领政府重要机关，袭击高级官员住宅，杀死内大臣、教育总监等多名官员。向陆军大臣提出兵谏，要求成立军人政府。陆军当局趁政府核心机关瘫痪之机，发布戒严令，掌握了政府大部分行政权。政变虽然最终被镇压，但它催生了以陆军参谋本部为核心的军人政权。政变之后组成的广田弘毅内阁，实际已是以法

---

[1] 孙秀玲著：《一口气读完日本史》，京华出版社，2006年，第184页。

[2] 陆军参谋本部和海军参谋本部的总称。通过"日俄战争"提高了地位的军部于1907年9月发布军令，宣称军部是直属天皇的军令机关，独立于国政之外，首相无权过问军部事务。1908年修改《参谋本部条令》，规定："参谋本部掌管国防及用兵事项，参谋总长直属天皇，运筹军备于帷幄，掌管国防及用兵计划。"将参谋本部的政治地位提高到政府和首相之上。

西斯军阀为核心的新内阁，首相不过是个傀儡。正是在此时期，"先生"加入了皇道派右翼团体。"先生"的亲信秘书说，他因涉及1932年"政要暗杀计划"被捕，狱中遭受了泼水、竹刀殴打、强光照射等剥夺睡眠的惩罚，数月后得了严重的失眠症。1936年春，被星斑羊侵入体内，失眠症消失，头脑中暴发血瘤。关于血瘤有一个奇特现象，"先生"以1936年春为界判若两人。"那以前先生总的说来只是个平庸的现行右翼分子……充其量不过血气方刚，动不动舞一通日本刀，字恐怕都认不得几个。可是1936年出狱之时，先生在所有方面一跃成为右翼首领。"（118页）1937年，他去了中国大陆。作为民间人士，他与关东军参谋们打得火热，创立了秘密情报机构和遍及中国大陆的谍报网、鸦片网。苏军出兵前两个星期，他不失时机地返回日本，连同多得搬不过来的金银财宝。这一经历显然暗指"九一八事变"全面占领满洲和全面侵华的武力征伐中，他充当了法西斯军部的幕后人物。有人认为，这一形象是以号称"满洲三柱石"之一的石原莞尔[1]为原型。中日战争爆发前，石原莞尔确有到中国中原及华东各省秘密调查考察的行为。建立鸦片网则暗指随着武力征伐而进行的反人类毒品经济。"多得搬不过来的金银财宝"是经济掠夺的结果，同样表现其在中日战争时期的帝国主义殖民掠夺特征。

这里所写的"先生"与战争有关的经历，集中在1932年前和1937年后。对从伪"满洲国"成立到全面侵华前"王道乐土"时期日本在中国东北的殖民统治历史，小说以世家出身的"羊博

---

[1] 石原莞尔（1889—1949），日本军国主义的鼓吹者，驻"满洲"关东军作战参谋。1931年参与策划了"九一八事变"，1937年9月任东条英机陆军总部参谋次长。"七七事变"后，因担心全面侵华会使日本陷入战争泥潭不能自拔，主张逐步占领中国。与东条英机意见不合，被解职。1949年8月，因膀胱癌死于日本家中。

第二章 "青春三部曲"：自由民主主义的面目

士"的"羊附体"经历来补足。

1906年，"羊博士"出生在仙台的一个做过城代家老的旧士族家庭。家族有注重科学技术和文化修为的传统，幕府时代出过著名的农学家。"羊博士"是仙台有名的神童，从小学习成绩优异。长大后按自己的愿望到帝国东京大学攻读农学，学业突出。毕业论文是关于日本、朝鲜、台湾一体化大规模计划农业的实施，曾成为传扬一时的话题。大学毕业后，他以出类拔萃的精英身份进入农林省，在省本部锻炼两年后赴朝鲜半岛研究水稻种植。他提交了一份"朝鲜半岛水稻种植业试行方案"且被采用。1934年，他奉调回京，被安排同一位年轻的军官见了面。军官请他设法保证羊毛自给自足，以配合在中国北部展开的大规律军事行动。他归纳出日本本土及满蒙绵羊增殖计划大纲后，1935年春天去满洲实地考察。7月，他到满蒙边境视察绵羊养殖时误入山洞，弄醒了曾侵入成吉思汗体内、支撑他侵入中亚和欧洲已沉睡数百年的"背负星状斑纹的白羊"。梦中，羊问他是否可以进入他体内。因为知道是在做梦，所以他没当回事，早上醒来感觉羊已在体内了。羊入体后，他一直研究有关羊的民俗学和传说，询问当地人并查阅古书。一来二去，"与羊灵交"的说法传到上司耳中，他遭到盘查。1936年2月，他被贴上精神错乱——"殖民地痴呆症"的标签遣送回国，羊则以他为交通工具来到了日本。回国后，"羊博士"被安排到资料室工作，即被逐出了东亚农政的中枢，失去了利用价值。6月，羊趁他睡觉时突然离去。早晨醒来他发现羊不见了，但体内仍留着"羊的感念"。为了找到羊，释放"羊感念"，1937年"羊博士"从农林省辞职，到北海道养羊，创办了十二瀑镇绵羊牧场。1946年牧场被美军接收，改作演习场。"羊博士"离开十二瀑镇，到道绵羊协会任职，后任札幌绵羊会馆馆长。1967年因绵羊饲养业不景气，会馆关闭，"羊博士"以保存绵羊资料为条件低价买下会馆建筑。他的长子在会馆一楼开办"海豚宾馆"，他在二楼积满灰尘的资料室年复一年查找"羊资料"，寻找失去踪迹的星斑羊。1978年9月，"我"寻羊至此，告知他离体羊的去向。他指引了"我"寻羊的确切方向。至此，羊博士度过了42年"羊只留下感念而若没有羊又无法把那感念释放出去"的不知所终的"羊壳"人生。

  作为帝国时代旧知识分子的代表，学者型人士和技术精英"羊博士"是在不自知中感染了那个时代泛亚——法西斯主义扩张症，成为日本军国主义的马前卒。他学生时代的计划农业研究和工作后的水稻一体化种植研究都明显带有殖民扩张色彩，与当时泛滥一时的"泛亚主义""兴亚论""大东亚共荣"思想相契合。1934年应军人之邀，他到中国东北考察绵羊养殖以配合军方行动，即已在不自觉中完成了技术"泛亚主义"向政治军国主义的转化。因此，他才唤醒了逃离成吉思汗、沉睡山洞数百年的野心勃勃的羊，在梦中被附体。附体后，他没有像"先生"一样瞬间改变面目，成为狂热的法西斯分子，而是懵懵懂懂并未领会羊的真正意图。羊附体后，他在野外不知所踪地游荡了一个星期，失魂落魄地回到驻地。之后所做的民俗学考据、民间传说研究，是为了了解羊的底细，而不是把羊的意图付诸实践。因此与羊"灵交"的消息传到上司耳朵后，被视为"殖民地痴呆症"遣送回国，失去利用价值后被羊抛弃。他此后的痛苦在于羊突然离体，由此落得"羊只留下'感念'，而若没有羊又无法把那感念释放出去"（191页）的分裂性人生。为了解脱，在"先生"去中国大陆参与侵华战争的1937年，他逆向而行，去了"亚细亚主义"发源地北海道十二瀑镇，创办绵羊牧场，养起了羊。养羊业萧条，绵羊会馆关闭后，他则自我幽闭于"海豚宾馆"资料室，年复一年查找"羊资料"，以找到羊，恢复正常的人生。

在此，小说以流布在现代"寻羊冒险故事"中的历史墨点，对20世纪日本侵略战争史进行了全面的展现。

三、当代法西斯暴力体制遗存

日本战时法西斯体制是绝对天皇制下的军人独裁政治，是集合了封建集权、极端民族主义和强权意志的法西斯军国主义。在民主和平时期、发达资本主义阶段，支配社会的是与政治、媒体、资讯联姻的垄断资本势力，是以金钱为纽带的牢不可破的政官商"铁三角"。"先生"战后建立的"地下王国"正是这样一个无所不能、暴力运行的垄断经济体，对这一点"我"的合伙人和"先生"的亲信秘书都进行了披露。

因"我"把鼠寄来的"羊照片"印到广告画册上，招来了右翼集团二号人物秘书。合伙人对集团及大人物"先生"进行了调查，得知他创建"地下王国"的过程和右翼集团黑幕运行的方式。

> 从巢鸭出来后，他把藏在什么地方的财宝分成两份，一份整个收买了保守党一个派系，另一份收买了广告业。
>
> ……
>
> 总之他用那笔钱控制了政党和广告，这个构架现在

也原封不动。他所以不登台亮相，是因为没有登台的必要。只要控制了广告业和执政党，基本没有办不成的事。

……

控制了广告业，就差不多等于控制了出版和广播电视。没有广告就不存在出版和广播电视，同没有水的水族馆是一回事。你眼睛看到的情报的百分之九十五都是用金钱买下并经过挑选的。

……

股票！那家伙的资金来源是股票——操纵、包买、垄断股票，没有别的。他的情报机关为此收集情报，由他分析取舍。而分流给传播媒介的只是其中极小一部分，其余都被先生留为己用。当然也干类似威胁恐吓的勾当——尽管不直接下手。威胁不起作用时，情报就捅给政治家以便坐收渔翁之利。

……

哪个公司都不希望股东大会上出现炸弹式发言。所以他所提出的人家基本还是听的。也就是说，先生稳坐在政治家、情报业、股票这三位一体之上。因此我想你不难明白，对他来说，捏死一本PR杂志和把我们搞成失业者，比剥熟鸡蛋皮还来得容易。（61—62页）

秘书则描述了"地下王国"的威慑力。

"我们构筑了一个王国""一个强大的地下王国。我们控制所有东西，政界、财界、舆论界、官僚集团、文化，以及其他你所想象不到的东西，甚至敌对者都在我们的网内。从权力到反权力，无所不包。而其大多数却连受控于我们这点都未意识到。总而言之，这是一个十分老奸巨猾的组织。而这组织是战后先生一个人创建的。也就是说，先生一个人控制着国家这一巨大轮船的船底。他一拨塞，船就沉没。乘客们笃定在不明所以的时间里葬身鱼腹。"（119页）

合伙人和私人秘书的说法相结合，揭示了所谓"地下王国"黑恶垄断资本势力的本质和强权暴力特征。它的建立以殖民侵略战争为前提，以搜括掠夺的不义之财为原始资本。它建立的方式是黑幕资本运作，收买政党和广告业，通过操纵权力和媒体情报为资本开路。通过信息收买、分析和分流，控制垄断股票市场和经济，甚至不惜以恐吓、威胁和告密为资本保驾护航。这里揭示了资本主义社会不变的金钱本质，垄断是发达资本主义阶段的特征，资本就是一切的本体特征。与战时军国主义体制相比，它们之间的差别仅在于是东洋刀还是钞票，其支配一切的强权暴力本质没有变化。

小说还揭示了战时法西斯暴力体制走进战后社会的特定通道——"战犯开释"和"日美媾和"，即战后冷战思维下美国对日本军国主义的包庇纵容。

历史上，随着二战后社会主义阵营的形成，世界出现了以苏美两霸为首的两大阵营冷战对峙的局面。美国在反中反苏反共全球战略下，迅速改变对日政策，由最初的限制改为扶持，欲把日本培植成亚洲反共新堡垒，扶植其军国主义。在美国的包庇纵容下，日本法西斯军国主义的罪行没有得到彻底清算。天皇裕仁没有被追究发动侵略战争的责任，许多重要战犯被无罪开释或免于起诉。有资料显示，在1948年12月东条英机等战犯被执行死刑的第二天，包括岸信介[1]在内的19名甲级战犯被释放。到1950年11月，占领军先后四次发布战犯释放令，并宣布对乙级和丙级战犯免于起诉，不再搜查和逮捕战犯嫌疑犯。到1958年4月，所有未服满刑期的战犯均被赦免。美国出于自身利益完全不负责的做法为日本法西斯残余重返政坛、财界，推行和策动军国主义复活路线埋下了隐患。"先生"以戴罪之身被开释，从而建立起垄断资本王国的因果联系，小说中合伙人、秘书和"我"三次提起这件事。

合伙人说：

"他也作为A级战犯给占领军逮了起来，不料审查不了了之，没有起诉。理由说是有病，但这里边不清不楚。估计同美军之间做了什么交易——麦克阿瑟眼睛盯在中国大陆。"（61页）

亲信秘书说：

"至于美国情报部门何以对一个人的血瘤进行调查，至今仍不清楚。但可以设想有这样几个可能性：第一个可能性是借调查之名听取属于敏感范畴的情况，也

---

[1] 岸信介（1896—1987），原名佐藤信介，日本山口县人。1920年毕业于东京帝国大学法学部。1936年赴华，历任伪"满洲国"实业部总务司司长、总务厅次长等职。全面负责战时经济、军需生产和战争物资调配，成为东条英机的得力干将。日本战败投降后，岸信介作为甲级战犯被囚于巢鸭，但最终被免于起诉。在东条英机等战犯被执行死刑的第二天，得到释放。1953年当选为众议员，1957年和1958年两度组织内阁，1957年2月至1960年7月任首相。任职期间积极推动修改"和平宪法"和扩军步伐，是二战后最早敌视中国的日本政界人物。1987年8月病逝。

就是把握中国大陆的谍报网和鸦片网。因为，由于蒋介石的节节败退美国正步步失去在中国的门路，从而迫不及待地想得到先生掌握的网络。毕竟不便就此正式问讯。事实上，先生经过这一系列调查之后，未经审判就被释放出来。不难认为其中有秘密交易——情报与人身自由的交换。"（117页）

"我"告知"羊博士"：

"战后（先生）被定为甲级战犯，但以提供中国大陆情报网为交换条件获得释放。释放后以从大陆带回的财宝为杠杆控制了日本战后政治、经济、情报的阴暗面……"（191页）

这些说法既指出了战后美国的纵容与日本战后右倾化转向的关联，也是对二战后成为超级大国的美国全球霸权思维的讽喻。这正如为亲信秘书设定的"日侨第二代""来自斯坦福"的身份，把他意欲掌控那个"权力机构"的野心最终指向了美国。而战后美日联手法西斯体制的终结是通过理想主义青年"杀羊"和除恶来实现的。"全共斗"青年"我"和鼠不约而同北上，与"羊"所代表的跨时空法西斯强权和秘书所代表的垄断资本势力进行殊死斗争，最终完成了民主主义者反强权暴力和"全共斗"反资本主义的双重使命。

四、中国杰——家国悲剧

中国店主杰在这部"青春三部曲"收官之作中再次出场。两次正面描写，一次间接描写。从《1973年的弹子球》到《寻羊冒险记》，小说的色彩由明快变为阴郁，杰被赋予苦难的家国、种族特征。他是中日两国特殊历史关系的受害者，也是"我"和鼠战后初期"一亿总谢罪""一亿总忏悔"民主思想的投射者。

"寻羊冒险"前，"我"专程回到北海道故乡小城，完成鼠在信中托付给我的代他去看看杰和当年女友的任务。在相隔四年老友重逢的寒暄中间或补述了杰以往的生活和现在的状况。

首先是"杰"名字的由来。"杰的原名是中国名，又长又难发音。杰这个名字是他战后在美国基地做工时美国兵给取的。一来二去原名竟被忘了。"（89页）有人根据"又长又难发音"推断，杰的原名应是清朝皇室爱新觉罗一类的姓氏。由此可以进一步推断，杰应是"伪满"被扶为傀儡的满蒙上层贵族的后代。联系此前杰虽为中国人但日语说得比"我"好的说法，甚至可以推断，他是伪满"日满亲善"骗局下满日通婚的产物。20世纪40年代日本战败，"满洲国"倒台，作为有罪于国人的满蒙贵族的后代，杰不得不随撤退的日军去日本"避难"，以隐名或无名的方式在美军基地讨生活。

杰在日本的生活状况隐含在杰氏酒吧的变迁中。

据我过去从杰口中听来的情况，1954年他辞去基地工作，在那附近开了一间小酒吧，即第一代爵士酒吧。

第二章 "青春三部曲"：自由民主主义的面目

酒吧相当红火。来客大半是空军军官一级，气氛也不坏。（89页）

1963年越南战争升级时杰卖掉酒吧，远远来到我的"故城"，开了第二代爵士酒吧。（89—90页）

在国道旁边一栋旧楼的地下室里，水汽潮乎乎的，夏夜里空调机吹出的风几乎变成细雾。（90页）

第三代酒吧位于河畔，距原先那栋楼五百来米远。大并不很大，在一栋有电梯的4层楼的3楼。乘电梯去爵士酒吧也真是有些奇妙。从柜台高椅可以一览街市夜景也够妙的。（90页）

新爵士酒吧西侧和南侧有很大的窗户，从中可以望见连绵的山脉和往日海的遗址。海在几年前全给填埋了，上面逼仄地竖起墓碑般的高层建筑。（90页）

从标明的时间所隐含的历史事件可以看到杰在日本的人生轨迹。1954年，他辞去美军基地的工作，开第一代酒吧，正值旧金山会议[1]、《美日安全保障条约》签订后日美媾和的蜜月期。在"日美亲善"的背景下，杰在负有"防卫"职责的美军基地获得了稳定的生活。1963年，杰卖掉第一代酒吧，这时正是越南战争时期，全球掀起反越战民权运动，日本也正处于"第一次安

---

[1] 1950年6月朝鲜战争爆发，为了尽快扶持起日本这个反共助手，1951年9月在美国的操纵下，对日媾和的会议在旧金山召开。52个国家参加会议，中国未被邀请，印度、缅甸和南斯拉夫拒绝参会。日本与48个国家签订了《旧金山和约》，苏联、波兰、捷克拒绝签署。在此次会议上，日美两国签订了《美日安全保障条约》，规定了美国有权在日本驻扎军队和建立军事基地，对日本负有防卫义务。从此，日本被置于美国的保护下，成为美国全球战略中的重要一环。

保斗争"的高峰。在此背景下，杰离开美军基地，来到偏远宁静的北海道"我"的"故乡小城"。1974年，杰开了第三代酒吧，日本正值通过产业结构调整化解石油危机，大力资助尖端技术带动经济新一轮高速增长的都市化进程中，杰的酒吧才得以从逼仄潮湿的地下室迁至填海造城兴建的现代化楼宇。小说依据战后日本社会发展进程而写的杰氏酒吧变迁史，从中可以看到小资本经营者杰的个人命运随着时代和社会而浮沉。

小说在补叙杰氏酒吧的变迁时也提起了杰的家庭和情感生活。在补述第一代酒吧时提到，"酒吧走上正轨时杰结了婚，5年后对象死了。对死因杰只字未提。"（89页）在老友重逢时，杰说："怎么说呢……婚姻生活是怎么个东西都忘光了，许久以前的事了。"（91页）这两处对杰婚姻的描述似有玄机，有难言的隐情。这应该与杰当时的谋生之地的驻日美军有关，是他"只字不提""绝口不谈"的隐痛。最后，他们的对话转移到陪伴杰12年的老猫身上。"我"问：猫还好？杰答："死4年了，你结婚后不久，肠胃出了毛病……其实也是到寿了，毕竟活12年了。比和老婆处的时间还长。活12年也算够意思了吧？"（91页）"山上有动物陵园，埋在那里了，可以俯视高楼大厦。这地方，如今去哪里都只能看高楼大厦。当然，对于猫倒恐怕怎么都无所谓的。""我"问："寂寞吧？"杰答："嗯，那当然。什么人死我都不至于那么寂寞——这样子怕是够反常的吧？"（91—92页）

至此，杰历尽人生悲欢、孑然一身、落寞凄凉的天涯孤客形象跃然纸上。联系《且听风吟》的结尾，杰"想回一次中国"的诉说，可以看到他并非物质富足时代精神无处安放的普通现代人形象，而是因家国原因，失去社会身份和地位，流落异国他乡，远望来路而归期漫漫的政治漂泊者,他身上具有浓重的家国悲剧的影子。

"我"北上寻羊,到达鼠隐居的别墅却不见鼠的踪影,只有并非人形的"羊男"来了又去。"我"感到莫大的孤独,不由地幻想:

> 总的说来,厨房够空的,但一应烹调用具和调味料还很齐全。只要好好铺条路,足可以直接在此开一家山乡风格的小餐馆。窗户全部打开,边吃边看羊群和蓝天应该相当不坏。一家老小可以在草场上同羊嬉戏,恋人们不妨进白桦林散步。肯定生意兴隆。
>
> 鼠搞管理,我来做菜。羊男也有事可做。既是山乡餐馆,他那怪里怪气的衣裳也会自然而然地为人接受。再把那个很现实的绵羊管理员作为羊倌算进来也可以。现实性人物有一个未尝不可。狗也有用。羊博士想必也会来散心。
>
> 我一边用木铲搅拌元葱,一边如此呆想。
>
> ……
>
> 杰!若是杰在这里,各种事情肯定一帆风顺。一切都应以他为核心运转,以宽容、怜爱、接纳为中心。
>
> 在等元葱变凉的时间里,我坐在窗边,再次眼望草场。"(256—257页)

这是超越任何狭隘的既成观念的"人类爱"的思想,是以自然、和谐、亲善为要义的田园牧歌、世界大同理想,它的顶端是宽容、怜爱、包容的杰,由此把"美好中国"主题发挥到极致。

"尾声"中杰第三次出场,也是他"青春三部曲"中最后的出场。和鼠联手铲除极权暴力代言人"秘书"后,"我"再次回到故乡小城。"我"隐瞒了鼠的离去,把得到的"寻羊"报酬——一张巨额支票交给杰。理由是:"以这笔钱把我和鼠算作共同的经营者""不要分红不要利息,光添上名字就行"(301页)。条件是:"我和鼠有什么难处时希望能收留我们。"(302页)这赠送支票的行为大有深意,似乎是代表他的国家向战争受害国民众赔款,表达作者基于战后初期反战和平民主思想的真诚赎罪意识。

第四节 《去中国的小船》: "绿接天际"的中国想象

《去中国的小船》发表于1980年4月,是村上春树的第一部短篇小说,是紧随《且听风吟》之后的第二部作品。它继承了《且听风吟》的中国形象主题,以回溯倒叙的方式,写不同时期不同人生阶段"我"与在日华人的交往,塑造了系列中国形象。表现了中日"交恶"背景下,民间交往的复杂性和双方难以弥合的心理距离,具有民族文化心理反思色彩。

一、三个阶段,三次交往

"中国"为《去中国的小船》篇名的主题词之一,小说以虚构的中国"旧时歌谣"为引子,开篇即以"遇上第一个中国人是

"青春三部曲"：
自由民主主义的面目 | 第二章

什么时候"的问句切入中国主题。小说分为五章，依次写从小学到成年"我"与三位在日中国人的"交往"。

初遇中国人是"我"上小学时参加一场模拟考试的时候。不知何故，学校里唯独"我"被分到中国人的中国小学考场，"我"遇到了监考的中国老师。那一天，"我"按老师的布置，带好事先准备好的文具、饭盒和拖鞋，独自来到想象中离"我"很远的中国小学。走进规定的教室不久，监考的中国老师夹着考卷来到教室。一见监考老师，40名小学生顿时鸦雀无声。中国老师走上讲台，确认所有座位无一空缺后，开始宣布考试纪律。他从中国小学的中国学生和中日关系讲起："这间教室里……平时有和大家同样年龄的中国学生像大家一样刻苦学习……大家也知道，中国和日本，两个国家说起来像是一对邻居。邻居只有相处得和睦，每个人才能活得心情舒畅。""不用说，我们两国之间既有相似之处，又有不相似之处，既有能够相互沟通的地方，又有不能相互沟通的地方。这点就你们的朋友来说也是一样，是吧？即使再要好的朋友，有时候也不能沟通，对不对？我们两国之间也是一回事。但我相信，只要努力，我们一定能友好相处。为此，我们必须先相互尊敬。这是……第一步。"[1] 之后，他顺势从"要尊重中国人"高度，要求小学生不要在桌椅上乱写乱画，粘口香糖，乱动桌子里的物品。并问手足无措、一直沉默的小学生："能尊重中国人吗？"无人回答。他转而问"我"，"我"满脸通红，慌忙摇头再摇头。他再问大家："明白了吗？"仍无人回答。他

---

[1] [日]村上春树著，林少华译：《去中国的小船》，上海译文出版社，2009年，第8—9页。以下出自《去中国的小船》的引文均以此版本为准，只在引文后标注其在原著中的页码，不再另加注释。

启发说，"中国学生可是会好好回答的"。于是39个小学生齐刷刷地回答"明白了"，唯独"我""口都没有张开"。最后他教导说："注意：抬起头，挺起胸！""并怀有自豪感！"于是，我们抬起头，挺起胸。20年后的今天，考试结果"我"早已忘记，能想起的只有通往学校的坡道上行走的小学生和中国老师，还有他"抬头挺胸满怀自豪感"的教导。

再遇中国人是大学二年级时，她是"我"在做课余工时一起工作三个星期的中国女大学生。她虽是中国人，但生在日本，大陆、香港、台湾一次也没有去过。几乎不会说中国话，英语说得很好。她在私立女大读书，希望以后当翻译。她出奇的沉默寡言，最初两个星期几乎没有开过口。"我"主动搭话，她也表现出"对交谈没有兴趣"的排斥态度。她对工作异常热心，热心里"有一种奇妙的紧迫感"，是"迫近人之存在的根本的那一种类"。大多数人因跟不上她的节奏而气恼，能一句牢骚不发和她做搭档的只有"我"。搭档两个星期后，她因出现工作顺序上的差错陷入"精神危机"，一句话不说，呆立着一动不动。"我"拉她坐下，递上热茶，耐心地劝解，她才慢慢放松下来。午饭时她首次开口说话，说自己是中国人，渐次聊起家事。工作结束领到工资时，"我"邀她一起去跳舞。跳得熟练时她现出乐陶陶的样子，在迪斯科厅闪烁的彩灯下她看上去和平时判若两人。一直跳到筋疲力尽，我们才走出舞厅，在街头漫无目地地漫步，边走边喝啤酒。"我"向她要了电话号码，记在火柴盒的背面，表示下次会再找她玩。分手时"我"把她送上电气列车，然后到对面的站台乘车离去。过了好几站，"我"突然醒悟，"我"把她送上了相反方向的列车。原路返回后"我"向她道歉，说不知怎么搞的稀里糊涂地弄错了。她问"我"是否真的弄错了，是不是故意的。"怕是因为和我在一起没有意思吧。""即便你真的弄错了，那也是因为实际上你内心是那么希望的。"（19页）"我"喟然叹息。她说："不必介意的。""这种事不是第一次，肯定也不会是最后一次。""一切都让我感到厌倦，再也不想落到这个地步。""这里终究不是我应在的场所，这里没有我的位置。"（20页）"我"不知道她所说的场所指什么，是指日本这个国家，还是在黑漆漆的宇宙绕行的地球。再次分手时已过午夜，"我"表示明天给她打电话，再去哪里慢慢聊。她走后，"我"一个人坐在椅子上，点燃最后一支烟，把空烟盒扔进垃圾箱。9个小时后，"我"发现前一天夜里犯下的第二个错误：把写有她电话号码的火柴盒连同空烟盒一起扔掉了。接下去的几天，"我"费尽周折四处查找她的电话，但无论打工的出版社还是学校，都没有登记她的号码，"我"从此再没有见到她。

遇到的第三位中国人是"我"高中时的中国同学。时隔多年"我们"在东京街头相遇，他主动搭话，叫出我的名字。"我"努力回想，对他的面容没有记忆。他提起高中英语教科书里的句子，"我"猜想他是"我"高中时认识的人。他提到他正在利用"同胞情谊"沿街向中国人兜售百科事典。"我"蓦然想起，他是高中时与"我"有过交往的中国同学。他感慨道："不可思议啊！自己现在也闹不清，到底是因为什么才落到沿街向中国人推销百科事典这个地步的。""细节一个个想得起来，但看不清全貌。而意识到时，早已成了这个样子。"（28页）"也不全是我一个人的责任""很多糟糕的事凑在了一起，但原因终归在我身上。"（29页）"我"和他不曾同班，也没怎么亲切交谈，算是朋友的朋友。但在"我"

的记忆中,"他并非干百科事典推销员的那个类型。教养不差,成绩也应在我之上,在女孩子里想来也有人缘"(28页)。他解释打招呼的原因,说:"遇上你怪亲切的,倒也不是说哪感到亲切。""我"感到"这是真心话,作为我也不明所以地觉得亲切,很有些不可思议"。(29页)他起身时,"我"向他索要介绍百科事典的小册子,表示"几年以后买说不清,但手头宽裕了或许会买的"(30页)。他回答:"那自然好……想必有那一天的。只是,那时候我怕早跟百科事典不相干了。中国人家庭大致转完之后,往下就没事可干了。干什么呢?接着怕是专门劝中国人加入平安保险,或者去推销墓石。也罢,反正总有什么可卖吧。"告别时,"我"想对他说句什么,"想对他说的是有关中国人的,却又未能弄清到底想说什么。结果我什么也没说,说出的只是普通的分手套话"。时隔多年的今天,"我"想,"即使现在,怕也还是什么也说不出"。(30页)

二、暧昧形象,复杂心态

通过"我"的记忆出现的三个中国人形象总体来说美丑不定、色彩暧昧。东北师大刘研教授说:"在我的记忆中,三个中国人是扭曲、别扭、毁损的。"[1] 美国教授杰·鲁宾[2]说:所有三个片断都涉及不愉快的记忆。中国大陆汉译者林少华说:三个故事都是关于愧疚的。小说对"我"记忆中的三个中国人的描写,从

---

[1] 刘研著:《日本"后战后"时代的精神史寓言——村上春树论》,商务印书馆出版,2016年,第181页。

[2] 杰·鲁宾,美国哈佛大学教授,村上春树《挪威的森林》《奇鸟行状录》等作品的英语翻译者。著有《倾听村上春树:村上春树的艺术世界》。

外貌服饰到言语行动都游移在褒扬贬斥之间，甚至有意含糊其辞，表现中日交往中复杂的心态和痛苦的体验。

首先，外貌描写或介于美丑之间，或先扬后抑。初遇的中国老师"看样子不超过四十岁，左腿有一点点跛，在地板上抬腿不大利索。左手拄一根手杖，手杖是樱木做的，很粗糙，颇像登山口土特产商店卖的那种。由于他跛的方式显得甚为自然，以致唯独手杖的粗糙格外显眼""他身穿浅灰色西装白衬衫，打一条转眼即可让人忘掉色调花纹的很难留下印象的领带"（7页）。与"我"搭档工作三个星期的中国女大学生"个子不高，换个角度，说长得漂亮也未尝不可"（13页）。她给"我"的印象是："她有点过于沉默寡言，还有神经质的地方，然而我对她怀有本能的好感。"（18页）从事推销的中国同学"年龄与我相仿，身上一件藏青色轻便西服，配一条颜色谐调、规规整整的领带，一副精明能干的派头。不过，哪一样都给人以多少磨损了的感觉。倒不是说衣服旧了或人显得疲劳，单单磨损而已。脸也是那样的气氛，五官固然端正，但现出的表情却好像是为了逢场作戏而从哪里勉强搜集来的残片的组合，或排列在应付了事的宴会桌上的不配套的盘子"（23页）。

他们的言语行为也难分正误，都具有超越常情常态的特点。中国小学的中国老师开考前查点人数，宣讲考场规则和纪律，给人严谨认真之感。但他对心智尚不成熟的小学生大讲中日关系和相互尊重准则，且断言"只要努力，我们一定能友好相处"，具有不切实际和一厢情愿的主观理想色彩。他要求日本小学生保持中国学校教室的整洁，实为小题大做。以"中国学生可是会好好回答的"为诱导，迫使日本小学生做出"要尊重中国人"的应答，是强加于人。只有"抬头挺胸满怀自豪感"的教导切合小学生年龄和心智特点。19岁的中国女孩工作专注热心,且能带动他人,具有良好的职业精神。但她"迫近人之存在的根本"的紧迫感给他人造成压力。她最大的问题是基于自身被排斥身份的认知形成的多疑、不自信、自我封闭和执拗的性格,甚至过于沉默寡言和神经质。与"我"第一次分手时,她被送上相反方向的列车,"我"想:"若她及时发现我的错误而换乘往回转的电车自然另当别论,但我想她不会那样做,她不是那一类型。她所属的类型是:一旦坐错车便一直坐下去。再说她本来就该完全知道这点,知道自己被送错了车。"(18页)当"我"返回后她说:"一开始我就觉得好像不对头,心想算了,就一直在相反方向的电车上坐着没动。但车过东京站,一下子没了气力。一切都让我感到厌倦,再也不想落到这个地步。"(20页)"我"的中国同学处在被挤压的异域环境中,沦落到"利用同胞情谊"获得生存。不被认同的文化身份和推销员的职业使他形成矫饰、油滑、自我轻贱的性格特点。与"我"交谈时,他主动攀附,屈尊俯就,端茶递水,巧为周旋,卖弄优雅,步步为营,体现了他在艰难的生活中精神意志的磨损。

与具有各种问题的中国形象相对应的,是身为日本国民的"我"对中国人矛盾分裂的态度。作为战后新生代,"我"一方面具有平等相待、主动示好修好的良好愿望,另一方面又难以抑制对"病弱"中国的惯势排斥、漠视,甚至下意识地对他们施加伤害。这一矛盾随着时代的变迁和阅历的增长,有不断明朗和强化的趋势。

初遇中国老师,是少年时期,是所谓"战后民主主义那滑稽而悲哀的六年中的每一个晨昏",是"就像穿同样奇装异服的双胞胎"(2页)难以区分的1959年或1960年。当时正值"反岸

第二章 "青春三部曲"：自由民主主义的面目

反美反修宪"的"第一次民主运动"高峰，也是重返政坛的战犯岸信介践踏民主、推行一党独大法西斯政治的至暗时期。作为不懂政治也分不清年代的小学生，"我"没有明确的排华仇华意识，但潜移默化已怀有对陌生的中国本能的恐惧和戒备，因此被分到中国人小学考场，"我"认为"是某种事务性差错造成的"。"我"逢人就问，但谁都对中国小学一无所知，感觉"那里实际上无异于天涯海角"。考试那天早上，"我"以"极为黯淡的心情"削好铅笔，带着必备品出发。走在通往学校的坡道上，"我"看到几十几百个小学生列队朝同一方向行进，没有玩耍，没有顽皮，只是默默走路，这使"我"想起"某种不均衡的永久性运动"（5页）。进到学校，出乎意料的是，中国小学与我们的小学非但没有什么两样，反而要清爽得多。"又黑又长的走廊、潮乎乎的霉味儿等两个星期来在我脑海中随意膨胀的图像根本无处可寻。"（6页）面对手拄讲桌要讲话的中国老师，学生们紧张到连大气都不敢出；面对中国老师的问话，"我"沉默再沉默，紧张到满脸通红，只会摇头，连"口都没张开"。

遇到中国女孩时，"我"已是19岁的大学生，时间应为以反美国越战和声援黑人民权运动为背景的"第二次安保斗争"兴起的1968年。在此背景下，"我"与中国女孩工作和交往的思想基础是超越狭隘民族种族的国际和平平等民主观念，"我们"彼此友爱互助又充满善意。中国女孩沉默时，"我"主动搭话试图打破僵局。她陷入"精神危机"时，"我"热心安慰宽解，耐心听她讲家事。结束工作时，邀请她一起跳舞娱乐，索要电话号码以便保持联络。分手时，"我"也做出了送她到车站，一直送上电车的友善举动。但可怕的是，友爱善意伴随着难以自控的施虐。本该乘坐同一方向列车，却鬼使神差地把她送上相反方向。索要了电话号码，又随手连同空烟盒一起扔掉。向女孩道歉时，解释说不是有意的，是"自己脑袋晕乎乎来着"，"稀里糊涂弄错了"。但发生错误时的自我追问和面对哭泣女孩的自我剖析，却暗示出这并非偶然而是发自内心。意识到把女孩送上了相反方向的电车，"我"想："我的宿舍在目白，原来和她同乘一列车回来即可，再没比这简单的。我何苦故意把她送上相反方向的电车呢？酒喝多了，也可能脑袋里装自己的事装得太满了。"（18页）原路返回时，女孩情绪低落，无声哭泣，"我"毅然开口："我没有办法很好地向你很好地解释我这个人。我时常闹不清自己这个人是怎么回事，不明白自己在考虑什么如何考虑，以及追求什么。甚至自己有多大力量、应该怎样使用都稀里糊涂。这种事一一细想起来，有时真的感到害怕。而一害怕，就只能考虑自己。在这种情况下，我变得十分自私，从而伤害别人，尽管我并不愿意。所以，我无论如何都算不上是一个出色的人。"（20—21页）言外之意，是在不能掌控自我的恐惧中变得自私，自己的事考虑太多而伤害了他人。其实，因自私而作恶的说法并非实情，而是"我"仍在掩饰，或者说避讳。避讳因固有的民族身份——不可避免承袭的"大日本帝国"排华厌华基因而施虐作恶。甚至"我"自己都无法分清，哪是有意哪是无意，哪是有意识哪是无意识。正如有的学者所指出的，这反映了中日正常邦交的艰巨性。

街头巧遇中国同学时，"我"已28岁，结婚6年，可推算的时间是1975年。随着时间的推移，无论个人还是日本社会都已发生重大变化。作为走上社会的成年人，"我"已经有了相当丰富的阅历。小说中写道："六年里我埋葬了三只猫，也焚烧了

第二章 "青春三部曲"：自由民主主义的面目

几个希望，将几个痛苦用厚毛衣包起来埋进土里。这些全都是在这个无可捉摸的巨型城市里进行的。"（22页）1975年的日本社会正值历经二十世纪五六十年代朝鲜战争、越南战争经济，20世纪70年代产业升级，走向世界第二大经济体的前夜。随着阅历的增长，"我"练就了处事不惊、漠然应世的精神外壳。日本战后崛起，国民又找回了优越感。面对街头邂逅、主动叫出"我"名字的"故人"，"我"冷漠应对。中国同学一再提示，而"我"下意识关闭记忆。他提及高中教科书里的句子，"我"意识到他是高中时认识的人，但仍未表现出多少热情。直到他表示正"利用同胞情谊"向中国人推销百科事典，"我"想起他是高中时的中国同学，曾一起边喝啤酒边谈音乐，这时才有所触动，积极回想交往时的情景和他高中时的样子，但"像是一段早已遗忘的旧梦"，能够想起的异常模糊。对他不知道什么原因沦落到沿街叫卖百科事典的疑问，"我"觉得"没办法回答，便缄口不语"。他解释之所以打招呼，是因为遇上"怪亲切的"，"我"的内心给予回应，但不知再说什么好，"于是我吸剩下的烟，喝剩下的咖啡"（29页）。"我"起身告辞时，因想到恐怕再难见到，想对他说句什么，但终究未弄清到底想说什么，结果什么也没有说。

这不是成年人看破不说的含蓄，也不是现代人处乱不惊的沉稳，而是敏感复杂的中日关系下情感意向表达的艰难，也暗含随着经济起飞复燃的"大国"的倨傲心态。加藤典洋[1]说："村上充满现实性地表现了日本社会对中国这种如刺般的他者性的认

---

[1] 加藤典洋（1948—2019），早稻田大学国际教养学部教授，日本著名的文艺评论家。1995年在《群像》杂志连载《败战后论》，主张先哀悼日本的战亡者，纠正战后日本人的"人格分裂"，再向二千万亚洲的战亡者表示哀悼。受到左翼知识分子的批判，高桥哲哉与之展开论争。

识。"[1]刘研说:"面对中国人这一异质性他者的存在,'我'表露了自己内心深处深深的痛楚。所以这部小说的重中之重不在于讲述叙述者遇见了怎样的中国人,而在于他邂逅中国人之后的复杂情感体验,从这复杂的情感体验中折射出来的是当代日本人面对中国时那种复杂心理:罪感、负疚、优越、想忘又不可能遗忘。"[2]这一评论其实适用于三个不同历史时期和人生阶段的"我"。从这一角度写中日关系现状,表明了初登文坛的村上春树对根植于血脉深处的民族对立情绪的深刻理解。从这个角度看,小说中描写的成年的"我"和中国同学关于"遗忘"和"记忆"的对话意味深长。

中国同学主动叫出"我"的名字,我"对他没有记忆,就直言相告:"抱歉,总是这个样子,想不起别人的面容。"(24页)中国同学说:"恐怕还是想忘记过去的事吧?我是说潜在性地。"(24页)"我"说:"有可能。"他说:"我出于和你同样的缘由,过去的事一件也没忘,真的没忘,也真是怪事。我也想把各种事情忘个一干二净来着。越想睡眼睛越有神,是吧?同一码事。自己也搞不清何以这样。专门记过去的事,而且记得一清二楚,我真有点担心再没余地记以后的人生了。""而且都记得那么活龙活现,当时的天气、温度,甚至气息,简直就像现在还身临其境……"(24页)听到这些话,"我"漠然摇头。他进而说:"你的事也记得真真切切。从路上走隔着玻璃一眼就看出是你。"(24—25页)"我"说:"可我这方面横竖想不起来,觉得非常不好意思。"他说:"没

---

[1] 转引自《日本"后战后"时期的精神史寓言——村上春树论》商务出版社 2016年版第183页。

[2] 转引自《日本"后战后"时期的精神史寓言——村上春树论》商务出版社 2016年版第183页。

什么不好意思的，是我自己擅自找上门的，别介意。该想起的时候自然想起，是这样的。记忆这东西，机制完全因人而异，容量有异，方向性也有异，既有帮助大脑发挥作用的，也有阻碍性的，无所谓哪个好哪个坏。所以不必介意，不算什么大事。"（25页）

这里，"遗忘"和"记忆"如中国同学所说是具有选择性和方向性的，说到底是一种"利我性"选择。日本青年"我"全然忘记，中国同学却一件没忘，且专门记过去的事，记得真真切切、一清二楚。如果把他们所"遗忘"和"记忆"的事情同他们既定的国民身份相联系，其寓意不言自明。"我"遗忘的，是日本战后"新民族主义"刻意淡化抹杀的二战侵略史。与之相反，中国同学不能忘记的是日本军国主义给中国人民带来的血泪记忆。

三、美好的中国想象

小说通过回忆"我"和三位中国人的往事，表现中日对立关系下日本国民面对中国人矛盾复杂的心态和痛苦的体验。日本山根由美惠说："80年代在'战争责任'问题上就亚洲与日本的关系的提法形形色色，表面上对亚洲的蔑视的反省思潮传播开来，然而那只是表面现象。在《去中国的小船》中，描绘了忘却的政治不只是国家层面的而且也是浸透于'我'这样的个人的事实，提出了这样的问题——消除差别的良知只是表面性的东西，潜入内心无意识层面的差别是何等根深蒂固和恐怖。"[1]。尽管如此，小说在叙述完主要事件后专辟一章，表

---

[1] 转引自《日本"后战后"时期的精神史寓言——村上春树论》商务出版社 2016年版第181页。

小说第五章的叙事时间回到当下现实。年逾三十的"我"置身于山手线电车，望着窗外的景致，感受"东京脏兮兮的楼宇，芸芸众生的群体，永不中顿的噪音，挤得寸步难移的车列，铺天盖地的广告牌，野心与失望与焦躁与亢奋……"（31页），"我"蓦然想起中国女孩的话，"这里终究不是我应在的场所""这里没有我的位置"。（31页）"我"望着东京街头，遥想中国。

我就是这样遇上了不少中国人。我读了很多有关中国的书，从《史记》到《西行漫记》。我想更多一些了解中国。尽管如此，中国仍然仅仅是我一个人的中国，是唯我一人能读懂的中国，是只向我一个人发出呼唤的中国。那是另一个中国，不同于地球仪上涂以黄色的中国。那是一个假设，一个暂定。而在某种意义上，那是被中国一词切下的我自身。

我的中国如灰尘一般弥漫在东京城，从根本上侵蚀着这座城市。城市依序消失。是的，这里没有我的位置。我们的语言就这样失去，我们怀有的理想迟早将这样云消雾散，犹如那原以为会永远持续下去的无聊的思春期在人生途中的某一点突然杳无踪影。

……

"尽管如此，我仍要把往日作为忠实的外场棒球手的些许自豪藏在旅行箱内，坐在港口石阶上，等待空漠的水平线上迟早会出现的去中国的小船。我遥想中国街市灿烂生辉的屋顶，遥想那绿接天际的草原。

所以，丧失与崩溃之后无论说来何物，我都已无所畏惧。恰如棒球垒安打击球手不怕球转换方向，坚定的革命家不怕绞刑架。假如那真能如愿以偿……

朋友哟，中国过于遥远了。（32—33页）

这里，"中国"是一个象征符号，与喧嚣、肮脏、野心与亢奋的都市东京相反，它象征着灿烂街市和绿接天际的草地所代表的理性、祥和的社会人生理想。这里以"中国"借指远离闹市喧嚣和纷争的理想之地。

第三章

"80年代三大小说"：找不到出口的"现实性"

    从1985年6月到1988年10月短短四年时间，村上春树连续发表了"三大小说"，即《世界尽头与冷酷仙境》《挪威的森林》和《舞！舞！舞！》。继《寻羊冒险记》之后，它们彻底摒弃了创作初期短小轻便、片断拼贴小说的写法，是脉络清晰完整、情节性强、篇幅浩大的"现实性"作品。在内容上突破早期"青春三部曲"学运反思、青春私小说的狭窄范围，着眼于人们普遍关注的社会性现实问题。三部小说均以20世纪80年代日本的社会状况为背景，以更加"迫近现实性"的主题，揭示"高度发达的资本主义"阶段人们感受深切的精神信仰危机，以及社会机制体制问题。

第一节 《世界尽头与冷酷仙境》：
主观精神世界的沦落

《世界尽头与冷酷仙境》发表于 1985 年 6 月，是村上春树由学运反思回归当下现实的第一部长篇小说。它立足日本 20 世纪 80 年代 "科学技术立国" 引领的高新技术产业化现实，表现科技主义与物质主义相结合造成的人们主观精神世界的沦落。表面上看，它采用奇数和偶数章对位展开的 "复调" 模式。事实上，它奇数和偶数章章名分别重复，不同于米兰·昆德拉小说，在对等地位中展开共时性故事，而是历时性讲述两个互为因果、一实一虚的故事，表现主人公 "我" 的主观精神世界先后在冷酷的高科技现实世界和死寂的终极意识世界死亡沦落的过程。

一、殒于高科技 "现实世界"

统一命名为 "冷酷仙境" 的奇数章部分通常被看作高科技信息化的 "现实世界"。它采用推理和科幻小说写法，写从事情报业的 "我" 被实施脑手术改变意识结构而殒命的过程。

"我" 是从属于半官方情报企业 "组织" 的从业者 "计算士"，与 "我" 具有恶性竞争关系的是私营情报企业 "工厂" 及从业者 "符号士"。为了在情报大战中占据主导地位，"组织" 对包括 "我" 在内的 26 名 "计算士" 实施了脑手术。他们把 "我们" 的头盖骨打开，植入电极和电池。对脑电波进行审查和扫描，抽取出"意识核"并把它命名为"模糊运算"的通行令，再输入脑中。由此我们的意识形成了双重结构：一是作为整体混沌状态的意识，二是"集约"混沌意识的"意识核"。再经过特殊训练，我们具有了"模糊运算"的能力。"模糊运算"由输入以各自"意识核"命名的通行令开始。我的通行令是"世界尽头"，但我只知道它的名字并不知道具体内容。结束训练一年半的时间内，其他"计算士"先后死亡，活过三年并能继续进行运算的只有"我"。于是，"我"成了"组织"进行"特殊研究"和"工厂"极力争夺的焦点。

奇数章"冷酷仙境"讲述了"我"从事"模糊运算"经历的三天两夜由生到死的故事。它始于"组织"的首席专家博士委托进行的一次"特殊运算"。某天，"我"应邀到隐藏于东京地下的博士的研究室，看到陈列其中形形色色的动物头骨。博士称，他正进行"哺乳动物口腔上颚的研究"，研究哺乳动物口腔的结构、运动和发音的方式，解析头骨"潜在的信号"，以便从理论上把声音分离出来，人为地加以控制。他委托"我"对他一年来动物头骨研究所得的"实验测定数据"进行运算，其真正目的是他离开"组织"后出于个人兴趣对"我"进行"特殊研究"。

作为核心研究人员，25位计算士死亡后，博士提议取出幸存者"我"脑中的电极，中止此项研究，但遭到"组织"的断然拒绝。为了避免"为别人浪费自己的学问"和"参加今后不知要牺牲多少人的研究"，博士离开了"组织"。但在为了完善保密系统要求他"留置"的空闲时间，他对"我"进行了"特殊研究"。他再次打开"我"的脑际，植入"第三条思维线路"。利用私自保存的"我"的脑波图像数据，把原有"意识核"编辑后再输入

"我"的脑中，由此"我"的意识形成了三重结构。在原有整体混沌意识和"集约"混沌意识的"意识核"外，又增加了重新编辑的"人工意识核"。他这样做的目的是"观察这将给实验对象带来怎样的影响""了解由他人重新安排编制的意识在实验对象身上如何发挥功能"[1]。实际运行中，人工意识核与原有意识核存在"误差"。发出"世界尽头"指令启动意识后，"我"超常的意识分类功能就在两个意识核之间搭建桥梁，意识即进入"第三思维线路"，形成"实现自身主体正当性"的潜在意识世界。但正在"我"进行此项作业时，博士的研究室被"符号士"捣毁，全部数据丢失。已打开的"第三线路"无法停止，电极烧毁，"我"嵌在"第三线路"无法返回，必死无疑。得知"我"正在移居由"第三线路"打开的底层意识世界的路上，仅剩29小时的生命，"我"离开博士，回到东京地面。尽情享受家居、日常、性爱、街衢和阳光后，驱车到海边，在汽车音响播放的鲍勃·迪伦的《轻拂的风》中沉沉睡去。

二、迷失在终极"意识世界"

统一命名为"世界尽头"的偶数章部分是"现实世界"肉体死亡后精神所在的底层"意识世界"。它采用玄幻、异灵小说的写法，写底层意识世界的"读梦人""我"试图同被分开的影子合为一体，离开"镇子"，返回外部世界而最终止步的心理过程。

---

[1] [日]村上春树著，林少华译：《世界尽头与冷酷仙境》，上海译文出版社，2002年，第284页。以下出自《世界尽头与冷酷仙境》的引文均以此版本为准，只在引文后标注其在原著中的页码，不再另加注释。

"80年代三大小说"：
找不到出口的"现实性" | 第三章

春天，"我"不明就里地来到镇子，人高马大的看门人把"我"和影子利利索索地分开。"我"被安排住进镇里的"官舍"，影子留在寒冷的地下影子广场，交给看门人"保管"。被割下的影子顿时显得寒碜、疲惫。他对"我"说："详细的我倒不清楚，不过人和影子分开，总像不大对头。我觉得这里有问题，这个场所也有问题。人离开影子无法生存，影子离开人也无以存在。然而我们两个却在两相分开的情况下安然无事，这肯定有问题。""事情不会称心如愿的。我总有一种不良预感。还是找机会逃离这里，两人一起重返原来的世界！""我要全力找出回去的途径。"（61页）

看门人用刀尖刺伤"我"的眼球，赋予"我""读梦人"的资格，告诉"我"此后"我"的名字是"读梦人"，职责是每晚到图书馆阅读古梦。协助"我"读梦的是图书馆里"为古梦值班"的女孩，她的脸使我想起了什么，"她身上有一种东西在静静摇晃着我意识深处某种软绵绵的沉积物，但我不明白这到底意味着什么……语言已被葬入遥远的黑暗。"（37页）她把第一个古梦放到桌上时，"我"未能认出那就是古梦。它是一块动物的头骨，长长突起的下颚，额头正中有手感粗糙的小坑，"我"想到它是镇上独角兽的头骨。女孩说古梦就渗入其中，从中读出古梦是"读梦人"的工作。此后"我"每天读梦不止，在女孩的帮助下掌握了读梦的方法，也加快了速度。在柜台深处的书库里，"我"见到了触目皆是的独角兽头骨。

独角兽是"我"来到镇上最先吸引"我"的动物。每到夜晚来临，"我"就到围墙的角楼观看"召集兽们的仪式"。看门人打开西门，吹响号角。兽们一律抬头扬颈，朝号角响起的方向张望。之后起身，像突然想起什么，朝一定方向行进，都低眉顺眼，默默向前涌动。从各个方向走到西门会合后，静默地走出城外。夜晚露宿在门外营地，清晨再由看门人召回城里。从冬天下第一场雪，老兽们开始陆续死去。看门人把它们的头割下，剔除筋肉，用大锅熬煮制成头骨。把头骨埋到地下，一年后取出，再把古梦放入其中，摆到图书馆书库，由刚到镇上的"读梦人"阅读。它们的躯体则由看门人运到杏林焚烧，整个冬天，林子的上空都飘着焚烧动物的白烟。

初秋，"我"去看望影子，他吩咐"我"画一张镇子的地图。他叮嘱"我"："要用自己的脚自己的眼睛实地勘察。大凡眼睛看到的，一律绘下……尤其要注意围墙的形状、东面的森林、河的入口和出口。"（106页）第二天"我"就开始作业。傍晚爬上西山眺望，察看镇子的走向，为弄清围墙的形状沿墙边步行。有竹丛、树木和巨石挡路，就不辞劳苦地绕道而行。由此，"我"感受到围墙的"完全"、河流的"汹涌"和森林的"剽悍"，还发现了河水流出围墙时切割而成的水潭。在对森林连日的勘察中，"我"发现了一处安详静谧的天地，一片潮润舒展的草地。那里空气清新，小溪穿行，草地尽头有布局工整的石砌小屋遗址。有门厅、浴室和厨房，有石井石栏，遗址后面是高耸的围墙。如此近距离地凝视围墙，漫无边际的疲倦感袭来，"我"沉入了睡眠。醒来时气温骤降，雪花飘落，回到图书馆"我"高烧，呕吐。女孩照料"我"时长发拂在"我"的脸上，"我"涌起了"不能失去她"的想法。而"至于这愿望是来源于我本身的意识，还是浮自昔日记忆的断片，我则无以判断"（151页）。隐约相识又无从忆起，"我"和女孩谈起心、记忆和影子。女孩说，4岁时影子离开她到围墙外面生活，17岁时影子回到镇上死去。原本"有

第三章 "80年代三大小说"：找不到出口的"现实性"

心"的母亲在她7岁时突然"消失"。母亲喜欢太阳、散步、游泳和与动物为伴，常常"语调非常奇妙，用词一会拉长一会缩短"（240页）地自言自语。"我"知道那是在唱歌，"我"也想唱歌却一首也无从想起。"我"喟叹道，要是有乐器就好了，弹奏之间会想起什么歌。女孩带"我"到堆满"过去的破烂货"的资料室中寻找，有积满灰尘的打字机、藤篮、野餐用具，有大大小小的箱包、虫蛀的服饰、牙具袋和酒壶，但没有书、笔记本和手册，也没有乐器。看门人建议"我"到森林入口处的发电站去寻找，在管理员小屋"我"看到了收藏的种类齐全的乐器。"我"选中一把手风琴，但一两个小时只能弹出几个和音，头脑中找不出任何完整的旋律。

深冬，"我"去看望影子，他已制订好一起逃走的计划。"我"告诉女孩，"我"要和影子一道离开，返回原来的世界。在那里，"我将像从前那样拖着影子，在喜怒哀乐当中年老体衰，直至死去。也许那个世界适合于我，我想。我将在心的操纵支配下生存……我的心不允许我以牺牲自己的影子和独角兽为代价留在这里。"（378页）女孩再次谈起心和母亲，"不错，我是没心。母亲有过，我没有。母亲由于有心剩下来而被赶进了森林。我还没对你说过，母亲被赶进森林时的情景我记得清清楚楚，如今有时还想：如果我有心，恐怕会永远同母亲在森林里相依为命。而且，如果有心，我也可以正常地追求你。""记得母亲说过，只要有心，去什么地方都一无所失。"（379页）她对母亲的记忆和情感使"我"感到她身上还残存着"心一样的东西"，决定在逃走前的21小时内找出她的心。"我"想到，手风琴是打开她心的钥匙。琴连着歌，歌连着母亲，母亲连着她的记忆——她的心的残片。于是"我"拉动手风琴，按照所能记起的所有旋律按动一个个和音，终于奏出了"我应该熟悉的歌"《少年丹尼》的开头。在乐曲声中，"我"的心田得到了滋润，紧绷的身体得到了放松。"我"感到"镇子本身在音乐中喘息。镇中有我，我中有镇。镇子随着我身体的晃动而呼吸而摇摆……这里所有的一切都恍若我的自身，围墙也罢城门也罢独角兽也罢河流也罢风洞也罢水潭也罢，统统是我自身，它们都在我体内，就连这漫长的冬季想必也在我体内。"（401页）

第二天"我"如约带着影子出逃，但到达唯一的出口南水潭时，却拒绝和影子一起跳下。"我"表示想"留在这里"，因为发现造就这镇子的是"我"自身，"我不能抛开自己擅自造出的人们和世界而一走了之"。（436页）道别后，影子独自跳进水潭，它消逝后"我"久久地凝视水面。失去影子使我觉得"恍惚独自留在了宇宙的边缘。我再也无处可去，亦无处可归。此处是世界尽头，而世界尽头不通往任何地方。世界在这里终止，悄然止住了脚步"（437页）。

三、共同的精神指向

表面上看，奇偶数章所写的内容不同，一个是20世纪80年代的现实世界，一个是虚拟的意识世界，但最终的主题指向都是精神。它们虚实结合，共同表现科技发达、物质富足的20世纪80年代人们精神信仰的沦落。"世界尽头"由"冷酷世界"引起，是现实世界的"我"死后移居的底层意识世界，自不待言是表现精神意识本身。这里需要说明的是"冷酷仙境""现实世界"的精神指向性。客观地说，通常被认定为"现实世界"的"冷酷仙境"，并未真正表现客观现实本身。它同村上春树的大多数作品一样，其目的不在于表现外在客观世界，再现生活原貌，而在于主观化地表现人们的精神世界和作者的见解观点。具体来说，它是以科幻、悬疑、志怪等超现实手法，寓言化表现高科技信息化时代反人文的科技对个体生存空间的侵袭，对人们主观精神世界的损害。它与纯粹观念世界的"世界尽头"相呼应，共同表现"发达资本主义社会"人所承受的内外在、主客观精神摧残。在一定意义上，是早期"青春三部曲""精神丧失"主题的延续和深化。

（一）现实世界的精神损害

奇数章"冷酷仙境"是以科幻小说的形式表现经济高速增长的年代人们所承受的来自外部世界的精神损害。它虚实结合，主要揭示两方面内容：当前高科技物质主义对人主观精神的异化作用，曾经的民主运动对现代人的精神生活产生的持久深刻影响。

1. 科技资本化的恶果

现代科技在一定意义上已背离了人类文明进步的本意，越来越沦为资本谋利的工具。资本集团利用现代科技手段，制造出一个又一个国际垄断霸权神话。更以无所不能的数字技术渗透社会的每一个层面、每一个角落，操控视听舆论，把每一个社会人和人们的社会行为统统纳入商品生产和销售版图中。它利用资讯传媒煽动的物质消费热情，久而久之成为人们精神生活的唯一信仰。

两大情报集团"组织"和"工厂"正是如此。它们表面上一"官"一"私"，一正一邪，一个开发保护数据、一个盗窃兜售数据，是"数据黑手党"。实际上或是由一人操纵，相互配合表演警察与小偷的游戏，以博取眼球，刺激竞争和消费的"同一人的左右手"。其目标和宗旨只有一个，就是刺激价格无限上涨和最大限度攫取财富。正如"我"所悟到的，"如果你说得不错，真是桩大发横财的买卖""通过唆使双方竞争，使价格无限上涨，只要让二者分庭抗礼相持下去，就不必担心跌价。"（319页）为了使利益实现最大化，"组织"网罗专家学者，不惜牺牲生命进行人体实验。打开人的脑际，掌握其意识内容。植入人工器件，改变其意识结构，使之在不自知中为"组织"谋利出力卖命。这一过程正是科技与资本联手制造资讯、情报，控制视听，改变人的志趣心性，使其丧失主体精神意志的过程。

情报业从业者"我"被实施脑手术改变意识结构而殒命的故事，是现代科技、资讯改变人主观精神世界，自我主体意识死亡的象征，即西方所谓的物质社会"人为物役""人性异化"问题。在"组织"以高科技实施的资本谋利链条中，从业者"我"被控制操纵，沦为拜物新宗教的工具和盲从者的异化现象，这是十分明显的。"组织"对"我"进行意识改造，盗取意识核内容，制成转换意识线路的信号，由此开启了"我"在"混沌状态"中为"组织"卖命的程序。"我"对自我职业的认知，"不过类似无意识的隧道而已，一切从这隧道中通过……自己无非是被利用。有人在利用我所不知道的我的意识在我不知道的时间里处理什么。"（112页）"在这件事上，我的主体性从一开始便没被人放在眼里，就像一个人孤零零加入海驴水球队。"（391页）但"我"并无改变现状的意愿，反而出于日后过上优渥生活的考虑，忍受常人难以承受的"高倍率考试"和"严格训练"，在其他"计算士"殒命后继续进行情非所愿的"模糊运算"。"我"希求的理想生活是辞去"计算士"工作，存一大笔钱，加上退休金，从从容容地打发时光。学习希腊语和大提琴,把琴盒放在小汽车后座,开车去山上,一个人尽情尽兴地练习。如果顺利,在山上买一幢别墅。在那里读书听音乐,看旧电影录像,烧菜做饭,和中意的女孩在一起。这是以金钱、物质和个人幸福为前提的理想的小资生活。

2. 难以弥合的历史伤痕

在"我"被改变意识结构进行"模糊运算"的"现实故事"中常常出现对"70年民主运动"的联想。"我"置身在当前科幻和冒险旅行中,却常常引发对"新左翼运动"有关事件的回顾或推想。

和"胖女郎"走在通往地下研究所的路上,"我"想起"往日——大约是发生联合赤军事件那年——我曾同一个腰和大腿胖得堪称离谱的女孩睡过"(70页)。看到汽车里戴手镯听流行乐的男女,"我"为他们编出身份和剧情。

> 若是电视剧作家,笃定可以编出像模像样的情节:女的赴法留学期间同一法国男子结婚,婚后不久丈夫遭遇交通事故成了植物人。女的于是心力交瘁忍无可忍抛下丈夫返回东京,在比利时或瑞士大使馆工作。银手镯是结婚纪念品……男方是从安田讲堂动乱中死里逃生的,像《灰与宝石》中的主人公那样经常戴一副太阳镜。他是电视台正走红的节目主持人,做梦总是梦到催泪弹,妻子五年前割腕自杀了……每当他看到女方左腕上晃动的手镯,便不由想起妻子那被血染红的割开的手腕,因此他请求女方把银手镯换到右手腕。
>
> 其实可以像《卡萨布兰卡》那样出现一个钢琴手,

酒精中毒的钢琴手。钢琴上面总是放一杯只加柠檬片的纯杜松子酒。此君是两人共同的朋友,知道两人的秘密,原本是才华横溢的爵士乐钢琴手,可惜被酒精搞垮了身体。(328页)

面对楚楚可人的租车行女郎,"我"想起高中时的女同学:"那是个聪明爽快的女孩,听说后来同大学时代认识的一个革命活动家结了婚,生了两个孩子,而后扔下孩子离家出走,现在无人晓得去了哪里……有谁能预料这个喜欢J·D塞林格和乔治·哈里逊的十七岁女孩几年后居然为革命活动家生下两个孩子并就此下落不明呢?"(374页)等待胃扩张女孩的空闲中,"我"继续思索同革命活动家结婚是怎么一回事:"莫非下班归来的丈夫在餐桌上边喝啤酒边谈论革命的进展情况不成?"(375页)公园里遇到穿着考究的母女,"我"再次想起同革命家结婚又去向不明的女同学:"她甚至连领孩子逛公园都已无从谈起。我当然不知晓她对此作何感想,但在自己的生活尽皆消失方面,我觉得我或许可以同她就某一点相互理解。不过,她也可能——大有可能——就在某一点上拒绝同我相互理解……各自处境不同,想法也不同。再说就算是同样清算人生,她是出于自己的意愿,而我则不然,我不过是在酣睡之时被人突然抽掉床单而已。"(427页)看到胖女郎穿着美军军服的后背,"我"想起与"越战"有关的事:"记得这夹克是一九七一年买的。一九七一年越南战场仍在交火,当总统的是长着一副不吉利面孔的理查德·尼克松。当时所有的人都留长发穿脏鞋,都听神经兮兮的流行音乐,都身披背部带和平标记的处理的美军作战服,都满怀彼得·冯达般的心情。一切

恍惚发生在恐龙出没的远古时代。"（230页）

这些均为偶然出现的与当前事件无关的意识片断，甚至是天马行空的假想，却处处关涉二十世纪六七十年代"新左翼运动"历史。"安田讲堂"是"全共斗"开始的地方，也是内部争斗和国家机器制压下败北的标志，是"新左翼运动"由盛而衰的转折点。"赤军派"继校园斗争失败后，把运动引向了关西和暴力革命。"赤军派事件"即"浅间山庄事件"，标志着"新左翼运动"的彻底失败。"美国越战"促使"全共斗"由争取自身权益的实用主义斗争，最终上升到国际反战和平民众民主运动的高度。"割腕""酗酒""出走""清算"是"新左翼运动"处于低潮和失败后激进青年的几种结局。有的在与国家机器的对抗中"丧失"了，有的在运动中和运动后绝望自杀，有的出走他乡谋求"共同革命"，有的消极颓废一蹶不振。更多的回归正常生活轨道，但内心的伤痕难以抚平，情报业从业者"我"当属后者。

如果把小说发表的时间1985年设为"现实故事"发生的时间，那时35岁的"我"无疑属于20世纪60年代末步入大学校园的"全共斗世代"。大学期间，"我"经历过以校园为主战场的"新左翼运动"风潮，亲历或目睹了"全共斗"及"赤军运动"。它们赋予了那个时代理想主义激情，但其青春躁动的无政府主义方式和国家机器制压下悲惨的落幕方式是刻录在一代人心上难以磨灭的伤痕。它有建树也好，无意义也好，都成为一代人不断回味、反思的精神原点。即使到了经济高速增长、物质空前丰富的20世纪80年代，也难以排遣内心的苦闷。失落、孤独，失去人生目标的无归属感，让他们痛苦不堪。已过而立之年的计算士"我"正是如此。作为"全共斗世代"中的一员，20世纪80年代"我"

早已步入社会，成为高科技产业社会的中坚。作为占据时代领先地位的数字情报从业者，"我"被业界刮目相看、争相抢夺，也拥有与自己能力相匹配的高收入，却常常无缘无故地陷入痛苦与感伤。感慨自己的年龄越来越大，相信的东西越来越少。感慨以往的人生是零，迄今为止什么也没有做。抓耳挠腮地思索到底失去了什么，相信已失去了许许多多。常感到"从根本上撼动自身存在"的孤独，感慨两人同睡一床，但闭上眼睛也是孤身一人。感慨世上有不能流泪和诉诸语言的悲哀，即使大放悲声也无济于事，即使搜词刮句也无法传达给他人，甚至传达给自己。

小说没有明示让"我"感到痛苦的原因，但联系"现实故事"牵连而出的"新左翼运动"，我们可以找到答案：是二十世纪六七十年代被无情粉碎的理想使然，是冷酷现实中无处安放的青春使然。"不经意间"点缀的历史碎片显示了深藏于平静的现代生活表象下凝重的历史潜流。

（二）自我精神世界的沦落

在高科技现实世界死亡后，"我"移居到自我底层意识世界。在终极意识世界"世界尽头"小镇，"我"的精神主体性的外化是从地上被利利索索割去的影子。他还在，但与"我"两相分离。从分离之时，影子就产生了与"我"重新合为一体、一起返回外部世界的愿望。为此，"我"开始勘察地形，绘制地图，使影子从中寻找通往外界的路。由此，"我"开始了与"一无所有"又"无所不有"的镇子的对抗。镇子与"我"自身主体性形成对抗的主要来自三个方面："他者"异己力量的压迫，群体恐惧慑服集体无意识诱导，"自我"导向快乐的原欲本能。"读梦人""我"从谋求与影子合为一体到送走影子单独留在停滞的世界尽头小镇，就是在外力压迫、群体意识诱导和自我爱欲迷醉下意识主体性丧失的过程。

1. "他者"异己力量的压迫

在谋求与影子合为一体、获得"自身主体正当性"的对抗中，首先面对的是外在异己力量压制。包括意象化的物，也包括表象化的人。

形成精神压迫的物，在停滞、再无处可去的"世界尽头"镇子，已形成一个相互勾连、暴力完整的闭环系统。首先是坚固高耸、无懈可击的围墙，把镇子团团围住。唯一开放的西门有高耸的瞭望台和城墙角楼，由人高马大的看门人据守。东门封闭，且有高山流水为天然屏障。一条河流从东山汹涌而下，奔腾咆哮，从镇子正中穿过，把镇子分成两个世界。城墙下和镇子北部、东部均为阴森剽悍的森林。没有完全失去心和影子的居民被幽禁其中，还内藏旧时兵营、练兵场、旗杆基座等战争遗迹。河流百转千回，流出镇子时在城墙一角被切割成深不可测的水潭。还有把独角兽深埋其中的肃杀的冬雪。

对"我"形成精神压制的人是扼守镇子唯一出口的看门人。他剽悍狡诈，拥有各种各样的刀具，磨刀和把玩散发着凛然寒光的刀具是他的日常。"我"初来镇上，他即用刀把"我"的影子割去，把它放在寒冷潮湿的"影子广场"，看管着。只等影子自然消耗而死，"我"成为失去心的镇上的"完全居民"。"我"问他："要是我想请你归还影子，结果会怎么样呢？"（62页）他当即向"我"宣告镇子的"体制"，让"我"看看城墙的"完全性"。他说："看来你还不大明白这儿的体制""在这个地方，任何人都不得有影子，一旦进来就再也不得出去。"（62页）他带着"我"来到围墙下,夸耀其高耸,用木楔和刀又戳又刮向"我"展示它的无懈可击。他对"我"说:"谁都休想从这里出去,趁早死了那份心思""这里是世界尽头。世界到此为止,再无出路。所以你也无处可去。"(108页)下第一场冬雪时他领"我"参观"奇特的冬日初景",城外宿营地冻死在雪中的独角兽,远远看去如同大地上生出的血瘤。活下来的独角兽从它们身边经过,深深地垂首,刨蹄,像在悼念逝者。

2. 恐惧慑服集体无意识

除看门人外,镇上生活的人无一不向"我"传达恐惧、压制、遵从、慑服这些集体无意识。

阅历丰富、是"我"的老师也是"我"的好友的大校热心提示"我"镇子的真相和禁忌。"我"来到镇子住进"官舍",大校就提醒"我":"你恐怕已经失去了恢复影子的可能性""你收回自己影子的可能性几乎等于零。只要你身在这个地方,就别想拥有影子,也别想离此而去。这镇子就是军队中所说的单向地穴,只能进不能出,除非镇子从围墙中解脱出来。"(81页)"记住,这里是完全的镇子。所谓完全,就是说无所不有。"(83页)"这镇子坚不可摧,你则渺小脆弱。"(170页)他告诉"我"围墙和森林的危险性,告诫"我"务必远离:"围墙是任何心的残渣剩片都不放过的。纵令有那么一点点残留下来,围墙也要统统吸光,如果吸不光,就把人赶走……"(170页)"冬天的围墙更是危险无比。一到冬天,围墙便愈发森严地围紧镇子,监视我们是否被万无一失地围在其中。大凡这里发生的事,没有一件能逃过围墙的眼睛。所以,无论你采取何种形式,都万万不可同围墙发生关系,切勿接近。""森林是多余的场所""我们与他们是截然不同的存在""切不可对他们发生兴趣。他们危险,他们很可能给你某种不良影响"。(146页)他提醒"我"对女孩的恋情不合时宜,"因为她不可能回报你的心意。这怪不得任何人,既不怪你,又不怪她,大胆说来,乃是世界的体制造成的,而这体制又不能改变,如同不能使河水倒流。"(169页)

助"我"读梦的女孩4岁就与影子分开,17岁影子和心一起被埋葬。她没有以往人生的记忆,甚至连"曾有过心这点都稀里糊涂",也同样向"我"提示水潭和森林的危险。"那里比你想的危险得多。你不应该靠近水潭。"(117页)"那里的水不是普通水,是能把人叫过去的水。"(118页)"你还没有充分了解森林的厉害……就算是森林入口也还是危险的。"(293页)她不顾自身恐惧陪"我"去勘察水潭,感到"一旦被拉进去,就休想重见天日"(119页)。

幽居于"官舍"的众位退役老人"往日一味忙于备战、作战、停战,忙于应付革命、反革命,以至失去了成家的机会"(84页)。如今一个时代过去,蝉蜕般被弃于这死寂停滞的终极世界。或无目的地投入"各自工作",或聚在暖阳下沉入对往事的回忆,或每天不知所终地挖坑不止。大校说:"他们是想挖坑才挖的,此外谈不上任何目的""既无意义,又无归宿。但无所谓,因为谁也不需要什么意义,更不想找什么归宿。其实我们每一个人都在这里分别挖着纯粹的坑。没有目的的行为,没有进步的努力,没有方向的行走——"(340页)而大校对自我人生的剖析以个别喻群体,揭示他们慑服于皇民教育和法西斯军国路线的皇奴本质。

> 我曾作为军人送走了漫长的岁月,这也就罢了,并

不后悔，毕竟自得其乐。现在还有时想起那硝烟那血腥那刀光剑影那冲锋号声，然而是什么东西驱使我们驰骋沙场却无从记起。包括什么名誉呀爱国精神呀斗志呀仇恨呀等等。可能眼下你在为心的失去而惶惶不可终日，我也惶恐不安。

但一旦丢掉心，安详即刻来临。那是一种你从来不曾体味过的深切的安详感——这点你可不要忘记。

（341页）

他们群体性盲目、麻木，不问目的、不求意义地生存，客观上起到瓦解"我"恢复"自身主体正当性"意志的作用。"我"试图以弹奏手风琴找回女友散落在古梦中的心，他们则以锹、镐并用"挖无谓的坑"的噪音使"我"拉不出任何曲调。

电站管理员是未完全丧失影子的年轻人，既不能进入森林，也不能返回镇子。他的职责和日常活动仅限于在镇子通往森林的入口处，管理每三天有风刮来的发电站。他收藏了各种各样的乐器，对手风琴发出的声音意醉神迷。热衷于开荒种地，种瓜种豆，喂养悠然觅食的独角兽。他应该是先"我"一步来到镇子，内心还惯势保存着"自身主体性"，但并不执着坚守。看门人说："他既不同于森林住户，又不和镇上的人一样，是个半吊子男子。他深入不得森林，也返回不了镇子，无危害，无胆量。"（264页）女孩说："那个人没能完全去掉影子，还剩有一点点"，"所以在森林里。他胆子不很大，不敢走进森林深处，可又不能返回镇子，够可怜的。"（314页）对于被孤零零地禁足在森林入口处，他觉得"难受不难受这问题我不大明白""森林位于这里，我住在这里，如此而已。总得有人在此照看机器才行。况且我所在的不过是森林入口，里面的情形不很清楚。"（301页）显然，他是日本传统等级、权威、团体观念下驯化的顺民，是释放恐惧、服膺、遵从集体无意识的一员。

在这样的群体环境下，"我"想，"在不自然的地方，只能迁就不自然，别无良策"（61页）。这使"我"最终决定送走影子，孤身留滞被幻象包裹、并无真实性可言的镇子里。

3. 导向快乐的"本我"

置身再无处可去的终极意识小镇，面对异己势力的制压和代际相传的恐惧驯服集体无意识，"我"尚能坚持"自我"，没有停下与影子合为一体、返回外面世界的脚步。而最终使"我"放弃的是虚幻的爱与责任，是"本我"趋于轻松快乐的爱欲本能。虚幻的爱与责任包括对记忆和心逐渐被唤醒的"无心"女孩的爱恋，对不断发现的小镇温馨美好的事物和无欲无求的生活模式的留恋，对自身造就的小镇的一切"不能一走了之"的责任意识。

爱欲本能的中心意象是淡然漠然、飘然无依的图书馆女孩，初次相见就有强烈的心动和似曾相识的感觉。相依相伴和互助读梦的过程中，"我"了解了她已无影无心和失去了"有心"的母亲的身世，产生了"不能失去她"和"要找到她的心"的欲望。找到她的心以手风琴和乐曲为媒介，通过弹奏往日熟悉的曲调，引出她的记忆——残存的心的碎片，再通过阅读"古梦"把她散落在独角兽头骨中的残片聚拢在一起。进而以对女孩的爱欲为中心，构置人、物、境互为渗透感应、相映生辉的温情旖旎世界。人，包括保持军人气度的大校，互不伤害相安无事的退役老人，喜欢收藏乐器的电站管理员，甚至幽禁于森林深处从未出现的"有心人"。物件和环境包括拥有老式铁制火炉、浓郁中草药气味、昏黄灯光的图书馆，有尘封的打字机、餐具酒具洗漱用具、箱包衣物和竹篮的"资料室"，收藏各种各样乐器的管理员小屋。自然景观包括森林深处小溪穿行的潮润草地，城墙脚下设计规整、设施齐全的小屋遗址，被森林包围的农田，穿城而过时无敌意、充满生命力的河流，以及自由往来、静默生存的独角兽。

在这以爱欲为原点的"舒适快乐"的世界中，"我"最终放弃与影子一起逃走，回归"像鸟一样自由"的外部世界。即在冷酷现实世界精神意志死亡后，又在自我意识世界停下了追求"自身主体正当性"的脚步，归于"莫须有"的爱与责任，归于虚幻和空无。

四、虚假的爱与拯救

让"我"最终送走影子、单独留在镇子的，是爱与责任，这表达了以爱拯救女孩，进而拯救自我和镇子的宗教化主题。但实则"我"要承担的爱与责任都具有虚拟性，拯救和救赎就成为自我迷惑和麻醉。爱与责任的虚假性，小说或直白或隐晦多处进行揭示。

谋划逃离时，"我"与影子关于"恢复自身必要性"的问题展开争辩。影子已做好逃走的计划，对逃走的前景极为乐观。称："如果成功，我就可以不在这种地方送命，你也能使记忆失而复得，恢复原来的你自身。"（358页）但"我"想不起"原来的自身"是怎么回事，也不知道那个自身是否值得恢复。感到"过去的自身"已经忘记，"现在的自身"开始对镇子产生眷恋。倾心于图书馆女孩，留恋不失军人风姿的大校和镇上相安无事、简朴宁静的生活。影子告诫"我"，镇上的人们之所以过着清心寡欲、世外桃源般的生活，是因为这里不具有"心"这个东西。

> 镇子的完全性建立在心的丧失这一基础上。只有使心丧失，才能将各自的存在纳入被无限延长的时间之中。也惟其如此，人才不会衰老，不会死亡。
>
> 没有争夺没有怨恨没有欲望，无非等于说没有相反的东西，那便是快乐、幸福和爱情。正因为有绝望有幻灭有哀怨，才有喜悦可言。没有绝望的终极幸福是根本不存在的。
>
> 你提到的那个图书馆女孩也不例外。你或许真心爱她，但那种心情是没有归宿的，因为她已经没有心了。没有心的人不过是行走的幻影，将这幻影搞到手到底又有什么意义呢？莫非你在追求那种永恒的生不成？你自身也想沦为幻影不成？（360页）

如约出逃后，"我"却在跳下水潭就可以恢复"自身"的决定性时刻止步，甘愿以还拥有影子的"不完全"身份"永远待在森林里"。"我"对留在镇子里的生活充满期许，"我不会忘记你。在森林里我会一点点记起往日的世界。要记起的大概很多很多：各种人、各种场所、各种光、各种歌曲……"（436页）即把未来留给回忆。

影子跳下水潭完全消失后，"我"久久地凝视水面，水面未留下一丝涟漪。"我"瞬间产生了茫然和绝望之感：

村上春树新论

一旦失去了影子，我觉得自己恍惚独自留在了宇宙的边缘。我再也无处可去，亦无处可归。此处是世界尽头，而世界尽头不通往任何地方。世界在这里终止，悄然止住了脚步。

我转身离开水潭，冒雪向西山冈行进。西山冈的另一边应该有镇子，有河流，有她和手风琴在图书馆等我归去。

我看见一只白色的鸟在漫天飘舞的雪花中朝南面飞去。鸟越过围墙，消失在南面大雪弥漫的空中。之后，剩下的惟有我踏雪的吱吱声。（437页）

结尾处的文字耐人寻味，具有暗中点题的作用。它交代了送别影子后"我"回到了有爱有古梦的图书馆，回到了有河流有森林的镇子。自由的鸟儿已飞去，留下的是空漠、凄清。传达的感受是再也无处可去的寂寥、虚脱和绝望。

显然，作为自主精神和独立人格的追求者，"我"终迷失在自我编织的"我"就是镇子、镇子就是"我"、"我"要承担爱与拯救责任的幻象中。从"冷酷仙境"现实世界到"世界尽头"意识世界，是精神探索者从迷茫到沉沦、从失意到绝望的彻底丧失之旅。"爱与拯救"也不过是用来自我安慰和自欺欺人的伪命题。这对于迷失在20世纪80年代科技和物质主义洪流中的精神失衡者不具有切实的警示和指路作用，也使小说精神信仰主题的表达起于抽象流于虚幻，成为难以阐发诠释的谜团。

第二节 《挪威的森林》：青春的困惑

《挪威的森林》是村上春树文学创作的第一个高峰，是一部使他由日本地域作家走向国际，引发"文学热"和文学"产业化"现象的作品。它创作于20世纪80年代村上春树旅欧期间，发表于1987年9月。发售当年在日本销售逾430万册，形成了以村上春树为生力军的"第三代新人"取代"战后派"主导文坛的新格局。在阅读接受上，《挪威的森林》最先以无禁区表现性与爱、青春与感伤的"言情小说"获得认购传播，但随着村上春树的影响力持续上升，其文学走上学术化理论研究和批评阶段，它隐于"百分百恋爱小说"内部的更为丰厚的思想认识和审美价值被不断发掘。

一、"乱花迷离"的情爱悲剧

《挪威的森林》首先是一部动人心魄、催人泪下的恋爱小说，它的创作与此前纯虚构小说《世界尽头与冷酷仙境》有很大关系。成名后谈及第一个十年的创作时村上春树提及：纯粹超验意念小说《世界尽头与冷酷仙境》的创作十分吃力，"周密细致"的双线结构更是劳心费力。感觉掏空了所有积累，体力精力严重透支。虽然获得了权威的谷崎润一郎文学奖，但也引起很多不解和质疑。甚至有国际友人提出，译介时只保留其中一部分。事后，村上春树对所采用的方法进行了"苦思追问",也有"不满的心情"。因此当他再投入《挪威的森林》的创作时,他想转变为"以写实的风格去经营",写一本"把全国女孩的眼泪都逼出来的"轻松恋爱小说。以此为目标,村上春树突破了第一部作品《且听风吟》设下的"不写性和死"的禁忌,而是专注于性与爱、爱与死,大肆写青春期男女的爱欲、恋情和死殇,编织了多层次多仪态、相互交织嵌套的爱情及情色故事。

(一)新欢与旧爱,哪个是真?

小说以青春期男女的恋情为中心,主要讲述了在东京上大学的"我"(渡边彻)与同乡女孩直子、同校女生绿子难分真伪、左右皆误的恋情。

刚上大学时,1968年5月,"我"在中央线电气列车里与同乡女孩直子相遇。直子是"我"上神户高中时的挚友木月的女友,多次被邀请参加"四人会"或"三人行"。1967年5月,木月没有任何征兆地自杀了。那天下午,"我"和木月相约逃课,到娱乐厅打桌球。木月打得格外认真,一直赢"我",说今天我可不想输。晚上,他在自家车库里吸汽车尾气自杀了,没有遗书,没有能推想得出的动机。木月的死使"我"认识到:死并非生的对立面,而是作为生的一部分永存。从木月死的那个晚上开始,"我"再也不能简单地把握生或者死了。为了逃离木月的死给"我"造成的阴影,在没有任何熟人的地方开始新生活,高中毕业后,"我"考入东京的大学。木月葬礼之后"我"和直子见过一次面,她的话里似乎带点棱角,因为相约和木月度过最后一个下午的是"我"而不是她。时隔一年后相遇,直子已发生了很大变化。她消瘦了很多,表情淡漠,神色凄然,几乎丧失了连贯思考和说话的能力。之后我们基本每周见面,周六打电话,周日一起度过。但也仅仅是见面后兴之所至一前一后在街上行走,偶尔说几句话,但绝口不提过去。在"我"的陪伴下,直子逐渐好转。第二年4月,直子生日那天晚上,我们情不自禁地肉体结合。之后直子不辞而别,休学离开东京。几个月后,"我"得知直子旧病复发,已到与世隔绝的深山疗养院疗养。深冬11月,"我"去看望直子,在同室病友玲子的照顾下她已明显好转。午夜,直子梦游,来到"我"床前凝视"我"的脸。在柔和的月光下,"我"看到她已具"成熟女子丰腴"的完美肉体。第二天去山中散步,"我"本能地冲动,直子用手为"我"疏导,这是东京分手以来唯一让"我"感到轻松美好的时刻。"我"离开后,直子的病情急转直下。学年末"我"再去看望直子,她情绪不稳定,沉默寡言,情感冲动时肉体未能响应。为了直子,"我"提议学年结束后搬出学生公寓,另租住处一起生活,直子不置可否。春假期间"我"忙于租房,搬家,为了新生活打工挣钱。可等到的结果是直子从专科医院治疗后回到疗养院的当晚自缢身亡。参加完直子凄凉的葬礼,"我"背上行囊离开东京,漫无目的地四处旅行。穿行在一个个城镇,所到之处随时铺上睡袋昏睡。在无数个不眠之夜,每每回想起直子的音容笑貌,"我"便大声痛哭。连续旅行一个月后回到东京。

绿子是与"我"同校不同专业选修同样课程低一年级的女生,"我们"在直子住进疗养院的9月相识。新学期学校复课,最先回到教室的是曾"雄霸罢课领导地位"的学生干部。"我"看不惯他们为修满学分见风使舵的嘴脸,当众质问,课堂点名时也拒不回答,这引起了绿子的注意。课后她主动找"我"攀谈,夸"我"既冷静又刚毅,"我们"便开始交往。绿子与内向自闭的直子正好相反,她率直大方,随兴而为,"全身迸发出无限活力"。第二周上课,教师被煽动第二次总罢课的学生赶下台,学生们发表演讲,散发传单。我反感他们空洞的口号,和绿子一起离开教室,到校外闲逛。走过四谷站时,"我"蓦然想起直子,想起"我们"相遇后沿铁路线漫无目的行走的情景。"我"感慨道:"如此说来,一切都是从同一场所开始的。我不由想,倘若那个五月里的星期日不在电车中碰巧遇到直子的话,或许我的人生将与现在大为不同。"[1]那个周日,"我"去绿子家做客,绿子独自一人准备了丰盛的午餐。饭后附近突发火灾,绿子拿来坐垫、啤酒和吉他,在天台上望着团团黑烟和救火车,边喝酒边自弹自唱。在狂欢过后的疲惫中,"我"吻了绿子。绿子说有正在交往的人,"我"想起了直子,感到"这个初秋午后瞬间的魔力已经杳然逝去了"(105 页)。再次见面是第一次去山中看望直子之后。"我"在校园偶遇绿子,她提起天台接吻的事。说,"我左思右想,还是认为那很好,好极了"(219 页)"当时,我这么想来着:假如这是生来同男孩子的第一个吻,那该有多棒!假如可以重新安排人生的顺序,我一定把它排为初吻,绝对。之后就这样想着度过余下的人生……"(220 页)此后,"我"和绿子经常出双入对,一起吃饭、喝酒、闲聊,还一同去医院看护绿子刚做完手术的父亲。绿子一如既往地随意穿着,纵情说笑,求"我"想着她手淫,带她去看成人电影。说如果"我"把她领去遥远的地方,她会为"我"生一大堆牛犊子那么大的娃娃。而"我"一面和绿子越走

---

[1][日]村上春树著,林少华译:《挪威的森林》,上海译文出版社,2007 年,第 78 页。以下出自《挪威的森林》的引文均以此版本为准,只在引文后标注其在原著中的页码,不再另加注释。

越近，一面记挂着直子的病情。一面写信向直子诉说倘若没有她"我"将不堪忍受东京的生活，又一面因两星期见不到绿子忧心忡忡。冬末"我"再次去看望直子，决心和她一起生活。回到东京，整个冬假忙于租房搬家和打工挣钱，"我"竟忘了绿子。再联系时绿子大发脾气，拒绝接听电话。"我"写信向绿子道歉，新学年初收到回信。绿子约"我"选课登记时一起吃饭，表示拖了这么久还是和解吧，见不到"我"毕竟感到寂寞。见面时"我"因忧心直子，心不在焉。没听进去绿子说的话，也没留意她特意为"我"改变的发型。绿子伤心离去，匆忙中写下留言，说本来准备今天住到"我"家里，背包里已带好睡衣和牙具，可"我"也没有留她的意思。之后每次上课见面，绿子都拒绝和"我"说话。两个月后她主动打破沉默，说已经和男友分手，就在上次"我们"见面不欢而散的晚上。"我"一时语塞，沉默了良久，说："我非常喜欢你，打心眼里喜欢，不想再撒手。问题是现在毫无办法，进退两难……需要思考、归纳、判断的时间。"绿子并未追问，只回答："那好，我等你，因为我相信你。"（338页）

　　直子死后，一个月的旅行并未使"我"情绪开朗。返回东京，"我"没有给绿子打电话，因为不知怎样开口。但意识到"事实惟有一个"，那就是"直子死了，绿子剩下。直子已化为白色骨灰，绿子作为活生生的人存留下来"。（354页）数日后"我"打电话给绿子，告诉她"自己无论如何都想跟她说话，有满肚子话要说，有满肚子非说不可的话。整个世界上除了她别无他求。想见她想同她说话，两人一切从头开始"（376页）。绿子在电话的另一头久久默然不语，良久用沉静的声音问："你在哪里？""我"在电话厅里手拿听筒环顾四周，却"不知道这里是哪里"，只知道自己正在"哪

里也不是的场所的正中央,不断地呼唤着绿子"。(376页)

　　小说就此结束,可以推想"我"最终也未能与绿子结合。这可以从小说开头触发情思、引出18年前回忆的地方找到暗示。在小说的开篇,37岁的"我"正孤身一人在欧洲旅行。飞机着陆汉堡时,扬声器里流出甲壳虫乐队演奏的《挪威的森林》乐曲。它的旋律使"我"感到身心摇撼得厉害,头脑胀痛,不能自已。这是因为它是18年前"我"去山中看望直子的当晚玲子弹奏的曲子。直子向"我"诉说:"一听这曲子,我就时常悲哀得不行。也不知为什么,我总是觉得似乎自己在茂密的森林中迷了路。""一个人孤单单的,里面又冷,又黑,又没有一个人来救我。"(144页)倾听弹奏时直子澄澈娇羞的眼神已带有"成熟女性的风韵","我"为之怦然心动。第二天带着这一情思去山中散步,在草地上直子为"我"疏导性冲动。以至18年后再次听到这一乐曲,"我"想起了1969年秋置身的那片草地。

　　　而我,仿佛依然置身于那片草地之中,呼吸着草的芳香,感受着风的轻柔,谛听着鸟的鸣啭……即使在经历过十八度春秋的今天,我仍可真切地记起那片草地的风景……直子一边移动步履,一边向我讲述水井的故事……哦,原来我的记忆的确正在步步远离直子站立的位置,正如我逐渐远离自己一度站过的位置一样。而惟独那风景,惟独那片十月草地的风景,宛如电影中的象征性镜头,在我的脑际反复推出。并且那风景是那样执拗地连连踢着我的脑袋……(4—6页)

由此看来，触及心灵、刻印在记忆中的是直子，时隔多年的回忆里也只有直子，没有绿子"存在"的印迹。

（二）灵肉分离的悲剧

"我"和直子最终走向破碎的恋情暗含直子与木月因爱而不能结合走向死地的悲剧，也暗含"我"同死去的木月争夺直子的过程。直子生日那天夜晚，直子和"我"情不自禁地结合之后渐行渐远的过程也是直子响应木月的呼唤，奔赴木月所在的没有矛盾痛苦的死亡世界的过程。"我"痛失直子的直接原因是直子的精神疾病，但溯其根源，是因直子不能响应木月的性爱造成木月的死淤积的负罪心理。透过"我"和直子的恋情补充交代的过去的生活，以及每次情感推进引起直子异乎寻常的病情发展，可以看到直子和木月从爱到死、直子对"我"由爱到抗拒的精神发展过程。

直子和木月从小青梅竹马，两家是邻居，他们从小就形成了形影不离的亲密关系。12岁有了初吻，13岁开始肉体亲近。但由于直子的原因，他们未能实现真正的肉体结合。表面上看木月头脑机敏，为人公道热情，谈吐幽默，但内心落寞无助。他在别人面前极力掩饰自己脆弱的一面，面对直子却阴郁软弱、变化无常，常常心不在焉，说话没头没脑，情绪阴晴不定。为了缓解内心的压力，木月把视线转向他与直子之外的世界，在"四人会"或"三人行"中寻求平衡。然而，木月和"我"的关系异常密切。几年后，"我"想起搂着木月的腰骑在他的摩托上一起在海边兜风，直子想起的是"我"和木月一起去医院看望她。木月只有一次单独去看她，却心不在焉，嘴里嘟嘟囔囔，一晃就不见了人影。其实，木月和直子的情感早已出现了危机。

木月自杀前约"我"一起逃课，度过人生的最后时刻，暗含了对直子的幽怨。也正是这件事使直子警醒，开始背负愧疚而引发疾病。正如玲子所说，木月死时直子就已出现发病症状。时隔一年东京重逢，直子已头脑混乱，表达不清楚，失去沟通交往的能力。从相遇到生日近一年的时间里，直子和"我"每周见面，但很少开口说话，"我"则绝口不提过去。随着冬日到来，直子渐渐向"我"靠拢，自然而然地把手伸进"我"的衣袋，靠在"我"的肩上。但我意识到，直子"所希求的并非是我的臂，而是某人的臂，她所希求的并非是我的体温，而是某人的体温"（37页）。直子生日那天夜晚是她内心最为矛盾痛苦的时刻。这一天她出奇地健谈，几乎一直一个人说个不停。她说话时有意回避一些话题，其中一个就是木月。到了11点，"我"说要去赶最后一班电车，直子似乎没有听到，继续说下去，之后突然停止说话。"我"觉察时她已泪水涟涟，继而号啕大哭。"我"极力安抚，搂着她，我们的肉体自然而然地结合在了一起。

　　直子是在情不自禁中把灵肉一体的爱给了"我"，但内心没有忘记木月。第二天醒来，直子僵硬地躬身背对着"我"，或睡或醒。"我"没有打扰她，写下留言："请尽快打电话，需要谈谈。"然后匆匆离开了。但一个星期过去了，直子也没有给"我"打电话，"我"到公寓探望她，她已退租不知去向。事实上自从直子响应了"我"的爱，就把灵肉分离的问题摆在了面前。她的内心背负了双重背叛的压力：她自幼与木月情投意合，为了木月什么都心甘情愿，却不能给他肉体上的满足；她深深怀念木月，背负着不能给他性爱造成了他的死的愧疚，却把灵肉一体的爱给了"我"。矛盾、自责使她的精神压力无法消除，其结果是逃避和分裂。逃避，即逃离"我"的现实爱欲世界，一逃再逃。"我"愈是想靠近拯救她，她逃得愈远，直至奔赴没有矛盾纠葛的死亡世界。分裂，即直子自诉的幻听。各种声音在她的耳边同时响起，使她的头脑混乱理不出头绪，找不到恰当的语言来表达自己内心的想法，带着幻听、分裂一路消沉下去。从休学回乡到去疗养院，从病情恶化专业治疗再到病情很快好转却自缢身亡，也只用了一年零四个月的时间。

在和病弱的直子的交往中，"我"越来越感到自身的责任。"我"意识到"我"已不是十几岁的少年，要变得愈发顽强和成熟，要好好活下去，绝不抛弃直子。"我"感到"不论对我还是对她，我所知道的，只是一种责任，作为某种人的责任，并且我不能放弃这种责任。……纵使她并不爱我。"（338页）为此，"我"准备安排直子重新回到正常的生活轨道，决定与她一起生活，把她从深山岑寂的冰雪世界和恐怖绝望的内心世界中救出。但残酷的现实是，"我"做得越多直子的心理负担越重，"我"爱的绳索拉得越紧直子逃离得越远。最终，直子以自戕永久地逃离了"我"的爱欲世界。

在失去直子的痛苦中"我"想起了木月，悲怆地直呼："喂，木月，你终于把直子弄到手了！也罢，她原本就属于你的。说到底，恐怕那里才是她应去的地方……还是把直子还给你吧，想必直子选择的也是你……我说木月，过去你曾把我的一部分拽进死者世界，如今直子又把我的另一部分拖到同一境地。有时我觉得自己似乎成了博物馆管理人——在连一个参观者也没有的空荡荡的博物馆里，我为我自己本身负责着那里的管理。"（354页）"我"意识到直子从来没有真正属于过自己。

（三）挚爱毁于无情

"我"与直子及绿子、直子与木月及"我"的情感是发自真情而毁于客观情势的精神悲剧，但生活在同一个寄宿院的永泽与女友初美的爱情并非如此，他们的恋情是初美执着无私的爱在永泽的冷酷自私下毁灭的悲剧。

永泽是东京大学法学院的学生，出身于知识精英家庭。他生活条件优越，头脑聪明，仪表堂堂，天生具有吸引人支配人的气质。他把"我"看作朋友，是因为看到"我"在食堂里看《了不起的盖茨比》，且已看过三遍。关于永泽，公寓里流传着两个传说：一是新老学生发生冲突时作为新生代表，他生吞了三条蛞蝓，把老生震住再不找新生的麻烦。二是生性风流，交往的女生无数。永泽从上东京大学起，就与富家女初美交往。初美相貌不十分出众，性格娴静，穿着高贵典雅，交谈几句就能给人以好感。永泽每周末到初美的公寓与她同居，平时常常和"我"结伴，到街头、酒吧等寻找可猎艳的女孩。初美真心实意爱着永泽，对他拈花惹草的行为没有任何怨言，也没有加以干涉。她的愿望很简单，就是与心爱的人结婚，朝夕相伴，生儿育女，别无他求。初美所做的一切反而遭到永泽的轻慢，甚至恶意挑衅。永泽通过了外务省公务员考试，必将被派往国外，"我"问他初美怎么办？永泽说："那是初美的问题不是我的问题。""我没有同任何人结婚的念头。这点对初美也说得明明白白。所以嘛，初美如果想同某人结婚也是可以的，我不干涉；要是不结婚而等着我，那她就等。"（262页）要搬离公寓，永泽邀"我"和初美一起聚餐。他故意提起相伴幽会女孩和中途交换女伴的事，"我"意识到他居心不良，但不是对"我"而是对初美。初美很愤怒，与永泽发生口角。永泽辩解，初美不懂男人的性欲，那仅仅是一种游戏，谁也不受伤害，没有什么不妥。分手时，初美拒绝了永泽，让"我"去送她。从初美倚坐在出租车的一角抱臂闭目、欲言又止的姿态，"我"感受到她身上具有"引起对方心灵的共振"和"强烈打动人心的力量"。"我"劝告初美，"假如我是你，就和他各奔东西，找一个头脑更为地道的人去幸福的生活。无论怎么善意地看，和那人相处都不能有幸福可言。自己幸福也罢，使别人幸福也罢，他并不把这个放在心上。"（278页）初美表示，现在也只有等待。不久之后，永泽和初美和好如初，但最终未能免于悲剧。永泽出国两年后，初美与另一位男子结婚，结婚两年后用剃刀割断了手动脉。初美的死是永泽写信告诉"我"的，他信上说："由于初美的死，某种东西消失了，这委实是令人不胜悲哀和难受的事，甚至对我来说。"（274—275页）"我"把信撕得粉碎，从此再没有和永泽通信。

小说以纵横交错的青春爱情写尽了恋爱中男女的情态，揭示了情感生活的复杂性、悲剧性，也揭示了爱情往往不会走向婚姻、爱情的常态是旋转木马式追逐和错位的严酷哲理。

二、跨时代的价值观表达

《挪威的森林》如同最早引发世界"文学热"的《少年维特之烦恼》，决不仅仅是"把少男少女的眼泪都逼出来"的"言情小说"。它在村上春树迄今为止的创作中，是最早正面表现"全共斗"时期大学校园场景的作品，也是最早表现饮食男女现实情感和生活状况的"写实"小说。它虽然未把学生运动设为主场景，但通过描写1967至1970年"我"和同时代青年的情感、生活和奋斗历程，表现了校园"全共斗"侧影。在此意义上，似是对此前"全共斗"运动进行时书写"缺失"的补充。小说开头以"我"的回忆引出18年前的恋情，以"我"与直子、绿子复杂的情感发展为主轴，交错推进青年恋情和大学校园故事，形成了以个人生活带动社会发展的格局。但借此表达的人生、社会、情爱等价值观内容具有历史跨越性。正如有人指出，《挪威的森林》写的是二十世纪六七十年代"全共斗"时期，但表现的思想价值观属于物质富足而信仰缺失的20世纪80年代。

（一）20世纪60年代末的"全共斗"场景

随着"我"青年时代恋情的回溯，小说交错描写了"我"居住了两年的寄宿制学生公寓和大学校园，正面表现二十世纪六七十年代"全共斗"时期的社会状况。

小说首先以"我"给重逢的直子讲室友"敢死队"的趣事曲笔表现右翼财团创办经营的寄宿院管理的专制右倾化特征。寄宿院建于东京都内风景秀丽的高地上，由以某个极右人物为核心的性质不明的财团创办经营。寄宿院指南上标示的创办宗旨为"究教育之根本，在于培养于国有用之材"，经费来源由认同这一宗旨的"诸多财界人士慨然解囊"。但这只是招牌，其内幕有多种说法。有的说是避税的对策，有的说是以教育设施之名套取优质地皮，也有的说是网罗寄宿生建立财界政界地下集团。寄宿院确有完全由上层学生组成的特权俱乐部，每月总要召开几次研究会，邀请创办者之流的财阀参加。据说只要加入俱乐部，将来求职万无一失。寄宿院每天的生活从早上6点庄严的升国旗仪式开始。升旗手是寄宿院某楼楼长，一个大约60岁的老年男子，据说是"陆

第三章 "80年代三大小说"：找不到出口的"现实性"

军中野学校"出身。助手是一位剃着光头、穿着学生服的年轻人，至于他是否真是学生无人知晓。谁也不知道他的名字、房间号码，在寄宿院里从未有人与他打过照面。每天6点，两人像报时钟一样准时出现在院子里。经过打开箱子、拿出旗子、毕恭毕敬地递旗、给旗穿上绳索、按下收录机开关的固定程序，国歌《君之代》响起，太阳旗一蹿一蹿往上升。国歌声落，国旗升到顶端，两人挺胸凸肚站立，注视国旗，"那光景甚是了得"。傍晚降旗，仪式大同小异，只是顺序与早上正好相反。旗一溜烟滑下，被收进桐木箱。"我"疑惑不解，"何以晚间非降旗不可，其缘由我无从得知。其实，纵然是夜里，国家也照常存在，做工的人也照样不少。巡路工、出租车司机、酒吧女侍、值夜班的消防队、大楼警卫等等——这些晚间工作的人们居然享受不到国家的庇护，我觉得委实有欠公道。"（17页）

这表面上是不动声色的客观叙述，实则暗藏讽刺意味。这里所写的寄宿院是以村上春树初到东京上大学寄宿的目白学生公寓为原型。以寄宿生出身、所上学校区分等级，专制僵化的管理，以提线木偶式升降旗仪式进行民族主义思想的灌输，均来自那段生活记忆。升旗手"陆军中野学校"的出身，助手学生服加黑皮鞋的宪兵派头，都暗示创办和管理者极右军国主义残余的身份。特权俱乐部和特权学生似暗指引发村上春树的母校早稻田大学率先掀起路障街垒战、全面罢课运动的原因之一——学生俱乐部的管理权问题。

关于大学校园内"全共斗"时期的状况，小说以"我"和绿子结识、交往为引线，从1969年春开始写起。大学的整体状况，校园和课堂，课余小组活动，都在展示描述的范围。大学5月底

129

进入罢课,那伙人高喊着"肢解大学",大学被迫关门停课。7月暑假期间,校方请求机动队出动捣毁壁垒,逮捕学生,各个大学均是如此。9月进入新学期,"我"所在的大学罢课被制止后在机动队占领下开始复课。首先出现在课堂的是曾经"雄居罢课领导高位的几张嘴脸"。他们若无其事地走进教室,做笔记,被叫到名字也当即回答。"我"想,宣布罢课时他们"那般慷慨激昂",将反对派或表示怀疑的人骂得狗血淋头,或者群起围攻。现在回到课堂,是害怕因缺课过多拿不到学分。"此等人物也居然高喊什么肢解大学,想来令人喷饭。如此卑劣小人,惟有见风使舵投敌变节之能势……这帮家伙一个不少地拿到大学学分,跨出校门,将不遗余力地构筑一个同样卑劣的社会。"(62—63页)第二周星期一"戏剧史Ⅱ"课上到一半,两个头戴安全帽的学生把老师赶下台,称"远比希腊悲剧还要悲惨的问题正笼罩着全世界"(75页)。他们散发传单并进行演讲,传单上写着"粉碎校长选举阴谋""全力投身于全学联第二次总罢课运动""砸碎日帝——产学协同体"。演讲立论冠冕堂皇,但内容空洞无物,缺乏鼓动人心的力量。"我"暗自思忖:"这伙小子的真正敌手恐怕不是国家权力,而是想象力的枯竭。"(76页)对此,"我"的态度是逃离,和绿子一起离开教室。此后就在"太阳出来落去,国旗升起降下"的周而复始中与直子书信传情,与绿子出双入对,与永泽结伴猎艳,或者四处打零工。绿子参加课外兴趣社团,误入左翼政治团体。因为想唱歌,绿子参加了民歌方面的社团。可加入后,发现那里的人都是冒牌货。一加入,就被命令读马克思的书,并规定好每日必读的页数。回家后,她只好拼命读,但根本读不懂。下次聚会就实话实说,结果被奚落嘲讽,大家说她没有问题意识,缺乏社会性。讨论时，人人都摆出无所不知的派头，卖弄空洞玄虚的词句。因为听不懂，绿子就接连发问。问帝国主义剥削是怎样回事？同东印度公司有什么关系？粉碎产学协同体，是不是走出大学不准去公司工作？其他人都做不出解释，就大发脾气。参加政治集会，女生被要求做规定数目的饭团作为夜宵，还被挑剔。这导致绿子对"团体""集会""革命"非常排斥。

"青春三部曲"是从侧面表现学生运动，这些"校园掠影"则直接表现"全共斗"目标口号空洞、未唤起广大学生的连带感和参与热情、未组织起集中有效的行动等局限性，也表现了机械搬弄马克思阶级论、资本剥削理论，并不能真正用来解决日本社会实际问题的左派幼稚病。当然，其中也不乏反马克思主义、反社会主义的意识形态色彩。

（二）20世纪80年代的价值观

如前所述，《挪威的森林》设定的场景是"全共斗"时代，但表现的价值意识则属于物质富足而信仰沦落的20世纪80年代。无论是"乱花迷醉"的爱情，还是一代青年的校园生活，均表现20世纪80年代都市消费时期倦怠冷漠、本位自我、享乐主义的人生观价值观。

小说还表现了经过"全共斗"理想主义挫伤和二十世纪七八十年代物质主义冲击，一代人对个人生存以外的社会问题、意识形态问题，甚至既有的道德价值观标准的冷漠拒斥。这些在以"我"为中心的青年一代身上都有所体现。1968年"全共斗"兴起，"我"迈进大学校门。面对刚刚兴起的校园及民众民主运动，"我"没有任何参与的热情，而是把时间、精力用于与"死去的朋友的恋人幽会"上。在校园封锁停课期间，"我"忙于出入夜店、酒吧猎艳，谈情说爱和打零工。谈及思想意识状况，"我"明言："若问自己现在所做何事，将来意欲何为，我都如坠雾中。"（38 页）9 月新学期开始，"我"回到学校，盼望校园运动一直持续下去，学校肢解，不料到了学校一看，学校居然完好无损，"我"不由得感慨："大学根本没有肢解。投入大量资本的大学不可能因为学生闹事就毁于一旦，况且把校园用壁垒封锁起来的一伙人也并非真心要肢解大学，他们只是想改变大学机构的主导权。"但对"我"来说，"主导权改变与否完全无关痛痒，因此，学潮被镇压后也毫无感慨"（62 页）。"我"与绿子开始交往时，正赶上以村上春树的母校早稻田大学为原型的校园"全共斗"的余波，新学期伊始，激进学生煽动第二次总罢课。经历过一次失望和否定，"我"对再次"革命"感到厌恶，想要逃离。绿子在"全共斗"运动之初"误入"过左翼团体，对他们生搬硬套阶级论资本论理论和专横傲慢、装腔作势、歧视女性的做法极为反感，她拒斥任何形式的"革命"。她直白地说："我是平头百姓，革命发生也罢不发生也罢，平头百姓还不同样只能在窝窝囊囊的地方委曲求全！何谓革命，无非更换一下政府名称。可那些人根本不懂得这点，那些卖弄陈词滥调的家伙。"（233—234 页）此外，同属于"全共斗"世代的直子、初美、永泽和"敢死队"，均未与校园斗争产生关联，而是浮沉在个人情感得失、个人奋斗或平庸的生活理想中。

  需要特别提起的是，对于表现 20 世纪 80 年代一代人理想信仰的失落，富足生活中人们政治意识的淡漠，"我"的室友"敢死队"具有极为重要的意义。

  "敢死队"来自山梨县一个不太富裕的家庭，是家里"不无

"80年代三大小说":
找不到出口的"现实性" 第三章

迂腐的第三个男孩"。在阶层固化的垄断资本社会,身为底层人,他怀有真诚朴素的人生愿望,为此勤奋努力。他在一所国立大学攻读地理学,自称是"学地图的",理想是毕业后去国土地理院绘制地图。这一理想不算宏大,有点卑微,但足以引起他人的敬畏。对于自己所学专业和人生理想,他抱着非比寻常的热情,以致平时口齿流利的他一说到"地图"二字必定口吃。他说:"我、我嘛,因为喜欢地、地、地图,才学地、地、地图的。为了这个,我才让家里寄、寄钱,特意来东京上大学。你却不是这样……"(20页)他从未旷过课,勤奋严谨,甚至不乏偏执迂腐之气。他"爱洁成癖",被褥每周必晒,窗帘每月至少洗一回。房间地板一尘不染,玻璃光可鉴人,干净得如同太平间。他作息规律,每天6点伴着升国旗仪式起床,洗漱之后自己放着音乐做广播体操。做跳跃运动时总是跳得很高,把床震得上下颤抖,使同室的"我"不可能再安稳睡觉。他总是穿着白衬衫、黑裤子,去学校时一身学生装。加上高个、光头、棱角分明的颧骨,一副右翼学生派头,被送绰号"敢死队"。事实上他并不关心政治,留意的仅限于海岸线的变化和新铁路隧道竣工之类。但他平静地生活在1969年"那个多事之秋"不知飘落到了哪里。暑期实习结束,他回了家乡山梨县,但开学两个月也没有返回。留在房间里的书桌和行李蒙上了厚厚的尘土,牙具、茶筒等物品整齐地摆放在搁物架上。忽然有一天,"我"上课回来,发现他的行李不翼而飞,房门上的姓名卡也被揭去了。"我"去管理室询问,管理主任说他退了宿舍,什么原因他也没有说。此前,小说中写道,1月"敢死队"发高烧,7月送"我"一只萤火虫,似乎暗示他远离政治的人生却殒于政治。

小说依时序讲述东京故事,写到1969年时,以"一九六九年一、二月间，可说是多事之秋"为总提。熟悉那段历史的人必然产生对发生在1969年1月18日至19日警察机动队攻陷安田讲堂事件的联想。激进学生据守讲堂，与警察展开对峙，最后数百位学生被捕。小说并未正面描写这一历史事件，也未显示"敢死队"与此事件的关联，而是写这个月的某一天"敢死队"突发高烧，整整一天他高烧不退，卧床不起。第二天清晨却体温恢复正常，像往常一样6点起床，若无其事地做起广播体操。7月的暑假，实习结束要回家时，"敢死队"送给"我"一只萤火虫。日落天黑，"我"拿着装萤火虫的瓶子上了天台，沿铁梯爬上供水塔。"萤火虫在瓶底微微发光，它的光过于微弱，颜色过于浅淡……或许，萤火虫已衰弱得奄奄一息。"（59页）"我"打开瓶盖，拈出萤火虫，放在供水塔边缘。它大概没有认清处境，绕着凸起的螺栓一摇一晃地转圈。转转停停，花了不少时间爬上螺栓帽，此后像断了气一样停在那里不动了。"我"仔细打量它，久久地等待。过了很长时间，萤火虫才像恍然大悟，蓦然张开双翅。它穿过栏杆，绕过水塔，曳着光环向东飞去，淡淡的萤光在黑暗中滑行开来。"萤火虫消失之后，那光的轨迹仍久久地印在我的脑际。那微弱浅淡的光点，仿佛迷失方向的魂灵，在漆黑厚重的夜幕中彷徨。"（61页）

从这几个信手拈来的片断，我们可以看到"敢死队"的处境。他是来自底层社会的淳朴青年，怀着务实朴素的人生理想。对生存、生活以外的事没有一点兴趣。但他突然间停学失去踪影，管理主任知情却缄口不答，似暗示了与时下学潮动乱有关的不好的结局。他不问政治、不看道路、不求主义，而只埋头于科学学业，如同幽闭瓶中"颜色过于浅淡""光过于微弱"的萤火虫。虽忽有所悟，蓦然奋飞，但终难以逃脱迷失于夜幕、无声陨落的命运。关于政治、意识形态，是"关注"还是"无视"，这里村上春树似以"敢死队"这个人物进行了肯定回答。

小说中还表现了发达资本主义以个人自由为基础的极端利己主义。20世纪80年代，个人至上的极端利己主义人生观集中表现在永泽身上。他出生在一个上层精英家庭，与来自底层社会的"敢死队"形成巨大反差。他物质条件优越，相貌和头脑都出类拔萃，目空一切、任意妄为、自私冷酷。他藐视一切，认为死去不足30年的作家都不值一提，与他一起居住在寄宿院的学生都是蠢货。他天生具有"站在众人之上迅速审时度势"，巧妙发号施令的能力，但一切都以他随心所欲地享受人生和实现野心为目标。感情上，他有固定交往的女友，又兴之所至地纵情猎艳。无视对女友的挫伤，堂而皇之地宣扬仅是一种"可能性""对谁都不伤害"的滥性理论。甚至与挚爱他的女友同居也仅仅是可以随时发泄的可能性之一，并未投入情感。生活中，他有明确的目标，但与理想信仰无关，只是出于要玩一场更大更高级的游戏的野心。他当前的目标是通过外务省公务员考试，当外交官。而最终目标，他自诉："最主要的理由是想施展一番自己的拳脚。既然施展，就要到最广大的天地里去，那就是国家。我要尝试在这臃肿庞大的官僚机构中，自己能爬到什么地步，到底有多大本事。"（72页）"不错,差不多就是一种游戏。我并没有什么权力欲金钱欲……就是说，我是个没有私欲的人，有的只是好奇心，只是想在那广阔无边而险象环生的世界里一显身手。"他认为人生，"需要的不是理想，而是行为规范！"（73页）他所谓的"行为规范"就是"当绅士"，即"所做的，不是自己想做之事，而是自己应做之事"。(74页)按照"应做之事"理论,他考取了直通国家的外务省公务员。他完成国内培训即将出国,就故意挑起和初美之间的矛盾。对初美,他没有任何怜惜、愧疚,最终造成初美绝望自戕。

  在情感生活方面,小说表达了建立在20世纪80年代消费享乐基础上的完全背离性与爱统一、忠贞忠诚传统的开放自由的爱情观、性爱观,即性与爱分离,把性从婚姻爱情中解放出来,尽情享受爱情和性爱的性解放观念。小说在对两性关系的书写上有几个突出现象。其一,在少男少女恋爱故事中随时随地描写性冲动、性臆想、性行为,甚至有意变换不同的性释放、性表达方式。正如村上春树所说,要写性,"拼命去写""要彻底地,写到自己厌烦的地步"[1]。其二,把性事和性爱当成无须讳饰遮掩,可以当众诉说、谈论、描述的公开话题。每人争相表达的爱情观,坚持还是放弃,始终如一还是移情别恋,都是自然而然的事,没有对错,不需要自责,只听从内心即可。争相表露的性爱观,性是必须释放的身体能量,性爱仅仅是身体接触的一种形式,不关乎道德,不妨害爱情,不伤害任何人。小说所写的人物事件中遍布性自由、性开放的说教和样板。温婉娇羞的直子自诉从未有过处女贞操的想法。豪爽大方的绿子张口就是自慰和性器。"我"和永泽更是坦然把寻欢滥情当作话题和谈资。理性贤淑的初美包容永泽拈花惹草的行为,从不干涉。其三,用大量篇幅叙写与爱情无关的情色故事。猎艳、滥性、不伦之爱、变态引诱都成为小说重要的组成部分。"我"和永泽或单独或结伴,随兴外出猎获女孩。直子的病友玲子逶迤讲述被同性恋女孩引诱侵害的过程,

---

[1] 稻草人编著:《遇见100%的村上春树》,当代世界出版社,2001年,第51页。

病愈欲赴"新生地"旭川时，突如其来借宿"我"家，与"我"一夜交欢。

如此大篇幅地写性事和情色，是源自日本固有的色情文化传统，还是表达自由民主国家基于人权人性的"性开放"观念？可能更多的是以假意矫饰的"无机性""物理性"性爱观邀媚取宠，最大限度地博取读者眼球、赢得市场吧。

第三节 《舞！舞！舞！》：发达资本主义的挽歌

《舞！舞！舞！》是1988年10月紧随《挪威的森林》之后问世的长篇小说，在村上春树的创作中占据极为重要的地位。它既是早期青春系列小说的延续，是"寻羊系列"和"鼠故事"的结束，也是20世纪80年代回归当下现实"三大小说"的收官之作。与此前回归"现实"的《世界尽头与冷酷仙境》《挪威的森林》相比，《舞！舞！舞！》的现实性更强，艺术视野更广阔。它准确交代了事件的起始时间，把视线牢牢框定在以房地产经济高速发展为特征的20世纪80年代。以超越抽象主观意识、个人情感得失的题材和少有的直白犀利的语言，直指20世纪80年代垄断社会全面黑幕化的现实。以包容性极强的现代故事披露"高度发达的资本主义"阶段日本政治黑暗、商业险诈、司法腐败、艺术沦落，以及思想价值观全面逆转的现象。

《舞！舞！舞！》跳跃性地延续早期作品《寻羊冒险记》的

人物情节，再以广告业从业者"我"为中心人物，写"寻羊冒险"四年后"我"重回北海道"海豚宾馆"，寻找北上寻羊时已经丢失的耳模特女友。小说以"我"寻找女友喜喜为线索，以重建的现代化"海豚宾馆"、大都市东京和度假旅游圣地夏威夷为特定场景，以"我"与他人形形色色、虚虚实实的交往，勾勒了20世纪80年代日本发达资本主义社会的全景图。

一、艺术毁灭的趋势

在以"我"寻找女友喜喜为线索的两国三地故事中，出现最多的是艺术家形象，包括语言、绘画、摄影、影视等传统和现代多种艺术门类。小说以他们或张扬或消沉、或得意或失意的人生，展现了当代发达资本主义社会艺术商品化、大众化的现象和必然毁灭的趋势。

（一）影视明星五反田，大众消费文化之重

在艺术家群像中，影视明星五反田处于中心地位。他是发达资本主义时代商业文化的典范，反映了当代艺术大众消费文化的本质，也揭示了商业消费文化毁灭艺术也必自毁的逻辑。

在现代社会中，诗歌、小说、绘画、音乐等单一艺术形式借助现代科技手段实现了空前的交汇融合，形成了集音像、图文于一体的影视综合艺术。它利用网络、碟片等大众传媒，走出了由少数人把持的象牙之塔，而成为被大众广泛享受和消费的文化娱乐产品。现代人在消费物质财富的同时，也大量消费文化艺术。而艺术一旦由审美走向娱乐，由精神产品成为消费的商品，就出现了艺术商品化的现象。它必然同资本主义社会的一切产品一样具有了商品属性,要追求自身的商业价值,且要追求价值的最大化。这就使得艺术产品的制造者,从组织生产的制造商到从事创作表演的艺术家,都形成商品意识甚至品牌意识,商品、品牌意识弥漫在社会与文学艺术领域中。五反田正是在这样的资本主义艺术商品化的潮流里,被进行品牌形象和品牌商品的加工制作,最终在商品品牌的压力下失去了自我,扭曲了性格,在灵与肉、自我与社会不能调和的矛盾中,走向精神和肉体的双重毁灭。

对五反田由外到内的社会化商品品牌制作,首先体现在家庭和学校教育中。五反田从小就生活在创制品牌、名牌的社会氛围中,在家庭和学校经历着时时被诱导、日日被打造的品牌人制作过程。他天资聪颖,仪表出众,具备制造品牌人物的客观条件,就自然而然成为家长、老师和同学品牌意识投诸的对象。父母信赖,教师重视,同学期待。五反田说:"每次有棒球比赛,大家就来叫我,我不好拒绝。讲演比赛必定让我当代表,老师让我上台,我不能不上,而一上就拿了名次。选学生会主席时我也逃脱不了,大家都以为我肯定出马。考试时大家也都预料我必然名列前茅。上课当中有难解的问题,老师基本指名要我回答。"[1]他人的关注和期待是外在的能量,同时又是无形的压力,久而久之就演化成五反田内在的心理机制和潜在的行为动机。在不自觉中,他走向了应和他人而约束自我,自主打造品牌形象的道路。他自诉:"从来没迟到过。简直就像我自身并不存在,我做的仅仅是我以为自己不做就不妥当的事。高中时代也是这样,如出一辙。"(175

---

[1][日]村上春树著,林少华译:《舞!舞!舞!》,上海译文出版社,2002年,第175页。以下出自《舞!舞!舞!》的引文均以此版本为准,只在引文后标注其在原著中的页码,不再另加注释。

页）在满足各方期待的努力中，五反田一方面使自己成长为"全智全能"的优秀少年，但另一方面也下意识把"表演"当成习惯，失去了学生的纯真。初中时他让女孩们如醉如痴，固然源于他骄人的成绩，但更多的是源于他举手投足间表演出来的优雅和潇洒。从"我"和五反田的交谈中可以得知，他做物理实验点喷灯、调整显微镜等平常举动也会引来一片"灼灼的目光"。

这种通过品牌制作活动带来的关注度在五反田结束学业步入演艺界后达到了顶点。大学学业结束后，正赶上20世纪60年代的学潮动荡也结束了，五反田偶然进了剧团当了演员。他演技出色，"演什么像什么"，电影公司和电视台都找上门来，于是他成为影视双栖艺人。演员这一职业使他从小就精通的"表演"公开化、合理化，使"表演"成为必然和习惯。他在戏里扮演一个又一个优雅多情、风度翩翩的偶像角色，以一贯优雅率真"可信赖"的造型，成为流量明星。戏外开名车、住豪宅，大把大把地消耗"经费"，扮演高雅醒目、霞光万道的成功人士。他取得了成功，成为众星捧月的公众人物，所到之处必然引发骚动、惊呼和艳羡的目光。但其实在从事影视表演这一大众消费产品的生产活动中，他已为他的艺术和人生埋下了必然毁灭的祸根。

五反田进入演艺界并初步取得成功时，正值日本经济高速发展的20世纪80年代。日本经济经过战后20世纪50年代至70年代的持续发展，到20世纪80年代已无可争议地步入世界经济大国的行列。它超过苏德，成为仅次于美国的世界第二大经济体。即使泡沫经济破灭，日本社会高收入、高福利、高就业率，二战中劫后余生的日本人获得了空前的富足与和平。经济发达直接引发了两个社会现象，即加剧物质消费和刺激精神文化需求。小说的主人公"我"说,"生活在高度发达的资本主义,浪费是最大的美德",其实可改为"消费是最大的美德"。物质生活富足使社会消费伦理发生了重大变化。有学者说,"20世纪消费文化的特点正是消费不是保留"[1],即通常所说的不求长久但求拥有。在这样的商品消费氛围中,影视作为大众消费的文化娱乐产品,必然出现高需求、高产出、供需两旺的势头。生产者为了满足大众不断增长和永不满足的消费需求,就需要快节奏地生产大量消费品。先天条件好又谙熟自我经营之道的五反田自然少不了出镜演出的机会。这一方面造就了他的成功,另一方面也造成了他的毁灭,包括艺术也包括人生。

艺术毁灭是指五反田走向成功之时却同时陷入迎合大众、屈就庸俗的伪艺术之路。正如"我"意识到,大量复制、依靠VD和随身听广泛传播的流行音乐,不是为了提供艺术享受,而是想方设法掏娃娃口袋里的钱。同样,影视作为大众消费娱乐的方式,其目的也不在艺术本身,不在于艺术创新和艺术品位,而在于娱乐观众和满足消费。因此,五反田表面上功成名就,是公众的宠儿,其实是大众庸俗趣味的奴隶。他既受制于片商,也受制于观众。他需反反复复饰演大众容易理解和接受、片商和赞助商可以借此大赚观众钱的儒雅的绅士角色,在教师医生、医生教师的轮回中苦度岁月。只有一次例外,他脱离一贯的偶像派戏路,出演一个瞎了一只眼、身处逆境的旧汽车推销员。他自我感觉良好,但公众不答应,有人扬言不买赞助商的产品。于是赞助商制约片商,片商屈从于"上帝",新戏下马,五反田重新回到教师医生、

---

[1] [美]安吉拉·默克罗比著,田晓菲译:《后现代主义与大众文化·译者前言》,中央编译出版社,2001年,第14页。

医生教师的老路。

人生毁灭是指五反田因满足市场和迎合大众而压抑自我、抑制本能引发的精神痛苦甚至人格分裂。满足永不满足的市场需求，他需争分夺秒地工作，压力大节奏快，身心俱疲。与五反田通话或见面，"我"最常听到的是"要处理的事堆积如山""闹腾得翻天覆地，实在抽不出整块时间""工作日程排得很满"。在五反田寓所观看的他穿梭于不同电梯，周旋于上司、女职员和不同事务之间的广告片，就是他鞍马不休、日夜劳顿的生活写照。

工作压力大、生活节奏快足以让人精神疲惫，然而，五反田还有更深刻的精神痛苦，那就是"所做的"并非"想做的"，"想做的"在现实中"不能做"的困境。五反田"所做的"是无条件遵从公众，听任片商摆布，戏里表演儒雅多情，戏外表演成功。而他"想做的"是放弃演艺职业，真的当教师或医生，与老婆孩子在一起，过平凡普通的生活。但现实中这些愿望都只能是奢望，都注定是不可能的。关于成长，他早年就接受了品牌商品的熏陶。关于应世，从小接受的是"君子不言利""不要关心数字，只管拼死劳动安分守己"的传统教育。因此在"安分守己早已消失"，人人追名逐利的现代社会，他失去了防御和先发制人的能力，成为他人猎获和制约的对象。作为明星和成功人士，其实五反田早已被捆缚在与事务所及前妻解不开的金钱圈套中。

五反田与事务所的关系是事务所有意而为的债务圈套。在社会分工越来越细、各行各业越来越趋于集约经营的现代社会，艺人很难以个体方式在社会中立足，他们需依附集制作、宣传、销售于一体的垄断集团。五反田正是如此，他的生活和演艺都依附于连通政界、财界、司法界，甚至色情业的垄断组织——事务所。

第三章 "80年代三大小说"：找不到出口的"现实性"

他初出茅庐小有名气，事务所就以有预谋地怂恿消费和垫付支出为他绾结了终身难解的债务圈套。他演完第一部影片得到片酬，就被提醒想做明星就不能坐什么"昴星"，还被授意要"大把大把地使用经费"。离婚被赶出家门后就被告知住廉价公寓"有损形象"，于是在事务所的怂恿下，五反田用"经费"购名车、置豪宅、备高档家具，而消耗的"经费"最终需从他的所得中分期支付。这样，五反田实际面临的是事务所为他准备的没有止境的消费和永远还不完的债务。因为债务他只能受制于事务所，情非所愿地出演一个又一个用来掏观众钱的庸俗低级玩意儿。

五反田同前妻的关系是对方刻意设计的"金钱+色欲"圈套。现代演艺界表面光鲜亮丽，其实是一个物欲横流、尔虞我诈的名利场。这里制造着一夜成名一夜暴富的神话，也频频上演着分离聚合、亦真亦幻的情感大戏。局外人看不清哪个是真哪个是假，局内人甚至当事人也难以说清其中真伪。感情是维系还是中断，是冷藏还是热炒，与情感本身关系不大，关系大的是怎样才能付出最少而索取最多。五反田和他前妻的关系正是这样一桩名、利、欲搅和在一起的无厘头闹剧。

五反田的前妻在小说中并未直接出场，而是通过"我"的回忆和五反田的诉说加以刻画。"我"的回忆："他是四五年前同一个走红女演员结婚的，两年刚过便以离异告终"。（164页）五反田说："我和她一起演电影，自然而然地有了感情。曾在外景地一块儿喝酒，一块儿借车兜风。影片拍完后还约会了好几次。周围的人都以为我俩天造地设，肯定结婚无疑，实际上也随波逐流似的结了婚……不过，我倒是真心喜欢她。在我前半生搞到手的东西里面，那孩子是最地道的一个，婚后我认识到这一点，一

143

村上春树新论

心想把她牢牢拴在身边。"（181页） 而现实状况是婚后她利用全权管理家庭经济和保管五反田的印章、证书的机会，串通税务顾问做手脚，把五反田搜刮得一文不名后离婚。可见，她与五反田的婚姻不是因为爱情而是因为欲望。一则通过与五反田"拍拖"走入婚姻，实现演艺界常常上演的淘金梦。对于淘金，五反田无疑是很好的矿脉。二则通过利用五反田的感情，实现色欲满足。小说多次交代五反田对前妻恋恋不舍，而离婚后前妻也时不时主动来幽会，但对他复婚的请求不理不睬。由此说来，幽会不是出于心灵之爱而是出于肉体之欲。对于泄欲，儒雅倜傥的五反田也是很好的伴侣。然而五反田因不能与所爱之人一起生活、幽会而提心吊胆，要刻意回避公众和媒体，内心不胜其苦。他真希望自己不再做演员，前妻也辞去工作，他们能自由自在地"到光天化日之下像模像样地生活"。但他知道"这样不行"，因为她希望的"是另外一种东西"，"我如果成为零，她必然抛弃我。她就是这样的女人，只能在那个天地呼吸。"（397页）

可以看出，她是人人吸进利益、呼出贪欲的演艺角斗场适时绽放的一枝欲望之花。她的贪欲和巧取加固了拴在五反田脖子上的金钱锁链，使他没有一点解脱的希望，从而精神疲惫，心力交瘁，甚至形成分裂人格。一方面继续人前"表演"高雅率直，延续明星艺人和成功人士的神话。另一方面则暗地作恶，自毁品牌形象，甚至伤害他人。最终五反田以先后杀死妓女喜喜和咪咪，开着豪华跑车冲入大海，完成了自我毁灭。

（二）摄影家雨，高蹈者的凄惶

摄影艺术家雨是现代少有的坚守艺术品格、恪守艺术法则、在高洁的艺术殿堂独步高蹈的艺术柱石。但在艺术商品化时代，她不可避免地受到都市消费文化的冲击,在艺术大众化的潮流里被冷置、边缘化,从而走向沉寂。

本质上,雨是沐浴着都市消费文化俗流独自绽放的真纯艺术花朵。作为艺术的创造者,她自身具有超凡脱俗、不事雕琢、美在自然的形态和品格,还具有勘破表象,把握事物本质的非凡艺术感受力和表现力。更可贵的是,她具有傲然世外、不苟时流的人生和艺术准则。她在远离尘嚣的北海道、夏威夷和加德满都等地飞来飞去。就是回到东京,也不涉足都市人的生活消费及娱乐场所,而是幽居在工作室或山中别墅。艺术上,她摒弃人们趋之若鹜、蕴含无限商机的都市题材,而只专注于未被现代文明熏染、被现代商业文化所遗忘的角落。诗人笛克说:"她现在摄取各种各样的人,摄取现实生活中的人。有渔夫,有园艺师,有农民,有厨师,有筑路工,有鱼铺老板……无所不摄。"(294页)这些都是为现代都市精英文化所厌弃的原生文明,是"山寨"和"草根",然而,它们恰恰才是人类文明的源头和现代文化的根基。

雨还具有痴迷于艺术,为了艺术宠辱不惊、物我两忘的献身精神。诗人笛克说:"她工作一入迷,现实中的一切就统统给她忘到了脑后。比如吃没吃饭,工作前在哪里做了什么,一股脑儿忘光,大脑一片空白,注意力高度集中。"(296页),雨在社会商品化时代追求艺术本真,独享艺术人生的静谧。但她所追求的纯粹正统的艺术,在"高度发达的资本主义社会"并不受欢迎。它承受着社会一切商品化商业化的外部冲击,也承受大众文化时代艺术通俗化消费化的内部压力。一方面她所从事的摄影艺术作为单一视觉艺术,受到集视听于一体的流行乐、影视剧等综合艺术的冲击。摄影作为利用感光技术、设备和介质瞬间定格,最终以画面作用于感观的视觉艺术,其特质类似于传统绘画艺术。因其"定格"即"静止"和"无语"的特征,与流行乐、影视剧等综合艺术相比,其产生的视听冲击力和带给人的审美体验的持续性显得不足。在现代大众消费文化盛宴中,摄影失去了应有的地位。我们从五反田和雨产生的不同的社会关注度及影响力可以清晰地看到这一现实。影视艺人五反田所到之处受到公众热情接待和关注,随时收获注目、惊呼和寒暄,拥有高收入和高消费。但摄影家雨截然相反,她的知音很少,也没有关注和喝彩。尽管她具有不同凡响的艺术表现和创作能力,但她总是落寞地生活在公众视线之外,孤独地创作。另一方面,雨本真脱俗的艺术遭遇了大众艺术标准和商业运作法则的挑战。在现代艺术商品化、商品无限化的时代,艺术连同艺术家本身都不可避免地打上了商品的烙印,具有商品属性。它以市场需求和公众认购作为评判优劣的标准,也只有通过商品化的制作和经营才能实现价值,产生效应。艺术商品化制作,即去魅去雅,顺应大众通俗口味,满足休闲娱乐需求。商品化经营,即走出艺术自得自乐的象牙之塔而走入市场,根据市场规则进行商业化运作。诸如包装、宣传、炒作,以及集团化营销。而雨的做法恰与此南辕北辙。她的摄影作品追求"角度尖锐,富有攻击性",即承担讽喻时弊、辅佐时政的社会责任。她远离尘嚣、形单影只、单打独斗,难以得到集团的庇佑。作为不断被音响、色彩冲击的现代人,她不懂广告宣传和媒体炒作的魔力。雨给"我"的印象是:"她从不在电视报纸上抛头露面,从不介入社会,本名叫什么几乎无人知晓,只知道她独来独往,自行其是……"(144页) 最终,雨在与社会、市场、集团的游离中自行退出了艺术舞台。对艺术的执着反而招致了艺术的毁灭。

(三) 诗人笛克——失语的圣殿

笛克是侨居日本的美国诗人，但书中他并不以独立创作的诗人形象出现在读者面前，而是以摄影家雨无私奉献的忠实男友身份而存在。他的生存状态反映了当代诗歌艺术的沦落，也反映了诗歌在现代消费文化浪潮中的从属地位。

作为美国白人诗人，笛克本该享有双重"至尊"的地位。作为一战后形成世界霸权、二战后成为超级大国的美国公民，他本该成为养尊处优、傲慢不倨、唯我独尊的美国的一分子。但现实中，恰恰是美国唯我独尊的霸权主义使笛克从肉体到精神受到重创，在美国发动的越南战争中他失去了左臂。对这件事雨做了含蓄而饱含深意的说明："笛克是在越南搞成独臂的，给地雷炸掉了。是重型地雷，人一踩上去就被掀到空中，在空中爆炸，轰隆隆。旁边人踩的，他赔了条胳膊。"（298页）言外之意，笛克不是"始作俑者"，而是他人过错的受害者。那么"始作俑者"是谁？是那个踩响地雷的人？不是，是让众多美国人遭遇"地雷"的战争发动者，是把持权力的美国最高资本集团。失去臂膀对任何人都是致命的灾难，是肉体的，也是精神的。战后，笛克得到了经济补偿，但精神创伤难以愈合。他没有回美国，而是留在了日本，进了日本的大学，娶了日本太太，生了小孩。也就是说，笛克的美国观念破产了。但这是否意味着他建立了新的价值观？并非如此。笛克自诉，他"历尽艰辛才过上了平静安稳"的生活，为此"费了很长时间，也付出了努力"，但心境的平和不易实现。现在他被雨吸引，离开太太和孩子，成为雨全职保姆式的伴侣，在全心尽力照顾雨的过程中他已然丧失了美国公民的傲慢和尊严。对此他深感不安，他说："天才人物是极其罕见的。一流才能并非到处都可发现。能邂逅能在眼前见到，应该说是一种幸运。不过……在某种意义也是痛苦的体验，有时我的自我如遭针刺般地作痛。"（302页）"刹那间。我已经没有归宿。回不了日本的家，美国也没地方可回，我离开祖国太长太久了。"（303页）

作为诗人，他本该保持与九位文艺女神并立的尊贵地位，激情涌动，灵感频发，佳作连连。但现实是，在现代大众消费文化时代，诗歌已然丧失了艺术之首的地位。它既受到现代科技支持下的造型艺术、综合艺术的冲击，也受到大众消费文化的浸染和消解。小说对以笛克为代表的现代诗歌失尊失语的地位，通过他与日本摄影家雨的主从关系和他所从事的创作加以表现。

如果抛开笛克和雨的情侣关系不谈，只把他们当作不同艺术形式的代言人加以对比，可以清楚地看到，现代造型艺术强于古老语言艺术的真相，其地位的强弱似乎遵循了自然界的优胜劣汰法则。笛克赞美雨时，提示了依赖于现代科技而形成的摄影对传统语言艺术诗歌的冲击："同她相识之后，我对诗的看法发生了变化。怎么说呢，她的摄影作品把诗剥得精光。我们搜肠刮肚字斟句酌地编造出来的东西，在她的镜头里一瞬间便被呈现出来——具体显现。她从空气从光照从时间的缝隙中将其迅速捕捉下来，将人们心目中最深层的图景表现得淋漓尽致。"（302页）这是对摄影艺术的赞美，同时也道出了诗歌艺术的无奈。摄影艺术创作固然需要创作者去观察生活、体验社会和选择表现对象及角度，并具备相应的能力，但完成作品只需揿动快门那一瞬间，即可把有感染力的生活材料和创作者的主观意图加以定格，使表现对象的色彩、光度、形貌、神韵纤毫毕现。这与需要经过积累加工材料、推敲提炼语言、配置音韵这一复杂的创作过程的诗歌相比，无疑更快捷、更准确。摄影艺术因需借助现代技术和器材，成本增加了，但简化和缩短了艺术创作和接受的过程。这在以"本月""本周"为计量单位的快节奏时代，无疑更切合大众"短暂而无常"的消费心理，更适应当下社会的节律。在此氛围下，与人类原始劳动相伴而生、作为艺术之源，因语言更凝练、内容更精粹和形式要求更高而一向被看作精英文化的诗歌，失去了至尊宝座，沦为大众消费文化的仆从。我们早已习惯诗歌的读者不及小说的读者多，诗刊的影响力不敌广告词的影响力大，诗歌作为广告语和解说词在现代生活中才具有影响力。

侨居日本的诗人笛克，如今的艺术活动仅限于"写诗，也搞翻译"，即同时作为原创诗人和"他者"文学的译者而存在。作为原创诗人我们可以想象，一个失去了根基、归宿和信仰的精神漂泊者在异国他乡难以迸发出艺术灵感，也难以获得别人的认同。对于笛克，小说中只提及"听到他朗诵诗歌"，从未展示其原创诗作。这样，在笛克的艺术世界中处于第二位的翻译就上升到了首位。但需注意的是，他所说的翻译，是"把日本的俳句、短歌和自由诗译成英语"。俳句和短歌是日本古典文学形式，而日本的自由诗（现代诗）在世界文学中从未有一席之地。这些翻译对象耐人寻味，它包含多重话语，渗透着作者村上春树及日本当代社会的多重语势。笛克把曾经的"世界语"——英语当作传播日本文化的工具，意在说，曾经以庞德、艾略特为代表的诗人创作的英语诗歌已失去盟主地位，沦为美国曾占领的日本文化的仆从。笛克放弃西方文化，到日本古代文学——民族文化中寻找归宿和寄托，意在说当今西方世界文化已经失去了其中心地位，取而代之的是作者心目中的日本"新东方主义"，其中包含着"政治大国论"下的"更优越"的"新兴文化国家主义"。

小说对笛克身份的安排富有深意,他是日本摄影家雨全职保姆式的情人。在雨夏威夷的住处,应着门铃声迎客的不是主人雨,而是笛克。他"身穿夏威夷衫,下配慢跑短裤、拖着胶拖鞋"(292页),不是洒脱的诗人,而是跑前跑后的保姆。"我"逗留夏威夷的十几天看到的,是笛克为雨开门迎客、拿酒倒酒、开可乐、煮咖啡、做三明治、上街购物,不厌其烦地熄灭雨点燃而不吸的烟。最后,笛克去超市为雨购买器材时死于车祸。车祸是意外和偶然,但笛克的毁灭是必然的。在以消费为特征、以谋利为目的的大众文化时代,他经营兜售原始静默的古代艺术,必然会遭到辗轧和抛弃。

(四)小说家牧村拓——"社交型艺术家"

小说家牧村拓是现代拜物社会培植的沽名钓誉、投机钻营的市侩文人,是消费文化时代养育的趋炎附势、自甘堕落的文化庸人,是靠文化猎奇冒险和吸吮文化渣滓而得道一时的文化暴发户。他的女儿雪说,他"交游很广,相当讲求现实"。"我"觉得"和此君交谈,最后总是转到钱字上面,现实得很",他是"社交型艺术家"。小说以"我"的记忆和他唯一一次正面出场展示了牧村拓艺术和灵魂的堕落。

护送女孩雪回东京,得知她的家世,引出了"我"对她的父亲牧村拓的"记忆"。

> 雪的父亲写的小说,过去我读过几本。年轻时写的两部长篇和一部短篇集的确不坏,文笔和角度都令人耳目一新,所以书也还算畅销,本人也俨然成了文坛宠儿,

第三章 "80年代三大小说"：找不到出口的"现实性"

接连不断地出现在电视杂志等各种画面场面，对所有的社会现象品头评足，并和当时崭露头角的摄影家雨结了婚。这是他一生的顶点，后来便江河日下。好像也没什么特殊缘由，而他却突然写不出像样东西来了。接着写的两三本，简直无法卒读。评论家们不赞一词，书也无人问津。此后，牧村拓一改往日风格，从浪漫纯情的青春小说作家突然变成大胆拓新的超前派人物，但内容的空洞无物却并无改变。文体也是拾人牙慧，不过是仿照法国一些超前派小说，支离破碎地拼凑起来而已，简直惨不忍读。

　　然而牧村拓并未就此鸣金收兵，那是七十年代初期。滚蛋去吧超前派，如今时髦的是行动与探险。于是围绕世界上鲜为人知的地带大做文章。他同爱斯基摩人一起吃海豹，在非洲同土著居民共同生活，去南美采访游击队，并且咄咄逼人地抨击书斋型作家。起始这样还未尝不可，但十年一贯如此——怕也在所难免——人们自然厌烦起来。况且世界上原本也没有那么多险可探，又并非利文斯顿和阿蒙森时代。探险色彩渐次淡薄，文章却愈发神乎其神起来。实际上，那甚至已算不上探险。他的所谓探险，大多同制片人、编辑以及摄影师等拉帮结伙。而若电视台参与，势必有十几名工作人员、赞助人加入队伍。还要拍演，而且愈是后来拍演愈多。这点同行之间无人不晓。（144—145页）

大段"记忆"把小说家牧村拓创作的成功、成功后的沦落以

151

村上春树新论

及沦落后的冒险投机进行了集中展现。从中可以看出,他的文学生涯经历了两次堕落。一是以"文笔和角度都令人耳目一新"成为畅销书作家后得意忘形,热衷于到媒体杂志露面,对所有社会现象评头品足,走明星文人路线。文学一旦与媒体结缘,势必迎合公众,追随时尚,失去文学应有的个性和品格。于是不可避免地遭到冷遇,但他没有迷途知返,而是走上了另一条不归路。他迅速转向,由青春浪漫作家转变为超前派,靠察风向、赶时髦和捡拾西方牙慧招徕读者,但仍然经营惨淡。接连的失败促成了他的第二次堕落。在二十世纪七八十年代后现代消费文化大潮中,他放弃了既有的文学准则,走出正统文学圈子,加入联合媒体、影视、广告的文化投机和冒险群体,沦为大众消费文化和金钱势力的马前卒。

小说对牧村拓灵魂的堕落和如今得道而猖狂的暴发户嘴脸在他唯一一次出场时以"我"的观感和他的自我卖弄进行了展示。

"我"因护送雪回东京,受到牧村拓的邀请,来到他宽敞优雅的海边别墅。"我"看到的是墨迹赫然的门牌,年轻俊美的男伴,并列排放的切诺基、本田汽车和越野摩托,过着暴发户的生活。之后,"我"来到正在打高尔夫球的牧村拓面前。他无视"我"的存在,粗声大气地支使书童,毫无顾忌地大声咳嗽、吐口水,目不转睛地盯着球网和目标,一个装腔作势、目空一切的得道狂徒形象跃然纸上。他开口讲话时,以充满卖弄意味的饶舌讲述他的"现在"和"过去"。也向读者展现了他由一个充满才华的热血青年成为一个浅薄庸俗的艺术骗子的堕落过程。关于过去,他说:"我也向来讨厌警察,一九六〇年害得我也好苦。桦美智子死的时候,我在国会外面来着。很久很久了,很久很久以前⋯⋯很久很久以前,何为正义,何为非正义,心里一清二楚。"(240

页）这是指20世纪60年代民众掀起的反岸反美反修宪的"第一次安保斗争"。说明他也曾参加那场轰轰烈烈的运动，也有过激情、理想、热血和良心，但现在已物是人非。经历过20世纪60年代的激扬、20世纪70年代的动荡，到了物欲横流的20世纪80年代，他已深谙整个社会道德沦丧、信仰消失的危机。于是不失时机地改弦易辙，顺应潮流，做起了卑污时代的吹鼓手。他对自己庸碌的现状一点儿都不感到羞耻，"时下，才华诚然没有了，但我自以为还干得不错。扫雪，高效率扫雪，如你所说……有时是写一些不地道的文章，但人不坏的。"（246页）

可以看出，牧村拓自知他所从事的文化投机和冒险是堕落的，不是艺术创造而是制造文化垃圾。他自称"扫雪，高效率扫雪"，不是清除积雪、清除垃圾之意，而是汇集积雪、捡拾垃圾，如拾荒者努力从垃圾中发掘出商品来。

（五） 广告词撰稿人"我"——商业文化的范例

广告词称不上是艺术，是现代多元文化世界的组成部分，商业文化的典范。它依附商品经济而存在，是商品生产和经营的重要环节，是以消费为特征和目的的大众文化最直接的体现者。

《寻羊冒险记》中，"我"因把涉及右翼集团秘密的"羊照片"登在广告画册上，运行良好的事务所被迫关停。寻羊冒险结束闲居半年后"我"重操旧业，做了一名广告词自由撰稿人。在东京这个"巨型蚁冢般的高度发达的资本主义社会"，"我"不需出门奔走，仅靠过去积累的人脉和电话联系也能获得相当多的业务。"都不太难，基本都是为广告杂志或企业广告册写一些填空补白的小文章。""起始工作量不大……进入秋季不久，周围情况开始出现变化。事情骤然增多，房间里的电话响个不停，邮件也多了起来……不久，不仅广告杂志，一般杂志也渐渐有事找来。不知何故，其中多是妇女刊物。于是我开始进行采访或现场报道……我每天忙得不可开交，这在我是从未曾体验过的。除几项固定的工作外，临时性事务也接踵而来。"（24—26页）

广告以宣传推销商品使之获利为目的，其自身也是通过营销而谋利的商品，因此要遵循商业法则。要适应市场规则和满足用户需求，容不得艺术创作的主观性和个人风格。"我"正是这样，理性遵从商业法则和规则："我对工作从来不挑挑拣拣，有事找到头上，便一个个先后接受下来。每次都保证按期完成，而且任何情况下都不口出怨言……既无半点野心，又无一丝期望。来者不拒，并且有条不紊地快速处理妥当。"（25—26页）

广告业作为服务经济社会、促进商品流通和消费的经济行为，必然随着商品销售——价值实现，获得丰厚回报。因此"我"不为金钱，却也同样收获了金钱，享受金钱带来的富足安乐。"我"经营翻译事务所时"收入不赖"，开始为广告杂志写一些小文章后，"不说别的，我们到底赚了多少，连我们自己都稀里糊涂"。"我"重操旧业，过上了经济腾飞时期国民普遍享受的殷实富足的生活。"由此之故，存折上的数字前所未有地膨胀起来，而又忙得无暇花费。于是我将那辆多病的车处理掉，从一个熟人手里低价买了一辆'昴星'。型号是老了一点，但一来跑路不多，二来附带音响和空调，有生以来我还是第一次乘这样的汽车。另外还搬了家，从距市中心较远的寓所迁至涩谷附近。窗前的高速公路是有点吵闹，但只要对这点不介意，这公寓还是相当不错的。"（26页）

"我和好几个女孩子睡过觉，都是工作中结识的。"（27页）

有钱有车有房有女人，这无疑是物欲社会最大的满足。"我"

自知"我"所从事的此类创作都是低级庸俗的玩意儿,对艺术、人生和社会没有建设性意义。因此谈起工作,"我"自称是"文化积雪清扫工","同收垃圾扫积雪是一回事"。(17页)谈及人生,"我"把创作填空补白广告词的人生定位为高度发达资本主义社会的浪费现象之一:"说得保守一些,我写出的稿件,估计有一半毫无意义,对任何人都无济于事,纯属浪费纸张和墨水。"(24页)"坦率说来,我也并非没有想法,觉得大概是在浪费人生。"(25页)

以"扫雪"自嘲,如同牧村拓,不是清除积雪、清除垃圾,而是收集和制造垃圾。以浪费定位人生,是对自我的否定,是对发达资本主义浪费现象的否定,也是对广告所代表的商业消费文化的否定。它消解了艺术,消解了思想和深度,也消解了文人墨客存在的理由。广告对传统文学艺术所起的解构作用甚至超过了消费文化的另一形式——影视。广告、影视同为现代消费文化形式,但相比之下,影视还具有相当的思想和艺术含量,能够起到愉悦精神和教化大众的作用。而广告的意义只在于辅助商品流通,助推商品消费,其意义在于物质满足,是物质消费主义在文化方面的反应。

二、无处不在的商业黑洞

《舞!舞!舞!》是直面日本泡沫经济时代的现实小说,它以北海道"海豚宾馆"的变迁和接待女生由美吉的奇遇,表现垄断资本黑幕化运行造成的商界诡谲险诈、黑洞无处不在的现象,表现"高度发达的资本主义"固有、不能自解的"资本暴力"问题。

村上春树新论

（一）接待女生由美吉——现实存在的焦虑

由美吉是"我"受"海豚宾馆之梦"召唤，到北海道寻找女友的意外收获。《寻羊冒险记》中，"我"和耳模特女友北上寻羊，投宿在寒碜破败的札幌海豚宾馆，如今它已被流光溢彩、奢华排场的现代化大厦所取代。在宾馆前台，"我"遇见接待女生由美吉。她身穿洁白衬衫，外罩天蓝色坎肩，迎着"我"粲然一笑，"我"顿时心动。她工作时动作利落、业务娴熟，"我"认为她是"集宾馆应有形象于一身的宾馆精灵"。

由美吉也正如一个"宾馆精灵"，她为宾馆而生，"天生就属于宾馆这一特定的场所"。她父母经营一家小型旅馆，她生在宾馆长在宾馆。上完高中，念了两年宾馆职业专科培训学校。毕业后先在东京一家宾馆工作，之后回到北海道新建的海豚宾馆，做前台接待生。对于这份工作，她精于此且乐在其中。宾馆不仅是她谋生的场所，也是她的精神归宿。她接受宾馆职业教育和从事宾馆服务工作，不是为了继承家业而是出于天生的兴趣。因此工作起来得心应手，非常愉快，似乎已同宾馆融为一体。她的装束、语言、神情、行为，以至精神世界都只围绕宾馆的利益和业务而存在。合乎宾馆立场、利益、规则和礼仪，她就应对自如，抱以"无懈可击的微笑"。而一旦超出宾馆业务和经营，或有碍宾馆立场和声誉，她就本能地紧张，情绪不稳，笑容紊乱。

作为以宾馆利益为行动旨归的人，由美吉有极富象征意义的道具和习惯，即穿上和脱下白色衬衫外面的天蓝色坎肩。穿上坎肩，即进入工作状态，整个人都显得勤谨而严整。职业化的微笑，标准化的服务，娴熟的业务技能。这时她不再是一个柔弱温婉的女孩,而是一架高效运转的工作机器,语言、动作、表情都只和工作有关。工作时顾客的凝视,朋友开个玩笑,打个私人电话,都能使她失去镇静。而脱下外套就意味离开工作进入私人状态,现代人职场承受压力而私下随分放松的姿态自然展露。由美吉几次下班后着便装和"我"约会,这时才能无顾忌地吃喝,放松地交谈,一吐心中的苦水。才能自然而然地挽起"我"的手,又能从"我"制造的暧昧中巧妙脱身,也才能任由拘谨、神经质的性格自然流露。拘谨地坐,一顿一顿地拽衣角,长吁气,下意识转动圆珠笔或戒指,嗓子清了又清,眼镜推了又推,都是她的招牌动作。她是高负荷工作、快节奏生活压力下周旋于外,但内心无比脆弱的现代职业女性形象的代表。

由美吉敬业乐业,工作游刃有余,但为何拘谨紧张到息弱气短的地步呢?是因为资本高度垄断、恶性竞争、血腥兼并的险恶时代环境,是包含在她置身的"海豚宾馆"内部的"绝对黑暗"使然。工作在金碧辉煌、流光溢彩的现代化的海豚宾馆,由美吉在不同时间、不同地点两次踏入其内部"黑暗"。一天凌晨,她乘坐职工专用电梯去十六楼休息室,走出电梯却是一片伸手不见五指的黑暗。她沿走廊摸索着前进,脚下是粗糙不平的地面。迎面吹来的风带有明显的发霉气味,吸一口就知道是几十年前的陈旧空气。她无比恐惧,但不想后退,便继续前行。前面不远处的房间里泻出微弱的光。她走过去敲门,只有莫名的东西拖地挪动的摩擦声回应他,明显不是人的脚步声。她惊恐万分,拔腿就跑,跑回电梯时却一切如常。她按动楼层按钮等待时,听到摩擦声走出房间,正向她走来。她逃回一楼大厅,她惊慌失措的样子惊动了众人。经理带人去察看,未见任何异常。他把由美吉叫到自己房间，一反常态，没有发脾气，只是要求她把事情详细说一遍。他和蔼地叮嘱由美吉，不要把事情告诉任何人，表示"可能出了什么差错，但弄得其他人都战战兢兢的总不好，别声张就是"（63页）。相似的情况在几个月后又出现了一次，时间和地点不同，是在某天晚上8点，由美吉去地下停车场时又一次遭遇了"黑暗"，听到了恐怖的声音。

不同的时间和地点走入相同的"黑暗"，这正是现代商业社会恶性竞争下，阴谋无时不有、陷阱无处不在的寓言，是现代社会人的身边存在的重要危机之一。

（二）"海豚宾馆"内幕——垄断资本暴力

时隔四年，"我"重回北海道寻找女友。当年投宿的破败的"海豚宾馆"已不见踪影，取而代之的是高耸入云、极尽奢华的新型城市宾馆大厦。它沿用原来的名字，但原来"海豚宾馆"里只有两根手指、神色凄惶的店主不知去向。"我"心生疑惑，向接待女生由美吉询问，她训练有素的笑容顿时紊乱，语无伦次。随后，她叫出了年轻的经理，他也闪烁其词。"我"感到他们的回答"都有点人工的痕迹"，"其中肯定有难言之隐"。第二天由美吉约"我"见面，忧心忡忡地提到"有关海豚宾馆的传闻"。她告诉"我"，"情况像是有点复杂，上头的人对舆论神经绷得很紧，什么土地收买啦等等，明白么？那事要是被捅出来，宾馆可吃不消，影响名誉，是吧？毕竟是招揽客人的买卖。""有一次，在周刊上。说同渎职事件有关，还说雇用黑社会或右翼团伙把拒绝转卖地皮的人赶走……所以当那家宾馆的名字报出来的时候，经理才那么紧张……就是说，那宾馆好像有什么不寻常的地方，或者说不地道……不正派的地方。"

"80年代三大小说"：
找不到出口的"现实性" | 第三章

（57—58页）依照她提供的线索，"我"查阅当年周刊的追踪报道，得知札幌城市开发前垄断集团勾结政客抢购炒卖土地，甚至暴力圈占黄金地段的内幕。

札幌市开发前夕，许多人暗中进行土地收买活动。两年时间土地几易其主，地价急剧上涨。记者介入调查，发现收买土地的公司大多徒有虚名。他们相互勾结，买空卖空，转手间使地价飞涨。记者对这些公司进行逐一调查，发现源头只有一个，即经营不动产的B产业公司。它是一个实体公司，总部设在赤坂。尽管不公开，但实际与A综合产业联合公司关系密切。A产业公司极其庞大，是一个拥有铁道、宾馆、电影、食品、商店、杂志社，甚至信用银行、保险等的多种类集团公司，在政界也神通广大。国家、北海道、札幌市三方协商制订城市开发计划。地铁建设、政府机关新址建设等公共投资项目，所需资金大部分由国家拨款。不料揭开盖子一看，计划开发地段的土地早已落入他人之手。记者追踪调查，发现B产业公司收买的土地都在计划开发的地段。原来在计划敲定前，情报早已透露给A产业公司，收买土地的活动就在秘密中进行。就是说，"这个所谓最终计划一开始便被人借用政治力量拍板定案了"（73页）。暗中并购土地的A综合产业公司，其急先锋就是现在的"海豚宾馆"。它事先抢占了头等地皮，即老"海豚宾馆"所在地段。之后以其庞大的建筑作为A公司的大本营，承担起这一地段金融流向"总指挥"的作用。它"吸引着人们的目光，改变着人流的方向，成为这一地段的象征"（73—74页），使此后札幌市的投资开发都在它周密的计划中进行。

老"海豚宾馆"易主是A产业公司在城市开发前靠非法暴力

159

手段完成的。"我"托朋友打听，弄清了老"海豚宾馆"被威逼出卖的内情。"我"过去的合伙人说："老海豚宾馆直到最后阶段也不肯退让，吃了不少苦头，乖乖退出自然一了百了，但它就是不肯，看不到寡不敌众这步棋。""被人整得好苦。例如好几个无赖汉住进去硬是不走，胡作非为——在不触犯法律的限度内。还有满脸横肉的家伙一动不动地坐在大厅里，谁进来就瞪谁一眼。这你想象得出吧？但宾馆方面横竖不肯就范。"（80页）最终，老"海豚宾馆"提出一个条件，要求沿用"海豚宾馆"这个名字。收买方Ａ产业正计划建造新宾馆系列，也就应承了下来。老"海豚宾馆"店主离开时，得到了一笔数目可观的钱。

札幌城市开发和"海豚宾馆"易主内幕的揭晓，也就揭开了宾馆内部"黑暗"的谜底，揭示了由美吉如履薄冰、噤若寒蝉、诚惶诚恐的根源。这是发达资本主义社会，资本垄断一切、操纵一切的暴力本质造成的。垄断是资本主义社会的特征，资本就是一切，垄断资本强权下没有中小业主和普通人的存身之地。

三、应召女郎群像——金元时代的慰安妇

"慰安妇"制度是第二次世界大战期间由日本政府和军部策划、由各地日军具体实施的野蛮的性奴隶制度。对殖民地女性表现为殖民掠夺和占有的强盗思维，而对日本本国女性则表现出由来已久的男尊女卑、性别歧视和性奴役传统。《舞！舞！舞！》共出现四个应召女郎形象，除了仅出场一次只勾画了外貌的玛咪外，其他三位女郎都有自己的故事。她们以或华贵或清丽或妖冶的包装，游走在由金钱、地位和名气构成的"会员制"高级色情

"80年代三大小说"：找不到出口的"现实性" | 第三章

社会。表面上如鱼得水、风光无限，但内心或迷茫或绝望或沉沦，最终都惨死在"其乐融融"的色欲场。

（一）文明掩盖下的集团色情暴力

小说中三个有独立故事的应召女郎，其中两位日本女郎喜喜和咪咪都死于明星五反田之手，在组织化买春卖春的色情活动中被无辜杀害。第三位东南亚女郎琼，小说中虽然没有直接写她遇害，但以魔幻手法写到她与两位日本女郎一样，突然失去踪迹，以致变成白骨。

卖笑女死于嫖客之手是情色社会司空见惯的丑闻，它甚至算不上悲剧，也引不起关注和同情。喜喜被五反田勒死埋尸荒野，她突然失去踪迹，却未引起任何人的注意。接着咪咪被勒死在高级宾馆内，死相惨不忍睹。但跟踪关注案情的"我"发现，"朝日、每日和读卖三份大报，均只字未提她的死"。只有一份周刊以一页的篇幅刊登了相关文章，但无论标题、措辞、立意，还是画面，都极具哗众取宠的色情味道。"我"不由地感慨："哪份报纸都没报道咪咪之死，通篇累牍讲什么迪斯尼乐园开园，什么越柬战争，什么东京都知事竞选，什么中学生不法行径等等，惟独一行也未提及赤坂一家宾馆里一个美丽少女被勒死的惨案。如牧村拓所说，纯属司空见惯，根本不足以同什么迪斯尼乐园开园相提并论。此案有过也罢没有也罢，早已被人忘到脑后……"（257页）由此道出，在奉行男权、消费和实用主义的日本社会，一个女性的生命不及任何一桩政治、经济、军事，甚至娱乐事件更受关注。而一个卖笑女的死，充其量也只能为商业、媒体提供煽动色情、制造商机的噱头，再无其他意义。

邪恶的是，在当今社会，色情不是以个体和个人的方式存在，

村上春树新论

而是以集团垄断甚至跨国经营的高度组织化方式进行。喜喜、咪咪和玛咪三个日本女郎都来自以会员制组阁、以政客财阀文化名流为支撑的同一个高级色情组织。她们所从事的色情活动都是由直通警界、政界的垄断集团公司有组织地经营。小说家牧村拓不无炫耀地描述:"比方说,和国际特快专递差不多。给东京的组织打去电话,请其在何日何时把女郎送到火奴鲁鲁的何处。这样,东京的组织就同火奴鲁鲁有合同关系的组织取得联系,让对方在指定时间把女郎送到……绝对秘密。除了会员概不接待,而要成为会员须经过极其严格的资格审查,要有金钱、有地位、有信用。你怕通不过,死心塌地好了!我把这渠道告诉给你都已犯规,违反了对局外人严守秘密的规定。"(347页)警察"文学"则揭示了它的组织形式:"我们搞清了她(咪咪)所属的组织。是高级色情组织,会员制,价码高得惊人。你我之辈只能望洋兴叹,根本招架不住,不是吗?……而且,就算能掏得出七万,我这样的人家也绝对不接待。要调查身份的,彻底调查,安全第一嘛,不可靠的客人一概不要。刑警之类的,别指望会被吸收为会员。也不是说警察一律不行,再往上的当然可以,最上头的。因为关键时刻会助一臂之力。不行的只是我这样的小喽啰。"(404页)其组织操纵色情的能力能满足五反田一类国内名流的需求,提供的女郎个个光鲜亮丽。也能够满足牧村拓夏威夷买春一类的跨国需求,外国女郎随叫随到。喜喜和东南亚女郎琼留给"我"的联络方式是同一个电话号码,这就把五反田国内召妓和牧村拓跨国买春巧妙连接,再现了现代色情业资本化、产业化和集团垄断的特征。

更为邪恶的是,色情暴力在国家权力和金钱势力的庇护下肆虐逞威,法律也难以遏止。咪咪之死的案情调查,起初线索清楚、方向明确，警察试图通过调查她所属的色情组织来追查真凶。尽管办案警察机警老道，快速侦察，结果仍无功而返。警察"文学"说："她所属的应召女郎组织，也给我们查出来了。费了不少周折，总算摸到了门口。"（404 页）"不料当我们拿着搜查证跨进俱乐部时，事务所里早已什么都没有，成了地地道道的空壳，一空如洗。走漏了风声。你猜是从哪里走漏的？哪里？……当然是警察内部。上头有人不清不白，把消息走漏出去了。证据固然没有，但我们现场人员心里明明白白，知道从哪里走漏的。肯定有人通知说警察要来搜查，赶快撤离。""俱乐部方面也已习以为常，转眼间就全部撤离，一个小时便逃得无影无踪。接着另租一处事务所，买几部电话，开始做同样的买卖。简单得很，只要有顾客名单，手中掌握着像样的女孩，在哪里都买卖照做。"（405 页）"另外，这家色情俱乐部不仅同警方眉来眼去，同政治家也藕断丝连。冥冥之中不时有金徽章突然一闪。警方这东西对那种闪光敏感得很。只消稍微一闪，他们就即刻像乌龟似的缩回脖子不动，尤其是上头的人。由于这些情况，咪咪看来是白白送了一条生命，可怜！"（406 页）

金钱政治和警匪勾结使集团有组织地经营色情大行其道，使色情暴力难以有效查证遏止，男权中心文化性别观念又造成全社会对女性处境甚至生死的漠视。说到底，应召女郎是作为性奴而存在的女姓，她们的存在反映了男女不平等社会结构中女性地位的低下。她们的死则揭示了日本当代社会民主文明掩盖下恶的根源。

（二） 物质社会的精神困苦

应召女郎之死是文明掩盖下的日本由来已久的男尊女卑、

村上春树新论

性奴役传统的悲剧，同时也是发达资本主义物质富足但精神迷茫的信仰悲剧。日本经历二十世纪六七十年代两次民主运动挫伤和七八十年代经济腾飞，民众普遍失去精神追求和信仰，留下的仅剩下消费、娱乐、倦怠和疲惫。小说在塑造喜喜和咪咪两个日本女郎时，展现了伴随她们肉体毁灭的精神困苦，揭示了她们比肉体更早死亡的精神创伤。

喜喜没有直接出场，却贯穿小说始终。小说中她四次出场，均在非现实的场景。首次出现是在"我"的梦中，她是"我"四年前同居数月的女友，如今在梦中呼唤"我"，"为我哭泣"。其后出现在银幕上，与五反田一起表演一夜情床上戏。之后，她在少女雪的心理感应和五反田的模糊记忆中被杀害，被隐尸灭迹。最后，她以幻影的形式出现在夏威夷火奴鲁鲁闹市，引"我"到有六具白骨的死亡之屋，之后失去踪迹。小说中关于喜喜的内容没有多少写实的成分，而是以变幻莫测的身份和故事，揭示她表演的本质和虚幻的色彩。

出现在"我"梦中的过去的喜喜，做着应召女郎、出版社校对和耳模特三个职业，她长着一双"摧枯拉朽的耳朵"，和"我"是心灵相通的朋友。工作时她的耳朵美不胜收，却是关闭着的。生活中她的耳朵是开放的，具有"把什么分辨开来，将人引到应去的场所"的特异功能。她和"我"北上"寻羊"到达札幌，她选择投宿在寒碜破败的"海豚宾馆"，使"我"见到了羊博士，得知"羊"出现的准确方位。到达"寻羊"目的地十二瀑镇后，她神秘消失。如今她在梦中呼唤"我"，暗中"为我哭泣"。为此"我"再次回到北海道，在新建的"海豚宾馆"开始虚幻的"寻友"之旅。在苦于没有线索的闲暇中，"我"观看同学五反田主演的电影时，看到了喜喜。银幕上喜喜仅有一次出场，但"感性好""身上有戏"。她在五反田的拥抱爱抚下自然回应，心荡神迷。"我"大惑不解，不知她是演技好还是真情流露。进而开始疑惑和"我"在一起时她同样"全身心沉浸在欢娱之中"，是真情还是演戏。"我"更加疑惑与"我"在一起和与五反田在一起的喜喜，哪个是真。其实都是虚假的，都是在演戏，喜喜是在以多种身份饰演人生的多种可能。她是在演戏，也是在排演人生。那么她没有真实的时候吗？有。是在少女雪透过银幕画面感应的她死时的宁静中，在五反田叙说的她主动就死的死欲里，也在她银幕上仅有的出场表演中。

具有超自然能力的雪先在五反田的跑车里感受到异样气息，继而在喜喜出演的电影中"看到了"她的死。看到她被五反田杀害，之后被他掩埋，也看到了她被杀时的场景。"不过说来奇怪，从中竟一点也感不到有什么恶意。感不到那是犯罪，就像举行仪式似的，安静得很，杀的和被杀的都安安静静，静得出奇，静得就像在世界的终点，我形容不好。"（426页）得知真相，"我"质问五反田，但他对杀害喜喜的原因也困惑不已。"我何必杀喜喜呢？我喜欢她。尽管形态极其有限，我和她毕竟是朋友。我们谈了很多，我向她讲了我老婆的事，喜喜听得很认真，我何苦要杀她呢？然而我杀了，用这双手。杀心是一点没有。我像掐自己影子似的掐死了她……而且怂恿我的是喜喜。她说'掐死我吧，没关系，掐死我好了'。她怂恿的，她同意的。不骗你，真就是这样。莫名其妙，为什么会发生那种事呢？一切都像一场梦，越想真相越模糊，为什么喜喜怂恿我呢？为什么叫我杀她呢？"（441页）五反田疑惑不解。其实从雪和他的诉说中我们能够看出：喜喜是在五反田诉说人生痛苦时，怂恿他掐死自己的，使五反田压抑的情绪和作恶的潜意识得到释放，同时也借助五反田作恶达到自我毁灭的目的。喜喜是被他人所杀，也是极度绝望中的自我了断。

喜喜精神的痛苦在"我"反复观看不断"回放"的银幕画面中已显现出来。"她在五反田的拥抱、爱抚下，心神荡漾似的闭目合眼，嘴唇微微颤抖，并且轻轻叹息。"（126页）仔细琢磨，这一使"我"大感不解的表演，其实很难说是两情相悦的激情戏，而更多的是剧中人，或者说饰演者喜喜沉溺于床笫之欢时也难掩慵懒倦怠和空虚落寞。此外，梦中的她"暗中为我哭泣"，其实也是为她自己哭泣。她呼唤"我"，其实是在呼唤"我"所代表的人间挚爱的温情，呼唤我们一起北上"寻羊"时的那份理想主义激情。但在物质泛滥、理想死灭的现代社会，追求情与真、理想与激情注定幻灭而绝望。喜喜在宗教般狂热、仪式般静穆中死去，是在排演了百变虚幻后出演最终曲尽人散的退场。至于喜喜的精神痛苦缘何而起，有意"去政治化"的村上春树没有表露，但在咪咪的悲剧中有所暗示和喻指。

咪咪同样是应约上门死于五反田之手的应召女郎，也同样具有自身无法消解的精神困苦。如果说喜喜主动要求死去，表现的是对人生的彻悟和绝望；那么咪咪还有迷梦和幻想，表现的是精神的困惑和迷茫。

咪咪出场前五反田提到，她曾和喜喜一起为他上门服务。咪咪以她令人目眩的美貌和漫不经心与喜喜形成"雍容华贵"和"自然随分"的搭配。她有着不加修饰的清丽脱俗，与健美洒脱、戴眼镜的玛咪在一起，"俨然举止得体的四年级女大学生"。这使

"我""不由得想起高中班上的同学来",觉得"我们"相处的气氛"很像同窗联谊会"。"我"此言一出,咪咪顺水推舟,顺势做出同窗会上男女同学窃窃私语的姿态,于是成人买春卖春的交易蒙上了青春浪漫的面纱。这使"我"进而想起幼年时在北海道结识的小女孩咪咪。"我"称她为"山羊咪咪",而"我"自称"黑熊扑通"。此言一出,咪咪又不失时机地说:"简直是童话……妙极!山羊咪咪和黑熊扑通……"于是色情男女的勾当又变成了曼妙童话。在这主客互动营造的青春情结和浪漫童趣中,顾主其乐陶陶,应召女咪咪也感觉到了快乐。她说:"嗳,也许你不信,我觉得现在和你这样很开心,真的。这跟应付事务呀逢场作戏什么的不相干,开心就是开心,不骗你。肯信吗?"(188页)但事实上咪咪的生活并不像她营造的同学会、童话世界那么美妙,她从中获得的也并非"快乐"和"可靠"。作为容貌出众的高级应召女郎,与普通"流莺"相比,她固然享有组织庇佑、顾主优雅、收入丰厚等优势,但也正是在这权钱一体、警匪一家、商业文化和色情沆瀣一气的特权社会,遭暴力致死,死得无辜,死相惨不忍睹。

更具悲剧性的是,咪咪精神的死亡在肉体死亡前就已经发生。在咪咪死后的案件调查中,小说渐次补叙了她的出身、家世和死亡时的细节,清晰无误地表明她早已陷入精神迷茫和困苦。警察"文学"提起:"老家在熊本,父亲是公务员。虽说市不大,毕竟担任的是副市长一类的角色。是正正经经的家庭,经济上没有问题。甚至给她寄钱,而且数目不算小。母亲每月来京一两次,给她买衣服什么的。她跟家里人似乎讲的是在时装行业做工。一个姐姐,一个弟弟。姐姐已经跟一名医生结婚,弟弟在九州大学法学部读书。

美满家庭！何苦当什么妓女呢？家里人都很受打击。当妓女的事丢人，没有对她家人讲，但在宾馆被男人勒死也够叫人受不了的。是吧？原本那么风平浪静的家庭。"（404页）父亲地位显赫，母亲慈爱，姐弟按正统方式各自追求前程，她显然生活在一个由地位、名利、金钱铸造的美满家庭。但咪咪没有像普通年轻人一样依附父辈创造的特权和财富安于物质享乐，而是离开家庭追求另外的人生。如果把咪咪离家的行为看成是背叛，那她背叛的是现代人人沉湎其中的欲海孽天，反抗的是父贤子孝、个人奋斗的庸俗人生。似有价值有追求，但不幸的是悲剧即由此发生。

在日本传统的男权社会，家庭以外没有女子的存身之地，这是离家后的咪咪面临的第一个困境。关于两性伦理，日本自"大化革新"引进中国的典章和户籍制度，实行男性家长制和嫡长子继承制，女子既已失去独立的财产权和人身权，被迫依附于男性。出嫁前是父兄的私有财产，是用来尽孝的工具。出嫁后是丈夫的私有财产，是家庭劳动和丈夫泄欲的工具。在富足和平的年代，她们可以匍匐在男性权威下通过做孝女或全职太太获得安逸生活，但在饥荒和战乱时期就成为男权社会毫不吝惜盘剥和出卖的对象。

在有色情传统的日本，给女子留下的奋斗空间唯有出卖色相，这是咪咪面临的第二个困境。自德川幕府为稳定离家赴任的藩士实行"游廊政策"，日本以女子为性奴役对象的色情业形成。女子卖身尽孝和"努力奉公"，成为被社会认可和鼓励的美德。封建社会，"游女"通常是因家贫而被出卖为娼，她们没有怨言，社会也不歧视她们。由此当"游女"做娼妓，成为自封建社会以来日本女性走出家庭参与社会的主渠道，甚至成为唯一可行的方

第三章 "80年代三大小说"：找不到出口的"现实性"

式。现代日本虽经战后民主化改革，女性的地位得到很大提高，可以走出家庭参加社会工作。但依然有相当多的女性婚后即辞去工作，退居家庭当全职太太，这就承袭了日本女性甘当家奴和性奴的历史命运。但即使坚持参与社会当职业妇女，男权中心意识依然浓厚的日本也没有给女性留下充分发展的机会和空间。现代西方不乏女政治家和企业家，在日本政坛、商界却很难看到高层女领导者的身影。而更多的是囿于家庭，奔走在超市、厨房和幼稚园之间的全职太太。正是在这样的氛围下，才造成咪咪逃离了庸碌富足的正统家庭，却陷入男权社会险恶的色情圈套。高级应召女郎即金元时代以金钱权势为包装裹上华丽外衣的现代慰安妇。军国主义时期，制度化的性奴役是通过长期的皇民奴化教育，以精神麻醉和集团暴力的形式来完成的；在现代文明社会，则是通过商品化的制作包装，以公平贸易和垄断经营的方式进行，其色情消费女性以牺牲女性慰安男权社会的性别歧视和性奴役本质没有发生变化。

在文明掩盖暴力、法制掩盖特权的色欲场追求童真和浪漫，追求超越肉体的精神满足，是咪咪面对的第三个困境。咪咪曾自主制造美好幻象，也有意维护色情业虚假的幻觉世界。她宣称："客人中也有同情我们的，其实大可不必。我们做这事不仅仅为了赚钱，此时此刻对我们也是一种快乐。俱乐部实行严格的会员制，客人品质可靠，并且都会使我们享受到快乐，我们也沉浸在愉快的幻觉中。"（188页）更不合时宜的是，在虚假造假而自欺欺人的情色生活中，咪咪却时时表露出对真挚和温情的追求，珍视与他人"极其有限的形式下的心灵契合"。在买春活动中，"我"说"想起高中时代"和童年伙伴，咪咪就把我当成真情和真挚的符号，当即表达开心快乐。分手后，则把"我"的名片藏在"钱包最里边一个不易注意到的地方"，以致被害被销毁一切显示身份的物件时，这名片成为赤身死去的她留下的唯一物品。似乎在说，幻觉与幻想、风华与风流随着咪咪的死去消失了，而留下来的唯有她对人间至善真情的追求。此时以她对真情的珍视反照她从事色情的虚假自乐，足见在色欲和金钱满足中信仰迷失、精神失重的状况。

四、垄断资本社会的本体批判

《舞！舞！舞！》以现代化宾馆、休闲圣地和人流密集的大都会为场所，展开形色各异的人物故事，揭示20世纪80年代"金元帝国"时期日本艺术沦落、商业险诈、色情泛滥等问题。但进一步分析可以看到，小说对问题的披露并非针对个别、局部，而是超越对表象问题的罗列，处处上升到社会机制体制的高度，对"高度发达的资本主义"社会本体进行剖析批判，揭示其垄断资本暴力、价值标准失衡、国民信仰危机等根本性问题。

其一，小说通过叙述札幌城市开发和"海豚宾馆"易主内幕，揭示"发达资本主义"资本高度垄断和暴力运行特征，并进而揭示其改变人们精神信仰结构的意识形态功能。

一切都是在周密的计划下进行的，这就是所谓高度发达的资本主义社会。投入最大量资本的人掌握最关键的情报，攫取最丰厚的利益。这并非某个人缺德，投资这一行为本来就必须包含这些内容。投资者要求获得与投资额相应的效益。如同买半旧汽车的人又踢轮胎又查看发动机一样,投入一千亿日元资本的人必然对投资后的经济效益进行周密研究,同时搞一些幕后动作。在这一世界里公正云云均无任何意义,假如对此一一考虑,投资额要大得多。

有时甚至铤而走险。

譬如,有人拒绝转卖土地。从古以来卖鞋的店铺就不吃这一套。于是,便有一些为虎作伥的恶棍不知从何处冒出来了。庞大的企业完全拥有这种渠道,从政治家、小说家、流行歌手到地痞无赖,大凡仰人鼻息者无所不有。那些手持日本佩刀的恶棍攻上门来,而警察却对这类事件迟迟不予制止,因为早已有话通到警察的最高上司那里了。这甚至不算是腐败,而是一种体制,也就是所谓投资。诚然,过去或多或少也有这等勾当。与过去不同的是,今天的投资网络要细密得多,结实得多,远非过去所能比。庞大的电子计算机使之成为可能,进而把世界上存在的所有事物和事象巨细无遗地网入其中。通过集约和分化,资本这具体之物升华为一种概念,说得极端一点,甚至是一种宗教行为。人们崇拜资本所具有的勃勃生机,崇拜其神话色彩,崇拜东京地价,崇拜"奔驰"汽车那闪闪发光的标志。除此之外,这个世界上再不存在任何神话。(74页)

其二,小说以城市开发黑幕报道引不起任何反响,揭示在"拜物新宗教"下是非颠倒、善恶标准失衡的道德伦理问题。

村上春树新论

> 这就是所谓高度发达的资本主义社会。我们高兴也罢不高兴也罢,都要在这样的社会里生活。善恶这一标准也已被分化,被偷梁换柱。善之中有时髦的善和不时髦的善,恶之中有时髦的恶和不时髦的恶……在这样的世界上,哲学愈发类似经营学,愈发紧贴时代的脉搏。
> ……
> 记者全力以赴地揭露内幕,然而无论他怎样大声疾呼,其报道都莫名其妙地缺乏说服力,缺乏感染力,甚至越是大声疾呼越是如此。他不明白:那等事甚至算不上内幕,而是高度发达的资本主义的必然程序。人们对此无不了然于心,因此谁也不去注意。巨额资本采用不正当手段猎取情报,收买土地,或强迫政府做出决定;而其下面,地痞无赖恫吓小本经营的鞋店,殴打境况恓惶的小旅馆老板——有谁把这些放在心上呢?事情就是这样。时代如流沙一般流动不止。我们所站立的位置又不是我们站立的位置。(75页)

其三,小说揭示了政治季节过后人们精神信仰的沦落,高度管理化社会的总右倾保守化趋势。

> 当时我没有在意,如今看来,一九六九年世界还算是单纯的。在某种场合,人们只消向机动队的警察扔几块石头便可以实现自我表现的愿望。时代真是好极了。而在这是非颠倒的哲学体系之下,究竟有谁能向警察投

掷石块呢？有谁能够迎着催泪弹挺身而上呢？这便是现在。网无所不在，网外有网，无处可去。若扔石块，免不了转弯落回自家头上。这并非危言耸听。（75页）

现在不是议论什么思维体系的时代。那东西有价值的时代确实存在过，但今天不同。什么都可以用钱买得到，思维也买得到。买个合适的来，拼凑连接一下就行了，省事的很。当天就可使用，将Ａ插进Ｂ里即可，瞬间之劳。用旧了，换个新的就是，换新的更便利。假如拘泥于什么思维体系，势必被时代甩下。是非曲直搬弄不得，那只能让人心烦。（248页）

知道吗，现在不是一九七〇年，没有闲工夫和你在这里玩什么反权力游戏……那样的时代早已过去了。我也罢你也罢任何人也罢，都已被一个萝卜一个坑地安在社会里，由不得你讲什么权力或反权力，谁也不再那样去想。社会大得很，挑起一点风波也捞不到什么油水。整个体系都已形成，无隙可乘。要是你看不上这个社会，那就等待大地震好了，挖个洞等着！眼下在这里怎么扯皮都没便宜可占，你也好我们也好，纯属消耗。（205页）

此外，小说对"发达资本主义"疯狂的物欲追求、一切商品化的现象，以及以"拉动内需、刺激消费"为主轴的宏观经济政策都进行了揭发批判，且态度激烈，言辞犀利，达到了"撕毁一切假面具的地步"。

但同时更需看到，小说对20世纪80年代"发达资本主义"社会问题，勇于摆现象、察本质、揭疮疤，但并不表达改革愿望和提供药方,而是提倡和着社会的既有节律跳舞:跳舞,不停地跳舞;要跳要舞,只要音乐在响就不停地跳舞;要跳要舞,要跳得优美动人,跳得大家心悦诚服。这是小说与"舞!舞!舞!"篇名遥相呼应,提示给现代人的存在方式。它内含两种可能:或为理性思考但消极应世,保持清醒的头脑但脚步顺应时流;或无须思考和思量,只享受轻松和超脱即可。这一观点正体现了一贯被左翼文学界批评的"村上春树文学的特质"。如著名民主主义批评家黑古一夫指出:"那就是对社会,甚至对个人生活中最为切身的生存环境,也决不采取任何的能动姿态,而是被动地、毫无抵抗地接受来自于外界世俗环境的影响,俨然一边播放着背景音乐,一边不留破绽地编织自己内在的梦想世界——这便是他的文学方法。"[1]

这"意味着无奈之下",村上春树"终于对'暴力'采取了消极认可的方式"[2]。

---

[1] [日]黑古一夫著,王海蓝、秦刚译:《村上春树——转换中的迷失》,中国广播电视出版社,2000版,第119页。

[2] [日]黑古一夫著,王海蓝、秦刚译:《村上春树——转换中的迷失》,中国广播电视出版社,2000版,第173页。

第四章

《奇鸟行状录》:"新民族主义"转向

"新民族主义"是区别于日本战败前以"皇国史观"和"大和优秀论"为支撑的民族主义的相对概念,用以指称20世纪80年代以来以"战败翻案"和军国主义复活为特征的极右民族主义。日本"新民族主义"最早发端于战后初年,随着日美媾和与战犯重返政坛有所抬头。在美国军事占领的背景下,宣扬日本不是败给中国等国家的反法西斯战争,而是败给美国强大的物质基础,并表达了重建军人政治的愿望。但由于与战后初期"一亿总谢罪""一亿总忏悔"的主流价值意识相左,未引起更大的社会反响。给日本战后社会带来较大冲击的是1972年11月右翼文人"三岛由纪夫剖腹自杀事件"[1],这一事件引起了民众的震惊和不解。因为人们还没有忘记二战引火自焚、战败而降的历史,摒弃战争、拥护和平是刚刚经历战争苦难的战后日本社会的普遍共识。真正引起关注和响应,推动日本社会迅速向军国主义复辟路线转向的,

---

[1] 三岛由纪夫(1925—1970),原名平冈公威,日本当代著名的小说家、剧作家。作品主要有《潮骚》《金阁寺》《鹿鸣馆》《丰饶之海》。1970年11月25日,他带领右翼学生团体"盾会",冲进自卫队总监部。以总监为人质,号召自卫队武装起义,冲击国会,推翻使日本非军事化的"和平宪法"。因未得到响应,当场切腹自杀。

是20世纪80年代兴起并形成朝野联动势态的"新民族主义"。

"新民族主义"以"京都学派"[1]和"说'不'派"[2]的新日本经济文化优越论为理论基础,以新历史教科书篡改战争历史为开路先锋,以中增根康宏首相提出的"战后政治总决算"和"政治大国论"为施政纲领,形成了以战争翻案、突破"和平宪法"禁区和军国主义重新武装为标志的社会化国家化"新民族主义"浪潮。在如此喧闹的政治逆流中,自主"回归"日本和承担"责任"的村上春树也未能免俗。他在20世纪90年代的新三部曲小说《奇鸟行状录》中,通过讲述困扰战后日本社会的二战故事,表达从"超然"到"介入"转型中日渐成形的新民族新历史主义观念。

《奇鸟行状录》是20世纪90年代村上春树旅居美国做访问学者时创作的又一部三部曲小说。它创作发表于1992年10月至1995年8月,1996年获得第四十七届读卖文学奖。这部被看作

---

[1] 京都学派以京都市立艺术大学校长梅原猛为代表。20世纪80年代后期提出"大脑构造说"。他们认为大和民族从5世纪统一起,大脑构造就与其他民族不同,因此风俗习惯、气质语言和文化都优于其他民族。东京大学医学部教授角田忠信则在《日本人的大脑:特殊性与普遍性》书中,通过大量图片佐证日本人大脑结构的特殊性。称日本人在接受语言时,用左脑接受元音,用右脑接受辅音。而其他民族,如中国、朝鲜等东南亚人正好相反。这决定日本人更能体会和表达声、义、情、色的细微差别,才创造了世界上最为和谐优秀的文化。他们认为日本战后经济快速崛起,就在于日本固有的文化,理应把它推广到全世界。

[2] 说"不"派的代表人物是石原慎太郎。石原慎太郎认为,日本民族是富于创造性的民族,这种创造能力不仅表现在部分优秀分子中,而且广泛地见于一般群众即普通国民中。认为日本目前掌握世界军事核心技术,具有控制世界军事力量的能力,就是这种独创性日积月累的结果。他在日本"世界第二大经济体"的基础上,鼓吹日本经济优越论。认为日本经济优于世界其他国家,理应输出成功的模式和经验。反之美国经济空洞化了,日本势必会在美国经济崩溃之时承担起拯救世界的重任。他在与盛田昭夫合著的《日本人可以说"不"》中提出,应该按照民族利益该说"不"时就坚决说"不"。政治上应对中美俄等大国说"不",以确立冷战后日本在国际政治中的地位,成为与美国、欧盟三方共同主导国际社会的"政治大国"。国家安全上应独立发展防卫力量,而不是依赖美国保护。文化上应向外输出日本先进文化,以对世界产生影响,使日本精神适应于全世界,或者说使全世界适应日本精神。

第四章 《奇鸟行状录》："新民族主义"转向

是村上春树第二次创作转型的标志性小说，延续了《寻羊冒险记》以现代轻松娱乐故事包含凝重的社会历史内容的双重结构，也延续了"二战书写"主题。小说以曾从事法律工作的 30 岁赋闲男子冈田亨（"我"）先找寻走失的猫再寻找出走的妻子的开放故事框架，引出众多不同身份的人物。以他们给"我"讲故事和帮助"我"寻找猫和妻子，参与到从战时到战后 20 世纪 80 年代的历史叙事中。与《寻羊冒险记》相比，它最大的特点是第一次正面书写二十世纪三四十年代亚太战争。它以 20 世纪 80 年代以来日本"新历史主义"刻意回避抹杀的侵华战争为突破口，全面展现亚太战争的荒谬和残酷性，叩问思索现代日本与那段至暗历史的关联，以及如何面对历史等重大问题。

第一节 "满洲"编年史

在小说中占据较大篇幅的是贯穿在战后时期"我"的现代故事中的系列战争事件。它以"日俄战争"结束即已纳入日本移民"开发"版图、"九一八事变"被全面占领并建立傀儡政权的中国东北"满洲"为中心，由侵华战争的参战者、见证人和战后后代子孙讲述历史故事，回溯了从 20 世纪 30 年代中日战争爆发到 40 年代日本战败投降及战后初期整个亚太战争史。包含了满蒙边境苏日争端、"满洲"溃败、美军报复袭击，以及战后苏联战俘营等一系列历史大事件。

177

一、死而后生！诺门坎

诺门坎为中国东北边陲小镇，位于呼伦贝尔市新巴尔虎左旗境内。中日战争时期是满蒙边界"满洲国"实际控制的有争议的地带，因发生在1939年春夏之交苏日双方都投入数万兵力、付出惨重代价的"诺门坎战役"而闻名。对于这场被日本史学界称为日本陆军史上最大的败仗，从而改变了日本侵略扩张路线和世界反法西斯进程的战役，小说由曾参加战役的老兵本田和间宫接连讲述。

六年前，24岁的"我"（冈田亨）登门向恋人久美子的父母求婚。作为答应婚事的条件，久美子的父亲要求"我们"每月去见一次"神灵附体"的老人本田。第一次拜访本田时，本田断言"我"不属于这个世界，而是属于"其上或其下"。叮嘱"我"不要逆流而动，有水时该上则上，该下则下。上则上到塔尖，下则下到井底。没有水流时就老实待着别动，什么也不要做，只是"最好多注意水"，"往后很可能在水方面遇到麻烦"。[1]之后，他突然讲起与水有关的"诺门坎战役"。

说实话，我曾被水搞得好苦。"本田先生说，"诺门坎根本就没有水。战线错综复杂，给养接续不上。没有水，没有粮食，没有绷带，没有弹药。那场战役简直

---

[1][日]村上春树著，林少华译：《奇鸟行状录》，上海译文出版社，2002年，第56页。以下出自《奇鸟行状录》的引文均以此版本为准，只在引文后标注其在原著中的页码，不再另加注释。

第四章　《奇鸟行状录》："新民族主义"转向

一塌糊涂。后方的官老爷只对快点攻占某地某处感兴趣，没有一个人关心什么给养。一次我差不多三天没喝到水。清早把毛巾放在外面沾一点露水，拧几滴润润嗓子，如此而已。此外根本不存在算是水的东西。那时候真想一死了之。世上再没有比渴更难受的了，甚至觉得渴到那个程度还不如被一枪打死好受。腹部受伤的战友们喊叫着要水喝，有的都疯了。简直是人间地狱。眼前就淌着一条大河，去那里水多少都有，但就是去不成。我们同河之间一辆接一辆排列着苏联的大型坦克，都带有火焰喷射器。机关枪阵地就像针山一般排列着。山冈上还有一手好枪法的狙击兵。夜里他们接二连三打照明弹。我们身上只有三八式步枪和每人二十五发子弹。然而我的战友还是有不少去河边取水，实在渴得忍无可忍，但没有一个生还，都死了。明白吗？该老实别动的时候，就老实待着别动。

……

死而后生！诺门坎！（57页）

往下一个小时他讲的是诺门坎，之后一年内每月一次的见面他也没做过什么卜算，反反复复讲的还是诺门坎。"什么身旁一个中尉的脑袋给炮弹削去半边，什么扑上去用火焰瓶烧苏联坦克，什么众人围追射杀误入沙漠的苏联飞行员，如此不一而足。"（58页）他的话超出了"我"的想象，大部分内容带有血腥味，但从一个一身脏衣服的老者口中听到一场战役的来龙去脉，"便觉得近乎一个童话，缺少真实感"。六年之后，本田去世，他在中国东北的生死之交间宫受他所托代为分发遗物。间宫专程从广岛赶到东京，送给"我"的遗物其实只是一个层层包裹着的空盒子，本田意在以这种方式把间宫介绍给"我"。"我"问间宫，本田是一个怎样的人，间宫讲起在中国东北他们一起参加的一次越境间谍行动。

"诺门坎战役"前的1938年4月，在关东军参谋部任见习军官的间宫奉命参加到外蒙古的间谍小组活动。表面上这个小组由少尉军衔的间宫负责，实际上由扮成民间人士的情报官员山本指挥。越过"满洲"实际控制的诺门坎地带，渡过哈拉哈河，就进入外蒙古草原。山本让随行的三人扎营待命，他独自一人跟随前来接应的外蒙古情报人员离去。第二天他带着"文件"返回，左臂受伤，格外疲惫。他命令小组即刻撤退，但返回隐蔽的渡河口时，渡河口已被外蒙古军人把守。他们扎营休息，准备凌晨后偷渡，却被外蒙古的军人抢先攻入营帐。放哨的浜野军曹被杀，山本和间宫在睡梦中被俘，本田预感到外蒙古军到来，带着"文件"溜出营帐藏匿起来。前来处置的苏联情报官员阴鸷冷酷，他追问"文件"的下落。山本被拷问，被活活剥皮而死。间宫被带到草原腹地，在逼迫下跳进废弃的深井。经过两昼夜饥渴寒冷的折磨，在仅有的两次十几秒正午阳光的照耀下，间宫感到"命运的宠幸"，也感到生命的内核已焚毁殆尽，"身上的什么早已死掉"。第三天，本田循路找来，把他救出。逃回"满洲"他们回到各自的部队，之后偶有见面或通信，但对于那件"实在过于重大"的事再未提起，只作为共同拥有的经历，完好保存在内心深处，但它影响了他们此后的人生。

一年后"诺门坎战役"爆发，本田作为关东军下级军官参加了战斗。战场上他被炮弹袭击，震坏耳膜失去听力，被迫退伍回国。战后初年，太太与他人殉情，他独自一人把儿女养大。之后离开北海道旭川的家，到东京目黑过起天涯孤客的生活。间宫作为参谋本部候补军官，没有参加那场战役，但在海拉尔守城战中宁愿一死。他没有随参谋部撤退，而是志愿转入守城部队。战斗中他手持地雷率队向苏军坦克冲锋，被击中倒地后被坦克辗去了左臂。被俘后做了截肢手术，之后被送到西伯利亚收容所强制劳动。1949年被释放回国，但从1937年到中国参战已离家12个年头。家人以为他已命丧异乡，为他立了空坟头，参战前订婚的恋人已和他人结婚生子。父亲和妹妹死于广岛爆炸，母亲悲伤而死。留给他的只剩下"失去生之热情"的空洞人生和独活于世的愧疚。

二、溃败中的"满洲"

"满洲"是1635年皇太极改女真为满洲族后对居住地中国东北的旧称，1905年"日俄战争"后南部地区由沙俄易手日本。1931年"九一八事变"爆发，日本占领了东三省，1932年建立傀儡政权"满洲国"。1945年8月，在苏联远征军突袭和美国原子弹爆炸的震慑下日军无条件投降，"满洲国"倒台。"满洲"1945年溃败的故事，由战时随父生活在"满洲"新京的民间女性肉豆蔻及儿子肉桂来"讲述"。但小说并未正面写战争和战事，而是写日军溃败之际在新京动物园的两次杀戮事件。

第一次杀戮——"袭击动物园"，是"满洲"被攻陷前撤退回国的肉豆蔻，在公海上透过美军即将发射的炮口，"看到"的新京动物园日军围杀猛兽事件。肉豆蔻的父亲原本是横滨兽医学校的老师。1934年，新京动物园要求派一名主任兽医时，他主动报了名。3岁起,肉豆蔻就随父母来到"满洲",在父亲任职的新京动物园度过了自由惬意的童年。1945年8月,苏军对日宣战,迅速越过国境逼近新京,肉豆蔻母女被送上回国的列车。天皇宣读"终战诏书"的8月15日,她们乘坐的满载民间撤退人员的运输船正行驶在公海上,遭到突然出现的美军潜艇的拦截。潜艇钻出水面,打开舱门,美国兵搬出机关炮和炮弹,旋转炮口对准运输船。美军打旗语要求运输船立即停止航行,疏散船上人员,宣布10分钟后就开炮击沉运输船。运输船是由旧货轮临时改装而成的,船上只有两条救生艇,根本没有救生筏和救生衣。面对随时可能发射的炮弹,船上的乘客虽以妇女儿童居多,但他们并没有骚乱,14岁的肉豆蔻也没有惊慌。她抓着甲板栏杆,出神地注视着美军黑乎乎的潜艇和炮口。母亲对她的喊话也未能传进她的耳朵。母亲抓住她的手腕拉她离开时,她紧紧抓着栏杆不放。她感到"周围的惊呼和喧嚣如同扭小收音机音量一般渐渐远逝",感到不可思议的困倦。她闭上眼睛,意识顿时模糊,离开了甲板,她看到了新京动物园日军一个个射杀猛兽的情景。当她的意识正展开动物园杀戮的画面时,美军潜艇发生了变化。指挥台上的军官慌忙交谈着什么,一个军官下到甲板向士兵传达着什么。已在开炮位置的士兵摇头挥拳,之后卸下炮弹,转回炮筒。全体人员撤回舱内,舱口关闭,潜艇发着吼声沉入水底。船员和乘客疑惑不解,事后得知在潜艇即将开炮之际,收到美军司令部的指示,要求"在未受到对方攻击的情况下停止积极的战斗行为。八月十四日日本政府宣布向盟国无条件投降,接受《波茨坦公告》"(457页)。危险消除后,有的乘客放声大哭,但大部分人哭不出也笑不出,一连几个小时甚至几天陷入虚脱状态。这时,肉豆蔻在母亲的怀里睡得正香,她人事不省地睡了20个小时。第二天船靠近佐世保港口时,她"仿佛被一股强力拉回此侧世界",蓦然睁开眼睛。船进入港口时附近空无一人,安静得让人不寒而栗,如同鬼使神差走进了死者的国度。他们得知,15日正午收音机播出了"玉音放送"的终战诏书,七天前长崎被一颗原子弹烧成废墟。

新京动物园日军射杀猛兽是实际发生的事实,但肉豆蔻并非现场亲历。她是在公海上受到美军炮口显示的暴力激发,瞬间产生超自然能力,"看到的"日军用步枪逐一射杀猛兽的情景。她看到,年轻的中尉带领8个士兵来到动物园。他们始终保持沉默,晒黑的脸上失去血色,因为他们也在考虑自身的命运。苏联远征军最晚一个星期后就要开到新京,为维持拉长的南洋战线,大半被调走的关东军精锐部队已葬身海底或烂在密林深处。夸口说北部防线不会动摇的关东军就像纸老虎,没有任何手段阻止苏联军队前进。大多数参谋和高级将领开始向与朝鲜接壤的新司令部撤退,溥仪皇帝和家人也带上财物逃离新京。边境守备部队躲在被称为"永久要塞"的碉堡里负隅顽抗,由于没有后援几乎全军覆没。担负着首都警备任务的"满洲国军"听到苏军即将攻城的消息,大多开小差或造反射杀指挥他们的日本军官。数日后他们也难免在这里同苏军交战而死,现在能做的只有祈祷尽可能不要死得那么痛苦,而在这之前必须要做的是杀掉动物园里的动物。

苏军攻城在即,为防止混乱中猛兽出栏伤人,军部命令毒死动物。执行时发现没有足够的毒药,中尉决定用步枪射杀。首先"勾销"的是老虎,两轮齐射后两只老虎倒地。中尉让部下去查看老虎是否真的死了,一个年轻的士兵端着步枪战战兢兢地跨进虎栏。

他用军靴踢老虎的腰，老虎一动不动。他茫然地看着老虎的尸体，感觉比活着时大了许多，他不得其解。他是开拓团农民的儿子，从小到大从未进过动物园，真老虎是头一次见。虎栏里满是大型猫科动物的尿臊味，又混着热烘烘的血腥味。老虎身上的枪洞一直在冒血，士兵脚边已流成黏糊糊的血池。他觉得手中的步枪又重又凉，想扔下它把胃里的东西一股脑吐出来。但他不敢呕吐，怕被班长打得鼻青脸肿。他揩去额头的汗水，感觉钢盔重极了。这时他听到一只接着一只的蝉开始鸣叫，随后鸟也加入其中。鸟鸣声很特别，吱吱吱的声音就像在哪里拧动发条。他原本是北海道农民的儿子，12岁来到北安开拓村。入伍前一直帮父母干农活，"满洲"的鸟无所不知，但他不知道发出这种鸣叫声的是什么鸟。叫声好像从身旁的树上传来，他回头望去，却一无所见。杀死虎向豹栏行进时，鸟鸣声再次响起。贴在网栏上的猴也像预感到什么似的发出尖叫，随后各种动物以自己的方式群起响应。狼长嚎，鸟奋飞，大型动物猛烈撞击围栏。最后，士兵们杀了狼、豹和熊，只有几只体型"实在过于庞大"的象得以幸存。在它面前，士兵的步枪如同小小的玩具，产生不了任何威胁。

第二次杀戮——"拧发条鸟年代记#8"，是日军虐杀"满洲国"军校暴动的中国学生，是肉桂根据母亲讲述录入电脑中的系列"满洲故事"之一。围杀动物的第二天，中尉和他的士兵再次来到动物园。他们用骡马车拉来四具尸体，押来四个被俘者。他们都是20岁上下的小伙子，是"满洲国"军官学校的学生。因拒绝接受新京保卫战任务，夜间杀死日本教官穿棒球服逃跑。被发现后当场被射杀四人，被捕四人，两人趁夜逃跑。为了节省子弹，军部命令用刺刀刺杀他们。其中穿4号棒球衣的是暴动策划者，他用球棒打死了两名教官,军部指示用他打死教官的那支球棍打死他。行刑前,被捕学生在日军的看押下挖好尸坑,把被射杀的同伴的尸体投入其中。三个被刺杀的学生随着一声令下和两轮刺刀刺入、搅动、上挑和拔出的动作,五脏六腑被剜得血肉模糊。地上全是鲜血,微弱的痉挛持续了很久。4号击球手被蒙着双眼带到坑旁跪下。随着行刑士兵转动身体抢下球棒,他的头盖骨发出破碎的钝响,血从耳朵里流出来,身体重重地倒在地上。兽医奉命查验尸体,他已经死去了,脉搏已停止跳动。兽医要起身离开时他悚然跃起,抓住兽医的手腕,"以结伴同行的架势"拉着兽医一起栽入坑中。中尉最先反应过来,跳入坑内,用手枪连击击球手的头部。他彻底地失去了生命,但仍不松手。中尉费力地把他的手指一一掰开,兽医才得以脱身。被拉出墓穴后,兽医察看手腕,看到留下了五个鲜红的指印。"在这酷热的八月的下午,兽医觉得有一股剧烈的寒气钻入自己体芯。我恐怕再不可能把这寒气排出去了,他想,那个人的确是真想把我一起领去哪里的。"(575页)

三、西伯利亚囚徒

战后苏联战俘营惨剧由间宫中尉写长信向"我"讲述。1945年8月,海拉尔守城战中间宫受伤被俘,被送到西伯利亚强制劳动收容所。为期四年的战俘营生活让他遭受了种种危难。

初到西伯利亚,战俘收容所由军队负责警备,由党中央派来的政治督导员担任"指导"。处在最高领导地位的政治督导员是斯大林的同乡,年轻气盛,性格暴烈。他脑袋里装的是煤矿产量,对"劳动力"消耗全然不放在心上。因为只要产量上去,就会被中央视为优秀煤矿，"劳动力"缺多少补多少，这也是中央的奖励。收容所每天都有人死去，死因各种各样。营养不良，强体力劳动消耗，矿山事故，卫生条件差造成的传染病，冬日严寒，看守的暴行，对轻微反抗的残酷镇压。每当死者增加，劳力不足，就有新兵不知从哪里被运来。他们衣衫褴褛，骨瘦如柴，其中两成人经不住煤矿的强体力劳动，不出几个星期就会死掉，死后被扔进废弃的矿井。不仅死去的人，有时活人也被扔进矿井。苏军把有反抗行为的日本兵拉到外面装进麻袋，打断四肢扔进竖井。冷酷的不全是上边的人，普通看守也残忍至极。他们几乎都是犯人出身，大多在服刑时失去家庭和归宿，刑满后只好在当地娶妻生子安顿下来，报复心极强。

1947年春在劳改营采石场，间宫遇到了"哈拉哈河谍报事件"中下令剥了山本皮的苏联情报官鲍里斯。他原是苏共中央内务部秘密警察少校，因用酷刑使一位身为党内高官亲属的红军坦克部队长官蒙冤致死，被解职判刑送到收容所强制劳动。他以给战俘自治权为诱饵，说服间宫联络战俘，联合"驱逐"原政治督导员。为了实现自治，改善战俘生存环境，间宫把战俘营"幕后领袖"中校介绍给鲍里斯。经过秘密策划，一个月后原政治督导员被中央调离，新督导员上任。这时，鲍里斯已基本把收容所附属煤矿的实权掌握在自己手中。他联合战俘，除掉了原政治督导员的内线，网罗生性冷酷的看守组成私人武装。他脱下囚服，住进干净整洁的公房，调用女囚犯轮流当女佣。他没有食言，重新设置了战俘委员会，由中校担任委员长。战俘营内部事务由委员会自治，原来俄国看守和警卫的暴行被禁止。在以秘密警察为后盾的鲍里斯的压力下，新政治督导员抬不起头来。他只求完成生产定额，对其他不加干涉。鲍里斯趁机把收容所变成了他的私人领地，恐怖和阴谋又成为家常便饭。他先对俄国人下手，只要对他稍有不从的人就有生命危险，他连他们幼小的孩子也不放过。俄国人中的地盘巩固之后，鲍里斯开始对日本战俘下手。他逐个收买或威胁战俘委员会成员，使委员会实际处在他的控制之下。中校因在几个问题上和他针锋相对而被暗中杀害，然后他通过委员互选，让言听计从的人担任委员长。经过半年时间，他建立起坚如磐石的独裁统治，使收容所和煤矿成为他肆无忌惮敛财的工具。而战俘的生存和劳动环境，因委员会变质而日益恶化，最终一切都回到了原来的样子。生产定额步步升级，劳动强度越来越大，许多人因冒险开采命丧黄泉。间宫非常后悔把中校引荐给鲍里斯，决心以一己之力除掉他。他利用担任鲍里斯私人助理的机会，近身夺枪射击，但因事先已被识破而失败。鲍里斯以"不搞不必要的杀戮"为由，放过了间宫，但对他施以"在哪里都不可能幸福，从今往后你既不会爱别人，也不会被人爱"的诅咒。1949年，在国际社会的压力下，间宫等战俘被释放回国。但他的命运正如鲍里斯的诅咒，他失去了所有亲人，在无尽的孤独和悔恨中苦度余生。

第二节　矛盾摇摆的战争观

继《寻羊冒险记》以三代"羊附体"的故事表现近代以来日本不断膨胀的国内外殖民扩张思维，《奇鸟行状录》专注于把焦点聚集在围绕战争认识问题困扰战后日本社会的发生在二十世纪三四十年代的亚太战争。它以日本殖民统治时间最长、最能体现"大东亚共荣"思想欺骗性和虚幻性的"满洲"为中心，展现全面侵华、苏日争端、美日太平洋战争全景。充分表现了战争的血腥残酷，表达了谴责战争及一切暴力的和平民主立场。但另一方面，作为二十世纪八九十年代"新民族新国家主义"潮流中主观上"介入"的作品，又不可避免地发出了已呈国家化和社会化的"新历史主义"声音，与以新历史教科书编纂会为代表的战争修正主义形成同构关系。

一、反战争暴力的民主和平立场

《奇鸟行状录》创作完成的20世纪90年代，正值日本以突破和平宪法、谋求海外派兵，推动"新国家主义"由理论到实践的极右转向时期，也正值围绕战争历史认识和未来日本何去何从，各方政治力量激烈论战的思想混乱时期。身处异邦的村上春树没有置身世外，而是把"回归"和"介入"的创作伦理加入其中。与之前的创作相比，《奇鸟行状录》最大的特点是放弃了一贯的脱意识形态"默读法"[1]，直指"新民族主义"刻意回避抹杀法西斯侵略战争问题。以融历史与现实为一体的"穿越性"故事，表达正确记录和传承历史，向罪恶的战争血缘开战的进步民主主义。

小说首先以系列战争故事，以虚实结合和点面结合的方式，再现侵华日军反人道血腥屠杀的暴行。以极尽铺陈之能势，延绵数章叙述的动物园两次杀戮事件，一虚一实，展现侵华日军肆意屠杀的

---

[1] "默读法"是日本东京大学小森阳一教授在其所著的《天皇的玉音放送》中提出的文学创作名词。是指在"物语叙事"中，不敢叙述已经明确发生的事件，而是把它们隐藏起来。

暴虐行径。第一次围杀"可能伤人"的猛兽，是以兽况人，喻示侵华日军无端屠戮民众的暴行。"无论如何也难以理解自己此刻被杀至死这个事实"（452页），龇牙咧嘴、咆哮喷涎的熊，尖声呼叫、猛烈撞击围栏的猛兽，均为被无辜杀戮的殖民地民众的写照。第二次虐杀中国学生，是垂死的日军违背国际公约的报复性杀人，是法西斯国家意志的体现。"刺杀"和"棒杀"的非人道指令由实际掌握"满洲国"及日本军政大权的军部下达。行刑前，带队中尉不厌其烦地解说"刺杀"和"棒杀"先发制人，必致人死命的方法。行刑时士兵依"法"行事，过程暴虐，结果惨烈。事件叙述中，小说还提及侵华日军野蛮"刺刀战"的一贯做法。解说"刺杀"要领时中尉顺带提起："士兵们这方面是训练有素的，刺刀尖上的白刃战和夜袭是帝国陆军的法宝——说干脆点，也就是因为比坦克飞机大炮来得省钱。"（571页）由此把日军"虐杀"的行为，由个案上升到普遍性高度，突显其反人道、反人性的法西斯战争本质。此外，小说还在典型叙事基础上由点到面，广泛涉猎侵华日军所到之处奸淫烧杀掠抢的强盗行径。间宫中尉在指责苏联镇压蒙古国叛乱时顺带提及："我们日本人在满洲干的也不例外，在海拉尔秘密要塞设计和修建过程中，为了杀人灭口，我们不知杀害了多少中国人！这点你肯定无从想象。"（601页）冈田享舅舅介绍"上吊宅院"曾经的主人时提到："战前那里住着一个什么相当有名的军人。大校，是陆军顶呱呱的拔尖人物，战争期间在华北来着。他率领的部队在那边立了不少战功，同时也好像干了很多丧尽天良的勾当。一次就杀了将近五百个战俘，抓了好几万农民当劳工，大半被虐待死了。"（125页）间谍小组行动时浜野军曹提到："在南京一带干的坏事可不得了，我们部队也干了。把几十人推下井去，再从上边扔几颗手榴弹。还有的勾当都说不出口。"（152页）这里从中国东北到华北，再到华东，描绘了日军全面侵华的路线图。其中提及的集体杀人灭口、屠杀战俘和无差别屠戮百姓，均为"新历史修正主义"极力掩盖抹杀的东北、中原"万人坑"及南京大屠杀等史实。足见，20世纪90年代创作转型时期的村上春树仍坚守着"正确传达"的创作伦理。

其次，揭示军国主义罪恶给民众及战后社会造成的灾难性影响，表达"先祖罪恶祸及子孙"的警示性认识。小说中侵华一代人，无论军人还是民间人士，无论被迫还是自愿，自从加入殖民侵略队伍，就把身家命运与罪恶国家捆绑在了一起，注定了悲剧结局。参加了重大军事行动的本田和间宫历经磨难保住了性命，但都造成无以挽回的肉体伤残。而更大的悲剧是他们在战乱中失去了亲人，在战后漫长的孤独岁月中苦度余生。动物园里两次杀戮事件中，无论执行军令的中尉和士兵，还是被裹胁参与其中的民间人士兽医，均因此死于非命。具有特别意义的是兽医，他虽然在两次杀戮中仅是被迫"随行"，但同样沾染了战争暴力的血污，注定了自身"不配有更好的命运"，还祸及妻女和后代子孙。女儿肉豆蔻与他在新京火车站挥手告别的那一刻，就意味着永久失去了父爱和依靠。几天后苏军破城，兽医因参与屠杀学生而被捕，和战俘一起被送到西伯利亚收容所，一年后死于矿井事故。回国后，肉豆蔻不得不随母亲寄居外祖父家，饱受战后初期的混乱贫穷和寄人篱下的凄苦。长大后她不得不尽早设法掌握自我谋生的手段，高中时退学转到缝纫学校，学了两年实用技术后当了服装设计师。她靠自身努力，创立了服装品牌，建立了家庭，却在事业高峰期意外失去了丈夫。已成为服装界新锐的丈夫不明原因被杀害，头被割下，内脏被掏空带走。似乎是为战时被虐杀、内脏

第四章 《奇鸟行状录》："新民族主义"转向

被搅得零零碎碎的中国学生偿付血海深仇，被跨时空追踪索命。失去丈夫使肉豆蔻丧失了对所钟爱的服装业的热情。她盘出存货，出卖了引领时尚的服装公司和品牌，幽居家庭。半年后，她偶然发现自己具有感知人头脑中"活物"的能力，就以豪华楼宇中的"试缝室"为掩护，专门对政界有影响力的人士的太太进行"心灵治疗"。儿子肉桂6岁时父亲死去。虽然没有亲眼见到父亲死亡时的样子，但梦中他看见疑似父亲的人爬上树梢消失了，和父亲一起出现的人把一颗还在跳动的心脏挖坑埋在树下。睡梦中他惊呼，但发不出声音，醒来后失语。肉桂的遭遇似有双重寓意，既喻示先祖罪恶殃及子孙，也是对战后日本的讽喻。日本因挑起战争引火自焚，丧失了明治维新以来赢得的亚洲霸主地位。在战后美国占领和日美"共同防卫"战略下沦为美国的棋子，在国际事务中看美国眼色行事，失尊失语，在国际社会被彻底边缘化。

最后，在以冈田亨跨越阴阳两界编织的故事网络中，故事套故事是叙事策略，也是主题表达。小说的整体叙事方式是由冈田亨先找猫后找妻子引出各色人物，由纷至沓来的人物讲述或实或虚、或当下或历史的故事。其中，除失踪妻子引出的政客绵谷升和走失猫引出"灵媒"加纳姐妹、女孩May笠原等现实人物外，其余均为历史事件和人物。以"满洲"为触发点，由亲历者本田、间宫和见证人肉豆蔻及儿子肉桂接连讲述二战故事。讲述的方式有口述、有形文字、电子文本，还有对失聪失语者的唇语心传。这些是作者村上春树提示的正确传承历史的方式，包括途径，也包括态度。正确传承的途径提示的是两步走策略：当事人和亲历者讲好战争故事，如本田、间宫、肉豆蔻所做的；后代子孙用心倾听、完整记录，并内化为与罪恶血缘开战的勇气和智慧，如肉桂和冈田亨所做的。小说以故事套故事和轮流讲故事的方式构成的庞大故事体系，表面上杂乱无章、不易解说，实是百川纳海，最终都服从于正确传承历史和向罪恶血缘开战这两大主题。小说内在思想表达的脉络，是以本田、间宫和肉豆蔻母子讲述的满蒙边界草原和"满洲"故事，把间宫的井和兽医的青痣传承给新生代冈田亨。先以冈田亨找猫，发现"上吊宅院"的深井和下到深井长出青痣，把现实中的他和久远的历史相连。再以他脸上的青痣，与战后持续讲述战争故事、以"试缝"诊疗上层女性头中"异形之物"的肉豆蔻母子相连。最终以共同拥有"上吊宅院"的深井，与肉豆蔻母子协力向贯穿古今的极右暴力血缘开战。其中以肉豆蔻传授的特异功能，诊疗政界有影响力人士夫人的"心灵"，似深藏与20世纪90年代社会意识形态有关的隐语言。似意指冈田亨和肉豆蔻通过暗中结交有影响力的贵妇对高层政治施加影响，缔结同篡改抹杀历史、开军国主义倒车的右翼相对抗的民主势力。继而通过冈田亨寻找妻子，与承袭历史和家族极右政治血脉的妻兄绵谷升产生关联。在与之对抗中，冈田亨"疑似"用从战时"满洲"潜入当下日本的中国"吉他盒"复仇者手中夺过的棒球棍，使绵谷升一棒致命。其意义正如《寻羊冒险记》中的鼠，继吞进羊与羊同归于尽后再设计炸死亲信秘书，断绝了由战时延及战后社会极权暴力的一切后路。

二、隐在的民族视角和历史修正话语

如前所述，《奇鸟行状录》讲述的二战故事表达了谴责战争暴力和正确传承历史的基本态度。但作为正值20世纪90年代日

第四章 《奇鸟行状录》:"新民族主义"转向

本快速向军国主义复活转向时期的作品,又不可避免地打上已社会化国家化的"新民族主义"印记。其根本问题来自作者站在既定的国民立场和视角去回味和思考战争,抒发基于狭隘民族主义的战争观和历史观。

客观地说,小说在以"满洲"为原点的二战叙事中,表达了谴责战争、揭示战争暴虐本质的基本立场。但同时也要看到隐含在小说文本内部的人们通常所说的村上春树只谴责战败并不谴责战争问题。事实上小说由多人多角度讲述的战争故事,是以"满洲"为原点串联了二战史上日军最具毁灭性的几大"败绩",其目的不在于再现原貌而在于总结历史教训。小说通过正面书写的诺门坎苏日争端、侧面书写的海拉尔守城战和南洋战线,揭示了二战日本战败而降的政治、军事、文化、伦理等诸多根源性问题。

其一,从根本上批判二十世纪二三十年代日本既已形成的以中国为跳板,北上南下称霸欧亚,进而与德意联手统治世界的国策。越境间谍行动前,间宫置身表面平静的"满洲"司令部,已感受到日本"全面战争"的深刻危机。

> 我到满洲是一九三七年初的事……当时满洲的形势比较安稳,或者说算是稳定的了……无须说,那不过是表面上的和平。离开这块避风港马上就是正在进行的残酷战争。中国战场必然成为进退不得的泥沼——我想大多数日本人都明白这点,当然这里指的是头脑正常的日本人。纵使局部打几个胜仗,日本也是没有可能长期占领统治那么大的国家的。这点冷静考虑一下就不难明白。果不其然,仗越拖越久,伤亡数量有增无减,

同美国的关系也像滚下坡似的急剧恶化。即便在日本国内也感觉得出战争阴影正在一天天扩大。一九三七、一九三八年就是这样的黑暗岁月。（145—146页）

参与谍报行动，山本的情报官员身份引起间宫和浜野军曹对越境行动后果和日军野心图谋的推测。

我也是稍微听得一点消息——军部这回大约是想网罗兴安军出身的蒙古人组建一支间谍部队，并为此招了几名专门搞间谍的日本军官。山本说不定和这个有关。（153页）

如果真是这样，眼下可就不是儿戏，说不定会捅出一场战争。（154页）

外蒙虽说是独立国家，其实完全是被苏联摁着脖子的卫星国，这点同实权掌握在日军手里的"满洲国"是半斤八两。只是外蒙内部有反苏秘密活动，这已没什么好隐瞒的。（154页）

显而易见，即使他们叛乱成功，苏军也将当即介入镇压反革命。而若苏军介入，叛军必然请求日军增援。这样一来，作为关东军就有了进行军事干预的所谓正当理由，因为占领外蒙无异给苏联西伯利亚战略从侧腹插上一刀。就算国内大本营从中掣肘，野心勃勃的关东军参谋们也不可能这样坐失良机，果真如此，那就不是什么边界纠纷，很可能成为日苏间真正的战争。一旦满蒙边境日苏正式开战，希特勒很可能遥相呼应，进攻波兰

第四章 《奇鸟行状录》："新民族主义"转向

和捷克……（154页）

置身外蒙荒漠化的草原，面对广袤的星空，间宫不由地发问："为什么要豁出命来争夺这片只有乱蓬蓬的脏草和臭虫的一眼望不到边的荒地，争夺这片几乎谈不上军事价值和产业价值的不毛之地呢？我理解不了。如果是为保卫故乡的土地，那我万死不辞，可现在却是要为这片连棵庄稼都不长的荒土地抛弃这仅有一条的性命，实在傻气透顶。"（155页）而没有战争经验的冈田亨听闻本田讲述在"这片几乎寸草不生的荒野"上展开的鏖战，感觉"近乎一个童话，缺少真实感"。

其二，从现代战争兵站学角度批判日军基于武士道传统只重视前线将士义勇拼杀，而忽视其装备和后勤保障的"原始战争""人囤"思想。本田讲述"诺门坎战役"，即是以水为突破口截取战况复杂的战争的一个场面，写面对苏军机械化部队压倒性火力据守的一条河，日军为获取维持生命必需的水的前仆后继的牺牲，以及因开战以来武器弹药、食品药品缺乏而造成的死伤和饥渴的折磨。指出日本虽经明治以来近代化改革成为亚洲强国，但与西方注重武器装备、兵力快速集结转移和多兵种协调作战的现代集团战争思想相比，实为南辕北辙。听了本田讲述，"我"感慨道："那确是一场根本无从想象的酷烈的鏖战。他们几乎是赤手空拳扑向苏军精锐的机械化部队，被其碾为肉饼。几支部队都零落不堪以致全军覆没。"（58页）同样的错误在海拉尔守城战中又重复了一次。间宫说："估计我率领的连队在那里无一生还。虽说是依令行动，实质上无异于无谓的自杀。我们使用的小小的手提地雷，在大型T34坦克面前根本无济于事。"（600页）在这方面，

195

村上春树新论

小说还以新兴政客绵谷升伯父20世纪30年代的奉天之行引出了有"日本第一兵家"之称的石原莞尔"以战养战""满洲生命线""持久作战"的兵站学和"最终战争"思想,并在对比中批判日军轻视兵站——物质保障的军事冒险思想。

  石原极力主张避免为了中国大陆而同苏联全面开战,认为打赢战争的关键在于兵站的强化,即在于新生满洲的迅速工业化和确立自给自足经济……他相信:现阶段拥有实施对西欧战争(即他所说的"最终战争")的能力的国家亚洲唯独日本,因此日本有义务协助其他各国从西欧诸国统治下获得解放。不管怎么说,在当时帝国陆军将校中石原是最为关心兵站问题且深有造诣的人物。一般军人总以为兵站本身是"女人气的",而认为纵使装备不足也舍身勇敢作战才是陛下的军人之道,以可怜的装备和少量人员扑向强有力的对手并取得战果方是真正的成功,"以兵站跟随不上的快速"驱敌前进被视为一种荣誉。这在身为优秀技术官僚的绵谷升伯父看来纯属荒唐至极。没有兵站做后盾即开始持久战争无异于自杀行为。苏联由于斯大林的集约性经济五年计划而使军备得到飞跃发展进入现代化。长达五年的充满血腥的第一次世界大战使得旧世界的价值观一败涂地,机械化战争使欧洲各国的战略和后勤概念为之一变。作为驻外武官在柏林生活过两年的绵谷升伯父对此感同身受,然而大多数日本军人的认识水平,仍停留在陶醉于

《奇鸟行状录》："新民族主义"转向 第四章

日俄战争胜利的当时。（544—545页）

其三，批判基于封建等级制和皇民奴化思想的战败等于受辱、受辱必受惩罚和作战人员担责而上层官僚免责的荒谬战争伦理。听闻本田讲述"诺门坎战役"，"我"感慨前线将士的无谓牺牲，更感慨战时和战后他们遭受的不公平对待。

> 为避免全军覆没而下令后撤的指挥官被上级强迫自杀死于非命。为苏军俘虏的士兵大多因惧怕被问以临阵逃脱之罪而在战后拒绝作为交换俘虏返回，将骨头埋在蒙古荒原。本田先生则因听觉受损退伍回来，成了算卦先生。（58页）

对于这样的结果，本田却暗自庆幸。

> 但从结果上看，也许那倒不坏……我如果耳朵不受伤，很可能被派往南洋群岛死在那里。事实上，诺门坎战役死里逃生的大部分人都在南洋没命了。因为诺门坎之战对帝国陆军是活活受辱的战役，从那里活下来的官兵势必被派往最凶险的战场，简直等于叫人去那里送死。在诺门坎瞎指挥的参谋们后来爬到了中央，有的家伙战后甚至成了政治家，而在他们下面死命拼杀的人却十有八九硬是给弄死了。（58页）

也出于同样战败等于受辱、受辱不能苟活的战争伦理，间宫历尽 12 年磨难回到家乡，却陷入无尽的"独活"的痛苦。这里"独活"的意义，并非指失去所有亲人的孤独，而是未能接受深井中两次正午阳光的照射启示的"宠幸"中自裁，舍生取义。由于命运，通灵者本田事先已告知的你不会死在这里、会回到日本、会活得很长久的命运，第三天被救出，酿成了"苟活于世"的大错。面对众多的死难者，面对千千万万的亡灵，"独活"是有罪的，这是日本持久的皇民奴化教育和封建武士道传承赋予国民的畸形价值观。在此，持自由民主主义立场的村上春树对其进行了特别指责和批判。

小说在多方反思、回味历史教训的同时，更是在"不经意间"滑向了 20 世纪 90 年代日本已成定势的战争修正主义。其中最为突出的是进行战争施害和受害地位转换，这一特点几乎表现在小说中所有的二战故事中。间谍事件中，被割喉暴尸的滨野、被剥皮的山本、被弃于枯井的间宫。动物园屠杀中，因执行军令死于非命的中尉、伍长、年轻的士兵、被迫随行的兽医。战俘营中，被任意奴役、虐待和残杀的战俘群体。公海拦截事件中，被武力恫吓"以妇女儿童居多"的民间撤退人员，在炮口显示的暴力下瞬间改变了心智的肉豆蔻，以及被潜入战后日本的复仇者索命的肉豆蔻丈夫和受惊吓失语的肉桂。他们无一不是恶性膨胀的征服欲、报复欲和贪欲的牺牲品。而与此相反，凡与"受害日本"形成敌对关系的人均被转换为施害者。谍报事件中，杀人不眨眼的苏联情报官、粗野下作的蒙古兵、剥皮酷刑的操刀手。虐杀学生事件中，拖兽医入尸坑的 4 号击球手。公海拦截事件中，肆意逞威的美军。苏联战俘营中，违背国际战争公约扣押奴役战俘的苏

第四章 《奇鸟行状录》："新民族主义"转向

联国家,收容所里任意虐待残害战俘的两任政治督导员。以及"疑似"潜入战后日本社会,报战时国仇的中国"吉他盒——棒球棍"男子。此外,小说在重点事件叙述中没有忘记把战争双方"广大民众"纳入"他者施害""日方受害"的范围。"袭击动物园"事件中,写到"满洲国"崩溃在即,关东军参谋们率主力部队"转移"时提及:"这事实上是对边境附近的守备部队和开拓团农民见死不救。没有武装的农民们大多被急于推进的——即无暇带俘虏的——苏军杀掉。妇女为避免被施暴而大半选择或被迫选择集体自杀。"(444页)

其次,在实施施害受害地位转换的同时,极力美化日方人员。小说有意忽略侵华战争的殖民侵略本质,而是赋予他们英勇、刚毅、献身等正当、高尚的色彩。越境间谍行动中,山本视死如归,间宫理性隐忍,滨野胸有大义,本田足智多谋。围杀猛兽事件一定程度上是对日军溃败之时报复性屠杀的曲笔,但为之设定了苏军攻城之际猛兽"可能伤人"的情境。这赋予了日军"正当"和"负责任"的色彩,把虐杀动物的责任转嫁给攻城的苏军。小说在讲述行动过程中不断突现对中尉和士兵"不得不"执行军令的"无奈"的描写,及他们对杀戮动物行动的抵触。中尉想,"命令总归是命令。只要军队存在,命令就必须执行""可能的话,我也不想杀什么动物园里的动物"。(446页)在没有足够的毒药、"不杀"和"射杀"同样违抗军令的两难中,中尉果断选择"射杀",这使他无形之中成为勇担社会责任、甘愿因此受罚的高尚人士。同样的美化也出现在虐杀中国学生的行动中。中尉对军部虐杀中国学生的指令极不认同,关于"刺杀",他说:"不过,纵使训练有素,用的靶子终究是稻草人,和活人不同,不流血,不哀叫,不见肠子。实际上这些兵还没杀过人,我也没有。"(571页)对于"棒杀"4号击球手,他说:"叫我以眼还眼以牙还牙。跟你我才好直言:无聊的命令!时至今日杀了这伙人又能解决什么呢!已经没有飞机,没有战舰,像样的兵差不多死光了,一颗新型特殊炸弹一瞬间就让广岛城无影无踪。我们不久也要被赶出满洲或被杀死,中国还是中国人的。我们已经杀了很多很多中国人,再增加尸体数量也没什么意义。"(572—573页)行刑时他教给士兵"一棒致命"的打法,并告诫他,"记住,尽可能一棍击毙,不得花时间折磨"。此外,以血肉之躯对抗苏军机械化部队的本田、间宫,直到停战也没有举白旗、为战俘利益而死的中校,均为忠肝义胆的英雄。可以说,村上春树在小说中以文学文本建立了一个供奉二战"英灵"的艺术"靖国神社"。

其四,开脱、淡化甚至转嫁侵略战争责任,为日军奸淫烧杀的法西斯暴行寻找托词。间宫转述的浜野军曹关于"南京大屠杀"的言论,前有"托词",后有"辩语"。"直言"南京屠杀前,浜野说:"自己是个兵,打仗倒无所谓""为国家死也没关系,这是我的买卖。问题是我们在这里打的这场战争,无论怎么看都不是地道的战争,少尉!这不是有战线、同敌人正面交锋的正正规规的战争。我们前进,敌人不战自退。退却的中国兵脱去军装钻到老百姓堆里,这一来,我们连谁是敌人都分辨不出,所以就口称什么剿匪什么收拾残兵把很多无辜的人杀死,掠夺粮食。战线迅速推进,给养跟不上,我们只有掠夺。收容俘虏的地方没有粮食给俘虏,只好杀死。这是错的。"(152页)表面上看是在谴责对中国大陆的战争,否定其正当性。但需要注意的是,浜野否认的并非其侵略战争性质,而是否认日军"客场"作战分不清

第四章 《奇鸟行状录》:"新民族主义"转向

"军""民"的非正规性,从而把日军烧杀掠抢的行为定性为不得已而为之,是"无奈之举"。这一托词与20世纪80年代以来经多次教科书"改恶",把"南京大屠杀"表述为"占领南京时,由于中国军队的激烈抵抗,日军蒙受很大损失,激愤而起的日军杀害了许多中国军民,受到了国际的谴责",具有异曲同工之效。"直言"南京屠杀后,浜野继而说:"这场战争根本没有大义,什么都没有,纯粹是互相残杀。遭殃的说到底全是贫苦农民。他们没什么思想,国民党也好张学良也好八路军也好日本军也好,都无所谓,只要有口饭吃就行。我是穷苦渔民的儿子,最懂穷百姓的心情。老百姓从早到晚忙个不停,到头来只能糊口,少尉!把这些人不分青红皂白地一个接一个杀死,无论如何我都不认为对日本有好处。"(152页)这里包含两次逻辑偷换:首先在"贫苦农民""穷苦渔民""穷百姓"等温情词汇下,把武装侵略的日本"百姓"与被侵略的殖民地"百姓"归为同一类人;进而在无差别同一化基础上,把性质迥异的入侵屠杀和抵御反击说成"相互残杀"。这既开脱了日本发动战争的主体责任,也消解了反法西斯阵线反侵略战争的正义性,混淆了侵略与反侵略的区别,抹杀了战争正义与非正义的道义是非标准。

其五,把国家发动的全民皆兵制战争说成是一般的社会暴力,是由普遍的人性恶所致。面对美军即将发射的炮口,肉豆蔻想:"潜水艇是为杀死我们大家而从海底亮相的……但这没什么奇怪。这是任何人身上任何地方都可能发生的,而与战争无关。大家都以为是战争的关系,但并非如此,战争这东西不过是许多东西里边的一个。"(443页)要射杀老虎时,两只虎闻声从地上跃起,怒视士兵,发出"威慑性的怒吼"。中尉努力去想,"这种事没

201

什么了不得的,这种事人们时时都在干"。进虎栏察看虎的年轻士兵,头一次见到真老虎,"感觉上根本就不觉得自己一伙人此时在此地杀死了真老虎,而认为自己只是被偶然领到与自己无关的场所干了一桩与己无关的勾当"(448页)。其中隐含的含义是:既然大家时时面对的和世上每天发生的是同样的暴力,那又何必单单谴责日本呢?

其六,把侵华日军及民间人士搭乘侵略战车而获罪归因于无法掌控的命运。最为典型的是动物园杀戮事件中两次单独执行命令的士兵和随行的兽医。年轻的士兵本是北海道农民的儿子,12岁被移民开拓国策裹胁随父母来到满洲,又在战争结束的一年前入伍。围杀动物时,他被指派入虎栏察看虎是否真的死了,惊醒了记录年代的拧发条鸟,使它以独特的声音向世界发出警报。虐杀中国学生时,他被指派单独执行"棒杀"4号击球手的军令。他12岁从北海道来到满洲开拓村,面对的是同样的贫穷。少年时代在原野上跑来跑去,用一截木棍耍枪弄棒,但平生从未打过棒球,也没看过棒球比赛。他不知道棒球的打法,也不明白用球棒把中国人打死是怎么回事。中尉教给他一棒致命的打法,听到指令后他紧张僵硬地向俘虏耳后打去。俘虏倒地不动,他仍双手紧握球棍张口望天。兽医被抓住又被解救的整个过程中,他一直手握球棍茫然地呆呆立在那里,没有办法把球棍从手中放开。他看到了眼前发生的一切,但实际上又什么也没有看到,他在倾听耳边又一次响起的鸟鸣。与射杀动物时听到的一样,像拧发条发出的吱吱声。侧耳倾听时,他的眼前闪过各种支离破碎的场面,他看到了此次参加行动的人日后的惨死。年轻的会计师中尉被苏军解除武装后交给中方,因本次行动被处以绞刑。伍长在西伯利

第四章 《奇鸟行状录》："新民族主义"转向

亚收容所因营养不良被关进小隔离室,感染鼠疫死去。脸上有痣的兽医虽是民间人士,但因和士兵一起行动而被苏军拘留,同样被送往西伯利亚强制劳动,一年后死于矿井事故。而士兵自己17个月后在伊茨库克被苏军看守用铁锹劈开了脑袋。民间人士兽医本是城里医生的儿子,在大正年间接受了兽医专业教育,为了追求"到更大的天地一显身手",他主动应征到"满洲"任职。自从他带着妻女踏上中国的土地,就把自己和家人纳入殖民侵略者队伍,把命运捆绑在疯狂开动的殖民侵略战车上,置于无情运转的历史车轮下。城溃之际,他把妻女送走而独自留下,就注定要与虚幻的"王道乐土""满洲"共存亡。正如小说所言,"脸颊有痣的兽医将在旋转门的另一间隔与'满洲国'共命运,无论他情愿也罢不情愿也罢"(458页)。在接连两天的杀戮中,他感到的不是罪恶,而是强大宿命的力量。他回想自己"有痣"的人生,自认"归根结蒂是由某种外力所左右的"(564页),"自己不外乎在握有实权的摄政大臣强迫下加盖国玺的傀儡国王,一如'满洲国'的皇帝"(565页)。最终在几天后必将随"满洲国"一同掩埋于历史流沙的预感中,对家国、政治、人生及历史进行了一概而论的宿命论解答:"归根结蒂,一九四五年八月的新京城被命运的巨大力量统治着。在这里发挥最大作用的,不是关东军,不是苏军,不是共产党军队,不是国民党军队,而是命运。这在任何人眼里都昭然若揭。在这里,所谓个人力量云云,几乎不具任何意义。命运前天葬送了虎豹熊狼救了象。至于往下到底葬送什么救助什么,任何人都早已无从预料。"(566页)

凡此种种,都表现了村上春树以二战为核心的战争史观的矛盾性和民族主义问题。正如吉林大学教授李立丰指出:"作为日本后现代文学的代表,即便长期脱离日本那个'物理场域',村上所背负的文化传承与国民立场令其在反思、批判体制的过程中所表达的二战史观仍然存在较大的局限性。"[1]

第三节 "他者"形象与"颜色"意识

《奇鸟行状录》在以战时"满洲"为原点的跨时空故事中,出现了众多"他者"形象。包括沦为日本殖民地的中国,毁灭性对决的苏联、美国,以及蒙古国。在以"日俄战争"取胜开启的东亚殖民史和以"九一八事变"开启的亚太战争史上,这些国家与日本形成不同形态的殖民战争关系,在日本军国主义覆亡史上起到不同作用,因此小说中建构的不同的"他者"形象具有较大差异。其基本规律之一,是以社会制度及意识形态加以划分的。对同意识形态下的"他者"进行丑化,但"适可而止"。对不同意识形态下的"他者"则进行不加掩饰的丑化,其中不乏日本固有的惯势历史偏见和冷战格局下鲜明的"颜色"意识。

一、色彩逆转的中国形象

从第一部小说《且听风吟》,村上春树已经开始塑造中国形象。随后在"青春三部曲"后续小说《1973年的弹子球》《寻羊冒险记》

---

[1] 李立丰:《当经验记忆沦为文学记忆:论村上春树"满洲叙事"之史观》,载《外国文学评论》,2015第三期,第37页。

第四章 《奇鸟行状录》："新民族主义"转向

和短篇小说《去中国的小船》《托尼瀑谷》《悉尼的绿色大街》中，持续塑造中国形象，成为村上春树创作中重要的主题之一。村上春树早期创作的中国形象已有忧患、沧桑、压抑、磨损等消极色彩，但包容、宽厚和理性还是中国形象的主调。但随着20世纪80年代日本经济崛起，90年代慰安妇、劳工等问题重新回到人们的视线，日本社会倨傲和辱华厌华的情绪有所抬头。在《奇鸟行状录》中表现较为突出的，是塑造的中国形象发生了由美到丑、由明朗到阴暗的色彩转换。这既体现在历史叙事中标明身份的中国形象，也体现在现代故事中亦真亦幻的"疑似"中国形象。作者集中塑造了两次动物园杀戮事件中的中国群体形象，这是标明身份的中国形象。未标明身份的疑似中国形象是战后社会与冈田亨相遇三次的"吉他盒——棒球棍"男子。

射杀动物事件中塑造的中国"百姓"群体，无论个体言行还是群体形象，均为自近代以来"大日本"国民思维定势中麻木愚钝、可怜卑微的中国形象。面对来执行"处理"动物军令的日本兵，中国园长表示虽然接到军方毒死动物的指示，但并未接受用于毒杀的毒药。他"可怜巴巴"地说："中尉，官场上的事经常这样""需要的东西总是不在那里"。射杀完成后，负责冲洗兽栏和把动物尸体运往仓库的中国杂役请求兽医把死了的动物交给他们处理。杂役说："先生，如果能把死动物全部让给我们，一切处理包给我们好了。用车拉去郊外，处理得妥妥当当，帮忙的人也有的，不给先生添麻烦。只是我们想要动物毛皮和肉，尤其大家想得到熊肉。熊和老虎能取药，值几个好钱。现在倒是晚了，其实很希望只打脑袋来着，那样毛皮也会卖上好价钱，外行人才那么干的。若是一开始就全交给我们,处理肯定更得要领。"(453页)兽医同意了他们的请求,一会儿就有十几个拉着板车的中国人出现。"他们从仓库里拖出动物尸体,装到车上,用绳子捆了,上面盖了席子。这时间里中国人几乎没有开口,表情也丝毫没变。装罢车,他们拉车去了哪里。动物压得旧车发出呻吟般的吱呀声。于是,在一个炎热午后进行的这场针对动物的——让中国人来说是极其不得要领的——杀戮就此结束了……"(453页)杂役和运尸车消失后,兽医感到筋疲力尽,走进林中草地上躺下,脑中推出中国人在哪里一头接一头地给刚死去的动物剥皮卸肉的情景。"这以前兽医也看过好几次中国人的这种操作,他们手艺非常高超,操作要领也无可挑剔。动物的皮肉骨内脏眨眼间就分离开来,简直像原本就是各自独立的,只是在某种情况下偶然凑在了一起。想必在我一会酣睡之时,那些肉就摆到市场上了。"(455页)想到大象没有被杀,兽医自言自语,恐怕光凭这一点应该感谢中尉才对。转而想:"不过那几个中国人或许感到遗憾,毕竟大象的死可使其得到大量的肉和象牙。"(564页)这里丑化了中国百姓群体。园长可怜巴巴,曲意讨好,小心翼翼。杂役贪图小利,不顾大义,对屠杀和血腥无动于衷。拉车人木讷愚钝,如同行尸走肉。

虐杀学生事件中塑造了中国青少年群体,有普通的民间少年,其主体是奋起反抗的青年准军人。射杀猛兽的第二天,两个中国杂役没有露面,代替他们来给动物投食的是两个中国少年。他们"都十三四岁,黑黑瘦瘦,眼睛像动物一般亮闪闪地转来转去。男孩们说有人叫他们来这里帮忙。兽医点下头。问两人名字,两人没答,仿佛耳朵听不见,表情一动未动"(566页)。投放食

第四章 《奇鸟行状录》："新民族主义"转向

物时，两个男孩用骡子拉着板车挨个把兽栏转了个遍。8点开始，10点多投完。"作业一完，两个男孩一声不响地消失不见了。"（567页）这是兽医眼中的中国少年，他们延续了射杀动物时中国杂役、运尸人的木讷愚钝，又增加了动物一样鬼诈的眼神和问而不答的粗鲁无礼。在这个插曲之后，小说集中笔墨写被虐杀的中国学生。青年们因拒绝为侵略者和日伪政权卖命，奋起反抗，招致杀身之祸，这本是英雄壮举；但小说在讲述他们被押解、行刑和掩埋的过程时，未显示任何英勇豪迈之气，反而凸显他们的创伤、血污、肮脏、木讷和疲惫。虐待狂般地叙写他们被虐杀的过程，并伴以对"刺杀""棒杀"之刑的解说，详细描摹行刑时足以引起感官不适的声音、色彩、动态，突出恐怖骇人的特征。甚至不惜在他们身上加上唾液、苍蝇，描述他们失去生命时的反应和差异，而遮掩了他们本该令人起敬的精神。最终对4号击球手死后飒然而起、拉人入坑的描写，可谓惊魂一刻，表现的不是英勇而是恐怖。

在冈田亨婚姻存续和之后试图找回妻子的现代故事中，冈田亨数次遇到了与他的人生产生重要关联的"吉他盒——棒球棍"男子。首次相遇是他结婚第三年的3月。"我"到冰天雪地的北海道出差，在札幌的一个地下酒吧见到一位年轻歌手的表演。他坐在椅子上唱歌，脚下放着吉他盒。唱完歌，他从吉他盒里取出蜡烛，点燃后烧灼手心，以皮肉变形和发出的声音让观众体验"物理性共感"。这一天留在家里的久美子一个人去做了堕胎手术，那是他们夫妻关系破裂的开始。第二次相遇是在久美子出走后。"我"意欲寻找，但苦无出路，就接受了"灵媒"加纳克里他的建议——一起去"有水"的马耳他旅行。"我"走在街上，旅行箱撞到了对面走来的男子。他"是个大块头小伙子，灰T恤，一顶棒球帽"。"我"向他道歉，他却出乎意料地抓住我的胸口，把我抡起摔到地上。"我"的头撞在大楼墙上，他"毫不动容地扬长而去"。第三次相遇是在新宿街头。"我"按舅舅的建议，傍晚坐在街头看过往的行人。一个手提吉他盒的男子进入"我"的视野。他脸朝正前方若有所思地走过，"我"想起他是妻子堕胎的那天在札幌酒吧唱歌表演的汉子。"我"起身追去，尾随他在高楼林立的大街上穿行。他觉察到"我"在跟踪他，却一次也没有回头。他最后走入路窄弯多、陈旧住宅鳞次栉比的幽静地带，走进一个集体宿舍模样的木屋。"我"试探着进去，看到他躲在黑暗处。他冷不防跃起，用棒球棍打在"我"的肩上。"我"飞脚回击，趁他疼痛时夺下球棍，不停地打他。他阴阳怪气地冷笑，打得越凶笑得越厉害。最后鼻子出血，嘴唇开裂，仍呛着口水傻笑。"我"停止殴打，察看吉他盒，里面空空的，没有吉他，也没有蜡烛，显然是用来装棒球棍的盒子。走时"我"带走了球棍，夜里梦到吉他盒男子大笑着用刀剥自己的皮，剥得飞快。最后整个人变成鲜红的肉块，他把满是血水的皮贴在"我"的皮肤上。显然，这个男子因吉他盒里的球棍与战时"满洲"被虐杀的中国学生相连。"疑似"暴动后趁夜色逃脱的两个人，或为被"棒杀"的4号击球手不死的灵魂。而"我"因脸上的青痣，与新京动物园的兽医相连。战时被棒杀的"4号"击球手死后跃起抓住兽医不放，如今吉他盒男子跟踪偷袭因和久美子结婚与右翼政客绵谷升产生关联的"我"，是代死难者向从历史延及当代的恶势力复仇。如此写作，固然有奋勇抗争、英勇的复仇色彩，但更多的是凶悍、阴森和险诈，使义勇献身的爱国者沦为血污卑劣、"以暴制暴"、令人胆寒的复仇者，失去了报民族之仇的正义色彩。不分对象地对民间人士施暴，也使他丧失复仇的正当合理性，成为无差别施害的暴徒。

二、苏联极权暴政形象

苏联或沙俄同样是村上春树创作中常出现的"他者"形象。从《1973年的弹子球》中逃离流放地的托洛斯基及驯鹿，《世界尽头与冷酷仙境》中跨越十月革命至战后斯大林时期的大尉、教授和独角兽骨，到21世纪小说《海边的卡夫卡》《1Q84》中的契诃夫与萨哈林岛，以及常常成为小说话题的屠戈涅夫、陀思妥耶夫斯基，已形成包括人、物、事众多的"苏联"形象。但他们大多是主线故事偶尔旁及的"花絮"，并不真正参与主体事件。《奇鸟行状录》则把以往苏联及沙俄形象融为一体，化为二战初期"诺门坎"和战后"西伯利亚"两个具有特定历史指向性的故事，集中塑造斯大林时期苏联红色恐怖——极权暴政形象。其中作者凝聚笔力塑造的是充当斯大林极权政治马前卒的内务部秘密警察官员鲍里斯，进而直指站在他身后的秘密警察头子贝利亚和苏共最高领袖斯大林。

小说中故事发生的时间跨越十余年两个历史时期，展现了"极权暴政打手"鲍里斯战时和战后两段人生。中国抗日战争初期，鲍里斯是掌握盟友蒙古国乔巴山地区的实权人物。后出任部长会议主席，以军事顾问身份被派往乌兰巴托。他依照苏联内务部秘密警察模式组建了蒙古秘密警察队伍，在镇压"反革命势力"叛乱时大显身手，使数以万计的地主、军人和喇嘛被处死。正是在此期间,他出面处置日军越境间谍事件。他命令手下的蒙古汉子活剥了山本的皮,把间宫弃于深井,显示了极端的冷酷。"诺门坎战役"结束,东部危机缓解,他被中央调回,转派到苏联占领下的波兰东部,负责清洗旧波兰军队。他仍然使用活剥人皮的酷刑,得到了"剥皮鲍里斯"的绰号。1941年德军闪电入侵苏联,卫国战争爆发,鲍里斯从波兰撤回莫斯科。为了掩盖未能事先预测纳粹进攻的责任,斯大林和贝利亚捏造内奸之说,使军内很多人因涉嫌有组织地"里通外国"遭到逮捕,在严刑拷打中被无辜杀害。作为贝利亚的得力心腹,鲍里斯滥用拿手的拷问手段,指使手下的蒙古汉子活剥了五个人的皮,还把剥下的皮挂在房间炫耀。战后,他以乌克兰战役中私通纳粹党卫队的罪名,逮捕了一名红军坦克部队长官,并对其施以各种酷刑使之蒙冤致死。这位红军长官是党内高官的亲属,经调查他是无辜的,鲍里斯当即被解除职务,判以死刑。视他为亲生儿子的贝利亚极力为他争取减刑,最终使他免除死刑被送往西伯利亚强制劳动。以囚犯身份出现在劳改营,鲍里斯歹毒阴险的本性没有改变。服刑之初,他利用日本战俘渴望自治的心理,联手驱逐了原政治督导员。之后,利用直接联系秘密警察的便利,使新政治督导员屈服在他的淫威之下。他挑选囚犯和看守中生性残暴的人并加以训练,组成私人武装。利用阴谋恐怖手段排除异己,对不顺从的人任意打杀,把收容所和煤矿镇变成他滥施暴力和疯狂敛财的私人领地。

小说在讲述鲍里斯险诈贪腐的暴行的同时,还把矛头直指他身后的秘密警察头子贝利亚及苏联党和国家最高领导人斯大林,他的每一段经历和暴行都有他所代表的秘密警察组织和苏联国家的影子。鲍里斯当权蒙古国时大肆镇压"反革命势力",与1937

年苏联在蒙古国强制推行农业集体化,实施乌兰巴托大清洗相对应。二战初期,清洗波兰旧军队和使用拿手的剥皮酷刑,与苏联1939年入侵波兰、贝利亚策划卡廷森林惨案相对应。小说虚构了卫国战争时期,鲍里斯与斯大林、贝利亚炮制"内奸"之说,实施军内清洗相配合。小说把战后鲍里斯制造红军部队长官冤狱写成卫国战争时期"内奸阴谋"的余波。鲍里斯获罪,沦为苦役犯,处处以他所属的秘密警察头目贝利亚为后台。获得死刑判决后,贝利亚利用与党内高层的关系为他争取减刑。他被送到西伯利亚劳改营后,贝利亚即捎去口信,授意他设法在那里存活一年,在一年内打通党和红军的门路,让他恢复往日地位。鲍里斯把收容所和附属煤矿变成私人领地,恣意施暴和敛财,背后也时时显现贝利亚或莫斯科的影子。他利用地下渠道私卖煤炭、私吞国际红十字会的捐赠,鲍里斯表示他是在为秘密警察筹备活动经费。他暗中与贝利亚或莫斯科保持紧密联系,利用战俘和囚犯谋利,建立游离于中央政府之外的远东独立王国。小说交代,到1947年末"鲍里斯仍未被莫斯科秘密警察召回,但此时他看样子已不怎么想回莫斯科了。他在收容所和煤矿中建立了属于他自己的坚不可摧的王国,在此他活得畅快淋漓。他可以在强有力的私家军队保护下,四平八稳地积蓄财产"。并进而说:"说不定莫斯科上层也有意不把他叫回中央,而把他放在这里巩固西伯利亚的统治地盘。莫斯科同鲍里斯之间有频繁的信件往来,当然不是邮寄,而由密使乘火车一一送达。密使们个个牛高马大,眼神冷若冰霜。他们一进门,室内温度都会骤然下降。"(623页)

小说进而直指斯大林时期的专制独裁、霸权主义内政外交,历数苏联犯下的党内军内、国际国内、盟国及加盟共和国血腥的镇压暴行。小说交代，由于斯大林"近乎病态的猜忌"，使政府内、党内、军内斗争愈演愈烈，政治斗争变本加厉。下台的人只经过粗略审判，就被枪毙或送进强制劳动收容所。纵然能免除一死，也无非落得从事严酷的奴隶性劳动的下场，一直到死。间宫在西伯利亚收容所看到了这样的现象：

> 劳动力不够用，又有新的囚犯像运家畜一样塞满货物列车从哪里运来。严重时运输途中即有差不多两成死去，但谁都不放在心上。新来的几乎全是从四边运来的俄国人和东欧人，对鲍里斯来说，难得的是西边斯大林性格无常的强权政治似乎仍在继续。（624页）
>
> 被送来煤矿的不单单是日本兵，还有为数众多的俄国犯人。他们大多想必是遭到斯大林清洗的政治犯和前军官……也有——尽管数量不多——妇女和儿童，估计是被拆得天各一方的政治犯家属。女孩子做饭扫地洗衣服，大些的姑娘甚至被迫从事卖淫之类。也不仅俄国人，波兰人匈牙利人以及皮肤微黑的外国人（大概是亚美尼亚人和库尔德人）也被火车运来。（603页）

小说由点到面、由部门到中央、由个人到国家，渲染了苏联斯大林时期的极权暴力统治。在此，一向刻意同现实政治保持"优雅距离"的村上春树，暂时放下了他一贯的脱意识形态表现法，言辞激烈地历数公有制社会主义国家苏联的各种"罪恶"，进而把苏联的"问题"上升到政治信仰的高度，质疑和否定马克思列宁主义的正当性。间宫在讲述苏联战俘营故事之初，即先入为主

第四章 《奇鸟行状录》："新民族主义"转向

地表达了他对马克思和共产主义的看法：

> 学生时代我偷偷看过几本马克思著作，总体上并非不赞同共产主义思想，但现在若要我全面信奉，我则受阻于我所见过的太多东西。由于我所属的部门和情报部门的关系，我十分清楚斯大林及其傀儡独裁者在蒙古国内实行怎样的血腥镇压。革命以来他们将数以万计的喇嘛地主及反对势力送进收容所无情地除掉了，在苏联国内的所作所为也完全如此。纵然对于思想本身我可以相信，但也无法信任将这一思想和大义付诸实践的组织和人。"（601页）

身为社会主义国家的一员，鲍里斯说服间宫继续留在收容所为他效力时，与私有制的日本相对比，对苏联马克思主义的继承者进行了否定和嘲弄：

> 只要有众多你这样的日本人，日本早晚会从战败的混乱中崛起。可是苏联不行。很遗憾，几乎没有希望。沙皇时代还多少好一点，至少沙皇不必一一动脑考虑繁琐的是是非非。我们列宁从马克思理论中搬出自己能够理解的部分为己所用，我们斯大林从列宁理论中搬出自己能够理解的部分——量少得可怜——为己所用。而在这个国家里，理解范围越窄的家伙越能执掌大权，愈窄愈妙。记住，间官中尉，在这个国家求生手段只有一个，那就是不要想象，想象的俄罗斯人

213

必遭灭顶之灾。（623页）

　　这已是不加掩饰的反苏反共反公有制的意识形态话语，表达了村上春树私有制下熔铸在血液中的资本至上的政治观和社会观。显见其思想已不再是创作初期建立在真诚、和平、平等、民主的基础上的国际主义，而是日本"政治正确"和"意识形态优胜"的"新大和优越主义"。

第五章 ▼

《海边的卡夫卡》:"新兴国家主义"策略

"新兴国家主义"是20世纪80年代立足日本"经济大国"现实兴起的"新民族主义"上升为国家意识形态的产物,是极右"新民族主义"国家化政治化的新发展阶段。20世纪70年代,面对政治、经济双重"尼克松冲击"[1],日本政治家们开始反思战后一贯奉行的亲美路线。认识到在"日美安保"体系下,美国表面上对日本负有防卫义务,但实际上是对日本政治经济军事的无限制约。认清了在国际事务中,日本看美国眼色行事、失去自主性和独立发言权的"政治小国"地位。也看清了要谋求平等的国际地位,不能依赖于美国保护,而只能依靠自己。因此谋求"有限国家"向"正常国家""经济大国"向"政治大国"转化,争取

---

[1] "尼克松冲击"指美国尼克松时期外交和经济政策的重大调整,对日本政坛和社会形成的巨大冲击。随着朝鲜战争爆发,中美关系走向根本对立。但20世纪60年代末,中美之间展开秘密谈判,关系有所缓和。1971年7月,美国在日本毫不知情的情况下宣布总统访华。1972年2月,尼克松抵达北京,中美发表联合公报,宣布邦交关系正常化。这使战后沦为美国附庸和反共堡垒的日本极为震惊,政治及外交左右失据。同年8月,为了抑制国内通货膨胀,维护外贸利益,美国宣布停止美元与黄金的兑换,对进口商品一律征收10%的附加税。这打破了日本无限出口美国的梦想,也迫使日元大幅度升值。面对政治、经济双重"尼克松冲击",佐藤首相措手不及,应对不力,1972年6月黯然辞去自民党总裁和政府首相职务。

形成"与经济实力相适应"的国际地位。首次全面修正无限追随美国战略的是1982年继任首相的中曾根康弘,他宣扬"政治大国论",提出"战后政治总决算"口号。所谓"总决算",就是要挑战战后"禁区",清算一味屈从于"和平宪法"和"谢罪外交"的政治路线。要强化爱国主义和民族传统教育,改变国民的"东京审判史观",重塑民族精神。要进行全方位的改革,以建立与"政治大国"目标相适应的政治经济体制。政治上,以密切日美同盟关系为前提积极配合美国的"星球大战计划",利用高科技优势渗透美国的军事工业和研究,以提升日美关系中的地位和主动权。军事上,对内提高国防预算,增加防卫经费,装备高科技军事力量;对外积极参与国际军事防卫体系的建立,提高国际地位,谋求与西方国家一道在"世界新秩序"中发挥核心作用。之后,利用二十世纪八九十年代德国统一、东欧剧变、苏联解体及海湾战争等多变的国际形势,经过海部俊树、宫泽喜一、小渊惠三等几届内阁,对外完成了面向多国部队和海湾周边国家的经济军事援助,对内制定一系列违背"和平宪法"、军国主义重新武装的新法令。最终彻底打破战后"禁区"、完成重新武装和海外派兵的是小泉纯一郎。2001年,小泉当选自民党总裁,出任首相。"9·11事件"发生后,小泉改变了对未来世界"多极化政治"的期待,认清国际关系正朝着以美国为中心的方向调整。因此,转而主动适应和利用美国的单边霸权,以谋求日本利益的最大化。他表示,要"坚决与美国站在一起进行反恐战争"。在实际行动上,促进国会通过《反恐特别措施法》和带有建立战时体制性质的《有事三法案》,将"专守防卫"的自卫队派往印度洋和伊拉克,支援美国发动伊拉克战争。至此,日本完全打破了"和平宪法"关于日本不得拥有军队、永远放弃战争的禁律，在无限跟随美国的前提下，实现了军国主义重新上马和"有限国家"到"正常国家"的跨越性发展。

在这一特定历史条件下产生的新小说《海边的卡夫卡》，沿袭了20世纪90年代"介入"小说《奇鸟行状录》，以通俗的娱乐故事进行严肃的社会意识形态探讨主题。继前作表达正确传承历史、清算罪恶暴力血缘观点，以系列化文本互涉、原型关照下的隐喻故事，探讨已走在"世纪门槛"的日本何以脱胎换骨，如何摆脱"失声失语"的地位而走向"新世界"的策略。

第一节 "原型"关照下的"世代"故事

在情节设置上，《海边的卡夫卡》采用了始而分叙、后合而为一的多线索模式。开篇即分奇偶数章，分叙少年田村离家出走和半世纪前中田老人因战争受伤害致残的跨时空故事。在两条线索均衡推进的过程中，又引出"团块世代"女性佐伯的爱情悲剧。由此形成了具有特定历史和意识形态指向性的"三个世代"故事，即20世纪40年代的太平洋战争、20世纪70年代的学运风潮和21世纪极右历史转折时期的个体人生。

一、少年出走——"弑父娶母"

奇数章先行展开的是东京少年田村离家出走的故事，置于古希腊悲剧俄狄浦斯"弑父娶母"神话框架下。少年首次向图书馆员大岛诉说被母亲抛弃、父亲诅咒的身世,大岛即提示了他与俄狄浦斯命运悲剧的关联:"跟你说,田村卡夫卡君,你现在所感觉的,也是多数希腊悲剧的主题。不是人选择命运,而是命运选择人。这是希腊悲剧根本的世界观……人不是因其缺点,而是因其优点而被拖入更大的悲剧之中的。索福克勒斯的《俄狄浦斯王》即是显例。"[1]继而在少年田村故事叙述中处处以此为参照,并进而把其他人物事件均纳入少年拟"弑父娶母"原型故事体系中。

自称为田村卡夫卡的少年生于东京著名的雕塑家家庭。父亲田村浩一大学时代就以"超越既成概念"的创作获得"世界性高度评价",是某美术大学的客座教授。母亲佐伯曾与四国高松的世家子弟甲村家的长子相爱,20世纪60年代学潮动乱中恋人被误伤致死。失去恋人后,她报复性地"穿行于世",与很多人恋爱同居。后嫁给雕塑家田村浩一,生下儿子田村卡夫卡。卡夫卡4岁时,母亲带着实为养女的姐姐出走,把他抛弃在家中。愤怒的父亲扔掉了和母亲有关的一切,对卡夫卡施以"迟早要用那双手杀死父亲,迟早要同母亲交合"的诅咒。此后,卡夫卡在对母亲的怨恨和对父亲的仇恨中度过了孤独的童年和少年。他刻意回避父亲,和任何人都保持距离。他"在自己周围筑起高墙,没有哪个人能够入内,也尽量不放自己出去"(8页)。在学校,他听课十分专注,尽可能地把老师在课上教的东西全部吸进脑子。

---

[1][日]村上春树著,林少华译:《海边的卡夫卡》,上海译文出版社,2007年,第214页。以下出自《海边的卡夫卡》的引文均以此版本为准,只在引文后标注其在原著中的页码,不再另加注释。

第五章 《海边的卡夫卡》："新兴国家主义"策略

课余时间就去图书馆和健身俱乐部，努力练就坚强的体魄和坚硬的精神外壳，因为他时刻记着，"你是要离家出走的"（9页）。15岁生日到来，他认为"是最适合离家出走的时间。这以前过早，以后又太晚"（7页）。他带上预先准备的行装和唯一记录童年生活的与姐姐的合影，离开东京的家，一路乘车来到温暖的四国。选择出走四国，他没有更多考虑，只是为了少带衣物。查看地图时，不知何故，他觉得四国是自己应去之地。它"远在东京以南，海把它同本土隔开，气候也温暖"（11页）。

到达四国高松市，他住进预订的旅馆，黄昏前决定到图书馆打发时间。他来到市郊的"甲村纪念图书馆"，这个图书馆是由有钱的世家甲村家用自家书库改建而成的。卡夫卡在杂志上看到过它的照片，古色古香的建筑，客厅一样温馨的阅览室。当时就被它不可思议地强烈打动了，心想"迟早务必去看一次"。由此，卡夫卡在高松过上了白天沉潜于书的王国，晚上回市区投宿的"内敛而简朴"的生活。在图书馆，他得到了患性同一障碍的馆员大岛的关照，见到了高雅得体的馆长佐伯。佐伯时而现出的微笑让他有似曾相识的亲切之感，使他想起"一小片日光，想起某种只能在有纵深感的场所生成的形状特别的一小片日光。我居住过的野方的家院子里有那样的场所，有那样的日光"（42页）。他感到，"她在通过背影向我诉说什么，诉说不能诉诸语言的什么，诉说无法当面传达的什么"（45页）。他设想如果她是自己的母亲该有多好，"她没有理由不得是我的母亲"（42页）。在高松生活的第八天，卡夫卡深夜意外从郊外神社的树丛中醒来。他左肩疼痛，身上有血迹，但发生了什么他一无所知，能记起的是傍晚在车站附近餐馆吃饭的情景。他想，可能和上学时一样被突发的暴力欲望控制,在不自知中伤害了谁。为了躲避可能突然出现的警察的盘查,他不敢回旅馆,到来高松路上结识的年轻女性樱花的家借宿。他向樱花诉说母亲带着姐姐出走而把他抛弃家中的身世。樱花说,"如果我真是你姐姐就好了"(102页)。

因无处安身,第二天卡夫卡向大岛救助。大岛把他送到祖父留下的帝国时期的产业——高知县深山中的林地,住进"林中小屋"。临行前,大岛告诫他"最好别进入森林深处"。夜晚熄灯后,卡夫卡置身于黑暗的密林小屋中,感到"有谁在注视我,肌肤上有其火辣辣的视线"(140页)。在之后林中居住的三天,卡夫卡两次走进森林。面对重重叠叠的枝干、幽暗的光线和枝叶空隙间吹来的冷风,他"实际感觉出了森林中充满危险"(145页)。

回到图书馆,卡夫卡以馆员助理的身份住进甲村长子离家前居住的房间。房间里唯一的装饰是墙上甲村长子少年时在海边的画像,题名"海边的卡夫卡"。卡夫卡浏览几天来的报纸,看到了父亲在家被杀的消息。警方推测的死亡时间与他在神社树丛中醒来、身上沾染血迹相吻合。他向大岛辩解"不是我杀的",但内心并没有那么大的自信。他想起大岛留在林中小屋书页上的题记:"责任始自梦中",似有所悟。他对大岛说:"有可能我通过做梦杀害了父亲,通过类似特殊的梦之线路那样的东西前去杀害了父亲。"(219页)以"梦之说"为媒,当夜卡夫卡见到了幽灵。

夜里卡夫卡被不知道的什么惊醒,意识到时,他看到了少女的身影。她和自己同龄,大约十五六岁,在桌前支颐而坐,凝视墙上甲村少年的画像。她看上去"过于完美",卡夫卡知道那是幽灵。之后,少女不再凝视墙壁,而把视线转向黑暗中屏息敛气的卡夫卡。不可思议的是,卡夫卡没有被注视的感觉,

第五章 《海边的卡夫卡》："新兴国家主义"策略

感到她看的不是自己，而是他身后的什么。之后少女起身离去，门没有开而消失在门外。第二天卡夫卡求助大岛，找来佐伯19岁时录制的唱片，名同为"海边的卡夫卡"。他对照唱片封套上佐伯的肖像照，证实昨夜的幽灵正是佐伯。卡夫卡有感于现实中的佐伯已然失去的照片上记录的风姿，感到被她15岁的幽灵吸引。他播放"海边的卡夫卡"唱片，推测佐伯大概是在这个房间凝视油画中的少年，写下那极具神秘和感伤意味的歌词。细看油画中的少年，他倚坐在海边的椅子上，目视远方的眼神透出无法言喻的孤独。之后卡夫卡躺在熄灯后的黑暗中，意识到时，少女佐伯的幽灵已然坐在那里。她就像昨夜一样凝望墙上的油画，约20分钟后离去。第二天，卡夫卡同大岛谈起佐伯，得知她与甲村少年青梅竹马的恋情，她失去恋人后离开家乡，25年杳无音讯。联想自己曾拥有母亲又突然失去，卡夫卡感到佐伯与自己的经历"如拼图般正相吻合"，猜测她可能是自己的母亲。当夜，现实佐伯的"活灵"来访。如同那个15岁少女的幽灵，先看画再凝视少年。之后在"熟睡"和"梦中"与卡夫卡结合。她把卡夫卡当成死去的甲村少年，把过去发生在这个房间的事再重复一遍。卡夫卡本想阻止，但已无能为力，他被一同吞入"异化的时间洪流"。第二天，卡夫卡向佐伯提出她是自己母亲的"假说"，表达"思恋十五岁时候的您，一往情深。而后通过她思恋您"。对此，佐伯不置可否，当夜来到少年房间。她带卡夫卡到当年甲村长子画像的海边，在记录当年恋情的地方变回15岁少女，与成为甲村少年的卡夫卡相依相偎。回到图书馆，他们进行了恋爱中的少男少女和触犯乱伦禁忌的母子"双重意味"的结合。对于佐伯，她重拾失去的人生挚爱，找到了"多多少少挽回过去的场所"。对于出走少年，他践行了疑似"弑父"后"娶母"的命运。

之后佐伯"继续生存的意志"丧失，快速走向死亡。为了使佐伯重回平静，大岛再度把少年送到高知山中。独居与世隔绝的"林中小屋"，少年渴望见到佐伯，现实中的，抑或是她15岁的幻影。但她们均未出现，沉入梦乡时卡夫卡梦到了樱花。在梦境中，他冒着樱花"我是你姐姐""你是我弟弟"的警告强暴了她，践行了父亲发出的"杀父娶母"后也迟早"与那个姐姐交合"的诅咒。之后他不顾大岛的警告，向森林腹地进发。在"为什么她不爱我""难道我连被母亲爱的资格都没有"（438页），"为什么深爱一个人必然导致深深伤害一个人"（442页）的疑问中，他回想母亲带着姐姐出走，而把他独自留在黄昏庭院时的情景，产生了"彻底抹杀自己这一存在"，"舍弃自身""也要弄个水落石出"的想法，于是踏入了"森林的核心"。

在"森林的核心"入口处，卡夫卡见到了大岛所说的帝国陆军演习时丢失的两个士兵。在他们的引导下，卡夫卡走进古朴宁静的森林腹地小镇。一夜醒来，他见到了身为小镇居民的15岁的佐伯。少女日日现身，照顾卡夫卡的饮食起居。继而中年佐伯的灵魂来访，为当年出于"恐惧和愤怒"抛弃卡夫卡的行为道歉，请求他原谅。佐伯敦促少年，"趁还来得及"离开森林，"回到原来的场所，继续活下去"，（486页）表示"我希望你返回，希望你在那里"（483页），"希望你记住我。只要你记住我，我被其他所有人忘掉都无所谓"（484页）。卡夫卡原谅了佐伯，打消了"融入森林""成为森林的一部分"的想法。他离开森林，回到图书馆，对大岛说：接下去要回东京，先向警察把以前的事说清楚,再返回学校。他带走了佐伯托大岛转赠的"海边的卡夫卡"油画,回到东京,回到正常的生活轨道。

二、失智老人——"受难、复活与拯救"

偶数章是智障老人中田的故事,它虚实结合,跨越了童年、中年、老年三个时期,置于耶稣受难、复活和拯救的神话框架下。

中田生于东京的一个知识精英家庭,1944年,他9岁,适逢那场"大战争"。为了躲避空袭,他被半强制疏散到偏远的山梨县,在镇立国民小学插班读书。11月7日,在冈持老师带领下集体到野外实习,实为战争时期物资匮乏到山里采集食物。登山时他们看到高空划过的银色光闪,以为是美军B29轰炸机。因身处密林没有被发现,他们都没有在意,继续登山。到达山坡上的开阔地带,开始采蘑菇时,有几个孩子倒地,接着其他孩子也倒地昏迷。冈持老师下山求救,镇上开业医生、警察和其他老师随即赶到山上,已有孩子苏醒。有的试图站起,但没有完全恢复意识,像在用四肢爬行。有的孩子正在恢复,还一动不动。医生为他们诊断,他们都瘫软无力。没有知觉,但呼吸正常。体温和脉搏偏低,呼出的气体没有异味,没吐没泻。由此排除了食物中毒和中暑,有人提出可能是瓦斯中毒。之后孩子们一一恢复,眼神和神智恢复正常。大家试着问他们发生了什么,都怔怔的全然不知,能勉强记起的只有采蘑菇之前的事,之后的都不记得了。只有一个例外,从东京疏散来的中田没有醒来。第二天他被送到当地大学的医院,之后转入东京陆军医院。多日后,东京帝国大学精神医学教授冢山重则一行接受军方的指示到山梨县参与调查。他们从当地人和军医口中得知，醒来的学生没有留下任何后遗症，只是丧失了昏迷两小时的记忆。和孩子们面谈，也证实了这一说法，冢山教授断言，"理所当然是集体催眠"。但实施集体催眠的"必然共同面临的媒介物"无法确定，唯独中田没有醒来的现象也无法解释。他们尝试使用各种解除催眠的"逆向媒介物"手法，但没有任何效果。两个星期后，中田却毫无征兆地醒来。查找可能的原因，只有大约30分钟前护士采血时把血溅在了床单上。中田醒来后，知觉和身体迅速恢复，但丧失了记忆。不识字，忘记了父母、家人，甚至是自己的姓名。"把脑袋彻底弄得空空如也，以白纸状态返回这个世界"（74页）。

时隔多年，中田再度出场，已是花甲老人，是中野区能懂猫语、小有名气的"找猫人"，他正为顾主寻找一只名为胡麻的三毛猫。从他和诸位猫君的交谈中可以得知，山中昏迷事件使他失去记忆和读写认字能力。不会看书写字，没法找活干，平日靠"知事大人赏给的钱"维持生活，偶尔替人寻找走失的猫得到赏金也能吃上鳗鱼。父母已经过世，两个弟弟都在重要部门工作。他独自住在弟弟经营的一座单身公寓的一个小房间。他的影子只有常人的一半，另外一半不知丢在了哪里。

中田向诸位猫君打听三毛猫的消息，得知它的走失和猫群常聚集的建筑空地上最近出现的"逮猫人"有关。他接连几天到空地上去等，等来的却是一只牛犊一样的大狗。在大狗"无声语言"的逼迫下，他跟在狗的身后走街串巷，走进中野区豪华地段的一个庭院，见到了自称为英国威士忌品牌琼尼·沃克的"杀猫人"。琼尼·沃克展示了冷冻在冰箱里的成排的猫头，自暴他作为"杀猫人"的秘密："我所以杀猫，是为了收集猫的灵魂。用收集来的猫魂做一支特殊的笛子。然后吹那笛子,收集更大的灵魂;收集那更大的灵魂,做更大的笛子。最后大概可以做成宇宙那么大的笛子。"(152页)中田摸不着头脑,能理解的只是无论如何都要找到三毛猫,送回到主人手中。琼尼·沃克看出了他的心思,提出一个条件。让中田结果了自己,就把三毛猫完好无损地交还给他。中田说自己从来没有杀过人,"这种事对中田我不大合适"。琼尼·沃克说:"世上讲不通这种道理的地方也是有,谁也不为你考虑什么合适不合适的情况也是存在的,这东西你必须理解。战争就是一例。"(153—154页)"一有战争,就要征兵。征去当兵,就要扛枪上战场杀死对手,而且必须多杀。你喜欢杀人也好讨厌也好,这种事没人为你着想。迫不得已。否则你就要被杀。"(155页)之后,琼尼·沃克以杀猫来激怒中田。他把被麻痹的猫从口袋中逐一拿出,画线剖肚挖心割头,把带血的心脏投入嘴里咀嚼。再把猫头割下,把躯干丢进垃圾袋。中田目睹了三次剖腹挖心的表演,感到肉体剧烈地疼痛,内心发生着改变。当琼尼·沃克要杀第四只猫时,中田冲进厨房,操起牛排刀毫不迟疑地捅进他的胸膛。琼尼·沃克倒地,中田抱起两只沾血的猫要离开时,头脑昏沉失去了意识,醒来后他发现自己躺在几天来等待"杀猫人"的空地上。衣服整整齐齐,身上没有血迹,两只猫正暖暖地舔他的脸颊。中田感到莫名其妙,就问两只猫,但已听不懂猫语。他向执勤警察报告案情,警察误以为是失智老人的糊涂话,放走了他。三天后,警察发现同一街区的雕塑家在家中被刺,想起报案老人,但中田已离开了东京。

中田离开东京,一路搭车西行,来到与四国隔海相望的神户。看到海,他的记忆有所恢复。他想起小时候全家人去海边游泳、玩水、赶海的往事，也想起失智后被父母冷落、家人嫌弃的人生。见到久违的海，中田意识到接下来要"过一座大桥"，一座离得很近的桥。搭载他来到神户的卡车司机星野丢下手头的工作，陪中田乘车跨海来到四国。住进旅馆，中田昏睡了30个小时。醒来后想到接下来要"往西去"，于是他们又一路西行到了高松。到达高松，中田觉得地点不错，接着是"想找入口的石头"。但它是怎样的石头，位于何方，中田一概不知。为了查找线索，他们到市立图书馆恶狗扑食般翻阅了两天，但一无所获。夜里星野外出游荡，遇到"皮条客"，肯德基创始人卡内尔·山德士。在山德士的引导下，经过与妓女厮混，星野在郊外神社的破庙里找到了"没有多大"、圆饼一样的"入口石"。星野把石头搬回旅馆房间，第二天在电闪雷鸣中与中田合力翻过了越来越沉的石头，打开了"入口石"。中田说，有什么"发生了"，"正处于发生过程中""中田我在等待它发生完毕"。（381页）但究竟发生了什么，他依然一无所知。

第二天，他们驱车在高松市区沿街游荡，突然迷路拐上七扭八弯的郊外小道。停下车时看到"甲村纪念图书馆"的门牌，中田确定，"我一直寻找的就是那个场所"。周二，在馆长佐伯例行引导游客参观的时间，他们进入图书馆。参观时中田像在辨认什么，到处嗅嗅摸摸，仔细察看。参观后，他径直走进佐伯办公室，谈起"入口石"。佐伯说："很久很久以前我在一个地方碰上的。"（429页）中田说："我几天前把它打开过一次……中田我之所以打开它，是因为不能不打开。"（429页）"中田我的任务仅仅是使现在存在于这里的事物恢复本来面目，为此离开了中野区，跨过一座大桥来到四国。您大概已经明白，您不能留在这里。"

(430页)佐伯说:"那是我长期以来所追求的……过去我追求,现在我依然追求……"中田说:"中田我只有一半影子,和您同样……那一半是战争期间丢掉的。至于为什么发生那样的事,又为什么发生在中田我身上,中田我不得其解。不管怎样,那已经过去了相当漫长的岁月,我们差不多该离开这里了。"(431页)佐伯回忆了一生所做的错事,包括与甲村少年恋爱,失去恋人后穿行于世,与人结婚生子,不久前变回少女与15岁少年发生了性关系。她把记录人生的三本日记交给中田,让他替她烧毁,随后平静地死去。中田接受了佐伯的托付,在宽敞的海滩彻底烧毁了厚厚的日记,然后静静地死去。

三、为爱而呼吸的女性——"男女同体"与"原罪"

在少年卡夫卡和老年中田的故事中,穿插了佐伯与甲村长子"同心一体"却生死两隔的爱情悲剧。故事的展开,参照了大岛先行叙述的远古男男、男女、女女同心一体,被劈开后拼死拼活寻找另一半的神话模式,也附加了基督教亚当、夏娃偷食禁果,触犯男欢女爱"原罪"的神话框架。

佐伯与甲村长子同龄,两家是近邻和远亲。从小就形成了形影不离的亲密关系,长大后自然而然相爱,爱得无以复加。18岁时,少年想开开眼界,也想通过分离确认彼此在多大程度上需要对方,考进东京的大学。佐伯生在保守家庭,父母不愿意把她送去东京,就考入本地的音乐大学学钢琴。于是,他们平生第一次分离。19岁时,佐伯写了一首诗,谱上曲子用钢琴弹唱。无论是诗还是乐曲旋律,都凝聚着她对少年的强烈思念。乐曲得到了唱片公司制作人的赏识，他邀请佐伯到东京正式录音，她录制了唱片"海边的卡夫卡"。唱片获得了巨大成功，销售了几百万。录音期间，佐伯和甲村少年天天在一起，确认了彼此任何人都无法替代的爱。但20岁时，甲村少年在校园派系纷争中被误杀。他就读的大学处于罢课封锁状态，夜间他钻过路障给里面的朋友送东西，被误认为对立派的头目遭到囚禁。一夜间遭受棍棒、皮鞋的毒打，天亮前死去。恋人死后，佐伯从大学退学。几个月后她离开家乡，没有人知道她去了哪里。25年后她返回高松，料理母亲的葬礼。葬礼过后，与当家的甲村次子单独谈话，当了甲村图书馆的负责人。返乡后，她不与亲友交往，偶尔见面也只是彬彬有礼地说些客套话。端庄得体的仪表下是难以接近的冷漠，鲜活的灵魂不知去了哪里。

　　事实上，失去恋人后，佐伯就成了自我封闭的精神孤儿。她诅咒一切、憎恨一切，绝望中离开家乡，冷漠麻木地穿行于世。曾一度苟且偷欢，也曾结婚生子，但这一切都仅仅是她发泄怨气的方式。回到甲村，她表面平静，但内心固守着那份已然失去的爱。在日日凝视画像的痛苦中，等待必将到来的死亡列车。冥冥中少年卡夫卡到来，佐伯以既是"假说"中的母亲又是15岁恋爱少女的双重身份，与卡夫卡进行了双重意味的结合，之后快速走向死亡。卡夫卡住进深山的第二天，佐伯把记录人生的日记交托中田焚毁，午后平静地死去。

第五章 《海边的卡夫卡》:"新兴国家主义"策略

第二节 "新民族主义"的战争观

在三个原型化的世代故事中,与战争有关的是开篇即展开的中田童年故事和附着在少年出走故事上的战争"碎片"。以中田童年受伤害致残进行的"战争叙事",紧紧衔接在20世纪90年代《奇鸟行状录》中所写的中日战争之后,集中在20世纪40年代爆发的美日太平洋战争。以少年田村出走,引出的战争文本阅读、战争思考、推断和臆想,跨时空囊括古今世界上诸多重大战事。以远近、虚实相映的战争叙事,表达世纪转折时期作者村上春树的战争观、历史观。

一、中田童年故事:显在的修正主义话语

小说在讲述智障人士中田的故事中,以太平洋战争后期南洋决战和本土轰炸为背景,以军方调查笔录和当事人书信的形式叙述中田童年致残和小学生集体昏迷事件。借层层悬疑和解密,多方推想事态,多角度展现日本前线及后方、将士及民众的巨大牺牲和痛苦。表达二十世纪八九十年代以来,已呈社会化国家化趋势,以及在村上春树世界观中渐成定势的战争修正主义。其中最为突出的是小说沿袭了《奇鸟行状录》实施战争施害受害地位转换、转嫁战争责任的修正主义做法,并进而用语言文字游戏为发动战争的军事独裁者开脱罪责。

229

（一）"受难日本"群像

小说借童年中田太平洋战争期间受伤害致残，塑造了多重"日本受难"形象。

首先是承受成人世界因战争而起的暴力伤害而致残的中田本人。他生于一个知识精英家庭，父母对子女的教育和前程抱以很高期望。中田从小性格温和，天资聪颖，如果正常接受教育完成学业，定会像父亲、弟弟们一样顺利走上社会，"找到正确位置"。但不幸的是，9岁时，他遭遇了"那场大战争"。为躲避轰炸，背井离乡，只身来到偏远山区。因出身和观念与当地孩子明显不同，他遭到同学的冷落排斥。数月之后，他适应了环境，正准备"多少敞开心扉"，却遭到最信任的老师的伤害。所学的知识荡然无存，读写思考能力彻底丧失。他回到东京继续上学，但能做的只是稀里糊涂坐在教室的角落里，不被任何人理睬。热心教育的父母得知他不能正常完成学业，就把注意力转移到弟弟们的身上。小学毕业后中田被送到乡下外祖父家寄养，在那里的一所农业实习学校上学。不识字让他吃了不少苦头，常常遭受同学们的欺辱打骂。疼爱他的外祖父不再送他上学，把他养在家里，在和猫终日相伴的日子里他学会了猫语。50岁后，外祖父母和父母相继去世，失去生活来源的中田受到管理父母遗产的弟弟的接济。弟弟为他申请了政府老年残障人士补贴，在遗产继承的单身公寓为他提供了一个房间。之后弟弟们忙于自家生计，30年间几乎不见面，早已失去骨肉亲人的亲切感。直到"杀猫人"出现，中田度过了几十年一个人悠然度日、不懂得性欲也不觉得孤独痛苦的混沌人生。

继中田之后受到伤害的是受惊吓后陷入集体昏迷的小学生，

《海边的卡夫卡》：
"新兴国家主义"策略 第五章

虽然他们没有像中田一样受到肉体损伤，但同样承受了战乱时的饥馑和成年人世界因战争而起的暴戾情绪的宣泄。冈持老师曾提到带领学生上木碗山的原因："说是野外实习，其实也没什么特别要学的。主要目的是进山采蘑菇和能吃的山菜之类。我们居住的一带是农村，粮食还不至于怎么困难，但食物绝对算不上充分。而强制性交纳的份额又不敢马虎，除了少部分人，大家都处于慢性饥饿状态。""所以，也鼓励孩子们去哪里寻找食物。非常时期，学习无从谈起。那种'野外实习'是当时大家经常做的。"（15页）在冈持老师情绪失控暴打中田时，他们受到惊吓，冻僵一样面向暴力发生的方向。他们的脸色铁青，发不出声音，之后接连倒地昏迷。醒来后，长时间没有意识。眼睛睁着，好像在注视着什么。但事实上什么也没有看，有人用手在他们的眼前晃动，他们没有任何反应。好像受到暴力惊吓而魂魄离体，或者透过眼前的暴力看到更为遥远和惨烈的血腥。之后，他们在山中昏迷两小时的记忆彻底丧失。精神医学专家的解释，昏迷和"记忆脱落"是面对突发暴力的应激心理反应，是精神损伤的外在形式，但损伤的内容、程度和后果难以测定和把握。正如日后冈持老师，面对身体没有留下影响、"极为健康的生活"的学生产生的愧疚和疑问："每当我在哪里遇见遭遇事件的孩子们（他们大半仍住在这个镇子，现已三十过半），我就不能不再次自问那一件事给他们或给我本身带来了什么。毕竟事件那么特殊，必当有某种影响留在我们的身上或心中。不留是不可能，至于其影响具体表现为怎样的形式和多大程度，我也无从把握。"（104页）

第三位受害者是冈持老师。表面上她是中田失智和小学生集体昏迷的罪魁祸首，但事实上她才是战争罪恶真正的受害者。

集体昏迷事件发生的 28 年后，冈持写信给曾参与事件调查的精神医学教授冢山，揭秘事件真相。冈持自诉，她 1941 年结婚，1943 年丈夫应征入伍上了南洋前线。1944 年秋，上木碗山的前夜她梦见了丈夫，是极为具体的性爱方面的梦，睡梦中她得到了性爱满足。第二天上山时还沉浸在难以言喻的兴奋中，以致月经提前来潮。慌乱中她用毛巾处理，她把带血的毛巾藏到密林深处，无意中看到中田把它拿在手上。情急之下她"暴打"中田，中田受伤倒地，其他孩子目睹了这一幕，个个目瞪口呆，之后一个个倒地昏迷。军方调查时，她出于"自身的考虑"篡改了事件的经过。战后美军调查时，又因"怯懦"和"顾全脸面"，她把谎言重复了一遍。对于给事件真相的认定带来困难，她感到十分内疚。对于给孩子们带来的伤害，她深感不安。事后她继续在小学任教，不经意间损害了健康。住院期间她心有所思，自愿退职。病愈后她在镇上开办了面向小学生的补习班，教曾经教过的孩子们的孩子，以实现自我救赎。中田被送到陆军医院后她再没有看见，他被打时惊恐的表情不断在她的眼前重现。以至 28 个寒暑过去，那片树林中发生的事"须臾不离脑海"，"所思所念每每现于梦中"。为此她度过了无数个不眠之夜，以至于觉得"自己的人生无时不受制于那一件事的余波"。1945 年 6 月，丈夫死于吕宋岛战役，父亲死于本土轰炸，她在战后的混乱中又失去了母亲。短暂的婚姻使她失去生育的机会，以致在战后漫长的岁月里成为天涯孤客。

更值得注意的是，在中田、小学生和冈持老师的悲剧后，还有更多"无辜受难"的日本民众。前线将士的死难，后方民众普遍的饥饿、流离、课税、兵役，以及百业凋零之苦，都在小说展示描写的范围。冈持老师交代学生上木碗山的原因，交代农村普遍饥饿，同时也提到城市生活的困苦："学校四周自然条件好，适于'野外实习'的场所到处都是。在这个意义上我们算是幸运的。城里人全都忍饥挨饿。当时来自台湾和大陆的补给已彻底切断，城市里缺粮缺燃料，情况相当严重。"（15页）南洋决战和本土轰炸、前线后方巨大的人员伤亡、征兵加剧、百业尽废等状况，由多人提起。镇上开业医生说："正值战争期间，年轻男子几乎都进了军队。"（27页）"战局不妙，南方也在不断撤退，不断'玉碎'。"（32页）冢山教授说："远山军医少校已于1945年3月在东京都内履行职责时死于空袭""令人惋惜。这场战争使很多有为之人失去了生命"（70—71页）。"我们在美军空袭之下，在大学研究室里艰难地继续着各自的研究。学生和研究生们差不多都被召去当兵了，大学成了空架子。"（66页）冈持老师说："毕竟战争中发生了那么多耳不忍闻的惨事，数百万人失去了宝贵生命。"（105页）"就在旁边那个世界上，一场凶残的战争正在进行，不知有多少人在接连死去。"（108页）这些均为"无辜受难"的日本形象，也包括冈持老师在前线和后方死难的亲人。

（二）混淆道义是非，转嫁战争责任

小说把挑起战争的日本设为受害者，同时又相对化地把被拖入战争被迫反击的美国置于施害者地位，有意混淆双方正义与非正义的根本界限。可以说，小说以小学生为主角的"战争受害者叙事"是经过精心策划的。

小说的主旨是继《奇鸟行状录》之后再度书写战争。所写时段由始于20世纪30年代的中日战争，推延到几近使日本亡国灭种的20世纪40年代的太平洋战争。它由日军偷袭美军珍珠港引起，体现二十世纪二三十年代已成形的日本军国主义"最终战争"思想。但小说没有写战争的起因和全过程，而是截取四年战争最后的联军战略反攻阶段，以美军本土轰炸和海空运输线封锁为背景，表现后方民众遭受的精神和肉体损伤，其作用就在于把美军置于残害妇女儿童的非人道施暴者地位。在小学生昏迷事件的调查中，无论当事人还是参与调查救治的军人和医生，均把"可能"施害的祸首指向美军。冈持老师说，开始登山时他们看到高空长时间划过的银色光闪，"我们估计是B29……我们猜想，飞机不是在前去空袭哪座大城市的途中，就是已空袭完毕返航"（13页）。"我和那里的十六个孩子全都看得清清楚楚，全都以为那是B29。在那之前我们也见过几次B29编队飞行，再说除了B29没有什么飞机能飞那么高。县内倒是有小型航空基地，有时也能看见日本飞机，但都很小，飞不了那么高。况且飞机铝合金的闪光方式同别的金属不一样，而用铝合金制造的飞机只有B29。只是看上去不是大型编队，仅有一架单飞，这让我们觉得有点儿蹊跷。"（14页）冈持老师说话时虽然是猜测的语气，但通过经验佐证和正反包举，并唤起人们对美军B29集团轰炸的记忆，把美军牢牢绑定在凶手的位置。排除食物中毒和中暑，有人提出有吸入毒气的可能，远山军医断然否认与日军有关，众人猜测的矛头再度指向美军。有人提出，"没准是美军撒下来的，扔了毒瓦斯炸弹……说不定是美军研制的新型毒瓦斯炸弹。美军研制新炸弹的说法，在我们住的那一带也广为流传。至于何苦把那玩意儿特意扔到这穷乡僻野，当然无人知晓。不过差错这东西世间是存在的，发生什么无可预料。"（30页）这不仅把"可能"释放毒气的责任转嫁给美国，也似影射美国1999年"误炸"中国大使馆之说。古今对应，霸权、施暴的美国形象无可洗脱。

第五章 《海边的卡夫卡》："新兴国家主义"策略

更有甚者把前线战争失利、将士死难和后方民众遭受的苦难一并归咎于女性的"原罪"。冈持写信自曝"暴打"中田的内情，把小学生集体昏迷归咎于自己，同时还说丈夫前线阵亡也是她的责任。冈持信中写道："我丈夫于战争即将结束时在菲律宾战死了。说实话，我未受到太大的精神打击。当时我感觉到的仅仅、仅仅是深切的无奈，不是绝望不是愤怒。我一滴眼泪也没流。这是因为，这样的结果——丈夫将在某个战场上丢掉年轻生命的结果——我早已预想到了。在那之前一年我梦见同丈夫剧烈性交，意外来了月经，上山，慌乱之中打了中田君，孩子们陷入莫名其妙的昏睡——事情从那时开始就已被决定下来了，我已提前作为事实加以接受了。得知丈夫的死讯，不过是确认事实罢了。我灵魂的一部分依然留在那座山林之中，因为那是超越我人生所有行为的东西。"（111页）对此，日本著名民主主义批评家小森阳一[1]指出，冈持老师的有罪供述掩盖了一个基本事实。她带领学生进山的1944年11月7日，日本历史上正发生一件决定她丈夫以及南洋数百万参战人员生死的重大事件。

这一天，菲律宾战役中一个无可挽回的决策被制定出来。只要阅读过日本战后文学代表作家大冈升平的《莱特战记》（中央公论社，1971年）的读者，对此一定有相应的历史认识。为了避免本土决战，大元帅昭和天皇裕仁统领下的最高统帅机构大本营，作出了实施莱特

---

[1] 小森阳一（1953— ），东京大学教授，日本知识界广受关注的学者和新生代左翼知识分子，是致力于维护"和平宪法"的"九条会"的执行主席。主要著述：《天皇的玉音放送》《村上春树论——〈海边的卡夫卡〉精读》《日本近代国语批判》等。

决战的计划,并且置此战将使"众多将士无谓丧命"的反对意见于不顾,最终断然做出决策,这一天正是"1944年11月7日"。只要是对这个历史事实有所认识的读者,完全有理由对小说故事的设定提出异议。因为,冈持老师的丈夫横死战场的原因,在于大本营对战局失去了正常的判断力,其罪责本应该完全归咎于昭和天皇裕仁,而绝非冈持老师的个人罪过。[1]

小森阳一进而指出:"如此想来,冈持老师信中所言在小说中所起的作用便十分清楚了……从结果上,等于对'大战争'末期导致众多将士甚至更多的非战斗人员'无谓丧命'的最高责任者——昭和天皇裕仁的战争责任与战后责任,予以了免责。"[2]"需要倍加警惕的是,在冈持老师主动承担下了这份责任的背后,潜藏着一个将日本发起'一场大战争'的责任暧昧地加以处理的富于欺骗性的逻辑关系。"[3]

二、少年二进森林:隐在的修正主义逻辑

少年田村离家出走,来到四国,曾两次进入大岛家帝国时期的产业——高知山中的林地。首次来到这里,大岛就叮嘱他切不可

---

[1] [日] 小森阳一著,秦刚译:《村上春树论——〈海边的卡夫卡〉精读·中文版序》,新星出版社,2007年,第7页。

[2] [日] 小森阳一著,秦刚译:《村上春树论——〈海边的卡夫卡〉精读·中文版序》,新星出版社,2007年,第8页。

[3] [日] 小森阳一著,秦刚译:《村上春树论——〈海边的卡夫卡〉精读·中文版序》,新星出版社,2007年,第144页。

《海边的卡夫卡》：
"新兴国家主义"策略

第五章

走进森林深处。第二次大岛提起，战前祖父曾把林地借给帝国陆军演习，演习结束时发现少了两名全副武装的士兵，可能迷路了，也可能逃跑了。在这个前情铺垫下，独处山林的少年时时遭遇战争。

　　一进深山，住进林中小屋，少年阅读审判战犯阿道夫·艾希曼的书。小说以文本互涉，陈述战犯二战时大量屠杀犹太人的暴行，引出少年关于"想象力"和"责任"的思考。阿道夫·艾希曼是党卫队中校，是出色的事务处理专家。战争期间，他接受纳粹头目交给他的课题，大量屠杀犹太人。他制订计划，研究方案，设想怎样在最短时间以最低成本尽可能多地处理犹太人，但行动本身是否正确从未考虑。依照他的计算，在欧洲需要处理的犹太人总数超过1100万，付诸实施后的效果与计算基本相符。战争结束前，他大约有计划地处理了600万犹太人，但从未产生过罪恶感。20世纪60年代被抓捕归案，坐在特拉维夫战犯审判席上，他困惑不已。他难以理解自己不过是作为技术人员对上司交给的课题提出最佳方案，这与世界上所有有良心的官僚干的完全相同，为什么唯独自己受到这样的责难？受到如此大规模的审判？书的底页有大岛的批语："一切都是想象力的问题。我们的责任从想象力中开始。叶芝写道：In dreams begin the responsibilities（意为'责任始自梦中'）。诚哉斯言。反言之，没有想像象力，责任也就无从产生，或许一如艾希曼的事例。"
（142页）叶芝"责任始自梦中"的诗句拨动了少年的心弦，他开始思考自己的责任。他回想T恤衫上沾染的血迹，洗衣服时满盆的血色，想到"对于所流之血，我恐怕要负起责任"（143页）。他想象自己被送上法庭的情景："人们谴责我，追究责任。大家瞪视我的脸，还用指尖戳。我强调说自己无法对记忆中没有的事

237

负责,我甚至不晓得那里真正发生了什么。但他们说:'无论谁是梦的本来主人,你都和他共有那个梦,所以你必须对梦中发生的事负责。归根结底,那个梦是通过你灵魂的暗渠潜入的!'一如被迫卷入希特勒的巨大、扭曲的梦中的阿道夫·艾希曼中校。"(142—143页)进而他想起留宿樱花家,说想着她裸体时樱花说的话:"我可是蒙在鼓里啊!你要想随你偷偷想象好了,用不着一一申请我的许可。反正我不知道,想象什么由你。"(143页)此时卡夫卡想到,"不,不是那样的。我想象什么,在这世界上恐怕是非常重要的事。"(143页)

第二次进入深山,少年阅读拿破仑远征沙俄的书,得知那是"一场几乎不具实质性意义的大规模战争,使得将近四十万法国士兵命丧陌生而辽阔的大地"(384页)。第二天,卡夫卡离开小屋,向森林深处进发。受到蚊子攻击,他想起大岛提起的60年前在此全副武装演习的帝国士兵。推想他们也"难免为蚊子烦恼",猜想"全副武装"有多重。他想象着士兵需携带的物品:铁疙瘩一样的旧式步枪,为数不少的子弹、刺刀、钢盔和手榴弹,还有粮食、饭盒、水和挖战壕用的铁锹。他不由得幻想,自己在眼前树木茂密的拐角处撞上那些士兵,但士兵早已消失,已消失了60年。他进而想起书中记述的拿破仑远征沙俄的情景:"一八一二年夏天朝着莫斯科长途行军的法军士兵也该被蚊子折腾得好苦。折腾他们的不光是蚊子,法军将士必须同其他许许多多困难殊死搏斗,饥渴、泥泞的道路、传染病、酷暑、袭击拖长的补给线的哥萨克游击队、缺医少药,当然还有同俄国正规军进行的几场大会战。好歹进入居民逃光已成空城的莫斯科,部队人数由最初的五十万骤减到十万。"(424页)由此他想战争,"想拿破仑的战争，想日军士兵不得不打的战争"。他不由得发问："为什么人们要打仗呢？为什么数十万数百万人必须组成集团互相残杀呢？那样的战争是仇恨带来的，还是恐怖所驱使的呢？抑或恐怖和仇恨都不过是同一灵魂的不同侧面呢？"（424页）

在"森林核心"的入口处，卡夫卡见到已等待他多时的帝国陆军演习时"消失不见"的士兵。他们争相解释："准确说来，并不是迷路""总的说来我们算是主动逃离""要是还在当兵，作为士兵迟早要被派去外地""并且杀人或被人杀。而我们不想去那样的地方。我原本是农民，他刚从大学毕业，两个都不想杀什么人，更不愿意给人杀。理所当然。""噢，应该说几乎谁都不例外。问题是就算提出不想去打仗，国家也不可能和颜悦色地说'是么，你不想去打仗，明白了，那么不去也可以'。逃跑都不可能。在这日本压根儿无处可逃，去哪里都立即会被发现。毕竟是个狭窄的岛国。所以我们在这里留下来，这里是惟一可以藏身的场所。""就那样一直留在这里。如你所说，是很早很早以前的事了。不过我刚才也说了，时间在这里不是什么关键问题。当下和很早以前之间几乎没有区别。"（442页）路上，两个士兵轮番讲述当兵时被要求反复训练刺刀的捅法。"首先要'咕哧'一下捅进对方肚子，然后往两边搅动，把肠子搅得零零碎碎。那一来对方只有痛苦地直接死掉。那种死法花时间，痛苦也非同一般，可是如果光捅不搅，对方就会当即跳起来，反而把你的肠子搅断。我们所处的就是那样一个世界。""对方是中国兵也好俄国兵也好美国兵也好，肯定都不想被搅断肠子死去。总而言之我们就住在那样的世界。"（456页）卡夫卡离开时，两个士兵叮嘱，"刺刀的用法别忘了""刺中对方后马上用力搅，把肠子搅断,否则你会落得同样下场——这就是外面的世界""但不光是这样……我们只谈黑暗面……而且善恶的判断十分困难……可那是回避不了的"。(467页)

少年两进深山,三个直指战争的片断包含了多重修正主义逻辑转换。其一,以诗意的语言"责任始自梦中"和"想象力"为媒介,把战犯屠杀600万犹太人的战争与少年身上沾染血迹,以及对"疑似"姐姐樱花的性臆想等同起来,一并加以否定,这抹杀了国家发动的全民制战争与个体暴力的区别。其二,把帝国陆军演习同拿破仑士兵远征莫斯科相联系,凸显其面临的同样的酷暑干渴、蚊子袭击、道路泥泞、补给中断、饥寒交迫、缺医少药、惨烈会战、人员骤减等困苦。所列事项与村上春树出版于1994年的旅行纪实《诺门罕钢铁墓场》记述的"诺门坎战役"如出一辙。似以此再次反思总结"帝国陆军史上最大的败仗"——"诺门坎战役",批判造成本次败绩的上层军事官僚及其投机冒险主义,凭吊数以万计被"无谓送死"的诺门坎亡魂。其三,把战争、"拿破仑的战争"和"日本不得不打的战争"均归因于"恐惧""仇恨""愤怒""偏见"等主观情感因素,在人性论框架下为发动战争的法西斯集团免责。其四,以逃兵对刺刀捅法和必要性的解说,把战争发动方的士兵和被迫反击的士兵无差别等同,共同纳入"要么杀人,要么被杀"的虚假二难命题。继此前为发动战争的上层战犯免责,此处在"实属无奈"的情势下为普通参战士兵免责。其五,更为隐蔽的"逻辑游戏"是紧随每个战争片断后"无媒介"地引出性器官、性欲及对"疑似"姐姐樱花的性臆想和性暴力,似为20世纪90年代随着二战民间诉讼浮出水面的日军"慰安妇"问题寻找托词。

第五章 《海边的卡夫卡》："新兴国家主义"策略

第一次进入深山，卡夫卡由战犯阿道夫·艾希曼想到自己的责任，随之想起樱花所说的"如果我真是你姐姐就好了"。第二天下起大雨，空气被染上神秘色彩。卡夫卡脱得精光跑到雨中，洗头发洗身体，大喊大叫，心情畅快无比。雨点如石子般击打他的全身，火辣辣的痛感就像宗教仪式的一部分。他折回小屋，擦干身体，坐在床上久久察看阳物。感到它属于自己，却又在所有场合不服从自己的意志。他疑惑，大岛也曾来此隐居，莫非她也为性欲所困扰？他想，"理应被困扰才是。正是那个年龄"（148页）。他伸出手考虑是否手淫，但转念作罢，想把大雨打击后异常清新的感觉再保留一会儿。但潜意识说出："可是你知道，这样的平稳生活不会长久的。他们将如贪得无厌的野兽一样对你穷追不舍……就算你现在能在这里忍着不手淫，它也很快会以梦遗的形式找到你头上。说不定你会在梦中奸污自己真正的姐姐和母亲。那是你所无法控制的。那是超越你自制力的存在，除了接受你别无选择。"（148—149页）第二次进入深山，卡夫卡住进森林腹地小镇。入睡前被强有力的勃起所烦扰，但没有手淫。他祈求梦见佐伯，却不料梦见了樱花。在樱花宿舍，他冒着"我是你姐姐，你是我弟弟，即使没有血缘关系，我们也毫无疑问是姐弟，明白吧？我们作为一家人连在一起。做这种事是不应该的"（407页）的阻拦，强暴了樱花。第二天，他想着"拿破仑的战争"和"日军士兵不得不打的战争"向"森林的核心"进发，意识不知不觉又踏入梦的领域，返回前夜的梦境。

  我抱着樱花，她在我怀中，我在她体内。
  我再也不愿忍受让各种东西任意支配自己，干扰自己。我已杀死了父亲，强暴了母亲，又那样进入姐姐体内。我心想如果那里存在诅咒，那么就应主动接受。我想迅速解除那里面的程序，想争分夺秒地从其重负下脱身，从今往后不是作为被卷入某人的如意算盘中的什么人，而是作为完完全全的我自身生存下去。此外别无他想。我在她体内一泻而出。（425页）

这里把近代国家有组织发动的战争与个体无法控制的性欲以及强奸行为联系在一起。正如小森阳一指出，这"是《海边的卡夫卡》的一个策略性的文本安排"[1]。其用意就在于把20世纪90年代引发国际社会强烈批判的日军组织化"集体强奸"的"随军慰安妇"问题定位成出自生理需求的"无奈之举"，从而予以免责。

第三节 "新兴国家主义"策略

如前所述，《海边的卡夫卡》的根本创作意图是继《奇鸟行状录》做出正确传承历史、清算战争暴力血缘的姿态后，进而探讨21世纪日本的"成长"和"新生"之路。小说借少年田村拟似"弑父娶母"的故事，指出了一条通过抹杀和忘却历史，治愈心灵创伤，以走向新生的文化复兴之路。事实上这一创作意图在前部小说《奇

---

[1]［日］小森阳一著，秦刚译：《村上春树论——〈海边的卡夫卡〉精读·中文版序》，新星出版社，2007年，第10页。

第五章 《海边的卡夫卡》："新兴国家主义"策略

鸟行状录》中已有所体现，是通过主人公冈田亨转述右翼政客绵谷升参加议员选举时发布的施政纲领加以表现。

> 一旦当选，就不甘心只当一名平庸的议院新手……自己将依据长期构想和战略开展活动。目标暂且以十五年为期。在二十世纪内，自己肯定可以作为政治家处于推动日本确立明确的国家特性的位置。这是短期目标。而最终目的，是要使日本摆脱当今的政治边缘状态，将其提升到堪称政治及文化楷模的地位。换言之，就是给日本这个国家脱胎换骨，就是抛弃伪善，确立哲理和道义。需要的不是模棱两可的词句，不是故弄虚玄的修辞技巧，而是可触可见的鲜明形象。我们业已进入务必获得这一鲜明形象的历史时期，而作为政治家当务之急即是确立这种国民共识和国家共识。现在我们推行的这种无理念政治，不久必然使这个国家沦为随波逐流的巨大水母。自己对侈谈理想和未来没有兴趣，所说的仅仅是"必须做的事"，而必须做的事是无论如何也要做的。对此我有具体的政策性方案，它将随着形势的发展而逐步变得一目了然。（336页）

简言之，就是要通过一个时期的努力，确立国家的主权特征，摆脱政治边缘地位，提升为国际政治文化的楷模。其路径是去除暧昧，抛弃伪善，以旗帜鲜明的态度和语言表达建构国民意识和国家意识。确立立足民族自身的施政理念，不做应和他人、随波逐流的政治"水母"。这里名为右翼政客绵谷升的竞选宣言，实

243

为作者村上春树要表达的去美国化、谋求独立自主的"新国家主义"理念。小说通过相互勾连的三个世代故事总体对这一观念形态进行寓言化表达。

一、"弑父娶母"故事总体

小说所写的中田、佐伯和少年田村的故事，表面上看各有参照的原型，但最终都纳入少年拟似"弑父娶母"的故事总体，使他们在俄狄浦斯式的由于先祖罪恶注定"弑父娶母"命运的故事体系中分担角色，发挥各自的作用。

小说中的人物不多，大多在少年田村的拟俄狄浦斯故事中分担角色。有标明身份的父亲田村浩一、母亲佐伯和未标明身份的疑似姐姐大岛和樱花，此外还有与少年具有"分身"关系的中田和"叫乌鸦的少年"。为了使分担角色的人物处于原型模式下，小说有意赋予他们与对应原型人物相一致的标志性特征。首先以父亲田村浩一发出的"你迟早要用那双手杀死父亲，迟早要同母亲交合"的诅咒，使少年田村成为拟俄狄浦斯。之后作者分别在父亲田村浩一和母亲佐伯身上加入原型拉伊俄斯"先祖罪恶"和伊俄卡斯忒式自惩自戕的故事因子，使拟"弑父娶母"故事成立。大岛高度评价雕塑家田村浩一的创作，少年田村说："父亲把提炼出那样东西之后剩下的渣滓和有毒物撒向四周，甩得到处都是。父亲玷污和损毁他身边的每一个人。至于那是不是父亲的本意，我不清楚。或许他不得不那样做，或许他天生就是那么一种人。但不管怎样，我想父亲在这个意义上恐怕都是同特殊的什么捆绑在一起的。"大岛补充道："那个什么大约是超越善恶界限的东西，称之为力量之源怕也未尝不可。"（218页）少年第二次进入深山，置身森林腹地小镇，母亲佐伯的灵魂来访。她为当年抛弃少年的行为道歉，同时"解开拢发的发卡，毫不犹豫地将锋利的尖端刺入右腕的内侧，强有力的……伤口很快淌出血来，最初一滴落在地板时声音大得令人意外"（484页）。在少年"弑父娶母"的故事中发挥至关重要作用的是"分身"中田和母亲佐伯。智障人士中田当身处四国的少年有抹去身上父亲的遗传因子和父亲这一存在的愿望时，远在东京的他则利用能懂猫语、寻找走失的猫和被迫杀死"杀猫人"，实际上杀死了少年的父亲田村浩一。母亲佐伯则借助失去恋人、思念恋人、凝视画像，把少年田村化为甲村长子，与他进行"双重意味"的结合，使他践行"娶母"的命运。

二、三位一体，勾销历史与记忆的共谋

由三个世代人生组成的拟俄狄浦斯故事并非单纯地故弄玄虚、制造卖点的后现代消费文化范例，而是极具抽象隐蔽性的当前日本"新兴国家主义"的蓝本和象征。具体分析构成"弑父娶母"原型模式的三个人物，他们的代际身份、遭遇、人生态度和结局，极富象征性地指出了通过勾销历史、重建民族精神文化，谋求国家复兴的"新兴国家主义"道路。

身为少年的田村卡夫卡虽属生活方式和价值观尚未牢固确立的"可变的存在"，但无疑代表着希望和未来。如果把小说的故事时间认定为它创作发表的世纪转折时期，15岁的卡夫卡无疑生活在泡沫经济和"新民族新国家主义"政治并行的20世纪80年代。作为没有战争经验记忆的后战后世代，他在本该由母亲口授心传、

进行启蒙教育的幼年时期遭到母亲抛弃。在本该进行系统人生观价值观建构的义务教育阶段，他遭遇了教科书"改恶"和战争翻案狂潮，没有接受正确的现代史传承。无疑，于家于国，他均属于被割断血脉的弃儿。不知身为何人，不知母亲的模样，却宿命般地背负着抹不去的家族、父辈的黑历史。正如面对镜子审视自己的脸时，少年无力地想："那里有我从父亲和母亲那里——话虽这么说，母亲的长相我根本记不起来——作为遗传接受下来的脸。即使再抹杀脸上浮现的表情，再淡化眼睛里的光亮，再增加身上的肌肉，相貌也是改变不了的。就算我深恶痛绝，也不能把两条只能认为受之于父的又长又黑的眉毛和眉间深深的皱纹一把扯掉。如果有意，我可以除掉父亲（以我现在的力气，决非什么难事），也可从记忆中将母亲抹消。可是我无法将两人的遗传因子从身上驱逐干净。如果我想驱逐，只能驱逐我自身。""并且那里有预言。它作为装置深深埋在我的体内。"（10 页）面对不公平的命运，少年没有逃避，而是主动践行。他告诫自己，自己是要离家出走的，他为此努力储备知识、提升体能。出走四国后，在疑似姐姐大岛的引导下，他破解乐曲和油画相呼应的"海边的卡夫卡"谜题。走进直通昔日战争的"异度空间"森林，遭遇战争、战犯和军演，意识到自己的责任。要承担责任，就要迎着命运而上，践行父亲的诅咒，弑父娶母，与姐姐交合。

但少年弑父娶母、与姐姐交合，均由他人推进，在与中田、佐伯以及樱花的"共谋"中完成。中田代田村少年弑父，佐伯双重意味的结合助他完成娶母，樱花为之疏导性冲动引发意念强暴。此处需特别指出的是，上述故事层面的内容并不重要，仅仅是故事而已。重要的是三位角色分担者的身份、经历、结局的意识形态寓意。花甲老人中田是唯一一个从战争中走来的人，饱受战争流离、饥饿和暴力之苦。他遭受了成人世界因战争而起的暴力伤害，"出去过一回""死过三个星期"。他把大脑弄得空空如也，像一张白纸一样返回这个世界。因此具有了"那个资格"，即无爱无恨遍施"人类爱"的基督的"末日审判"权。被逼迫杀死"杀猫人"时，他再次受到暴力血腥的激发，智力有所恢复。潜在的责任意识使他离开从未离开过的东京，一路西行到达四国。他先打开在神社破庙中找到的"入口石"，使少年得以走进"森林的核心"——保存战争之魂的"那一侧"。之后敦促佐伯"离开"，烧毁她记录人生的"文件"。随之自我驱逐——辞世。其总体寓意为：中田作为遭受了暴力伤害而又自我去除了暴力记忆的纯粹的人，对拥有经验记忆和以文字记录历史的人，以及用文字记录的历史，一并实施"处刑"。这是明白无误勾销历史和记忆的寓言，同样是代少年"弑父"——以抹杀和忘却的方式，去除先祖罪恶的血缘。中年佐伯受到战后"新左派幼稚病"的伤害。作为思想与盲动同在的"团块世代""全共斗世系"一脉相承的人物，她自觉承担了用文字记录历史的责任。她倾尽心血记下的三本厚厚的"文件"，表面上是个体人生日记，实则是家国历史。回到家乡后她终日坐在桌前写日记，最终把它交托给不识字的中田，让他彻底焚毁，之后平静地死去。其寓意为：她主动服从了对有记忆的人和记录的历史的死刑判决。逝去后，佐伯的灵魂来到少年流连其中的森林腹地。表达对少年的爱和希望，并郑重地把生前从未离身、走到哪都挂到房间的画像转赠给少年。她指点少年，说活着的意义是"看画"，"像我过去那样看画。经常看"。（485页）言下之意是活着的意义在于爱，在于温情，在于宽恕和宽容。

正是在她"爱"的召唤下，卡夫卡消除颓念，走出森林，成长为"最顽强的十五岁少年"，"成为新世界的一部分"。

简言之，这里借原型化的少年出走和"弑父娶母"故事，象征性地指出了当下日本分两步走的文化复兴之路。即首先"弑父"，以勾销历史和记忆，去除血腥暴力血缘。继而"娶母"，以回归传统文化和"爱"，重塑国民精神主体和国家主权特征，实现国家和民族复兴。显而易见，这与二十世纪八九十年代以来日本朝野叫嚣的清算东京审判自虐史观、强化国民的民族自豪感、建设"美丽日本"等"新国家主义"言论不谋而合。

由此可见，村上春树经过10年"转型"和"介入"，在新世纪之初制作的"综合小说"文本，实为借助文学畅销推行新兴文化国家主义。

第六章

《1Q84》：终而虚化的善恶观

  《1Q84》是2009年和2010年村上春树分两次出版的新三部曲小说，它借助获得弗兰茨·卡夫卡文学奖和诺贝尔文学奖提名的《海边的卡夫卡》的市场效应，创下了12天销售100万和年内逾1000万册的业绩。问世当年，它获得了以色列耶路撒冷文学奖，被盛赞为"集迄今代表作要素之大成的长篇"和"超大跨度的'世界文学'"[1]。小说在创作方法上延续了《寻羊冒险记》以来常用的以流行文学外形包容重大社会内容的双重脉络结构；在内容上继《奇鸟形状录》《海边的卡夫卡》全面书写亚太战争之后，以全景画面展现"新左翼运动"以来日本战后社会几十年的历史发展。《1Q84》是村上春树创作中表现日本战后社会历史跨度最大、包罗内容最广和深入进行管理化社会体制思考的"现实性"作品。

---

[1] [日]河出书房新社编辑部汇编，侯为、魏大海译：《村上春树〈1Q84〉纵横谈》，山东文艺出版社，2016年，第1页。

第一节 宏大叙事,双重结构

《1Q84》是村上春树文学创作的空前巨作,分为《BOOK1 4月~6月》《BOOK2 7月~9月》《BOOK3 10月~12月》三卷,100百多万字。它采用多线索平行和明暗双重脉络的叙事模式,采用第三人称和故事套故事的叙事方法,最大限度地拓展叙事空间。它层层套叠、虚实掩映,表现了日本战后近50年的社会发展史,构置了个人生活史与社会发展史、表象叙事与深层探询思考紧密结合的多层次叙事体系。

一、通俗流行故事

处于小说表层的是健身女教练青豆和业余作家天吾具有童话和传奇色彩的人生和爱情。小说把他们的名字分设为第一卷、第二卷奇偶数章的章名,平行叙述他们的故事。第三卷又增设私家侦探"牛河"章名,使之成为并列推进的第三条线索。其中,以青豆联手地下女权者刺杀教团"领袖"和天吾与编辑合谋代作者改写稿件以获得文学奖为贯通全篇的主干,在顺向推进1984年主体事件的同时,追溯补叙了他们此前20年的人生。

少年时期,青豆和天吾生活在千叶县市川市,是同班两年的小学同学。青豆生于"耶稣证人会"家庭,按照教规和教义,每周末需跟随父母参加传教活动,挨门挨户散发宣扬大洪水和末世

第六章 《1Q84》：终而虚化的善恶观

论的小册子，劝人入教。因教义褊狭，他们总是遭人白眼、吃闭门羹。她生活节俭，总是穿着教友送给她的旧衣服，成长所需的营养只能靠学校提供的免费午餐获得。不能参加学校组织的节日庆祝、修学旅行、运动会等活动，饭前要当众大声诵读祈祷词。与其他孩子的差异，使她从小没有朋友，在班里受到同学的冷落排斥，向她伸出援手的只有天吾一人。

天吾出生于一个NHK视听费收款员家庭，天资聪颖，学习成绩优异，处处受到老师关照，但同样有家庭问题。他从小和父亲相依为命，母亲是他始终解不开的谜团。父亲说母亲生下他几个月就病故了，但他知道父亲在撒谎，在他残存的一岁半的记忆中母亲还活着。他头脑中常常浮现出那个画面：襁褓中的他躺在床上，一旁的母亲和不是他父亲的人搂抱接吻，陌生男子正吸吮母亲的乳头。家里没有留下母亲的照片，这朦胧的记忆成了母亲留给他的"纪念照"，是使他与人间温情产生联系的唯一凭借。他把这些深藏内心，从不向父亲提起，父子俩各自怀着"阴暗的秘密"。父亲独自一人把他带大，但他是否是自己生物学意义上的父亲是始终困扰天吾的问题，父亲是他精神痛苦的根源。从学会走路开始，天吾需每周日跟随父亲挨门挨户收取视听费，即使生病了也是如此。父亲原本是佃农的儿子，从小在狗一样的劳作中长大。他要让儿子知道什么是劳动，知道他做的是怎样的工作，知道他们的生活建立在怎样的基础上。但实际上，他知道带着幼儿收款能够事半功倍。人们面对幼小的孩子，说不出粗暴呵斥的话，原本不打算付款的人也只好掏钱了事。天吾觉察出父亲的意图，内心极为反感，但为了得到温情对待也只好设法完成父亲期待的表演。每周日去见各种各样的陌生人对年幼的天吾来说是极

251

大的精神折磨。父亲是收款员的事被同学们知道后，天吾也成了被冷落排斥的"另类"，转眼间已不属于任何团体。

收款的路上，天吾和青豆几次相遇，但从未打过招呼，只是几次眼神的瞬间交会。相似的处境使他们的心是相通的，一次，出于冲动天吾出面帮青豆摆脱了困境。四年级的一次实验课上，青豆因弄错了步骤被同学恶意讥讽。提到她散发小册子的事，同学称她为"尊主"。在众目睽睽之下，天吾把青豆换到自己一组，耐心地给她讲解实验步骤。这是天吾同青豆第一次讲话，帮她摆脱了困境，但他因保护了"尊主"在班里的声望迅速下降。天吾并不在意，他知道青豆也是一个普通的女孩，如果不是因为家庭，她会像其他女孩一样快乐地长大。之后他们再未有过交谈，唯一的交往是那年冬天的一个午后。课后清扫完教室，教室里只剩下他们两个人。青豆快速走到天吾面前，用力地握住他的手，仰视着他的脸。只有短短几秒钟，青豆放开手跑出教室，再也没有回头。那是少年时他们唯一的接触，温暖的感觉烙印在彼此的内心深处，从此再也没有忘记。五年级他们分到不同的班级，不久青豆与父母断绝关系，投奔东京的舅舅，从此天各一方。

再次产生关联是在20年后的东京，青豆已成为健身教练和有组织暗杀侵害女性犯罪的杀手，天吾边在补习学校讲课边从事写作。在青豆谋划刺杀教团"领袖"深田保、天吾改写稿件获奖把公众视线引向教团"先驱"时，他们感知到对方的存在，产生了强烈的思念。为了找到对方，他们遥相呼应，形成共同对抗邪教团体的"反小小人势力"。冥冥之中他们越走越近，在青豆刺杀深田保的那个午后，天吾同深田保的女儿深绘里在雷电交加中"多义性"结合，却使青豆受孕。刺杀完成时，青豆感觉到胎动。她

《1Q84》：终而虚化的善恶观 | 第六章

带着意外受孕的胎儿躲避"先驱"的追击，神启般地住进天吾居住的公寓。他们在挂着两个月亮的"1Q84"年的天空下重逢，之后从首都高速公路的避险悬梯携手走出混乱凶险的"1Q84世界"。

二、凝重的个人生活史

隐藏在表层现代人生爱情和行侠冒险故事中的是教团"先驱"领袖深田保自校园风潮以来精神和社会探索的悲剧人生。在青豆和天吾的故事中，他的故事由多人进行多角度讲述。

深田保以及他创建的团队首先在天吾代为改写稿件的事件中引出。受杂志编辑小松委托，天吾代为预审文学新人奖征文来稿。他看到17岁女高中生深绘里的小说《空气蛹》，写的是少女与老山羊、"小小人"编织"空气蛹"的奇幻故事。文稿文字稚拙，笔法粗糙，没有任何技巧，似乎只是把亲眼看到的东西真实记录下来。但故事新奇，细节描写栩栩如生，具有让人一读再读的吸引力。编辑小松提出建议，由天吾代作者改写稿件，保留文稿原有的粗糙的故事框架，再加入优美的文字，以获得新人奖。征求作者意见时，深绘里表示对小说不感兴趣，也无意参加新人奖的评选，是老师的女儿把她讲的故事记录下来，打成文稿寄出。深绘里表示，随便天吾怎么改，但需先见见她的老师戎野。见面时戎野老师说，深绘里是他7年前收养的过去同事的女儿，患有阅读障碍症，读书写字困难。戎野讲述深绘里的身世，由此引出了她的大学教员父亲深田保。

20世纪60年代，戎野和深田保在同一所大学教书。他们讲授的学科不同，政见不同，却是多年来无话不说、相互敬重的朋友。

村上春树新论

1970年学生运动高涨，学校封闭，学生与警察机动队冲突不断，发生内部纷争，出现流血事件。一向对"组织"怀有戒心的戎野辞去工作，离开大学。深田保信奉毛泽东，支持"文化大革命"，模仿中国红卫兵组建了激进学生队伍。他所领导的派系规模庞大，吸引外地大学的学生纷纷来投奔。警察机动队占领校园，他和坚守的学生一起被捕，被大学解聘。离开校园，他率领被开除的无处安身的学生加入了农业共同体"高岛塾"。在那里他们生活了两年，掌握了生存所需的农业技术和维系共同体的方法，两年后离开。他们在山梨县深山里找到一处几乎被废弃的村落，低价买下耕地、房屋和附属大棚，创办了新公社，取名"先驱"。他们沿用"高岛塾"的农业技术，并进行独创性改造。使用有机耕作法种植蔬菜，以城市富裕阶层为对象开展邮购业务，成为现代生态农业的先导。推出的有机蔬菜产品大受欢迎，"先驱"的名声迅速传开。很多厌倦物欲都市、向往田园劳动生活的人前来投奔，他们从中选拔吸收了一些高素质专业人才。以农业技术人员为主，也吸收了受过高等教育，从事医生、教师、会计、律师等专业工作人员。他们摒弃"高岛塾"的"原始共产制"，组成私有制基础上的"松散共同体"。农业经营走上正轨时，内部出现了分裂。曾构成红卫兵队伍核心的学生组成"武斗派"，志在"继续革命"。他们把农业公社看成是革命预备期的产物，等待时机，要"拿起武器闹革命"。以深田保为首的带着家眷的成员组成"稳健派"，追求在和谐自然的环境中过自给自足的共同体生活。矛盾不可调和，"武斗派"移居到另一个村落，建立了新公社"黎明"。他们一边从事农业生产，一边进行正规的军事训练，受到警察监视。五年后，他们与警察发生了冲突，在持续两天的枪战中毁灭。与"武

第六章 《1Q84》：终而虚化的善恶观

斗派"分离后，"先驱"也发生了剧烈转变。自成立以来，它是开放性公社，但分离后不久同外界断绝了联系。过去，深田保常写长信把公社的情况和自己的心情告诉戎野，但从"某个时间点"来信断绝。戎野去公社拜访，遭到阻拦。"先驱"的地盘上已建起高大的围墙，外人不得入内。

正是在这个时期，深田保10岁的女儿深绘里来投奔戎野。她神情恍惚，目光呆滞，不能清楚地讲话，一看就知道发生了什么。戎野打电话到"先驱"，被告知深田保处在不能接听的状态，夫人也一样。戎野从此失去了深田保夫妇的消息，不知他们是死是活。戎野把情况报告给警察，被告知"先驱"已获得宗教法人认证，没有确凿的犯罪证据警察不得入内。戎野对已成为神秘教团的"先驱"进行了调查，得知了一些内幕。以农业共同体起步的"先驱"在"某个时间点上"与"武斗派"分道扬镳，大幅度修改公社路线，摇身一变，成为宗教法人团体。他们的行动鬼鬼祟祟，不让外人察觉。从种种迹象看，它的目标不在于增加信众数量和获取金钱，而是网罗人才。它吸引拥有明确目标、具有专业知识的年轻人加入，形成士气高昂、素质精良、战斗性强的宗教团体。教团内部团结，对外实行神秘主义。表面上教团实行集体领导制，没有教主，排斥个人崇拜。教团稳步发展壮大，资金充足，拥有的土地越来越多，设施越来越完备，警备越来越森严。但教团领袖深田保的名字不知何时消失了。人们推测可能发生了政变一类的事，深田保在权力争斗中失败，已经死去或被囚禁。深绘里说，"是因为小小人来了"，但"小小人"是什么她并没有说。

为了找到深田保，戎野决心奋力一搏。他同意由天吾改写《空气蛹》，使它获奖，搅动媒体舆论，把隐藏在深绘里所讲的故事背后的秘密引出来。天吾改写的稿子十分成功，获得了新人奖。单行本发行后，成为意想不到的畅销书。媒体大肆炒作，读者争相购买。《空气蛹》和深绘里的名声大噪，"先驱"的内幕曝光，由此引出了一连串事端。被雇佣的私家侦探牛河上门，想用巨资诱惑天吾从不断推高的《空气蛹》浪潮中退出，说出幕后支持者，天吾拒绝。天吾交往多年的已婚女友的丈夫打来电话，告诉他，她已"彻底丧失"。深绘里"失踪"，戎野报案，把警察和媒体的视线引向了深田保和"先驱"，警察对教团进行了搜查。

继而深田保在青豆的故事中出现，由教团里被性侵的10岁女孩阿翼引出。阿翼一身褴褛地睡在地铁车站时被收容所发现，辗转几个地方后被送到老夫人私宅中设立的受害女性庇护所。来时精神恍惚，不能讲话，经过四个星期的照料陪伴，才勉强能够开口。老夫人从她零乱的话语中得知，她被性侵，以一种残酷的方式。经医生检查，她的子宫被破坏，已失去生育能力。人们问是谁干的，阿翼回答，"是小小人"。经过调查，老夫人得知是教团"先驱"的领袖深田保所为。他在教团内具有强大的影响力，被认为有超能力。他的这种能力能够治病，可以预知未来，引发超自然现象。他以赋予灵魂觉醒的名义奸淫了多名少女。他告诉她们的父母，必须在她们初潮前完成这个仪式，由此产生的剧烈疼痛是升华到上一个阶段的必经关口。失去思考判断能力的父母非常相信他，开开心心把女儿交出去，明知会发生什么也全不在意。老夫人深知报警无济于事，决定刺杀深田保。

为了了解更多情况，青豆查阅了"黎明"枪战毁灭时的媒体报道，弄清了"黎明"和"先驱"的渊源。它们都是1970年大学纷争的副产品，其半数以上成员参与过安田讲堂或日本大学行

第六章 《1Q84》：终而虚化的善恶观

动。"先驱"向宗教团体转向时，把曾为红卫兵核心的激进学生"切割"出去，把他们逼入铤而走险的绝境。分离不久，"先驱"获得了宗教法人认证。之后接连购买土地，增加设施，建造围墙，实行彻底的神秘主义。"黎明"在枪战中毁灭，"先驱"立即发表声明，召开记者会。主题只有一个，表明双方早已出现路线分歧，早已分离。"先驱"表示，为了让世人消除误解，他们已做好了主动接受调查的准备。警方进入教团，仔细搜查内部设施和文件，没有找到与"黎明"有关的证据，只看到身穿朴素的修行衣的信众在安静整洁的环境中潜心修行，也有的在一旁的农田里干农活。教团里有保养良好的大型农机具和农业设施，有干净整洁的食堂、医院、学校，有收藏大量佛经佛典的图书馆，没有任何显示暴力的东西。为了知晓更多内情，青豆托朋友女警亚由美从内部打探消息。她得知，近年来"先驱"大肆涉足房地产，曾引出多起法律纠纷。教团似有足够资金抢购周边的土地，设立虚假公司掩盖真实身份，非法收购地产房屋，哄抬地价。不仅在山梨县，而且在都市东京、大阪和各大城市的黄金地段纷纷购进地产，背后的金主可能牵扯黑社会和政界。此外，他们的资金主要来源于被吸引而来的信众"捐赠"的财产。教团知性纯粹的表面吸引了很多担任职务、从事专门研究的知识分子加入，他们来时都有名为"设施永久使用费"的高额捐款。一旦他们离开，根据签订的协议一分也拿不回。曾有退会者组成团体，控告"先驱"实施诈骗，是危险的反社会邪教。但人微言轻，没有影响力。教团有能干的律师团队，筑起了密不透风的法律屏障。

弄清全部真相后，在老夫人的周密安排下，青豆以健身教练的身份，利用深田保周期性肌肉僵硬、身体瘫痪，招募人做肌肉舒展的机会，刺杀了他。

第二节　重大的社会人生主题

小说以并行推进和明暗呼应的多线索叙事，铺开了具有极大历史跨越性和社会包容性的丰富故事，形成了既体现纵深历史发展、又表现特定时期广阔世态人生画面的重大主题。

一、纵向社会发展史

小说透过青豆和天吾的人生爱情故事及深田保和他创建的组织的演变发展，较为完整地表现了"新左翼运动"以来日本战后30年的历史。从20世纪60年代末"全共斗"风潮到20世纪90年代异教祸乱社会，日本社会发生了"全共斗"及"赤军运动"的起落、"新兴宗教"崛起、房地产泡沫经济、政治右倾化转向等重大历史事件。虽然小说把校园斗争设定在1970年，把武斗派"黎明"枪战毁灭、"先驱"邪教转向设定在20世纪80年代初，但对事件性质、状况、场景等要素的描述，使人自然联想到与此相似的史实。"知识人"深田保信奉毛泽东，拥护"文化大革命"，依照红卫兵组建学生队伍，使人联想到受中国"文化大革命"影响较大的"全共斗"风潮。深田保组织领导罢课，带领无处安身的学生加入农业共同体"高岛塾"，使人联想到领导了早稻田大学"全共斗"的日本马克思主义传播者新野淳良，以及

第六章 《1Q84》：终而虚化的善恶观

运动过后他加入"山岸会"的史实。"黎明"走上武装革命的道路，与警察发生枪战而毁灭，使人联想到"安田讲堂事件"和把新左翼斗争引向关西和武装斗争的"赤军派"，联想到"联合赤军"制造的浅间山庄及内部整肃事件，以及"日本赤军"特拉维夫机场与警察对峙自我引爆事件。"先驱"抢滩房地产，使人联想到20世纪80年代以房地产、股票为动力的泡沫经济。"先驱"教主制造个人迷信，以宗教之名实施奸淫，有组织地制造一系列杀戮事件，使人联想到20世纪90年代制造了多起绑架、暗杀、灭门惨案和东京地铁沙林毒气事件的奥姆真理教。小说以历史发展为维度和内容，达到回顾和反思历史的目的。

此外需注意一个现象，小说以深田保及"先驱"的演变发展回顾"全共斗后史"时，含有一个内在的动因和参照系，即回应民主评论界对他的早期创作书写"全共斗""缺失"问题的批评。2007年，筑波大学教授黑古一夫在村上春树研究专著中指出：

> 加藤典洋[1]是这样评价村上春树对学生叛乱即"全共斗运动"所采取的态度的："这里的'全共斗'只是在'青春'这层外衣包裹下的一个封闭的神话。"的确如此，村上春树把学生运动即"全共斗运动"尘封在"神话"当中，并切断了它同现在之间的关联性。
>
> 可是，仔细想来从60年代末到70年代初学生叛乱即"全共斗运动"，和迄今为止的战后学生运动史上任何时期都有所不同，它不只以"政治革命"为目标。

---

[1] 加藤典洋（1948— ），日本著名文艺评论家，东京大学文学系法文专业毕业，现任明治学院大学国际学系教授。

这次运动，起初是由"象牙塔"里蔓延开的幻想——学生自由和大学自治等——遭致破灭而发动的，其初衷不仅仅是"政治革命"，同时也是"文化革命"。例如，"知识人叛乱"和"自我否定"等也体现了一部分"全共斗运动"的内情，尽管是纸上谈兵，这次运动无疑具有探求人生的"文化革命"的性质。

……

村上春树在对60年代末到70年代初的学生运动的总结中完全忽略了"全共斗运动"的"文化革命"因素。村上小说里所表现的"全共斗运动"之所以被当作"神话"而封印于"过去"，正是因为在政治季节结束后，那些运动的参与者"转战"到"政治"以外领域的事实完全没有进入他的视野。所谓文如其人，如果小说的主人公"我"中有大部分村上春树的影子的话，那么停滞在1970年的"我"也没有看到很多"全共斗运动"参与者"转战"这一现实。

与村上春树在早稻田大学同年的津村乔，在其《全共斗——持续与转型》（1980年）这本书中，报告了那些全身心地投入到创立农业共同体、展开反对开发的市民运动（反对核电站建设等）、反对歧视运动以及教育斗争的人们的实际情况，提出了"持续不断的全共斗"的主张。虽说村上春树在其小说中并没有试图描写"全共斗运动"，但由于作品中类似津村乔那样的关于"全共斗"的观点彻底缺席，因此"全共斗"也只能被当作

第六章 《1Q84》：终而虚化的善恶观

"神话"了。[1]

客观地说，以青年学生为主角的校园"全共斗"是"新左翼运动"的主战场，与"第一次安保斗争"一样，是日本战后精神发展史上弥足珍贵的遗产。虽然在强大的国家机器面前一败涂地，但学生们真诚地进行自我反思、体制反抗以及求新求变的精神，是激励一代代民主人士进行持续不断的思想革命斗争的精神源泉和动力。而持自由民主主义立场的村上春树最初对学生运动并未投入更多的热情，其早期创作也并未真正给予"本体"关注。即使号称"青春与理想主义反思"的"青春三部曲"，也仅仅把1970年的学生运动当作表现青春迷茫和感伤的远景，并非进行正面突破。此后创作于20世纪80年代的"现实性"小说《挪威的森林》及创作于20世纪90年代的《国境以南，太阳以西》，对校园罢课、街垒战、东京游行、机动队进驻学校、再次煽动罢课等，进行了正面描写。但也仅限于择取一两个场景，以速写、漫画手法，用一代人的大学时代生活加以点缀，并未进行深切总结和反思。21世纪再度获得国际关注的《海边的卡夫卡》第一次把学运风潮上升到三线之一的主体地位，但也只局限于展示其流血纷争特点，是把它当作与战争暴力、少年意念弑父并列的暴力形式之一，并未从学生运动本身进行组织形式、价值意义、经验教训等根本性问题的思考。而这部时隔7年再度创销量新高的小说《1Q84》，则第一次把1970年校园斗争设为正面表现的主体。小说在全面回顾表现其演进发展、精神遗产的主题之下，对黑古

---

[1][日]黑古一夫著，秦刚、王海岚译：《村上春树——转换中的迷失》，中国广播电视出版社，2008年，第44—46页。

一夫等民主评论家指出的其对早期"全共斗"的书写切断了"与现在之间的关联性"、忽略了"'文化革命'的因素"、未看到政治季节后参与者"转向"现实、未体现"持续不断全共斗"思想等问题，进行了自觉有针对性的回应。

作为大学教员和"学界后起之秀"，深田保组建学生造反队伍，参与领导罢课，体现了"全共斗""知识人叛乱"的特点。他离开校园，加入"高岛塾"，创建"先驱"及"黎明"继续革命，回答了政治季节过后参与者的"转战"问题。现代生活与"全共斗"之间的关系，小说既表现其正向继承，即现代生活是"持续不断的全共斗"，也表现其反向背叛。在正向继承方面，如上述深田保加入农业共同体"高岛塾"，创建私有制公社"先驱"和武斗派"黎明"，均属此列。此外，远离政治但积极追查神秘教团真相的戎野、矢志不移铲除男权暴力的老夫人、共同结成反暴力联盟的青豆和天吾，都表现了继承"全共斗"理想、"持续不断的全共斗"特征。在反向背叛方面，20世纪70年代末"先驱"发生神秘的宗教转变，80年代成为罔顾经济法律秩序、黑幕运行的资本势力，90年代沦为残害生灵的反社会邪教团体，当属此列。众所周知，政治季节过后走出校园的一代人走入社会，从事各行各业，成为70年代产业革命的中坚、80年代泡沫经济的推手。他们以扎实的专业知识和务实严谨的工作态度，创造了80年代日本经济腾飞的神话，也沦为不问政治不奢谈理想和"主义"的"经济动物"。正如小说中所言："在八十年代的日本，激进的暴力革命思想已然落后于时代。一九七〇年前后曾追求激进政治理想的青年，现在已就职于各种企业，在经济这个战场的最前线打拼厮杀。要不就是同现实社会的喧嚣与竞争保持着距离，在

第六章 《1Q84》：终而虚化的善恶观

各自位置上勤勉追求个人价值。总之，世间潮流突变，政治季节成了遥远的过去。"[1] 众所周知，20世纪80年代也正值奥姆真理教成立并迅速扩张的时期。虽然其高层骨干成员大多是在泡沫经济失速、国民思想混乱的右倾化时期走出大学校门，与"全共斗"没有直接关联。但其深厚的专业教育背景、前沿科学研究专长，以及在封闭固化的垄断资本、党派政治暴力下苦无出路的处境下，与两次民主运动兴起时期的社会氛围极为相似。小说把"先驱"写为集20世纪80年代房地产泡沫推手和反人类邪教于一体的黑恶势力，客观上并不符合历史真相，但对于表现"全共斗"过后"后民主时代"社会经济畸形发展、国家治理僵化、国民信仰危机无疑极为准确，是对"全共斗"以反思"自我"为前提的真诚体制革命理想的反动。

"全共斗"的思想和"文化革命"色彩集中体现在深田保身上。他人生的每一个阶段、思想的每一次转折都是不断进行自我反思、否定和扬弃的过程。校园斗争时期，深田保是毛泽东思想和中国"文化大革命"的追随者，是日帝资本主义的反叛者。他组建学生造反队伍，凝聚校园斗争力量，曾鼓动一代人向体制及自我开战。校园抗争失败，他带着被大学整肃的学生加入农业共同体"高岛塾"。不管它以怎样的名义，其生产模式是什么，但它毕竟是公有制经济组织，不是深田追求的目标。对"高岛塾"不承认私有财产的"原始共产"体制，深田持否定意见。正如戎野所说："不用说，乌托邦之类的在任何世界里都不存在，就像炼金术和永动机在任何地方都不存在一样……当然深田自己从一开始就明

---

[1][日]村上春树著，林少华译：《1Q84》，南海出版公司，2010年，第一卷第339页。以下出自《1Q84》的引文均以此版本为准，只在引文后标注其在原著中的页码，不再另加注释。

白这一点，可是他率领着一群被大学开除、满脑袋空想的学生，无处栖身，于是暂时选择了那里当落脚处。"（一卷153—154页）因此，他掌握了生存所需的技术和维系共同体的方法后就带着学生离开，创建新公社。新公社"先驱"是建立在对"高岛塾"长短处理性分析和创造性改造的基础上的。生产上沿用其农业技术，但适应经济社会新发展、人们的物质生活水平提高、商品生产和消费升级换代的现实，对生产经营和营销模式进行了改造。舍弃原始、封闭、自给自足的大农业，走有机蔬菜生产和物联网销售的生态农业道路。舍弃彻底的"原始共同体"制度，建立私有制和人身自由基础上的"松散共同体"，即公社整体实行私有制，再划分成单位，单位内部实行公有制。成员对所属单位不满，可以自行调换，也可以自由离开公社。事实上组成了"私有制＋自由＋生态＋物联网"的高品质自由资本主义经济体。这是思想探求者深田保的终极社会理想，是"在某个时间点上"把以政治为目的激进派果断"切割"出去的出发点和理由。与曾经并肩作战的激进学生发生分歧、"武斗派"狂热追求"继续革命"时，深田保进行了深入灵魂的自我省察和对当前形势的研判。他思考了涉及人生和社会方向路线的几个根本性问题。他认识到在20世纪70年代的日本不存在"发动革命的余地和机会"。他已不相信革命的"可能性和浪漫性"，但又不能全面否定，因为否定革命就意味着否定迄今为止他的整个人生。他认识到自己所设想的革命只是"一种可能性"，是"作为假设的革命"，只是提倡"一种反体制的、破坏性的意志的启用"。他认为这"对一个健全的社会来说必不可缺"，而学生们向往的是真正意义上的流血革命。他深知学生们形成如此强烈的革命愿望，他负有不可推卸的责任，

第六章 《1Q84》：终而虚化的善恶观

是他发出的热血沸腾的言论，把不切实际的暴力革命思想灌输到学生脑中，却从来没有告诉他们那是加了引号的革命。与"武斗派"分离是他最为矛盾痛苦的时刻。他担心一旦自己抽身，可能在学生中引起混乱。于是，他过起了身与心、思想和行为互相分裂的生活，暗中往来于两个公社，既是稳健派"先驱"的领袖，又是武斗派"黎明"的顾问，甚至是"黎明"另辟新村的幕后金主。他最终走上黑幕纵控社会和反人类邪教，除去受神秘"小小人"控制的神魔色彩，这是政治季节过后社会畸形发展造成的信仰悲剧，背离了他追求与自然共生、实现自由和谐的人类共同体生活的本意。从思想和"文化革命"的角度看，他30年抗争、奋斗和思索，但终其一生是探索者迷失了方向和道路的悲剧。他的生命终结于青豆行刺，是被他人所杀，但他的生命意志丧失、自求一死是青豆刺杀行动得以完成的前提。

二、横向世态人生画卷

小说在以个人生活史引出社会发展主题的同时，还以纷纭万象的主次多线索叙事横向展开广阔的世态人生画面，描绘日本战后尤其是"后战后"时代的百态人生，揭示资本高度垄断、社会阶层固化、信仰缺失年代的种种社会问题。在青豆、天吾及深田保明暗结合的主干故事中已隐含着"褊狭"宗教、不伦家庭、校园歧视、探索者悲剧等问题，更有男权社会被戕害的女性、资本等级社会小人物、战争难民，以及幽禁在教团高墙内、偏远闭塞的小城里无所谓希望和未来的生存问题。其中大多数色彩鲜明，且形成系列，成为"综合小说"社会人生主题表达不可或缺的重要组成部分。

（一）不被护佑的女性，文明社会的疮疤

从文化根源看，受儒家等级思想影响很深的日本素有男尊女卑、歧视压迫女性的传统。加之自江户时代以来实行的性奴隶制度，往往使无权无地位的女性成为家庭和社会色情暴力的牺牲品。这一历史遗存虽经战后民主化改革和公娼制度废止，但仍在男权大行其道的现代日本社会延续。小说随着多线索的展开，塑造了众多遭受色情及暴力侵害的女性形象。施害者来自不同社会阶层，受害者遍布女性生存的每一个角落。她们的肉体受到伤害，精神受到损害，有的甚至失去了生命。小说不仅写性别暴力存在的方式和后果，还剖析施暴者得不到惩治、受害女性得不到救助保护的原因，从而上升到社会习惯意识和法律制度层面深刻揭示问题。

青豆成年后成了杀手，是为了救助那些受到暴力侵害而难以申冤的女性。挚友大冢环婚前有被学长强暴的经历，婚后被丈夫施以虐待狂般的暴力。她的精神和肉体都伤痕累累，她在自己将要26岁时趁丈夫出差自缢。验尸的警察有所察觉，但很明显是自杀，没有家庭暴力的直接证据，只好不了了之。老夫人的女儿持续受到婚内性暴力，失去自尊和自信，怀孕6个月时服药自杀。身上全是伤痕，丈夫也承认施暴的事实，但声称是双方同意的性游戏，警察无法追究其刑事责任。石油界投资专家深山家境良好，才华出众，社会评价很高。但专门在光天化日下打老婆，对于用球棒打断妻子几根肋骨毫不在意。他在合法婚姻下对太太实施性暴力，使她的多条肋骨骨折，耳朵失聪，身上布满伤痕。年轻的太太提出离婚，但被拒绝。如果通过法律途径，出示家庭暴力的证据可以实现离婚，但同样困难重重。需要花费大量的时间和金

第六章 《1Q84》：终而虚化的善恶观

钱，如果对方雇一个能干的律师，还可能被弄得颜面无存。就算能判决离婚，判定了精神损害和生活补助金额，她也很难获得赔偿。女性庇护所保镖Tamaru说："正经支付这些赔偿费的男人也少之又少。因为巧妙的借口想找多少就有多少。在日本，前夫因为不支付精神赔偿费而被判入狱的，几乎没有。只要表现出支付的意愿，在名义上多少支付一点，法院就会从宽处理。日本社会仍是对男人宽容有加啊。"（一卷106页）教团里的女孩阿翼被"领袖"多次性侵，子宫被撕裂。但因涉及敏感宗教问题，老夫人知道报警无济于事。孩子几乎不会说话，无法说清楚发生了什么，就算能够说清楚也无法证明。父母是孩子唯一的监护人，如果把她交给警察，很可能被直接送还父母，同样的事会再次发生。女警亚由美幼年时被叔叔和哥哥猥亵。母亲向来偏袒哥哥，总是对自己感到很失望。如果她向母亲告状，对方没事，反而被母亲认为错在自己而被更加憎恶。因此，她不敢告诉任何人。幼年时倒错的性经验使她成年后形成病态的性心理。她渴望真情，但不能和特定男性保持深入交往。不能正常恋爱、约会，就外出寻找性刺激，有周期性纵欲和被性虐的爱好。身为警察，她私下约会陌生男子，戴着警用手铐被性虐勒死。此外，天吾的母亲和教团里被性侵的深绘里等少女都是在情色和男权社会被暴力侵害的女性。她们被侵害的事实表现了日本社会对男权的纵容，对女性的漠视，使女性成为失去护佑、易于折损的生灵。小说以柔弱优美、索求不多却易于香消玉殒的蝴蝶来比喻这些女性。

在老夫人收留受害女性宅院的"暖房"，青豆看到带着红色条纹飘然而飞的白色蝴蝶。老夫人介绍，它们是生长在冲绳的稀有品种，仅采食冲绳山上一种花的营养生存。培育它们需运回冲绳山上的土和花草，相当不易。老夫人说："我不给蝴蝶取名字。即使不起名字，只要看到花纹和形状，就能一个个认出来。纵然给蝴蝶起了名字，她们也是不久就会死去的。这些人是无名无姓、转瞬即逝的朋友。我每天来到这里，跟蝴蝶见面，寒暄，交谈，可是时间一到，蝴蝶们就会默默地消失，不知所终。我想她们一定是死了，但是你找不到她们的尸骸，简直就像被吸进天空中了，消逝得无影无踪，不留下一丝痕迹。蝴蝶是世上最优美的生灵。她们不知从何而来，静静地寻觅命中注定的那一点东西，随后悄然消逝，不知去向何方。恐怕是去了和这里不同的世界。"（一卷101—102页）这里使用"她们""这些人"等人格化的词语，用蝴蝶暗指女性。它们仅采食冲绳山上的花、洁白的羽翼上长着红色花纹，寓意血腥、暴力和苦难。冲绳在亚太战争和战后美日"共同防卫"体系下具有独特的悲剧性，小说以此暗示日本现代女性受压迫和伤害是承袭了战时法西斯暴力血缘的恶果，从而把女性问题上升到日本历史和国家的层面。

（二）战争孤儿，"原罪"印记

在这部以日本战后史为主要内容的小说中，村上春树首次关注到日本发动殖民侵略战争以来的东亚殖民和战后美军占领时期特殊的"战争孤儿"问题。表现这一问题和主题的，包括因战后殖民地归属困于日本的韩侨Tamaru和美军基地弃儿"老鼠"。

战争结束前，Tamaru出生于日本最早开辟的殖民地萨哈林岛，当时称为桦太。他的父母是被抓为劳工的朝鲜釜山人。1945年，日军投降后父母被苏军俘虏，释放时没有被送回日本。因战后朝鲜不再隶属日本，日本政府拒绝接收。又因苏联与南韩敌对，规定俘虏可以申请去北朝鲜，但不能回南部家乡。他

第六章 《1Q84》：终而虚化的善恶观

们不想去北朝鲜，萨哈林岛又缺衣少粮，苏军对待俘虏很残酷。父母把不满两岁的Tamaru托回国的日本人带到北海道，期望以后有机会重逢，但从此再未相见。战后困难时期，带他回日本的夫妇无力抚养他，把他送到孤儿院。战争刚刚结束，孤儿院里孤儿很多，想活下去就得参加各种无法胜任的劳动。长大后Tamaru办了名义上的过继手续，取得日本国籍，重新起了一个日本名字，他逃离北海道，来到本岛。他加入了自卫队特种部队，接受了严格的训练，为锻炼野外生存能力，吃过老鼠、蛇和蝗虫。离开自卫队后以当保镖为生，不得已时也曾在黑社会讨生活。自从结识"柳宅"老夫人，当了女性庇护所保镖，才过上了正常稳定的生活。

"老鼠"是北海道教会孤儿院里比Tamaru小两岁的混血孤儿，由美军基地的黑人大兵和酒吧女所生，生下来就被抛弃。因肤色和智力残障，常常受到周围人的欺负。他没有生活能力，连纽扣都不会扣，但擅长雕刻。只要有刻刀和木头，不需要打草稿，转眼就能雕出漂亮的木雕。但不知为什么，他只雕刻老鼠，雕出各种各样、惟妙惟肖的老鼠。他的事还上过地方报纸，成为传播一时的话题。院长把他雕刻的老鼠放在民间工艺品商店卖给游客，赚了不少钱。于是免除累人的田间劳动，让他留在工艺室专心雕刻老鼠。孤儿院里生活悲惨，食物不足，冬天冷得要命，大孩子欺负小孩子。但他从不关心，关心的只是用刻刀"把那只老鼠从木头里掏出来"，"不断地解放被囚禁在木头里的虚构的老鼠"。（二卷259页）Tamaru曾做他的保护人，离开孤儿院时，他送给Tamaru一只木雕老鼠。Tamaru时时把它带在身边，但不知他离开后"老鼠"的命运如何。

269

(三）困苦小人物，垄断社会的痼疾

垄断资本主义社会同样是等级和特权社会，与封建社会的区别仅在于阶层划分的标准由出身门第变为金钱权势等"资本"。占有的资本和资源越多，获得的回报越丰厚。收入分配失衡、贫富分化加剧、阶层固化是垄断资本主义社会的突出问题。小说所写二十世纪七八十年代，正值日本以产业升级化解石油危机，以"高科技立国"引领的高新技术产业迅速发展期。高收入、高福利和高就业率是社会繁荣的表象。但另一方面，发达资本主义阶段资本垄断的程度越高，资本吸附金钱的能力越强，中小资本和普通劳动阶层越来越处于相对贫困地位。社会收入分配差距越来越大，贫富对比越来越悬殊，劳动者的付出和所得越来越不成正比。底层社会辛劳一生，也难逃拮据卑微甚至情感、家庭不保的地位。天吾的NHK收费员父亲川奈和替人跟踪盯梢的私家侦探牛河当属此列。

川奈原本是东北佃农的儿子，在日本移民开拓中国东北的殖民扩张时期加入"满蒙开拓团"来到"满洲"。在满蒙边境贫瘠的土地上，一边端着步枪驱赶马贼和狼群，一边开荒种地，付出艰辛的劳动也难以实现温饱。1945年8月，当他的生活逐渐稳定时苏联对日宣战。他得到苏军要突破国境的消息，于是挤上火车，身无分文地辗转回国。战后在自己国家的土地上，他成了无处安身的难民。他来到东京，当过黑市商人，当过木匠，但都没有成功。在战后的混乱中他过了几年忍饥挨饿的日子，后经人介绍，到NHK当了视听费收款员。他前半生颠沛流离，如今有了稳定的工作，觉得非常满足。他认为这是他人生中最大的幸运，"终于在图腾柱的最底端确定了自己的位置"（一卷116页）。因此，

第六章 《1Q84》：终而虚化的善恶观

他工作上尽心尽力，具有极强的忍耐力。他是NHK最尽职的员工，一切以工作为主。NHK的员工周末不需要工作，但他每个周末必定带着年幼的儿子去收款，因为周末孩子不用去幼儿园或学校，带在身边可以感化那些钉子户。为了这份工作，他付出了很多精力，甚至牺牲了儿子的童年，使父子之间的感情不断恶化。

后来，他一直在NHK工作，在职时有稳定的收入和住处，但退休即从公司宿舍中搬出，住进廉价公寓。退休后不久，他得了阿尔茨海默症，住进偏远小镇的疗养院。在濒死的昏迷中，他灵魂出窍。他睡在疗养院的病床上，灵魂回到了东京，挨门挨户敲门收款。

他一生辛勤工作、节俭度日，但最后只留下了一个带闹钟的收音机、一个全自动手表和一个老花镜，每个物件都与工作有关。他给儿子的财产仅有50万元现金和扣除医疗、丧葬费后数额极小的储蓄存款。神志清醒时他已安排好后事，预订了最廉价的葬礼。他选了最简易的棺材，穿退休时留下的工作制服。没有仪式，不要墓地，直接送去火化，骨灰寄放在公共设施里。看到他珍藏的工资明细表，天吾才知道，他在NHK工作的收入少得可怜。看着病床上父亲生前压出的凹痕，天吾想起他生前穿坏的许许多多鞋子："日复一日地奔走在收款线路上，父亲在漫长的岁月里穿坏了不计其数的鞋子。每双鞋都外观相同。色黑，底厚，极为实用的廉价皮鞋。它们饱受折磨，弄得破破烂烂，绽开、磨损、后跟歪斜。每当看到变形如此剧烈的鞋子，少年时代的天吾便心痛难忍……这些鞋子让他想起了被无情地一再利用，最终濒临死亡的可怜的劳役动物。"（三卷42页）"然而仔细想想，如今的父亲不就像濒死的劳役动物吗？不就和被磨损的皮鞋一样吗？"

（三卷 42—43 页）

牛河是现代社会"另类"痛苦挣扎的小人物。与川奈不同，他并非天生属于底层社会，而是生于知识精英家庭。父亲经营一家诊所，母亲掌管财务。哥哥和弟弟都以优异的成绩考进医科大学，哥哥在东京一家医院做了医生，弟弟留在大学研究医学。妹妹曾在美国留学，现在回国做同声传译。他在家里甚至在社会中成为"另类"，是因为他极为丑陋的相貌。他的家人个个容貌端正，身材高挑，而他是个例外。他个头矮小，双腿弯曲，脑袋硕大，头发卷曲蓬乱，眉毛又粗又浓像蠕动的虫子。家人对他的长相感到莫名其妙，就当他不存在，不让他在别人面前抛头露面。在这个父亲冷漠、母亲庸俗、弟弟妹妹自私势利的家庭，他从小被歧视冷落，少年时期基本上是一个人在孤独中度过的。大学毕业后他就通过了司法考试，获得了律师资格，但由于相貌丑陋不被律师所录用。他想，如果自己开办事务所，大概也不会有委托人上门。于是，他自然而然地和黑社会搅到一起，迅速掌握了游走在法律边缘的诀窍。一次，他利令智昏地越了雷池，虽然逃过了刑事责任，却被律师协会除名。之后，他沦落到干起跑单帮，跑腿遛街，替人跟踪盯梢的营生。但事实上，他因为极为特殊的长相，并不适合做跟踪盯梢工作。即使他想混入人群中，但"也像掉进酸奶中的大蜈蚣，十分抢眼"。他跟踪调查支持青豆的幕后力量时，在老夫人的宅院监控中只出现了两次，就被 Tamaru 牢牢记住。他监视天吾时暴露在青豆视线下，引起青豆的警觉，Tamaru 捕杀了他。

牛河因为自己的相貌，他的家庭生活也并不幸福。以前他有妻有女，在神奈川买了一栋林间小楼。妻子的容貌说得过去，两个女儿也都称得上漂亮。如今她们住在名古屋,孩子们有了可以出现在小学参观日也不会感到羞耻的相貌正常的父亲。牛河与女儿已经有四年没有见过面了,一家人根本没有重新生活在一起的可能。现在他孑然一身,或跑在盯梢的路上,或藏身于阴暗处,他不由得想起一家人其乐融融一起生活的情景。他感觉一切都回到了原点,除了生命,再也没有可以失去的东西了。

第三节　形而上体制思考

在内容组合上,《1Q84》采用了村上春树惯用的由俗到雅再到抽象的"三部曲"写法,即从"俗艳"的流行故事写起,引出严肃重大的话题,进而在重大话题展开时加入非现实因素,以主观超验的意象化手法表达主观意图和观点。小说从青豆和天吾"爱情+冒险行侠"的通俗流行故事写起,内含学人深田保社会探索和精神探索的过程。继而在深田保个人生活及团体"先驱"的历史演变中加入"小小人""空气蛹""母体""子体"等奇幻童话和民间故事,超越现实,从哲理层面表达对管理化社会体制及意识形态的思考。

一、由显而虚的超验故事

小说在具有史诗意蕴的深田保故事中,层层布设了玄幻、神魔、悬疑等故事因素,从"据实"历史叙事逐渐走向抽象、超验和意念化。

　　在天吾改写稿件事件开始时，小说通过他预读投稿的小说《空气蛹》，简要叙述了根据深绘里在教团里的经历所写的少女、老山羊及"小小人"故事，为系统超验故事的展开打下了基础。小说记述：她是一个10岁少女，住在山里的某个"公社"，负责照料一只瞎了眼的老山羊。山羊已经很老了，但对"公社"来说却是一只非常重要的山羊，需要一直有人守护它不受伤害。但她不小心放松了警惕，老山羊死了。少女受到惩罚，和死去的山羊一起被关进土仓。老山羊是"小小人"与这个世界沟通的桥梁，到了夜里"小小人"通过老山羊尸体来到人世间，待到天亮再回到那边。少女能和"小小人"说话，他们教少女做"空气蛹"。

　　继而在青豆的故事中正式介绍了"小小人"制作"空气蛹"的过程。白天，青豆在老夫人的女性庇护所见到了被性侵的女孩阿翼，首次提起"小小人"。当天晚上，老夫人想陪阿翼睡着再离开，却意外睡着了。阿翼睡着后，"小小人"从她的嘴里钻出来，共有五个。开始只有拇指大小，钻出后他们不停地扭动身体，长到大约30厘米。他们从床下拖出肉包子大小的物体，围成圆圈，手伸向空中抽取半透明的白丝，把那软绵绵的物体弄大。就这样持续了几小时，做成了大约130—140厘米长的"空气蛹"。这期间，庇护所里所有的人都在安睡，连护院的牧羊犬也伏在草坪上沉入睡眠。第二天清晨，人们发现牧羊犬死了，内脏飞得七零八落，好像小型炸弹在肚子里爆炸了一样。但没有人听到爆炸声，也没有人听到狗叫。狗死时没有系绳子，监控里没有人解开绳索和狗被炸时的影像，想必是有熟人解开绳索，把狗引到了监控以外的地方。第二天夜里，阿翼神秘失踪，不像是被人强行带走，像是

第六章 《1Q84》：终而虚化的善恶观

自己主动离开的。她似乎是从狗的惨死中听到了"知道你藏在这里，你必须离开"的口信，于是夜深人静时一个人悄悄下楼，打开门锁走了，去了别人找不到的地方。

青豆刺杀深田保时，解开了少女深绘里、"小小人"及"空气蛹"谜题。在酒店房间，青豆见到了藏身于黑暗中的深田保。深田保自报他"领袖"的身份和身体的"某种问题"，提起"小小人"话题。他说，在这个世上有一种叫作"小小人"的存在，他们没有一定的形状和名字，是一种观念形态。是女儿深绘里把"小小人"引到世上，深绘里是"感知者"，自己是"接收者"。通过"感知者"和"接受者""交合"，他被赋予"声音聆听者"的身份，成为"小小人"代理人。为了维持某种平衡，女儿深绘里走到了他的反面，成为"反小小人代理人"。她抛弃"空气蛹"中的"子体"出逃，离开"先驱"。而深田保接受的"作为恩宠的代价送来的东西"，视网膜受损，不能见光，只能在黑暗中生活。他的肌肉不定期僵硬，身体瘫痪，伴随着剧烈疼痛，但性器官坚挺。这被看成上天的恩宠，是神圣的状态，就会有女人前来与他"交合"，第一个就是她的女儿深绘里。这些女人留在他的身边，充当女巫。与"聆听者"交合，是她们的职责，怀上"聆听者"的继承人是她们的任务。但她们是未迎来初潮的女孩，不可能有怀上"聆听者"继承人的奇迹发生，而"聆听者"本人正确定无疑地走向死亡。肌肉僵硬的次数越来越多，瘫痪持续的时间越来越长，身体承受难以忍受的剧痛。如果无法阻止恶化，身体必然被侵蚀成空洞，迎来惨不忍睹的死亡。为了从痛苦中解脱出来，也为了报复还未获得他的继承人的"小小人"，深田保只想以死亡来结束这一切。他请求青豆让他没有痛苦地死去，作为回报，他救天吾一命。事实上深田保早已预知一切，知晓青豆的计划。教团有人阻止他和陌生人见面时，他主动将事情向前推进。为了完成把施暴者"移除"到另一个世界的任务，也为了因写《空气蛹》成为"小小人"敌人的天吾的安全，青豆刺杀了深田保。

  刺杀"领袖"之后，青豆阅读正在热销的小说《空气蛹》。小说以青豆的视角补充了天吾在故事开头提到的"小小人"教少女制作"空气蛹"的过程。因老山羊的死被关进土仓的第三天夜里，少女看到了"小小人"。他们从山羊嘴中接连钻出，一开始有6个，后来变成7个。钻出时大约10厘米高，站到地上迅速长大，长到约60厘米高。他们有男有女，声音有高有低。穿同样的衣服，长同样的面孔。有个"小小人"提议，咱们来做空气蛹吧，从空气中抽丝，用它来造家，越做越大。少女和"小小人"围坐在一起，学做空气蛹。她很快掌握了技巧，从空气中抽丝，黎明时做成半个兔子大小的白色透明的"空气蛹"。"小小人"把"空气蛹"藏起来，缩身钻进山羊嘴，夜晚再次钻出，继续工作。"小小人"说，要尽量做大些，到一定程度它就会自动开裂，会有东西出来。为期10天的惩罚结束，少女回到了"集体"，每天入睡前都会想起土仓里的"空气蛹"。她一心想知道里面放着什么，开裂时会有什么出现。她抑制不住自己的好奇心，拿着蜡烛来到土仓。她看到做好的空气蛹比最后一次看时大了很多。曲线勾勒出优美的轮廓，中间有漂亮的凹陷。它已经纵向裂开，从缝隙往里看，少女看到自己赤裸着身体。她闭着眼睛，似乎没有意识没有呼吸，像个偶人。"小小人"说，躺在那里的是你的"子体"，你是"母体"。"子体"是"母

第六章 《1Q84》：终而虚化的善恶观

体"的代理人,但它们并非两个独立的个体。"子体"是"母体"心灵的影子,变得有了形状。"子体"充当心灵的感知者,把感知的东西传达给接受者,它是"小小人"的通道。"子体"醒来时,月亮会变成两个。天上有两个月亮时,是"子体"醒来的标志。少女觉得这其中含有错误的内容,有严重扭曲之处。"空气蛹"里自己的影子让她惊颤,它不能和自己一起生活,这有悖于自然规律。她不知道"小小人"在想什么,决定趁"子体"没有醒来之时出逃。逃出"先驱"后,少女被画家收养,第二天发现天上有两个月亮。她想,"子体"醒来了,世界变化了,有什么事将要发生。而发生的第一件事是她中学时要好的男孩阿彻被夺去生命。少女悟出,这是来自"小小人"的信息。他们无法对身为"母体"的自己下手,但能毁灭她身边的弱者。"小小人"以此发出警告,想把她带回"子体"身边。少女再次变得孤独,不再上学。因她意识到和谁交好就意味着给谁带来危险,这就是生活在有两个月亮的世界的意义。少女下定决心做自己的"空气蛹",沿着"小小人"来的通道,逆向行驶到他们的地盘。

少女出逃后,又有几个"子体"经"小小人"之手被制造出来。她们都成为"小小人"的感知者,充当女巫,发挥向聆听者"传达"的作用,阿翼是其中之一。就这样,"小小人"实际掌控了"先驱"。小说到此为止,青豆读后不明白"小小人"掌控"先驱"的目的是什么,但她明白《空气蛹》是个重大线索,"一切都始于这个故事"。自己在这个故事中充当的角色是被拉进天吾和深绘里建立的"反小小人运动"通道,在其中担任一个不小的角色。她杀了"领袖"就等于彻底摘除了"病根"。

二、现行民主体制批判

有评论称,《1Q84》是向老前辈奥威尔致敬和向极权体制开战的作品。小说无论对农业共同体阶段还是对极端宗教阶段"先驱"的叙述,都有对管理化社会体制的思考,对极权政治的批判。小说对深田保离开校园后加入的公有制共同体"高岛塾",借戎野之口进行了贬斥:"深田就是要在高岛塾这种体系中追寻乌托邦。""不用说,乌托邦之类的在任何世界里都不存在,就像炼金术和永动机在任何地方都不存在一样。高岛塾的所作所为,要我来说,就是制造什么都不思考的机器人,从人们的大脑中拆除自己动脑思考的电路。和乔治·奥威尔在小说里描绘的世界一模一样。但恐怕你也知道,刻意追求这种脑死状态的家伙,这世上还不少。不管怎么说,这样更为轻松呀。不用思考任何麻烦的事情,只要听从上方的指示做就好了,不愁没饭吃。"(一卷153页)这是对以专制独裁为特征的所谓东方极权政治的批判,是习见的西方社会对以苏联为首的社会主义国家所谓"红色恐怖"的攻讦。事实上,小说用"小小人来了""小小人控制"讽喻的极权形态已发生了根本变化。它既不同于奥威尔所说的"老大哥独裁",也不同于米兰·昆德拉所说的"五一节"排着队共同喊着口号游行的"东方式极权"控制,而是特指现代西方(包括日本)认为是"人间正道"的"自由"民主制。要理解这一点,需要我们回到小说文本,通过对有关"小小人""空气蛹"话题的梳理加以认证。

小说最早在天吾转述投稿小说《空气蛹》时提及"小小人",

第六章 《1Q84》：终而虚化的善恶观

戎野则正式展开关于"小小人"的话题。说到深田保从公众视线中消失，深绘里说"因为小小人来了"，戎野当时就把"小小人"与奥威尔笔下的"老大哥"相联系。他说：

"我不理解绘里描绘的小小人究竟意味着什么，她自己也无法用语言说明小小人到底是什么，也许她并不打算说明。总而言之，在'先驱'由农业公社急剧转变为宗教团体的关键点上，小小人好像起了什么作用。"

"乔治·奥威尔在《1984》里，你也知道的，刻画了一个叫'老大哥'的独裁者。这固然是对极权主义的寓言化，而且老大哥这个词从那以后，就成了一个社会性的图标在发挥着作用。这是奥威尔的功劳。但到了这个现实中的1984年，老大哥已经变成了过度有名、一眼就能看穿的存在。假如此刻老大哥出现在这里，我们大概会指着他说：'当心呀，那家伙就是老大哥。'换句话说，在这个现实世界里，老大哥已经没有戏了。但取而代之，这个小小人登场了。你不觉得这两个词是很有意思的对比吗？"

"小小人是肉眼看不见的存在。它究竟是善还是恶？究竟有没有实体？我们甚至连这些都不知道。但它好像确实正在挖空我们的地基。"（一卷297页）

表面上看戎野的话唐突玄奥，其实在"小小人"与"老大哥"的无媒介对接中揭示了两个问题。其一，利用人们熟知的"社会性图标""老大哥"为"小小人"贴上了"极权"的标签，先框定其性质。其二，揭示现代社会的极权形态发生了从"老大哥独裁"到"小小人登场"的转换。众所周知，奥威尔笔下的"老大哥"是冷战形成期大英帝国子民对公有制国家所谓"东方式极权"的讽喻。戎野说，在这个现实世界"老大哥已经没戏了"，取而代之的是"小小人"。这预示了演化，但演化的内质是什么，演化而成的"小小人控制"是怎样的体制，戎野没有解释。只隐约指出其所属和作用是破坏的力量，"正在挖空我们的地基"。而替代"老大哥"的"小小人"具有怎样的形态，所代言的极权是怎样形成的等问题，可以从深田保遇刺前的告白和青豆阅读的《空气蛹》中寻找答案。

  为了向青豆说明病症，深田保提起"小小人"。他说："这个世界里，有一种叫小小人的存在。至少在这个世界里他们被称作小小人。但是，他们不一定一直有形状、有名字。""称作小小人的东西，或者说其中存在的某种意志，的确拥有强大的力量。"（二卷192页）"被叫作小小人的存在究竟是善是恶，我不知道。这，在某种意义上是超越了我们理解和定义的事物。我们从远古时代开始，就一直与他们生活在一起。""他们有一次从黑暗中现身，通过我的女儿来到这边的世界，并将我当成了代理人。我的女儿是Perceiver，感知者，而我是Receiver，接收者。我们好像是偶然具备这样的资质。总之，是他们找到了我们，而不是我们找到了他们。"（二卷193—194页）提到被他破坏了子宫的阿翼，深田说："你看见的不过是观念的形象，并非实体。"（二卷194页）这一连串玄幻的话语，凸显了意志、观念、无形体、强大的力、远古就存在几个关键词。一言以蔽之，他揭示了"小小人"是具有强大力量但没有实体的观念，是一种意识形态。

第六章 《1Q84》：终而虚化的善恶观

进一步廓清"小小人"极权的形态和形成是虚构小说《空气蛹》记述的"小小人"制作"空气蛹"和"子体"控制"先驱"的过程。对青豆的阅读进行梳理，可以把握几个大意。其一，关于"小小人"：它是复数，可以根据意念增加或减少；他们长着同样的面孔，穿着同样的衣服，无法区分；他们有男有女，声音有高有低，有男高音"提议"，有众"小小人"唱和；刚出现时形体很小，随着身体旋转不断增大；他们来往的通道多种多样，可以是山羊尸体，也可以是人张开的嘴。其二，关于制作"空气蛹"：从空中抽取白丝，用白丝制作"空气蛹"；空中悬浮着很多白丝，想看就看得到。其三，关于"子体"："空气蛹"越做越大，到一定程度会开裂，现出无意识无呼吸的"子体"。"子体"是"母体"的代理人，是"母体"心灵的影子，它是"感知者"，是"小小人"通道，通过"交合"把感知的声音传达给"聆听者"；"聆听者"是"小小人"代理人，他们承受"恩宠"的方式为视网膜受损，肌肉僵硬，身体瘫痪，但阳具坚挺，在不自主中作恶。

这清晰的程序推演的是现代由选民、选票、选举为要件构成的自由民主制。在这个由选民选举产生权力机构和代言人的民主制闭环中，"小小人"是个体也是群体。无数个体组成群体，"空气蛹"即是由个体欲念凝聚而成的群体意志。个体组成群体，群体和群体意志一旦形成，极权即告成立。群体内必然形成共情共感的氛围——"空气"，它具有双向、三重极权暴力运动的形式。其一，群体（集团）中每个个体都自觉不自觉地感受群体意志，依照群体意志行事，在失去自我的盲从中作恶。这正是教团内，或戎野所说的"彻底共同体"内，取消独立思考装置，轻信盲从的脑死亡状态。其二，使处于群体顶端的人有意无意中感受"氛围"、应和"期待",把群体意志发挥到极致,组织发动群体暴力。近代国家形成以来,由统治集团主导发动的全民皆兵的战争即是显例。这也正是《空气蛹》所述"小小人"制作"空气蛹","空气蛹"培植偶人"子体","子体"与"聆听者""交合"传达"小小人"声音,使"聆听者"成为"小小人代理人"的自下而上塑造王者的极权制作过程。因此深田保说,恰好我们具备了那样的资质,是他们找到了我们,而不是我们找到了他们。其三,是由个体推举走到群体顶端的王者反过来与个体形成对立关系,对其实施权力制压、管控,甚至暴力。利用合法地位和权力愚弄人、伤害人,实施思想禁锢,都属此类。

由此说,由选民选票选举构成的所谓"自由"民主制说到底还是极权和暴力。管理、管控、管制,其本质都与自由无缘。个体、群体和王者,共同形成任何一方都难以跨越的极权网络。"空气蛹"一词形象而深刻,喻指由个体欲念自主编织而成的群体意志之茧。常言道,在雪崩面前没有哪一片雪花是无罪的,同样地,在群体(集团)犯罪中没有哪一个个体是可以免罪的。"一亿总谢罪""一亿总忏悔",当是这样的思维下的产物。

《空气蛹》展示的这个残酷真理,使青豆阅读时感受到的不是轻松惬意的童话意味,而是压抑。小说中写道:

> 这是个富于梦幻色彩的童话般的故事,它的脚下却流淌着肉眼看不见的宽阔的暗流。从那朴素简洁的语言中,青豆能听出不祥的余韵。隐含于其中的,是暗示某种疾病到来般的阴郁。那是从核心静静腐蚀人的精神的致死疾病。而将这种疾病带来的,是合唱队般的七个小

小人。这里明确地含有某种不健全的东西,青豆想。尽管如此,从他们的声音中,青豆还是听出像宿命般接近自己的东西。(二卷286页)

一贯致力于现代日本体制和文化思考的村上春树应深切感受到了基于虚妄"个人自由"而实为党派集权的西方民主制的暴力本质,进而揭示其危机。但能做到的也仅仅是以寓言故事迂回点拨,无意与体制和当局对抗。

第四节 相对化的善恶观

基于对现代民主制"新极权暴力"形态和内质的思考,即封闭集团、群体的"思想共犯"问题,小说最终把人类历史运行和社会人生的最高伦理归结于善恶平衡和善恶相对论。其实这是本部小说创作之前,村上春树世界观中早已成形的观念。

早在20世纪90年代,围绕奥姆真理教事件和纪实文学《地下》的出版,村上春树与时任文部省长官的河合隼雄对谈时,已明确表达了他基于精神分析学说的善恶相对论观点。

"不过在现代社会,究竟什么是善,什么是恶这一基准本身已经相当动摇了……地铁沙林事件、奥姆真理教事件这东西之所以不能一言以蔽之,归根结底就是因为'什么是恶'这个定义不容易下。""把善恶分成两个,这个是善,这个是恶,弄不好是要出危险的。势必以善除恶,或者说善做什么都将无所谓。这是最可怕的事。奥姆真理教的人也是认为自己是善才那么胡作非为的。不知不觉做了坏事……从古到今都说为了恶而杀人是少之又少的。相比之下，为了善而杀人却多得一塌糊涂。战争什么的就是这样。因此，'善'若大行其道，是极其恐怖的。"[1]

村上春树甚至把群体（组织）内"空气造恶"观点用于对奥姆教教主麻原彰晃组织实施面对不特定人群无差别杀人根源的推断，使这个披着宗教外衣的恶魔也实现了善恶相对化的转换。

> 我想麻原起始阶段也是相当纯粹的，而且具有相当强烈的感召力。可是，刚才也说了，一旦站在某个组织的顶点，堕落立马开始。这是极可怕的事。站在顶点，总有众人期待的吧，不能不照着做，不能不妥协。而心里又完全清楚迟早必然败露，于是借助科学的力量蒙混过关。这样一来，就已经是犯罪性质的了。[2]

村上春树把这一善恶相对论观点用于《1Q84》的创作，就出现了前期按通常伦理呈现的善恶美丑在终结处进行了完全相对化的转换。其中最为明显的是教团"先驱"领袖深田保。他自述与"小小人"有关的教团内情和自己自求一死的真相，进行了长篇大论式的善恶相对化、平衡论解说，是代作者立言。此处择要而录。

这个世界上没有绝对的善，也没有绝对的恶。（二

---

[1] [日] 村上春树著，林少华译：《在约定的场所：地下2》，上海译文出版社，2012年，第179页。

[2] [日] 村上春树著，林少华译：《在约定的场所：地下2》，上海译文出版社，2012年，第210页。

第六章 《1Q84》：终而虚化的善恶观

卷171页）

　　善恶并不是一成不变的东西，而是不断改变所处的场所和立场。一个善，在下一瞬间也许就转换成了恶，反之亦然……重要的是，要维持转换不停的善与恶的平衡。一旦向某一方过度倾斜，就会难以维持现实中的道德。对了，平衡本身就是善。我为了保持平衡必须死去，便是基于这样的意义。（二卷171页）

　　我前面说过，对我们生活的世界来说最重要的，是善与恶的比例维持平衡。称作小小人的东西，或者说其中存在的某种意志，的确拥有强大的力量。但是，它们越是运用这种力量，与之抗衡的力量越会自动增强。就这样，世界保持着微妙的平衡。不论是在哪个世界，这个原理都不会改变。此刻这样将我们包含在内的1Q84年的世界，可以说完全相同。当小小人开始发挥强大的力量，便会自动生成反小小人的力量。也许是那个对抗的力矩把你拉进1Q84年来了。（二卷192页）

　　被叫作小小人的存在究竟是善是恶，我不知道。这，在某种意义上是超越了我们的理解和定义的事物。我们从远古时代开始，就一直与他们生活在一起。早在善恶之类还不存在的时候，早在人类的意识还处于黎明期的时候。重要的是，不管他们是善还是恶，是光明还是阴影，每当他们的力量肆虐，就一定会有补偿作用产生。这一次，我成了小小人的代理人，几乎同时，我的女儿便成了类似反小小人作用的代理人的存在。就这样，平衡得到了维持。（二卷193—194页）

村上春树新论

这一系列的说辞使在金钱社会欺世盗名、奸淫杀戮、恣意敛财的冒险家和骗子手立地成佛,瞬间变成谙熟世界运行之道的先知和以身殉道的圣者。与深田保相对应的是青豆和老夫人,她们为了"广泛的正义"超越法律铲除恶人,就失去了正当性和依据。此外,戎野、天吾、保镖Tamaru等,站在正义立场的一干人,也一并失去了凛然正气。反之,被凌虐的少女深绘里和阿翼则由无助的羸弱者变为维护世界善恶平衡的有生力量。这善恶伦理的转换使青豆陷入对自身行为是非曲直、价值意义判断的迷乱中,从而倍感焦虑。刺杀深田保时,她认为"那家伙罪当受死,这只是应得的报应"。但刺杀之后,她开始怀疑,并否定自己,"不论怎样努力说服自己,她都不能由衷地信服。她就在刚才亲手杀了一个非同一般的人。锋利的针尖无声无息地沉入那人后颈的感觉,她还记得清清楚楚。其中隐含着一种非同一般的手感。正是这东西搅得青豆心烦意乱……如果相信那人的话,她杀的就是一位先知。一位代言神的声音的人。但那个声音的主人并不是神,只怕是小小人。先知同时也是王,而王注定要遭到杀戮。就是说,她是命运派来的刺客。于是她动用暴力除掉这位王兼先知,从而保住了世界的善恶平衡。"(二卷225页)

经过此番"操作",小说把此前置于高位的历史再现、极权批判、体制反思等"介入"主题,一概收入精神分析和善恶相对论的"魔盒"。至此,再次思索这部小说的意义,不由得产生疑惑:村上春树果真如首作《且听风吟》所说,"我觉得只要点小聪明,整个世界都将被自己玩于股掌之上"(5页)。抑或像《1Q84》中谋划代改稿件骗取文学奖的编辑小松所说:"世上的人大多不

第六章 《1Q84》：终而虚化的善恶观

懂得小说的真正价值，却又不愿意被世间的潮流遗弃，只要有本书得了奖成了话题，就会买来看……书卖得好，就能大赚一笔"（一卷28页），"我只盼望着狠狠地捉弄一下文坛。一帮家伙挤在昏暗的洞穴里，一面互相吹捧、互舔伤口、乱使绊子，一面还大言不惭地标榜什么文学的使命，对这帮没用的家伙，我要好好地出他们的洋相。钻体制的漏洞，实实在在地戏弄他们一番"（一卷29页）。

村上春树是在制造游戏文学？或者制作名利双收、兼顾报当年芥川奖评奖之仇的阴谋文本？我们至少可以设想，村上春树有意在严正地批判历史、讽喻现实体制之后消解锋芒和深度，去魅去雅，以迎合大众娱乐口味，博取"流量"。最大限度地赢得读者和市场，应该是身为职业作家的村上春树创作的应有之意。

第七章

大众消费文化策略

村上春树是在20世纪后半期高度消费的社会语境中登场的日本作家,很多评论家把他的作品归入带有后现代大众消费文化特征的都市文学范畴。日本诺贝尔文学奖得主大江健三郎曾把日本当代文学分为三个分支:一个是学习"世界文学"的他本人和大冈升平、安部公房等作家的谱系,一个是第二次世界大战后被驻日美军发现的谷崎润一郎、川端康成、三岛由纪夫等"日本文学"谱系,第三个则是"在已经全球化了的亚文化的基础上发展而来的村上春树和吉本芭娜娜为代表的系谱"[1]。评论家川村凑认为村上春树"属于塞林格之后美国都市派小说的流派"[2]。村上春树自己坦言,他最初创作的语言和文风受到卡佛、冯内古特、钱德勒等都市化阶段美国流行文学的影响。

"出道"的特定时机和参照谱系使村上春树文学从产生之日起就具有以美国为代表的后现代大众消费文化特征。一方面具有通俗流行、消解思想和深度的大众文化特征,另一方面具有以市

---

[1] 刘研:《国内村上春树研究概况及走向》,载《日本文学论坛》2008年第2期,第42页。
[2] [日]内田树著,杨伟、蒋葳译:《当心村上春树》,重庆出版社,2008年,第156页。

场为导向、最大限度地满足公众娱乐消费需求的商品化特征。这既体现在创作端作者适应公众——市场的商品化文本制作，也体现在营销端采编出版发行为扩大销售进行的市场化宣传、商业炒作。文本的"大众化"与营销的"市场化"相结合使村上春树文学在以影视、流行乐为代表的全球亚文化背景下，保持了"纯文学"少有的经年不衰的畅销地位。

第一节　文学之内的商品化制作

文学之内的商品化制作，是指文学文本创作中作家预设读者——市场目标进行的自觉有计划的写作。作为以写作为生存手段的职业作家，村上春树深知保持坚守文坛、长期屹立不倒的艰难。他在近年创作的具有创作人生总结意味的随笔集《我的职业是小说家》中提到：

> 跳上擂台容易，要在擂台上长时间地屹立不倒却并非易事。小说家对此当然心知肚明。写出一两部小说来不算难事，但是要坚持不懈地写下去，靠写小说养家糊口、以小说家为业打拼，却是一桩极为艰难的事情。或许不妨断言：一般人是做不到的。该如何表述为好呢，因为其中需要"某些特别的东西"，既需要一定的才华，还要有相当的气概。[1]

---

[1]［日］村上春树著，施小炜译：《我的职业是小说家》，南海出版社，2017年，第8页。

曾专心研习文学、谙熟文学之道的村上春树对题材选择、语言和方法的运用已有一定程度的自觉。题材选择上，他从自身最为熟悉、感受最深、最能触动同代人心灵的二十世纪六七十年代的青春岁月写起，进而过渡到国际国内普遍关注、较为敏感的历史或现实问题，以"连带感"煽情，以"重大"带节奏。语言和方法的运用上，他从所谓"去国籍性"的"中间地点"入手，直奔"世界文学"目标，即语言上去除黏着拖沓的特点，力求"世界语"英语的简洁；方法上最大限度地吸收利用品牌化经典化的世界文学技巧，在借鉴和融通中建构具有最大适应性的"世界性"文体。

一、迎合各方心态、满足不同阅读需求的题材

在题材选择上，村上春树经历了从自发创作到自觉谋划的过程。他在20世纪70年代初登文坛创作《且听风吟》和《1973年的弹子球》时，应该说他尚处于单纯抒发个人"感受性"的自发创作阶段。这两部小说以他亲身经历、感受颇深的校园"全共斗"为题材，表现弥漫一个时代的一代人心灵的挫败感、失落感。从第三部小说《寻羊冒险记》开始，他自觉突破青春怀旧"自叙状"私小说范畴，引入日本社会从战前、战时到战后独特的现实及历史问题。此后，在20世纪80年代创作的"现实性"小说、90年代创作的"介入"小说和21世纪创作的"总体综合小说"中，不断拓展和加深其社会性、历史性探询思索主题，使国际社会期待解决的战争认识问题，日本社会亟待解答的战后体制及未来何

去何从问题,以及青春、爱情、精神主体性建构等触动人类心灵的"本源性"问题,均纳入小说创作的题材范围。

(一)永远的青春,永恒的爱

首先,村上春树以书写青春与感伤、性与爱最大限度地赢得青年读者。从第一部小说《且听风吟》把目光投向青春苦闷中的少年,到其后"青春三部曲"之一的《1973年的弹子球》,再到20世纪80年代创作的"百分百的恋爱小说"《挪威的森林》和20世纪90年代创作的与之组成"爱情三部曲"的《国境以南,太阳以西》《普斯特尼克恋人》,青春爱情已成为村上春树创作中互相衔接、完整呈现人的情感生活历程和多样性的恒常主题之一,使"以青年读者为主体"成为村上春树文学影响接受研究中出镜率最高的评语。

小说《且听风吟》和《1973年的弹子球》中没有正式地书写恋爱,可称为"前恋爱"小说。它以随机拼贴的"我"和鼠未走进恋爱的男女交往和性爱偶遇,表现青春躁动感伤与苦闷压抑的时代气氛交混中形成的青年男女无以排遣的孤独痛苦。20世纪80年代引起非比寻常的"文学热"的《挪威的森林》是村上春树青春爱情小说的最高成果。它以青春期男女愁肠百结、生生死死的恋爱,表达了少年恋情永生相伴、同生共死的愿望,也揭示了少年之爱往往破碎,旋转木马式追逐、错位和失之交臂的真相。创作于20世纪90年代的被视为《挪威的森林》姊妹篇的《国境以南,太阳以西》写现代社会多见的婚外情。成年男女成家立业功成名就后重拾旧爱,重寻破碎的青春之梦。对此,小说没有对他们进行道德化的评判,而是把它当成青春恋情的自然延伸,表现成年世界对失落爱情的执着,对青春岁月的追寻。但现实是旧梦虽在而人事已非。重拾旧梦，如同追寻"国境以南"和"太阳以西"的境界，注定是又一场幻灭一场空。7年之后问世的情感小说《普斯特尼克恋人》写被世俗正统观念排斥的同性恋，是继《舞！舞！舞！》和《挪威的森林》之后把它设为正面表现的主体。与前两部作品相比，《普斯特尼克恋人》不再基于正统的性爱伦理对其加以贬抑和妖魔化描写，而是试图以客观中立的精神分析方法探询同性恋情结形成的深层次心理动因。但小说中所写的同性恋毕竟是常人难以感受体验的领域，因此主人公堇与韩裔女子敏"排山倒海"的恋情大多是"爱上层楼，欲赋新辞强说愁"的浮夸，少有真实细腻、具体可感的情感的展现。小说最终把堇同性恋情的失落，归于人类固守孤独的本质和敏少年时被意念强暴、真魂走失的魔幻故事。使人获得的阅读体验不是动情和感悟，而是空转一场徒耗时间的失落和义愤。

此外，几乎在村上春树所有情感和非情感题材小说中都充斥着所谓"不弃不离的情色""不需思量的性运动""无机性、物理性性运动"描写。诚然，村上春树的目的不是渲染色情，也并非刻意宣扬性自由、性解放观念，而是以此为制造轻松幽默喜剧效果的小道具和噱头，更是有意放下一脸严肃的面孔拉近与青春荷尔蒙的距离，取悦青年读者。但这客观上确实起到了以文学的形式输出美式日式性放纵性娱乐观念的作用，因此在某地被看成是色情小说而遭禁，也并非无辜。

（二）挥之不去的战争梦魇

随着明治资产阶级改革完成和资本主义快速发展，对内种族殖民、对外征战成为日本近现代的历史主题。尤其是20世纪以来，随着"泛亚主义"的形成和军人政治的建立，步步加紧的殖民侵略步伐，给整个亚太地区带来了毁灭性的灾难，也包括战争的发起国日本。几百万国民的死难、集团轰炸、原子弹袭击、军事占领的屈辱，是战后日本长时期难以挥去的梦魇。作为早期秉持战后初期民主主义的作家，村上春树自创作早期第三部小说《寻羊冒险记》，即开启了引起战后日本政治、思想、文化各界撕裂的殖民侵略战争书写。此后，20世纪90年代创作的三部曲《奇鸟行状录》、21世纪创作的《海边的卡夫卡》，把战争历史叩问和战后战争认识问题的主题继续延伸，完整呈现了日俄战争以来的东亚殖民统治、全面侵华战争、远东苏日冲突、太平洋战争等整个20世纪日本殖民战争史。

1982年创作出版的《寻羊冒险记》被看作首次叩问日本血腥的现代史起源和探索"日本与亚洲悲剧性对决"的作品，但事实上小说并未展开真正意义上的殖民战争书写。它以虚构的北海道《十二瀑镇历史》，象征性追溯"亚细亚主义"的起源和全民战争体制的罪恶。以右翼大人物"先生"、技术精英"羊博士"、"全共斗"败北青年鼠三代"羊附体"的故事，寓言化表现法西斯主义瞬间膨胀，对中国东北及全国的经济掠夺和殖民统治，以及对战后法西斯主义的终结。其中"顺带提起"日俄战争、旅顺开港、奉天会战、二二六政变、中国东北、桦太、东京审判、麦克阿瑟等殖民战争史上的符号性事件名称，但并没有对任何战争事件历史进行具体的书写。正面表现战争，并以战争书写和表达战争认识主题的，是《奇鸟行状录》和《海边的卡夫卡》。《奇鸟行状录》以日本"大陆政策下"首先殖民占领的中国东北"满洲"为中心，全景展现了第二次世界大战期间日本全面侵华战争、满蒙边境苏日争端、1945年"满洲"溃败、战后苏联战俘营，以及太平洋美军称霸等历史内容。在日本二十世纪三四十年代贯彻执行的，以中国东北为战略基地和跳板，进而北上犯苏、南下犯美的全球霸权框架下，表现了日本法西斯主义的虚妄和疯狂。表达了代际相传，正确传达历史，勇于承担责任，清算战争罪恶血缘的反战反暴力民主思想。但也不可避免地表达了二十世纪八九十年代以来，日本美化侵略战争性质、淡化战争责任、实施战争施害受害地位转换的历史修正主义声音。及至21世纪的第一部小说《海边的卡夫卡》，是以战争书写和对侵略战争的认识，作为隐含在现代少年出走、中年女性痛失恋人、智障老人意念杀人虚幻故事之后的内在思想脉络。所写的战争片段衔接在《寻羊冒险记》和《奇鸟行状录》之后，表现20世纪40年代太平洋战争。是以太平洋战争后期盟军战略反攻和美军本土轰炸、海陆生命线封锁为背景，表现日本国内后方民众遭受的战争磨难。与《奇鸟行状录》相比，这种淡化日本侵略战争责任、实施战争施害受害地位转换的修正主义声音有过之而无不及。村上春树受到旅美回国7年以"政治总决算"为纲领，以战争翻案、军国主义重新武装为途径的新兴国家主义的熏染，他的战争观、历史观及国际政治观已发生了根本性的改变。他放弃了《奇鸟行状录》中表达的正确传达历史、清除法西斯暴力血缘的激进民主思想，而是以原型、互文关照下的少年"弑父娶母"的成长故事，表达通过勾销历史和记忆，重塑国民精神，以谋求"新生"的新兴文化国家主义。

此外，几乎村上春树所有的战争题材和非战争题材小说，均有对20世纪日本军国主义战争的指涉。或以昔日场景再现，或以人物命运，或以隐约的民间记忆，使战争书写成为其创作中又一个恒常不变的主题。《且听风吟》中在提到送给"我"美国作家哈特菲尔德的书的叔叔时写道:"我共有三个叔父,一个死于上海郊区——战败第三天踩响了自己埋下的地雷。"(4页)写鼠富有的家世和他父亲发战争财,顺带写到南洋作战:"25年前,在新几内亚岛的森林里,浑身涂满驱虫膏的日本兵尸体堆积如山。"(98页)看到海滨浴场的美国游客和万里晴空中留下的喷气机白线,鼠说道:"小时候天上的飞机好像更多来着""几乎清一色是美军飞机,有一对螺旋桨的双体家伙。""不,运输机。比P-38大得多,有时飞得很低很低,连空军标志都能看到……此外记得的有DC-6、DC-7,还见过佩刀式喷气机哩。""佩刀式喷气机真是厉害,连凝固汽油弹都投得下来。见过凝固汽油弹下落的光景?"(104—105页)《1973年的弹子球》中,看到遮住月亮的云,"我"想起了"B52轰炸机的编队"。"80年代三大小说"虽从青春历史转到当下现实,但除了《挪威的森林》之外都有关于"昔日"战争的内容。《世界尽头与冷酷仙境》双线之一的终极意识世界小镇中有这样的描写,镇外有废弃的帝国军队的兵营、练兵场、壕堑和旗杆石墩,镇里有昔日军营样式的"官舍",住着昔人军人群体。有保持军人气姿仍发号施令的大校,有往日一味忙于备战作战停战,失去了成家的机会,如今空虚度日、不知所终、每天挖坑不止的退役老人。《舞!舞!舞!》表现了20世纪80年代一切垄断资本化黑幕化的现实,但在现代"海豚宾馆"内部的黑暗中"我"遇到了自日俄战争躲避于山林的羊男。"我"告知他外面世界的状况,他却追问:"那么说,下次战争还没有开始啰?""我"不明白他所说的"上一次战争"是指哪一场,还是回答"还没有开始"。羊男却断言:"但不久还是会开始的""要当心。如果你不想被杀掉,那就当心为好。战争这玩意儿笃定有的,任何时候都有,不会没有,看起来没有也一定有。人这种东西,骨子里就是喜欢互相残杀,并且要一直杀到再也杀不动的时候。杀不动时休息一小会儿,之后再杀。这是规律。谁都信任不得,这点一成未变。所以无可奈何。如果你对这些已经生厌,那就只能逃往别的世界。"(11—102页)这里有意模糊"上次战争"与"下次战争"所指,意在揭示战争是日本社会延绵不断的主题,人类历史不过是一部相互间血腥屠杀的历史。创作于21世纪的小说《1Q84》和《刺杀骑士团长》,前者以NHK收款员川奈、女性庇护所保镖Tamaru和孤儿院混血弃儿"老鼠"首次表现移民开拓"满洲"的日本农民、被抓为劳工的"桦太"韩侨和战后美军基地弃婴等战争问题;后者以极尽玄幻超验的故事,继《奇鸟行状录》之后,再次直陈日本新历史主义刻意掩盖抹杀的南京大屠杀史实。

持续不断、或隐或显的战争书写,使"精于计算"的作者村上春树达到了两个目的:一方面满足了饱受日本殖民战争之苦的受难国家民众期待日本认罪的心理,另一方面达到了"疗愈"日本民众"东京审判史观"下战争罪愆心理的作用。对于前者,虽然村上春树并未明确表达谴责日本发动的侵略战争,甚至有意淡化和回避战争责任问题。但亚太受害国家的读者通过"利我性"阅读似乎听到了日本官方从未正面表达过的歉意,获得了一厢情愿的心理满足。甚至有人据此把村上春树称为敢于向战争暴力宣战的"东亚斗士"。对于后者,正如小森阳一指出,村上春树是通过对战争的书写瞬间唤起相关记忆,再以"要么杀人、要么被杀"的二难选择和"不得不杀""无奈之举"之说,为众多参与战争、背负战争罪恶的日本民众免责,达到普遍治愈创伤心理的作用。

（三）当代民众民主运动损伤

日本战后经历了两次轰轰烈烈的民众民主运动，是日本历史上少有的自下而上的反体制斗争，是少有的民众甘愿"为意识形态而流血"的思想"文化革命"。但都以在强大的国家机器制压下败北而结束，给一个时代一代人的内心留下了难以磨灭的精神损伤。对战后两次民主运动的书写，村上春树是以亲身经历、记忆最深、感触良多的与20世纪70年代"新左翼运动"相结合的校园"全共斗"为核心，表现理想主义退去后一代人对运动得失和价值意义的思考，以及在社会中弥漫着的消极倦怠情绪。

村上春树文学创作的最早成果，即1979年到1982年问世的"青春三部曲"小说，是以发生于二十世纪六七十年代的"全共斗"为背景，表现运动过后一代青年的生存困境和精神苦闷，被称为"对日本60年代末70年代初政治季节青年们理想主义激情的反思和清算"的作品。文艺批评家黑古一夫指出：

> 贯穿于《且听风吟》《1973年的弹子球》和《寻羊冒险记》的一根红线，就是从19世纪60年代到70年代初席卷了全国各大校园的学生叛乱即"全共斗运动"的影子。[1]

但事实上，三部小说对校园斗争的书写仅仅作为运动过后青春感伤、精神苦闷的远景和背景，并未直接正面表现。正面书写"全共斗运动"的是创作于20世纪80年代的《挪威的森林》，

---

[1]［日］黑古一夫著，秦刚、王海岚译：《村上春树：转换中的迷失》，中国广播电视出版社，2008年，第43页。

创作于20世纪90年代的姊妹篇《国境以南，太阳以西》，创作于21世纪之初的《海边的卡夫卡》《1Q84》。《挪威的森林》以回溯的方式追忆主人公渡边大学时代的恋爱悲剧，表现了学生运动期间的大学校园、课堂以及右翼分子专制管理下的寄宿制学生公寓生活。《国境以南，太阳以西》同样在写青春情感的过程中，择取总罢课、街垒战、警察机动队进驻校园、新宿大游行等场景，表现"全共斗"时期校园斗争的侧影。21世纪重回国际视线的《海边的卡夫卡》和《1Q84》首次把学生运动上升到小说主线和主体地位进行主旨化的书写。《海边的卡夫卡》把1970年校园风潮当作串联昔日太平洋战争和当下问题少年成长两条主线的第三条线索，把反复出现的校园内斗致人死命当作与战争暴力、少年被遗弃诅咒的家庭暴力并列的暴力形式之一，并加以否定。小说并未从学生运动本身进行成败得失、价值意义等本体化的书写和观念渗透。只有村上春树自认为最接近他"总体综合小说"目标的《1Q84》，第一次把1970年校园风潮，以及被制压后"转战"其他社会领域的"后史"，进行了全方位的艺术表现。以大学教员深田保组织领导校园斗争，挫败后"转战"新兴农业共同体，以及支系"黎明"武装斗争、"先驱"团体黑恶资本势力和反社会宗教转向，全面表现政治季节过后的"后民主"时代日本社会与"全共斗"精神遗产的正反向关联。

此外，几乎在村上春树所有的非民主运动题材小说中，都或多或少顺带表现以学生运动为核心的"新左翼运动"内容。创作于20世纪80年代的《世界尽头与冷酷仙境》表现高科技物质化社会人主体精神世界的沦落，但在"冷酷仙境"现实世界部分，"我"被实施脑手术改变意识结构出现的意识跳跃中，不断"闪回"

美国越南、安田讲堂、赤军派、革命者、自戕、出走等1970年"新左翼运动"内容，暗示了与冷酷资本化的科技主义并行的现代人的精神损伤是遗存在一代人内心深处的政治历史伤痕。《舞！舞！舞！》直面20世纪80年代"高度发达的资本主义"物欲化商品化的现实，表现垄断资本体制下政治黑暗、司法腐败、商业险诈、文学艺术沦落的社会状况。其中以影视明星五反田回顾大学时代闹学潮、总决战、固守学潮据点、吸大麻、听"深紫"、与女人同居，侧面表现那个理想与激情、迷茫与堕落同在的难以分辨曲直的复杂时代。以小说家牧村拓和警察"文学"感慨时代变迁，揭示经济腾飞、物质富足年代社会思想价值观的全面逆转。

村上春树对二十世纪六七十年代理想主义的书写，起到了抚慰运动过后走出校门、成为日本经济社会脊梁的"团块世代—全共斗"一代人政治季节心灵创伤的作用。无论建树也罢局限也罢，激情也罢幼稚也罢，他们毕竟以真诚的自我革命和体制革命的热情，赋予了一个时代质疑、反叛的精神，是宝贵的民主革命和文化革命遗产。

（四）社会体制思考

自从20世纪50年代战犯重返政坛和"五五体制"形成，日本社会已走上战时法西斯体制全面复活的道路。历经岸信介、佐藤、中增根等几届自民党鹰派政府，日本快速向军国主义重新武装、党派政治独裁和财阀经济垄断复燃的极右保守道路迈进。战后象征天皇制下，由选民选票选举产生的宪政议会民主，实为由战前延及战后二位一体的世袭门阀财阀政治，地盘、招牌、票子三者缺一不可。封闭固化的政治经济体制下，社会管理表现为无情压制民权、民主和民意的强权暴力。由此，个体与社会、个人与体制之间必然产生冲突,个人和个性没有充分发展的空间。用村上春树的话说,在已绝对化的社会主体制之外,没有足以接纳个性化发展的软体制。这是战后长达20年反权力、反体制民主运动爆发的原因,也是泡沫破灭后反社会邪教岩浆一样突如一夜迸发出来的根本动力。因此,村上春树自从以《寻羊冒险记》为标志进入自觉文学创作阶段,就以隐藏在性与爱、悬疑推理、行侠冒险、异灵神魔等通俗流行故事之下的深层"思想脉络",进行持续的多角度的社会体制思考。

《寻羊冒险记》是村上春树创作中首次加入重大历史及现实"重的东西"的小说,是"80年代三大小说"实现"现实性"转型的前奏。它以右翼大人物"先生"战前创建辐射中国大陆的情报网鸦片网,战后创建集党政、媒体、金融,甚至权力反权力无所不包的"地下王国",揭示日本从战时到战后法西斯暴力体制的一体化,其通道是战犯开释和日美媾和。"80年代三大小说"的第一部《世界尽头与冷酷仙境》以擅自改变人的意识结构,使之沦为资本谋利的工具,揭示现代资本化产业化的科技反人文灭人伦的暴力本质。第三部最具现实性的《舞!舞!舞!》以札幌城市开发和海豚宾馆易主内幕,以及"事务所"操纵艺人、"俱乐部"跨国经营色情,揭示"高度发达资本主义"的垄断资本暴力。20世纪90年代实现从"超然"到"介入"转型的小说《奇鸟行状录》,以新兴右翼政客绵谷升承袭伯父的"地盘"当选议员,揭示从战时到战后贯通一体的封闭固化法西斯门阀政治。2004年问世的小说《天黑以后》以现代霓虹灯阴影下的普通人犯罪、精英犯罪,揭示"恶的深度"。同时,以无面人侵入浅井爱丽的意识和电脑技师白川在监控镜头下无可遁形,揭示以电脑、互联网、摄像头为标志的现代社会无处不在的现代影像、数字化管理暴力。

而对现代封闭固化极权暴力体制的集中正面突破是2009年问世的村上春树自认为最接近他"总体综合小说"目标的《1Q84》。它在包容在主人公青豆和天吾"英雄+美人"、侠客传奇式流行故事下的"隐在思想脉络"——"知识人"深田保及其创建的团体"先驱"的演变发展，全面总结"全共斗"及20世纪70年代"新左翼运动"，同时进行"透过表象，直击本质"的形而上极权体制思考。但现实是，号称向老前辈奥威尔致敬和向极权体制开战的《1Q84》，并未真正形成向现行日本以及整个西方财阀政治、垄断经济和阶层分化社会体制正面对阵的态势，而是出现了极权体制批判矛头对外、本土体制思索走向玄幻虚化的"去意识形态"特征。

"地铁毒气事件"爆发之初，村上春树感觉到政府反应迟缓、应对无力、危机处理能力"难以置信的薄弱"。随着进一步的调查，20世纪80年代由瑜伽道场迅速扩大，网罗了数万信众的奥姆真理教进入了人们的视野。随着刑事侦查和司法程序的推进，奥姆教购置军火、直升机，秘密训练军队，进行生化武器实验，制造多起绑架、暗杀、投毒、灭门惨案，意欲实施更大规模的袭击，以便在日本国内建立另一个国家，等真相大白于天下。村上春树感受最深的是，奥姆教仿政府组织形式设立的各大部门的高层骨干，地铁沙林事件的策划实施者都并非愚昧偏执的"宗教狂人"，而均为接受过硕士博士高层次教育，在医学、应用科学、人工智能等前沿科学领域各有专长和建树的青年知识精英。他们本该在各行各业发挥技能和特长，成为产业化社会的中坚，但他们对沿着这条路走下去不以为然，主动退出体制，最终听从仅有职高文化水平的麻原彰晃的召唤，去面对群体无差别地杀人。村上春树感到，在这样的社会体系中，好像存在某种错误的东西。经过思考，他得出两个结论。其一，他们是大规模政治运动彻底终结、当权派重新大权在握的保守时代走进校门的"迟到的一代"。与"团块世代"的"连带感""共有感"和团体意识相比，他们更愿意偏安于个人生活一角，追求个性差异，抑或什么也不追求。现行固化绝对化的社会体制没有提供足以接纳他们个性发展的软体制。其二，社会经济的高速发展没有给这些充当"产业株式会社"螺丝钉的年轻人带来真正的幸福。

> 即使收入成倍增长，地价的增值却远高于它，人们买不起工作单位附近像样的住房。他们的家远在郊外，每天花费一个半到两个小时，挤在令人窒息满员列车里上下班，为了偿还贷款加班加点，消耗宝贵的健康和时间。[1]

> 对于自己那种资质和努力在大资本和社会体制等非人性、功利性制粉机（mill）中被无谓地切割消耗，他们不免怀有深刻的疑问。[2]

因此一旦有人向他们招手，有另外的人生和体系，他们就失去辨析的能力，毫不迟疑地跟随而来，奔赴"可能"取而代之的

---

[1]［日］村上春树著，施小炜译：《无比芜杂的心绪》，南海出版社，2013年，第149页。

[2]［日］村上春树著，林少华译：《在约定的场所：地下2》，上海译文出版社，2012年，第218页。

新体系。村上春树断言,"那是我们自己缔造的体系的必然结果"。为此在事件发生后,村上春树花费一年的时间采访施害者和受害者,并尽可能抽出时间旁听法庭审判。之后出版了采访纪实文集《地下》和《在约定的场所:地下2》。此外在围绕《地下》所做的访谈、撰写的随笔杂文和序跋中,村上春树表达了由奥姆教事件引发的现行体制思考。11年后,他再次以此事件为出发点创作了虚构小说《1Q84》。通过在宗教转向后的深田保身上加入奥姆教主麻原彰晃制造个人迷信、愚弄信众、骗取财产、奸淫女性的特征,在"先驱"团体上加入奥姆教团反智反社会反人类的特征,进行极权体制批判和现行体制思考。但客观地说,它的表达效果不尽人意。其一,在进行极权体制批判时,一是以组织领导学生造反的深田保受挫后加入农业共同体"高岛塾"批判公有制共产体制。把"高岛塾"实行的"完全共同体"称为"原始共产制",称为"拆除自己动脑思考的线路""制造什么也不思考的机器人"的装置。二是突兀地把已成为神秘教团的"先驱"与奥威尔笔下的"老大哥独裁"相联系,断言其"极权主义的寓言化"的性质。并未真正切近日本议会民主表象下战时战后世袭门阀财阀一体化的独裁法西斯体制,而是更多地体现为对公有制社会意识形态的攻击和引以为正宗的颜色意识。其二,借"奥姆教"化的"先驱"进行日本现行体制思考时,一是流于对"小小人"、深田保、深绘里及阿翼等玄幻"物语"的描写,并未上升到社会思想及体制认识的高度。二是借"小小人""空气蛹""母体""子体"等神魔化的童话、寓言故事推演的以选举为前提的代议民主制暴力产生的过程及形态,流于表意隐晦抽象、暧昧不明,具有认识理解的随意性。

综上所述，《1Q84》并未真正揭示在现代科学破除一切迷信，一个在芸芸众生眼里皆为荒诞不经的反智新兴宗教，何以在短时间内网罗数以10万计的信众，形成敢于同政府和整个社会对抗的力量。也并未真正回答，代表时代文明进步水平的知识精英，何以心悦诚服地聚集在一个明显违背社会常识的宗教狂人的麾下。也许根本原因在于，遇到现行制度和体制的"高墙"，曾经历过一次政治运动挫伤的村上春树，已无意再次为了意识形态迎着警察的喷水枪和催泪弹而上。他的反体制反权力，"站在鸡蛋一边"，也仅仅是虚晃一枪赢得世人的好感罢了。

二、靠技巧制造的商品

"仅凭技巧在写作""依靠技巧而创造出的商品"和"骗婚"是20世纪90年代创作转型前以战后派为主流的日本文坛对村上春树一致的看法。自称为村上春树"拥趸"的"评论怪杰"内田树在他的专著《当心村上春树》中再三斥责曾"栽培"了村上春树的安原显、川村凑、莲实重彦等主流评论家：

> 莲实重彦按理说应该代表了日本评论界最高知性，而他却在《昴》上发表过"村上春树的作品俨然是一种骗婚"的言辞，并得出了"别读村上春树"这一令人费解的结论。
>
> 安原显作为靠薪水过活的人，又身为评论家……在他眼里，村上春树的作品不过是"依靠技巧而创造出的

商品"而已。[1]

批判村上春树的评论家在这一点上大都口径一致:"仅凭技巧在写作。"[2]

村上春树也自称:

> 我的作品始终招致许多文艺评论家的嫌恶与批判……还曾被一位久负盛名的评论家直呼"婚姻诈骗",大概是"明明没什么内容,却煞有介事地坑蒙读者"的意思。[3]

事实上,以爵士乐酒吧店主身份开始小说创作的村上春树,并非以毫无准备的"小白"身份进入文学领域。众所周知,村上春树的父母均为国语教师。在酷爱读书的父亲的影响下,他从小阅读了《古事记》《平家物语》等日本传统文学和大量世界文学作品,大学期间所学专业为文学系戏剧文学。此外他的人生轨迹与常人有所不同,他并没有完成学业后再成家再立业,而是中断学业休学结婚。为养家糊口四处打工挣钱,再筹资开自己的酒吧。酒吧经营走上正轨时他兼职完成了学业,并开始文学创作。创作初获成功后,他果断结束生意,开始职业创作。因此,在开始文学创作时,他已有一定的间接经验和生活阅历的积累,对题材选

---

[1] [日] 内田树著,杨伟、蒋葳译:《当心村上春树》,重庆出版社,2008年,第1页。
[2] [日] 内田树著,杨伟、蒋葳译:《当心村上春树》,重庆出版社,2008年,第178—179页。
[3] [日] 村上春树著,施小炜译:《我的职业是小说家》,南海出版社,2017年,第70—71页。

择、谋篇布局、语言文体已有较为清晰的预设目标。日后回忆这段生活时，他说：

> 我想写什么小说，大概的面貌从一开始就很清晰了。"现在我还写不好，等以后有了实力，想写的其实是这样的小说"，一幅理想图景就这样在脑海里铺展开来。那意象始终悬浮在我头顶的天空中，仿佛北极星一般光芒四射。[1]

他所言的清晰的目标，首先是"原创性"。即要"按照适合自己的日程表，按照自己喜欢的方式，写自己喜欢的小说""要找到属于自己的原创文体和叙事手法"。以此为出发点，村上春树首选的是"不愿被体制收编"的"去本土性""中立"的基本路线。第一部小说《且听风吟》，句子短、章节短、篇幅短，采用西方片断小说的形式。村上春树曾说，之所以这样设置，是为了适应文学新人奖不超过七万字的征文要求，也是因为每天只有酒吧打烊后一两个小时时间断断续续的写作时间。近年来，村上春树围绕文坛上对他的"文字满是翻译腔"的非议，他对自己的创作过程进行了更为具体的说明。最初写作时，为了文字上"剔除多余的修饰"，追求轻快灵动的"中立"文体，先使用英文打字机用英语写作，之后再译成日语。因为用英语写作，能够熟练使用的词汇和句式有限，这才形成去除了日语固有的"黏着性"，遣词造句率直不繁、描写毫不做作，文体简练、形态紧凑的"属于自己的文章节奏"。最终获得了新人奖评委"爽利轻快的感觉

---

[1][日]村上春树著，施小炜译：《我的职业是小说家》，南海出版社，2017年，73—74页。

村上春树新论

下有一双内向的眼……每一行都没多费笔墨""尤其出色的是小说的流势并无滞重拖沓之处"等好评。简言之,是以"去国籍性"打破日本文坛既有的文风和体制,直奔"世界文学"目标。之后第二部小说《1973年的弹子球》,也沿用了这一方法。

第二个较为自觉的创作目标是适时转型,以获得文坛持久不衰的生命力。对此,村上春树既有形象的比喻,也有理论阐释。

> 依我所见,单凭那副好使的脑袋能对付的期限——不妨浅显易懂地称为"小说家的保质期"——最多不过十来年。一旦过期,就必须有更加深厚、历久弥新的资质来取代聪慧的头脑。换句话说,就是到了某个时间点,就需要将"剃刀的锋利"转换为"砍刀的锋利",进而将"砍刀的锋利"转换成"斧头的锋利"。巧妙地度过这几个转折点的作家,才会变得更有力量,也许就能超越时代生存下去。而未能顺利转型的人或多或少会在中途销声匿迹,或者存在感日渐稀薄。脑袋灵活的人或许会顺理成章地各得其所。[1]

> 必须凭借一己之力对自身风格更新换代。风格要与时俱进,不断成长,不能永远停留在原地。要拥有这种自发的、内在的自我革新力。[2]

村上春树迄今长达40年的创作,经历了两次重大转型,形成了三个创作阶段。第一次转型是受同时代"透明族"代表村

---

[1] [日] 村上春树著,施小炜译:《我的职业是小说家》,南海出版社,2017年,第16页。
[2] [日] 村上春树著,施小炜译:《我的职业是小说家》,南海出版社,2017年,第68页。

上龙和老一代作家中上健次的影响，从第三部小说《寻羊冒险记》开始"加进重的东西"。在叙事上，由非理性非逻辑片断小说向线索明晰、情节连贯完整的"物语"文学转化。在题材内容上，由较为轻盈的个人情绪情感抒发向更具社会性的深重历史问题和紧要现实问题转型。开始形成了通俗流行文学外形中内含凝重的社会思想主题的隐与显、谐与雅双重脉络结构。这也是村上春树文学"原创性""独特文体"的重要组成部分，在之后的创作中不断加强加深的个性化审美意趣之一。第二次转型是以问世于20世纪90年代的《奇鸟行状录》为标志的创作旨趣从"超然"到"介入"、从"去意识形态"到追求"总体综合小说"目标。与此相适应的是，在叙事方法策略上由单一的"第一人称"到"两种人称"结合使用，由早期"直线发展的线性叙述"到跨越历史与现实、阴与阳的多维度立体叙事，并使用可以无限增容的"故事套故事""三次往复"等民间文学、童话故事叙事模式。此后，这一系列方法成为村上春树小说创作一贯保持的又一要素。到21世纪问世的小说《海边的卡夫卡》和《1Q84》，达到了花样翻新，兼顾可读性、娱乐性和思想观念渗透的双重作用。

第三个预设目标是广纳博引，最大限度地吸收利用世界文学已有的经典方法，并与本土文学传统和西方现代文学融为一体。村上春树说：

> 小说这东西，无论由谁来讲、怎么来讲，无疑都是一种兼容广纳的表现形态。甚至可以说，这种兼容广纳的特性就是小说朴素而伟大的能量源泉的重要组

成部分。[1]

以此为指导思想，村上春树的创作技巧方法走过了不断丰富开拓和东西方、本土与域外不断兼收并蓄、融会贯通的过程。大体可以分为三个阶段，即早期二十世纪七八十年代"去国籍性""中间地带"，中期20世纪90年代回归日本拥抱责任，后期21世纪"本土性"与"世界文学"相融合。其中，将"本土性"与"世界文学"融合的最高成就，当属获得诺贝尔文学奖提名的《海边的卡夫卡》。它综合使用原型、互文、精神分析、潜意识、寓意、象征、荒诞、变形等西方现代主义方法，借此实现了"脱亚入欧"。同时运用日本传统"物语"文学口述故事、梦幻、幽灵、生魂、活灵脱体、分身等方法，达到了满足日本国内读者阅读需求和审美趣味的"市场最大化"效果。

第二节 文学之外的市场化经营

文学之外的市场化经营是指文本创作之外创作者和经营者双方为助推市场销售进行的商业化宣传造势活动。包括创作者吸引读者、诱导认购阅读的行为，也包括采编、出版、发行链条上的商业宣传、媒体炒作等市场化活动。

---

[1][日]村上春树著，施小炜译：《我的职业是小说家》，南海出版社，2017年，第8页。

第七章 大众消费文化策略

一、创作者的市场化行为

作为商品经济时代以写作为生的作家,村上春树自然懂得商品经营之道。他在适应大众文化时代文学商品化产业化的同时,创作文本之外还进行商品宣传和市场开拓。其中较为有效的吸引读者、助推认购阅读的方式主要有两个:一是"偶发"比文本更为玄奥难解的创作论或文本解读,促发读者持续阅读无限解谜心理;二是"适时"发出豪壮的创作期许,激发读者追踪认购阅读的热情。

无论是泛泛的创作论还是对具体作品进行解读,面对访谈或者读者提问,村上春树很少理性直白地解答什么,而总是用一个模棱两可的"谜语"解释另一个"谜语"。用高深莫测甚至故弄玄虚的语言反复传达一个意思:真正的答案是不能诉诸语言的。例如谈到小说创作方法时,村上春树说:

> 我要写小说时,先将各种各样的事实性material——我是说假如有这类东西的话——一股脑扔进大锅里煮,一直煮到面目全非,而后再切分成适当形式加以使用。所谓小说或多或少就是这么一种东西。[1]

谈到第一部"叙事性"小说《寻羊冒险记》的构思时,村上春树说:

---

[1] [日]村上春树著,林少华译:《旋转木马鏖战记·序》,上海译文出版社,2002年,第1页。

村上春树新论

"在我提笔写《寻羊冒险记》之际,我开始强烈地感觉到,一个故事,一个'物语',并非是你的创造。它是你从内心'拽'出来的某种东西。那个故事已经在你内心存在着了。你无法创造它,你只能把它表现出来。至少对于我而言是真的:这就是故事的所谓自发性。对我而言,一个故事就是一辆将读者带往某处的车子。不论你想传达何种信息,不论你想使读者产生何种情感,你首先要做的就是要让读者进入你那辆车。而那辆车——那个故事——那个'物语'——必须要具有使读者信以为真的本事。"[1]

谈到《海边的卡夫卡》层出不穷、令人迷惑的隐喻时,村上春树说:

故事(物语)越是发挥作为故事本来的功能,越迅速接近神话。说得更极端些,或许接近精神分裂症世界……在这个意义上,我的小说可能有不大适合解析的地方……非我自命不凡,有时忽然有这样一种感觉,觉得写故事时不是就自己身上类似原型的东西一一加以解析,而是像整个吞进石块一样什么也不想地写下去,说到底。这方面的感觉能在多大程度传达给读者我自是不

---

[1] [美]杰·鲁宾著,冯涛译:《倾听村上春树》,上海译文出版社,2006年,第89—91页。

大清楚。[1]

而对于喜欢村上春树作品的读者而言，最具煽动性的莫过于他经常说的创作《卡拉马佐夫兄弟》那样的"综合小说"的期许。自从20世纪90年代实施从"超然"到"介入"的转型，创作陀思妥耶夫斯基《卡拉马佐夫兄弟》式的"综合小说"成为村上春树谈论较多的话题。2002年推出《海边的卡夫卡》不久，村上春树在专门开辟的与读者互动的网页《卡夫卡》上写道：

> 而从现在开始，我想我唯一还能做的就是将故事本身变得更为复杂。不想再在一个故事里继续推动一切向前发展，我想我无法再使一切都合适地嵌入其中了。我想，我唯一还能做的就是以一种多层次的方式将一个故事叠加在另一个故事之上，以此创作出新作——换句话说，就是写一部"综合性的小说"——像十九世纪陀思妥耶夫斯基式的小说。我在阅读陀思妥耶夫斯基的《群魔》时深深感受到这一点。那是个非常奇怪的故事。你都不知道主角到底是谁。有人称其为"总体性小说"或类似的名目，但其实也不是那么回事。一开始，你都不知道该认同哪一个角色。这样的小说对我有极大的吸引力。[2]

---

[1] [日]村上春树主编：《少年卡夫卡》，新潮出版社，2003年。
[2] [美]杰·鲁宾著，冯涛译：《倾听村上春树》，上海译文出版社，2006年，第311—312页。

林少华先生则转述了同年7月和12月村上春树接受采访时对"综合小说"目标的描述：

> 我的目标就是《卡拉玛佐夫兄弟》……有种种样样的人物出场，带来种种样样的故事，纵横交错，难分难解，发烧发酵，从中产生新的价值。读者可以同时目击。这就是我考虑的综合小说。[1]

"综合小说"好比一个大熔炉，"里面有某种猥琐、某种滑稽、某种深刻，有无法一语定论的混沌状况，同时有构成背景的世界观，如此纷纭杂陈的相反要素统统挤在一起。"[2]

七年后推出的空前巨作《1Q84》，应该说是村上春树"总体综合小说"目标的自主实现。他自认为，虽然还不能与他所设想的"综合小说"目标完全吻合，但"在某种意义上正在接近"。《1Q84》篇幅之长，场面铺排之大，情节线索之纷繁，的确称得上是村上春树创作以来内容含量最丰富的作品。但果真达到了他所追求的《卡拉马佐夫兄弟》式的"综合小说"的目标了吗？似乎并非如此。林少华先生以《卡拉马佐夫兄弟》固有的"共时心态结构"和"混合性人格"审美特质衡量《1Q84》，认为"共时性观照人物心灵的诗学构思"已有所体现。他说：

> 青豆及"老夫人"的谋杀行动，既有惩罚虐妻男人的善，又有擅自剥夺公民生命的恶；天吾对小说《空气

---

[1] 林少华著：《为了灵魂的自由》，中国友谊出版公司，2010年，第115页。
[2] 林少华著：《为了灵魂的自由》，中国友谊出版公司，2010年，第115页。

大众消费文化策略　第七章

蛹》的加工修改，既有出于朋友情义和艺术冲动的常识之善，又有戏弄公众欺骗社会的违法之恶；甚至教主奸淫少女的恶行也因其狡辩而变得暧昧起来。[1]

但事实上此处所举的亦恶亦善的人物实例，仅仅出于作者先入为主的善恶相对化、平衡论观点的表达，编织的善恶突如其来转化和互换的"物语"。作者并未真正深入人物心灵，展示不同性格因素矛盾共存、碰撞交战，最终一种性格因素战胜另一种性格因素的"心灵辩证法"和"精神发展史"。其存在的问题，正如评论家川村凑指出：

> 如果只有这两卷她（青豆）就以死告终，便又引出了许多问题，每个问题都作为粗浅的主题提示出来却又绝无解答——当然有些问题难以解决才会期待新的深入，但不论怎样讲，都给人一种蜻蜓点水般跳过的浮浅感觉。好不容易翻过了问题成堆的山头却又草草了事，简直是在忽悠人。若是陀思妥耶夫斯基，即便不能使问题获得进一步的解答而终究放弃，也总会异常认真地面对。所以，只是巧妙地引诱读者在故事的山凹处匆匆而过，我个人对此非常不满意。[2]

简言之，村上春树玄而又玄的创作解读和宏大"综合小说"

---

[1] 林少华著：《为了灵魂的自由》，中国友谊出版公司，2010年，116页。
[2] [日]河出书房新社编辑部汇编，侯为、魏大海译：《村上春树〈1Q84〉纵横谈》，山东文艺出版社，2012年，第54页。

的说辞最终也仅仅成为制造卖点、扩大销售的市场营销手段。

二、经营方的市场营销策略

随着经济的高速发展和大众消费社会的形成,文学艺术也成为人们普遍消费的精神文化产品,具有了商品属性,在这样的背景下,市场化营销成为必然。村上春树文学大规模市场造势、营销始于21世纪,以《海边的卡夫卡》为起点。此后,他依靠《海边的卡夫卡》获得诺贝尔文学奖提名的国际品牌效应,产销互动,政商媒介联手,接连打造了《天黑以后》《1Q84》《没有色彩的多崎作和他的巡礼之年》《刺杀骑士团长》等市场营销神话。这里,我们以使村上春树"国际化"、年销售量超过1000万册的《海边的卡夫卡》和《1Q84》为例。

日本评论家小森阳一曾描述《海边的卡夫卡》发行中出版发售方利用媒体、广告、互联网、出版业甚至政府官员充分造势的全方位市场营销策略。

《海边的卡夫卡》凭借精心策划的市场战略一直热销不衰。当红作家时隔七年创作的长篇小说,这一广告词刺激着读者的购买欲;大型书店中堆积成塔形的书山,转瞬间"即告售罄"。这些话题无不带给读者这样一个自觉意识,不购买该书就会落伍于时代潮流。同时,在特定期限之内,策划者还特别开通了作者与读者进行网上交流的网站。

一个月之后,11月16日《朝日新闻》的版面上,出现了《海边的卡夫卡》"上下两卷共热销58万部"的报道。该报道的开篇写道：

"你读了那本书了吗？"询问关于一部文艺作品的感想取代了人们相互间的问候，这已经是很久未见的现象了。村上春树的长篇小说《海边的卡夫卡》成为热议的话题。

……相比于其他的小说出版形态，在市场营销策略上，《海边的卡夫卡》施展的一个决定性创见在于，将读者与作者之间通过限期开设的专题网站进行交流的电子邮件，收录成单行本《少年卡夫卡》，并使用与少年漫画杂志相同的制版方式出版发行。

这部《少年卡夫卡》收录了1220封来自读者的电子邮件和数量相同的作者村上春树的回复邮件，全书厚496页。就这种全新的书籍销售策略而言，出版方为营销作出的努力确实值得称道。

……《海边的卡夫卡》发行仅仅四天之后，河合隼雄便盛赞"我认为这是一部伟大的物语小说"。河合隼雄作为日本文化厅长官，是策划国家意识形态战略的领衔人物。自2002年4月起，由文部科学省编撰的《心灵笔记》开始向国内所有义务教育制学校颁布，而河合隼雄正是这套国家指定道德教育教科书的监修人。

2002年9月14日，河合隼雄在"日本箱庭疗法协会"发表了盛赞《海边的卡夫卡》的讲演，其主要部分不仅被前文提到的《达·芬奇》杂志引用，2002年12月号（11月发行）的《新潮》杂志更是作了全文刊载。国家机构

村上春树新论

的行政长官为一部小说摇旗呐喊,这一行为非比寻常。[1]

以此"非比寻常"的市场营销手段,《海边的卡夫卡》面世后不仅在日本本土持续位居畅销书榜首,还在世界范围内引起新一轮的村上春树热潮。七年后再次推出的小说《1Q84》创下了上市 12 天销售超百万和当年销售逾千万的空前业绩。究其原因,除了《海边的卡夫卡》带来的名人效应,同样依靠作者、商家、媒体、学界齐动员,组成的强大营销阵容。其一,在书店开辟专区。其二,曾声称不接受任何形式约稿和采访的村上春树频繁接受邀约参加以营销为目的的采访、访谈和对谈,发布新作是"向奥威尔致敬""受奥姆教事件触动"等标签性诱导性信息。其三,公众媒体进行密集报道。据统计,新书上市 40 天,读卖、朝日、每日、产经等全国性"六大报纸"报道多达 130 次。垄断全国的广播电视公司 NHK 在收视率极高的《聚焦现代》节目中,以"物语的力量"为题对其进行专题报道,给出了"集迄今代表作要素之大成""追究奥威尔《一九八四》式思想管制的恐怖和本源恶"等极高的评价。其四,文学界组织专题座谈、讨论,并出版专辑或杂志专号。2009 年 8 月,"纯文学"杂志《文学界》邀请加藤典洋、藤井省三等在文坛有号召力的人士座谈,并出版《1Q84》专号。随后河出书房新社汇集川村凑、内田树、安田礼二等 35 位学者的访谈录和评论文章,出版了专辑《村上春树〈1Q84〉纵横谈》,由此引爆了文学界、评论界空前激烈的论争。一时间"大杰作""大败笔""反抗近代体制""这是站在蛋的一方吗""超

---

[1] [日]小森阳一著,秦刚译:《村上春树论——精读〈海边的卡夫卡〉》,新星出版社,2007 年,第 3—5 页。

大跨度的'世界文学'""200Q年的文艺俗艳"等针锋相对的论争之声此起彼伏。论争、对抗，缘于各方评论家秉持的各不相同的文学观、政治观、伦理观，发出的是各自真诚的声音，客观上起到了为作品义务宣传、为商家站脚助威的作用。这应该是持否定意见的激进民主主义者们始料不及的，主客观的悖谬有时就是这么吊诡。

村上春树文学的确由于21世纪以来日甚一日的市场化操作获得了非比寻常的影响力，使他成为世界上首屈一指的畅销书作家。但它们是否能够成为跨时代经久不衰的经典，只能留给历史和时间来检验。有评论指出，靠炒作而获得市场，不是文坛幸事，而是"纯文学"的迷途。有评论家称，村上春树这样写小说是犯罪行为。村上春树文学的美国英语译者杰·鲁宾提及：

> 三好将夫[1]将村上春树视为一个玩世不恭的中间商，认为他从来没有出于灵感或是内在的冲动这种"老式、过时的"动机写过一个字。为了吓唬那些竟想把村上当真的轻举妄动的文学研究者，他警告道："几乎没有人会蠢到有兴趣精读村上的书。"[2]

---

[1] 三好将夫是著名的日裔美籍文艺评论家，曾是圣迭戈加州大学教授。主要著述有：《文学之阐发》《〈源氏物语〉：翻译及阐释》《谁有决定权，谁有发言权？——主体性与西方国家对战后日本的影响》《英语文学在日本的创生》。

[2] [美]杰·鲁宾著，冯涛译：《倾听村上春树》，上海译文出版社，2006年，第11页。

参考文献

[1] 安吉拉·默克罗比. 后现代主义与大众文化[M]. 田晓菲, 译. 北京：中央编译出版社, 2001.

[2] 丹尼尔·贝尔. 资本主义文化矛盾[M]. 严蓓雯, 译. 南京：江苏人民出版社, 2007.

[3] 黑古一夫. 村上春树：转换中的迷失[M]. 秦刚, 王海蓝, 译. 北京：中国广播电视出版社, 2008.

[4] 杰·鲁宾. 倾听村上春树：村上春树的艺术世界[M]. 冯涛, 译. 上海：上海译文出版社, 2006.

[5] 内田树. 当心村上春树[M]. 杨威, 蒋葳, 译. 重庆：重庆出版社, 2009.

[6] 雷世文. 相约挪威的森林[M]. 北京：华夏出版社, 2005.

[7] 小森阳一. 村上春树论：精读《海边的卡夫卡》[M]. 秦刚, 译. 北京：新星出版社, 2007.

[8] 林少华. 为了灵魂的自由：村上春树的文学世界[M]. 北京：中国友谊出版公司, 2010.

[9] 刘研. 日本"后战后"时期的精神史寓言：村上春树论

[M].北京：商务印书馆，2016.

[10] 藤井省三.村上春树心底的中国[M].张明敏，译.台北：时报文化出版企业股份有限公司，2008.

[11] 河出书房新社编辑部.村上春树《1Q84》纵横谈[M].侯为，魏大海，译.济南：山东文艺出版社，2012.

[12] 小森阳一.天皇的玉音放送[M].陈多友，译.北京：生活·读书·新知三联书店，2004.

[13] 何乃英.日本当代文学研究[M].北京：北京大学出版社，1997.

[14] 叶渭渠，唐月梅.20世纪日本文学史[M].青岛：青岛出版社，2004.

[15] 李涛.大和魂：日本的根性窥探[M].北京：中国友谊出版社，2007.

[16] 新渡户稻造，等.日本的本质[M].青山，译.北京：新世界出版社，2015.

[17] 王新生.战后日本史[M].南京：江苏人民出版社，2014.

[18] 孙秀玲.一口气读完日本史[M].北京：京华出版社，2006.

[19] 鲁思·本尼迪克特.菊与刀[M].谭杉杉，等，译.武汉：长江文艺出版社，2007.

[20] 罗斯·摩尔，杉木良夫.日本人论之方程式[M].上海：华东师范大学出版社，2007.

[21] 罗斯·摩尔，杉木良夫.解读日本人论[M].上海：华东师范大学出版社，2007.

[22] 柄谷行人. 日本现代文学起源[M]. 赵京华, 译. 北京: 生活·读书·新知三联书店, 2003.

[23] 村上春树. 我的职业是小说家[M]. 施小炜, 译. 海口: 南海出版公司, 2017.

[24] 村上春树. 无比芜杂的心绪[M]. 施小炜, 译. 海口: 南海出版公司, 2015.

[25] 村上春树. 碎片, 令人怀念的1980年代[M]. 杨若思, 译. 海口: 南海出版公司, 2017.